W0281944

Von Dean R. Koontz
sind als Heyne-Taschenbücher erschienen:

Wenn die Dunkelheit kommt · Band 01/6833
Das Haus der Angst · Band 01/6913
Die Maske · Band 01/6951
Die Augen der Dunkelheit · Band 01/7707

DEAN R. KOONTZ

UNHEIL ÜBER DER STADT

Ein Zombie-Roman

Deutsche Erstveröffentlichung

WILHELM HEYNE VERLAG
MÜNCHEN

HEYNE ALLGEMEINE REIHE
Nr. 01/6667

Titel der amerikanischen Originalausgabe
PHANTOMS
Deutsche Übersetzung von Wolfgang Crass

11. Auflage

Copyright © 1983 by Dean R. Koontz
Copyright © der deutschen Übersetzung 1986
by Wilhelm Heyne Verlag GmbH & Co. KG, München
Printed in Germany 1993
Umschlagzeichnung: Karel Thole, Mailand
Umschlaggestaltung: Atelier Ingrid Schütz, München
Gesamtherstellung: Presse-Druck Augsburg

ISBN 3-453-02251-3

Teil I

Opfer

Da kam mich Furcht und Zittern an

Das Buch Hiob, 4:14

Der zivilisierte menschliche Geist … kann ein Gefühl des Unheimlichen nicht ablegen.

Dr. Faustus, Thomas Mann

1
Das Stadtgefängnis

Der Schrei war weit entfernt und kurz. Der Schrei einer Frau.

Deputy Paul Henderson sah von seiner Zeitschrift auf und lauschte.

Staubkörner tanzten träge in einem Sonnenstrahl, der durch das Fenster hereinfiel. Der dünne, rote Sekundenzeiger der Wanduhr kreiste lautlos um das Zifferblatt.

Das einzige Geräusch war das Knarren von Hendersons Stuhl, als er sein Gewicht darauf verlagerte.

Nachdem Henderson einige Sekunden angestrengt gelauscht hatte, war er sich nicht mehr sicher, ob er tatsächlich etwas gehört hatte.

Durch die großen vorderen Fenster konnte er ein Stück der Hauptstraße von Snowfield, der Skyline Road, sehen. Alles lag völlig still und friedlich in der strahlenden Nachmittagssonne. Nur die Bäume bewegten sich und rauschten in der sanften Brise mit ihren Blättern.

Einbildung, sagte er sich selbst. Reines Wunschdenken.

Fast wäre es ihm lieber, wenn wirklich jemand geschrien hätte. Er war unruhig.

Während der Nebensaison von April bis September war er der einzige Hilfssheriff in Snowfield, und der Dienst war langweilig. Im Winter waren Tausende von Skiläufern in der Stadt, und betrunkene Randalierer, Schlägereien und Hoteleinbrüche sorgten für Abwechslung. Jetzt aber, Anfang September, war nur das Candleglow Inn und einige kleine Motels offen, alles war ruhig, und Henderson — gerade 24 Jahre alt und am Ende seines ersten Jahres als Deputy — langweilte sich.

Er seufzte, sah auf das Magazin auf seinem Schreibtisch herab — und hörte wieder einen Schrei. Wie der erste war er weit weg und kurz, klang aber dieses Mal nach einer Männerstimme. Es war mehr als nur ein aufgeregter Ausruf oder ein Schmerzensschrei; er hatte nach Entsetzen geklungen.

Henderson runzelte die Stirn, ging auf die Tür zu und rückte seinen Revolver zurecht. Er trat durch die Schwingtür zwischen dem öffentlichen und dienstlichen Bereich und hatte die Eingangstür halb erreicht, als er hinter sich eine Bewegung hörte.

Das war unmöglich. Er hatte den ganzen Tag allein drinnen gesessen, seit der letzten Woche waren die drei Arrestzellen leer, die Hintertür war abgeschlossen, und sonst gab es zu der Polizeistation keinen Zugang.

Als er sich aber umdrehte, entdeckte er, daß er nicht mehr allein war. Und plötzlich langweilte er sich nicht mehr im geringsten.

2

Heimkehr

In der Abenddämmerung trugen die Berge nur zwei Farben: grün und blau. Die Nadelbäume sahen aus, als seien sie aus Billard-Filz. Alles war voller kühler, bläulicher Schatten, die mit jeder Minute tiefer und dunkler wurden.

Jennifer Paige saß lächelnd hinter dem Steuer ihres Pontiac Trans Am. Sie erfreute sich an der Schönheit der Berge und hatte das Gefühl, als kehrte sie heim. Hier gehörte sie her.

Sie bog von der dreispurigen Staatsstraße in die schmale Landstraße ein, die in Kurven die vier Meilen durch den Paß bis Snowfield hinaufführte.

Vom Beifahrersitz sagte ihre vierzehnjährige Schwester Lisa: »Herrlich hier oben.«

»Finde ich auch.«

»Wann bekommen wir Schnee?«

»Das dauert noch einen Monat, vielleicht aber auch weniger.«

»Ich kenne Schnee nur von Bildern.«

»Bis zum nächsten Frühjahr hast du ihn gründlich satt.«

»Niemals, ich doch nicht. Ich habe schon immer davon geträumt, wie du in Schneegebiet zu wohnen.«

Jenny warf dem Mädchen von der Seite einen Blick zu. Selbst für Schwestern sahen sie sich auffallend ähnlich: die gleichen grünen Augen, das gleiche kastanienbraune Haar, die gleichen hohen Backenknochen.

»Bringst du mir dann Skifahren bei?«

»Tja, wenn es hier in der Stadt mit dem Wintersport losgeht, werde ich mich mit den üblichen verstauchten Knöcheln, gebrochenen Beinen und Sehnenzerrungen befassen müssen ... Ich habe dann gewöhnlich alle Hände voll zu tun.«

»Ach so«, sagte Lisa und konnte ihre Enttäuschung nicht verbergen.

»Warum aber zu mir kommen, wenn du bei einem echten Profi Unterricht nehmen kannst?«

»Bei einem Profi?« fragte Lisa mit erneutem Interesse.

»Klar. Hank Sanderson gibt dir bestimmt Ski-Unterricht, wenn du ihn darum bittest. Er ist Besitzer einer Skihütte und gibt manchmal Unterricht, aber nur ganz wenigen Auserwählten.«

»Ist das dein Freund?«

Jenny lächelte; sie erinnerte sich noch daran, daß auch sie mit vierzehn fast ausschließlich an Jungen gedacht hatte. »Nein, nicht so, wie du das meinst. Ich kenne Hank schon seit zwei Jahren, also seitdem ich nach Snowfield gezogen bin, und er ist ein guter Freund von mir, nicht mehr.«

Sie kamen an einem grünen Schild mit weißer Beschriftung vorbei: SNOWFIELD — 3 MEILEN.

»Ich wette, hier gibt es eine Menge dufte Jungen in meinem Alter.«

»Snowfield ist nicht sehr groß«, warnte Jenny. »Ich glaube aber schon, daß du den einen oder anderen Jungen finden wirst, der dir gefällt.«

»Während der Saison muß es davon doch Dutzende geben!«

»Nur mal langsam! Von Fremden läßt du schön die Finger weg — und zwar mindestens noch einige Jahre lang.«

»Warum denn das?«

»Weil ich es sage.«

»Aber warum denn?«

»Bevor du dich mit einem Jungen verabredest, solltest du seinen Hintergrund kennen.«

»Ach, da brauchst du dir keine Gedanken zu machen. Ich habe ein unheimlich gutes Urteilsvermögen«, sagte Lisa. »Ich hänge mich bestimmt nicht an einen Lustmörder oder Sittenstrolch.«

»Da bin ich auch ganz sicher«, sagte Jenny und bremste vor einer scharfen Kurve leicht ab. »Weil du nämlich nur mit Jungen von hier ausgehst.«

Lisa seufzte und schüttelte theatralisch den Kopf. »Falls du das noch nicht bemerkt haben solltest, Jenny, aber während du weg warst, habe ich die Pubertät hinter mich gebracht.«

»Oh, das ist meiner Aufmerksamkeit nicht entgangen.«

»Sogar Brüste habe ich jetzt«, bemerkte Lisa trotzig.

»Das habe ich auch bemerkt«, sagte Jenny, ohne sich aus der Fassung bringen zu lassen.

»Ich bin kein Kind mehr.«

»Erwachsen bist du aber auch noch nicht.«

»Mein Gott.«

»Jetzt hör mir mal zu. Ich bin deine Erziehungsberechtigte und damit für dich verantwortlich. Außerdem bin ich deine Schwester, und ich liebe dich. Ich werde genau das tun, was ich für dich für richtig halte.«

Lisa seufzte.

»Weil ich dich liebe«, betonte Jenny.

»Du wirst genauso streng wie Mama«, sagte Lisa mit finsterem Gesicht.

Jenny nickte. »Wahrscheinlich sogar noch strenger.«

»Mein Gott!«

Jenny sah zu Lisa hinüber. Sie starrte auf ihrer Seite aus dem Fenster. Ihr Gesicht war nur teilweise zu sehen, aber wütend schien sie nicht zu sein. Ihre Lippen waren nicht zusammengepreßt, sondern schienen im Gegenteil leicht zu lächeln.

Jenny richtete ihre Aufmerksamkeit wieder auf die Straße, spannte und entspannte ihre Hände auf dem Lenkrad und sagte: »Ich will dir sagen, was du machen darfst.«

»Was denn?«

»Du darfst dir die Schuhe selbst zubinden.«

Lisa blinzelte. »Was?«

»Und du darfst aufs Klo gehen, wann du willst.«

Lisa konnte ihre Pose von gekränkter Würde nicht mehr aufrechterhalten und kicherte. »Und darf ich auch etwas essen, wenn ich Hunger habe?«

»Auf jeden Fall.« Jenny grinste. »Du darfst sogar jeden Morgen selbst dein Bett machen.«

»Das ist ja geradezu antiautoritär!« sagte Lisa.

In diesem Augenblick schien sie noch jünger, als sie wirklich war. Mit ihren Tennisschuhen, ihren Jeans und dem karierten Hemd sah sie süß und verwundbar aus.

»Sind wir noch Freunde?« fragte Jenny.

»Sicher.«

Jenny war freudig überrascht über die Leichtigkeit, mit der sie sich auf der langen Fahrt von Newport Beach mit Lisa vertragen hatte. Sie waren schließlich trotz ihrer Blutsverwandtschaft praktisch Fremde. Jenny war mit ihren einunddreißig genau siebzehn Jahre älter als Lisa. Sie war vor Lisas zweitem Geburtstag von zu Hause weggezogen, und ein halbes Jahr später war ihr Vater gestorben. Während ihres Studiums und ihres praktischen Jahrs in New York war Jenny zu überarbeitet und zu weit weg von zu Hause gewesen, um ihre Mutter und Lisa regelmäßig besuchen zu können. Dann war sie nach Kalifornien zurückgekehrt und hatte in Snowfield eine Praxis aufgemacht. In den letzten beiden Jahren hatte sie sehr hart daran gearbeitet, sie zum Laufen zu bringen. Kürzlich war ihre Mutter gestorben, und dann erst hatte Jenny es zu vermissen begonnen, daß sie keine engere Beziehung zu Lisa hatte. Vielleicht konnten sie jetzt die verlorenen Jahre wieder einholen, zumal von der Familie nur noch sie beide übrig waren.

»Ich habe ein Gefühl in den Ohren, als wären sie mit Watte verstopft«, sagte Lisa und gähnte, um den Druck auszugleichen.

Sie kamen um eine scharfe Kurve, und Jenny bremste ab. Vor ihnen lag eine lange, gerade Steigung, die sich in der Entfernung in die Hauptstraße von Snowfield, die Skyline Road, verwandelte.

Lisa sah angestrengt durch die Windschutzscheibe und

musterte die Stadt mit offensichtlichem Entzücken. »So hatte ich das mir aber nicht vorgestellt!«

»Was hast du denn erwartet?«

»Ach, du weißt schon, Massen von häßlichen kleinen Motels mit Neonleuchten, zu viele Tankstellen, so in der Richtung etwa. Ich finde es echt ganz toll hier. Ganz ehrlich!«

»Wir haben hier sehr strenge Bau-Bestimmungen«, sagte Jenny. »Neonleuchten, Plastikschilder und grelle Farben sind ebenso verboten wie Cafés, die wie Kaffeekannen aussehen.«

»Einfach sagenhaft«, sagte Lisa und starrte mit offenem Mund begeistert aus dem Fenster, als sie in die Stadt hineinfuhren.

Die einzige erlaubte Reklame waren rustikale Holzschilder mit dem Namen und der Spezialität des jeweiligen Ladens, vor dem sie hingen. Die Architektur war eine bunt zusammengewürfelte Mischung, aber jedes Gebäude war in einem oder anderem Gebirgs-Stil erbaut worden, und die Privathäuser waren dazu noch mit bunten Blumenkästen und Balkons mit kunstvoll geschnitzten Geländern geschmückt.

»Wirklich hübsch«, sagte Lisa, während sie die lange Steigung bis zum anderen Ende der Stadt hochfuhren. »Aber ist es hier immer so ruhig?«

»Oh, nein«, sagte Jenny. »Im Winter ist hier schwer Betrieb, und ...«

Sie führte den Satz nicht zu Ende, denn ihr wurde bewußt, daß die Stadt mehr als nur ruhig war. Sie sah *tot* aus.

Normalerweise hätten an einem so milden Sonntagnachmittag zumindest einige Einwohner ihren Spaziergang durch die gepflasterten Straßen gemacht und wären auf ihren Balkons gesessen. Der Winter stand vor der Tür, und die letzten warmen Tage mußte man genießen. Heute aber waren Straßen und Balkons leer, obwohl sich der Nachmittag erst langsam dem Abend zuneigte. Selbst in Läden und Wohnungen, in denen Lichter brannten, war kein Lebenszeichen zu entdecken. Jennys Trans Am war das einzige fahrende Auto auf der langen Straße.

Sie bremste an der ersten Kreuzung, sah sich angestrengt

in beide Richtungen um, konnte aber überhaupt niemanden finden.

Auch der nächste Block der Skyline Road war verlassen. Der Block danach ebenfalls.

»Komisch«, sagte Jenny.

»Das Fernsehprogramm muß ja einsame Spitze sein«, sagte Lisa.

»Sieht ganz so aus.«

Sie kamen an dem Restaurant an der Kreuzung von Skyline Road und Vail Lane vorbei. Drinnen brannten Lichter, und durch die großen Fenster konnte man den größten Teil des Lokals überblicken, aber es war niemand darin zu sehen. Es war sowohl im Winter als auch außerhalb der Saison ein beliebter Treffpunkt, und es war ungewöhnlich, daß es zu dieser Tageszeit völlig verlassen war. Nicht einmal Kellnerinnen waren da.

Lisa hatte inzwischen ihr Interesse an der unheimlichen Stille verloren, obwohl sie sie zuerst bemerkt hatte, und sah sich wieder interessiert die altmodische Architektur an.

Jenny aber konnte es nicht glauben, daß alles vor dem Fernsehschirm versammelt sein sollte. Sie runzelte die Stirn und sah beim Vorbeifahren in jedes Fenster hinein, konnte aber nicht das geringste Lebenszeichen entdecken.

Snowfields steile Hauptstraße war insgesamt sechs Blocks lang, und Jennys Haus stand oben mitten im letzten Block. Es war ein einstöckiges Fachwerkhaus mit einem grau und schwarz-blau gefleckten verwinkelten Schieferdach. Es stand zwanzig Fuß von der Straße zurückgesetzt hinter einer hüfthohen, immergrünen Hecke. An einer Ecke des Vorbaus stand ein Schild mit der Aufschrift: Dr. med. JENNIFER PAIGE; darunter waren die Öffnungszeiten der Praxis vermerkt.

Jenny parkte den Trans Am in der kurzen Einfahrt.

»Das ist ja ein süßes Haus!« sagte Lisa.

Es war Jennys erstes eigenes Haus; sie liebte es und war stolz darauf. Allein sein Anblick entspannte sie, und für den Augenblick vergaß sie die eigenartige Stille, die über Snowfield lastete.

»Na ja, es ist etwas zu klein, weil die Hälfte des Erdgeschosses für die Praxis und das Wartezimmer draufgeht. Außerdem gehört der Bank mehr davon als mir. Aber es hat irgendwie Stil, nicht?«

»Tonnenweise«, sagte Lisa.

Sie stiegen aus dem Auto, und Jenny bemerkte, daß mit dem Sonnenuntergang ein kühler Wind aufgekommen war. Sie trug einen langärmligen Pullover zu ihren Jeans, fröstelte aber trotzdem.

Sie streckte sich, um die von der langen Fahrt verkrampften Muskeln zu lockern, und dann schlug sie die Autotür zu. Das Geräusch hallte von den Bergen in die Stadt zurück. Es war das *einzige* Geräusch in der Stille der Dämmerung.

Am Heck ihres Wagens blieb sie kurz stehen und sah hinunter zum Zentrum von Snowfield. Nichts rührte sich.

»Hier könnte ich ewig bleiben«, erklärte Lisa und sah voller Freude auf die Stadt herab.

Jenny lauschte. Das Echo der zugeschlagenen Tür war verklungen, und jetzt war nur noch das sanfte Rauschen des Winds zu hören.

Es gibt die verschiedensten Arten von Stille. Jenny hatte den Eindruck, daß die Stille, die in Snowfield herrschte, ein Anlaß für Trauer war. Sie hätte allerdings nicht sagen können, was sie auf diesen Gedanken gebracht hatte. Außerdem war diese Stille mit einer Art Erwartung erfüllt, die Jenny nervös machte. Sie wollte laut rufen und fragen, ob da jemand sei, wollte sich aber als Ärztin nicht blamieren und ließ es deshalb bleiben. Eine Ärztin, die sich am Montag komisch benimmt, hat am Dienstag keine Patienten mehr.

»Macht dich das nicht unruhig?« fragte Jenny ihre Schwester.

»Was denn?«

»Die Stille.«

»Im Gegenteil. Es ist richtig friedlich hier.«

Es war tatsächlich friedlich. Es gab keinerlei Anzeichen, daß etwas nicht stimmte. Warum bin ich dann so nervös? fragte sich Jenny.

Sie schloß den Kofferraum auf und hob zwei von Lisas Koffern heraus. Lisa nahm einen von ihnen, und sie gingen zu der Haustür hinüber, wo die Schatten inzwischen immer tiefer wurden.

Jenny machte die Tür auf und trat in das dunkle Foyer. »Hilda, wir sind da!«

Keine Antwort. Das einzige Licht im Haus brannte hinten im Gang nach der Küchentür. Jenny stellte den Koffer ab und schaltete das Ganglicht ein. »Hilda?«

»Wer ist Hilda?« fragte Lisa und ließ den Koffer fallen.

»Meine Haushälterin. Sie wußte, wann sie uns ungefähr zurückerwarten konnte. Ich dachte eigentlich, sie würde uns ein Essen vorsetzen.«

Lisa war beeindruckt. »Mensch, eine Haushälterin! Bist du etwa reich, oder was?«

Jenny lachte. »Kaum. Eigentlich kann ich mir Hilda gar nicht leisten — aber ich komme einfach nicht ohne sie aus. Ich habe meinen normalen Praxis-Betrieb, außerdem mache ich noch Hausbesuche, und wenn sie nicht wäre, würde ich sicher nichts anderes essen als Sandwiches oder Hamburger.«

»Kann sie gut kochen?« fragte Lisa.

»Ganz toll. Fast zu gut, wenn ich an ihre Desserts denke«, sagte Jenny und fragte sich gleichzeitig, warum in der Küche kein Licht brannte.

Jenny schaltete das Licht an der Tür an und ging in der makellos sauberen Küche nach links zu der Schreibplatte, um nachzusehen, ob Hilda eine Nachricht hinterlassen hatte. Sie fand jedoch keine vor und drehte sich gerade um, als sie Lisa japsend nach Luft schnappen hörte.

Sie war um die andere Seite des Herdes herumgegangen und stand nun neben dem Kühlschrank und starrte auf etwas auf dem Boden herab. Sie war kalkweiß im Gesicht und zitterte.

Ein plötzlicher Schrecken durchzuckte Jenny, und sie ging hastig um den Herd herum.

Hilda Beck lag tot auf ihrem Rücken auf dem Boden. Sie starrte mit blicklosen Augen an die Decke, und ihre verfärbte Zunge war starr zwischen ihren geschwollenen Lippen herausgestreckt.

Jenny nahm ihre Schwester bei der Hand, führte sie um

den Herd herum, so daß sie die Leiche nicht mehr sehen konnte, und nahm Lisa in die Arme. Das Mädchen klammerte sich an ihr fest.

»Alles klar, Lisa?« Lisa antwortete nicht, sondern zitterte nur haltlos.

Gerade vor sechs Wochen war Lisa nachmittags von einem Kinobesuch heimgekommen und hatte ihre Mutter tot auf dem Küchenboden vorgefunden. Sie war einem schweren Gehirnschlag erlegen. Allmählich war Lisa über dieses schreckliche Erlebnis weggekommen, hatte den Tod ihrer Mutter akzeptiert und sogar wieder lachen gelernt. In den letzten Tagen hatte sie ganz den Eindruck gemacht, als sei sie wieder die alte — und jetzt das!

Jenny führte ihre Schwester zu einem Stuhl, setzte sie darauf und hockte sich vor ihr hin; sie tupfte ihr die Stirn mit einem Küchentuch ab und bemerkte, daß das Fleisch des Mädchens nicht nur so weiß wie Schnee, sondern auch ebenso kalt war.

»Was kann ich für dich tun?«

»Laß nur, das wird schon wieder. Halt mir bloß die Hand.« Lisa packte fast schmerzhaft fest zu.

Schließlich sagte sie: »Ich weiß, es klingt verrückt, aber ... als ich sie zuerst sah, dachte ich ... dachte ich, es ist Mom.« Sie unterdrückte mühsam die Tränen. »Ich weiß, daß Mom schon lange tot ist ... Außerdem sieht ihr die Frau da gar nicht ähnlich. Aber ..., es war halt die Überraschung ... der Schock ... Ich war total durcheinander.«

Nach einer Weile lockerte sich Lisas Griff etwas, und Jenny sagte: »Geht es dir jetzt besser?«

»Etwas.«

»Möchtest du dich hinlegen?«

»Nein.« Sie ließ Jennys Hand los, holte sich noch ein Küchentuch aus der Schachtel und putzte sich die Nase. Dann sah sie zu dem Herd hinüber, hinter dem die Leiche lag. »Ist das Hilda?«

Jenny hatte Hilda Beck sehr gern gemocht. Ihr Tod ging ihr sehr nahe, aber im Augenblick machte sie sich mehr Gedanken um Lisa als um irgend etwas anderes. »Ja«, sagte sie. »Hör mal, ich glaube, es ist besser für dich, wenn du erst einmal hier aus der Küche verschwindest. Am besten wartest du in meinem Arbeitszimmer auf mich. Ich möchte mir zuerst die Leiche etwas genauer ansehen, bevor ich den Sheriff verständige.«

»Ich bleibe hier bei dir.«

»Es wäre für dich wirklich besser, wenn du —«

»Nein«, sagte Lisa und begann plötzlich wieder zu zittern. »Ich möchte nicht allein sein.«

»Na gut«, sagte Jenny beruhigend. »Dann bleib hier sitzen.«

»O Gott«, jammerte Lisa leise vor sich hin. »Wie sie ausgesehen hat! Total geschwollen und blau! Und dann noch ihr Gesichtsausdruck!« Sie wischte sich mit dem Handrükken über die Augen. »Warum war sie so angeschwollen und überall so *blau*?«

»Na, offensichtlich ist sie schon einige Tage lang tot«, sagte Jenny. »Mach dir aber jetzt über solche Dinge keine Gedanken, das —«

»Wenn sie schon ein paar Tage lang tot ist«, sagte Lisa mit zitternder Stimme, »warum stinkt es dann hier nicht? Würde sie dann nicht stinken?«

Jenny runzelte die Stirn. Natürlich würde es hier drinnen stinken, wenn Hilda Beck schon so lange tot war, daß sie sich dunkel verfärbte und ihr Gewebe so anschwoll. Es *müßte* stinken. Es stank aber nicht.

»Jenny, was ist bloß mit ihr passiert? Schau dir doch bloß ihren entsetzlichen Gesichtsausdruck an! Ich habe Angst.«

»Du brauchst keine Angst zu haben. Ich weiß zwar noch nicht, woran sie gestorben ist, aber sie muß einen schnellen Tod gehabt haben. So, wie es aussieht, war sie nicht krank oder mußte kämpfen. Sie hat sicher keine großen Schmerzen aushalten müssen.«

»Aber ... es sieht aus, als wäre sie mitten in einem Schrei gestorben.«

3
Die tote Frau

So eine Leiche hatte Jenny Paige noch nie gesehen. Im Verlauf ihres Studiums und während ihrer medizinischen Praxis hatte sie nichts auf den eigenartigen Zustand der sterblichen Überreste Hilda Becks vorbereitet. Sie kauerte sich daneben nieder und untersuchte sie voller Trauer und Abscheu — aber zugleich mit erheblicher Neugier und immer größer werdender Verwirrung.

Das Gesicht der toten Frau war zu einer runden, glatten und glänzenden Karikatur ihres früheren Aussehens angeschwollen. Auch ihr Körper war geschwollen; das Fleisch sah weich und überreif aus und drückte an manchen Stellen gegen die Nähte der Kittelschürze. Es schien sich jedoch nicht um die gasige Aufgequollenheit zu handeln, die die natürliche Folge von Verwesung ist. Zunächst einmal wäre dann der Bauch durch Gase weit stärker geschwollen als der Rest des Körpers, was nicht der Fall war, und außerdem fehlte der Verwesungsgeruch.

Bei näherer Prüfung stellte sich heraus, daß die dunkle Verfärbung der Haut allem Anschein nach nicht die Folge von Gewebeverfall war. Jenny konnte keinerlei Anzeichen von Verwesung feststellen. Selbst die Augen, die sonst wegen ihres verhältnismäßig weichen Gewebes vor den anderen Teilen des Körpers Anzeichen von Verfall zeigen, waren völlig klar, hatten keine geplatzten Blutgefäße oder eine milchige Färbung in der Iris.

Zu Lebzeiten hatte in Hildas Augen gewöhnlich ein fröhlicher, gütiger Ausdruck gestanden, aber nun starrten sie weit offen an die Decke. Jenny wurde es mit plötzlicher Trauer klar, wie sehr ihr Hilda fehlen würde. Sie schloß einen Moment die Augen, weil sie es nicht mehr fertigbrachte, die Leiche anzusehen. Sie riß sich zusammen, unterdrückte ihre Tränen, und als sie ihre professionelle Abgeklärtheit wiedergefunden hatte, öffnete sie die Augen wieder und machte mit ihrer Untersuchung weiter.

Je länger sie sich die Leiche ansah, desto mehr verfestigte

sich bei ihr die Überzeugung, daß die Verfärbung die Folge einer Prellung war, die sich allerdings vollständig von allen Prellungen unterschied, die Jenny bisher erlebt hatte. Soweit sie das erkennen konnte, war jeder Quadratzentimeter ihrer Haut geprellt, und Jenny hatte den starken Verdacht, daß diese Prellung sich auf den gesamten Körper erstreckte.

Sie sah sich noch einmal das Gesicht an. Die Haut war *vollständig* mit Prellungen bedeckt. Manchmal hatten Opfer von schweren Autounfällen Prellungen, die den größten Teil des Gesichts bedeckten, aber sie waren dann immer von schweren Verletzungen wie Knochenbrüchen oder Schnittwunden begleitet. Wie war es möglich, daß Mrs. Beck derart groteske Prellungen hatte, daß ihr aber andere Verletzungen völlig zu fehlen schienen?«

»Jenny?« sagte Lisa. »Warum brauchst du so lange?«

»Nur noch eine Minute; bleib da sitzen.«

Also waren die Prellungen, die Mrs. Becks Körper bedeckten, vielleicht nicht die Folge von Schlägen von außen. War es möglich, daß die Verfärbung der Haut statt dessen auf inneren Druck, auf die Schwellungen von subkutanem Gewebe zurückzuführen war? Die Schwellung war schließlich deutlich sichtbar. Wenn das aber der Fall war, mußte die Schwellung plötzlich und mit ungeheurer Gewalt aufgetreten sein. Das ergab auch keinen Sinn, weil lebendes Gewebe nicht so schnell anschwellen konnte. Bei bestimmten Allergien schwoll das Gewebe abrupt an, aber Jenny kannte nichts, was in der Lage gewesen wäre, eine heftige Schwellung so plötzlich auszulösen, daß sich daraus eine scheußliche und universelle Prellung ergab.

Und selbst wenn die Schwellung nicht einfach auf Verwesung zurückzuführen war und irgendwie mit der universellen Prellung in Verbindung stand, was hatte sie dann zuerst ausgelöst? Eine Allergie kam ebensowenig in Frage wie ein Gift. Wenn nämlich irgendein Gift dahintergestanden hätte, hätte es ein sehr exotisches Gift sein müssen, und wo sollte Hilda mit so etwas in Berührung kommen? Nein, Gift war es auch nicht.

Krankheit?

Wenn es eine Krankheit war, so hatte sie Symptome, auf

die Jenny im Verlauf ihrer Ausbildung und Karriere noch nie gestoßen war. Was war, wenn es eine ansteckende Krankheit war?

Jenny war froh, daß sie nur den Ärmel der Kittelschürze berührt hatte, stand hastig auf und taumelte zurück.

»Jenny?« rief Lisa.

Es fiel ihr zum erstenmal auf, daß auf der Arbeitsfläche bei der Spüle vier große Kartoffeln, ein Kohlkopf, ein Beutel Karotten, ein langes Messer und ein Kartoffelschälmesser lagen. Hilda war gerade mit den Vorbereitungen für das Abendessen beschäftigt gewesen, als sie tot umgefallen war. Einfach so. Offensichtlich war sie nicht krank gewesen und war ohne Vorwarnung gestorben. Ein so plötzlicher Tod sprach nicht für eine Krankheit, zumindest nicht für eine, die der modernen medizinischen Wissenschaft bekannt war.

»Jenny, können wir jetzt endlich raus hier?« fragte Lisa.

»Psst! Augenblick noch. Laß mich überlegen«, sagte Jenny, lehnte sich an die Spüle und sah auf die tote Frau herab.

Ihr war ein düsterer und beängstigender Gedanke gekommen: *Pest.* In den letzten Jahren waren ungefähr ein halbes Dutzend Fälle gemeldet worden, und man ging allgemein davon aus, daß es insgesamt wohl zwei Dutzend Fälle gewesen waren. Es gab die verschiedensten Arten von Pest, die sich heutzutage aber alle relativ einfach mit Antibiotika heilen ließen. Bei einer Art traten kleine, dunkelrote, nässende Flecken auf der Haut auf, die sich in extremen Fällen über große Teile des Körpers ausbreiteten und fast schwarz wurden: das war der Grund dafür, daß die Pest im Mittelalter oft einfach »der Schwarze Tod« genannt wurde. War es aber möglich, daß sich diese Flecken so ausbreiteten, daß der ganze Körper praktisch schwarz wurde, wie das bei Hilda der Fall war?

Wohl kaum, und außerdem war Hilda plötzlich beim Kochen gestorben und hatte offensichtlich keinerlei vorherige Krankheitssymptome wie Erbrechen, Fieber und Unwohlsein gehabt. Damit war die Pest ausgeschlossen, und dazu jede andere bekannte Infektionskrankheit.

Auf der anderen Seite gab es keinerlei Anzeichen für Gewaltanwendung, keinerlei Stichwunden oder Würgemale.

Jenny ging um den Körper herum, berührte den Kohlkopf und stellte überrascht fest, daß er noch kalt war. Es konnte nicht mehr als eine Stunde her sein, seitdem er aus dem Kühlschrank geholt worden war. Sie sah noch einmal auf Hilda herab, aber jetzt war sie noch beunruhigter als vorher.

Die Frau war innerhalb der letzten Stunde gestorben. Möglicherweise war ihr Körper sogar noch warm.

Aber woran war sie gestorben?

Jenny war der Antwort auf diese Frage durch ihre Untersuchung nicht nähergekommen. Obwohl Krankheit hier nicht in Betracht zu kommen schien, konnte man die Möglichkeit einer Ansteckung nicht ausschließen, auch wenn es im Augenblick nicht danach aussah.

Jenny sagte Lisa nichts von diesen Befürchtungen, sondern forderte sie nur auf: »Komm jetzt, Lisa. Ich kann von meinem Behandlungszimmer aus telefonieren.«

»Mir geht es jetzt schon viel besser«, sagte Lisa, stand aber sofort auf. Sie war offensichtlich froh darüber, endlich herauszukommen. Jenny legte ihr einen Arm um die Schulter, und sie gingen zusammen aus der Küche.

Trotz der Neonbeleuchtung an der Decke war Jennys Behandlungsraum nicht so kahl und unpersönlich wie in den meisten Arztpraxen. Der Raum sah eher wie die Praxis eines altmodischen Landarztes aus. An den Wänden standen volle Bücherregale, einige alte Aktenschränke, die Jenny auf einer Auktion erstanden hatte, und in einer Ecke befand sich ein kleiner Tisch mit billigem Spielzeug und zuckerfreiem Kaugummi, den Jenny an die Kinder verteilte, um sie bei Untersuchungen ruhigzuhalten.

Ein großer, dunkelgebeizter, abgestoßener Schreibtisch aus Kiefernholz beherrschte den Raum, und Jenny führte Lisa zu dem großen Ledersessel, der dahinter stand.

»Es tut mir leid«, sagte das Mädchen.

»Was denn?« fragte Jenny, während sie sich auf die Schreibtischkante setzte und das Telefon zu sich herzog.

»Daß ich so durchgedreht habe, als ich die Leiche gesehen habe. Ich ... bin ... na ja, ich war eben hysterisch.«

»Keineswegs. Du hattest einfach einen Schock und hast dich gefürchtet. Das ist wirklich verständlich.«

»Aber *du* hattest doch keinen Schock und hast dich auch nicht gefürchtet.«

»O doch«, sagte Jenny. »Mehr als das, ich war wie gelähmt.«

»Aber du hast keine Angst gehabt, so wie ich.«

»Ich hatte Angst, und ich habe sie noch«, sagte Jenny. Sie zögerte, beschloß aber dann, daß sie die Wahrheit nicht vor ihrer Schwester verbergen sollte, und erzählte ihr von der bestürzenden Möglichkeit einer Ansteckung. »Ich glaube zwar nicht, daß wir es hier mit einer Krankheit zu tun haben, aber wenn ich mich täusche ...«

Das Mädchen starrte Jenny verblüfft an. »Du hast also genauso Angst gehabt wie ich, und trotzdem hast du die Leiche da so lange untersucht. Mein Gott, das würde ich nie fertigbringen, nie im Leben.«

»Na ja, ich bin eben Ärztin. Dafür bin ich ausgebildet.«

»Trotzdem ...«

Jenny hob den Hörer ab, um den Hilfssheriff in Snowfield anzurufen; es war jedoch kein Freizeichen zu hören, sondern nur ein leises Zischen. Sie drückte mehrfach die Gabel herunter, aber das Telefon blieb tot.

Irgendwie empfand sie es als bedrohlich, daß das Telefon nicht funktionierte und zugleich die tote Frau dort in der Küche lag. Vielleicht war Mrs. Beck ja ermordet worden. Wenn jemand die Telefonleitung durchgeschnitten und sich in das Haus geschlichen hatte, um sie ... um ihr zum Beispiel ein Messer in den Rücken zu stoßen und sie damit augenblicklich zu töten. Weil Mrs. Beck auf dem Rücken lag, war Jenny vielleicht die Wunde entgangen. Damit wäre allerdings weder das völlige Fehlen von Blut, noch die universelle Prellung und die Schwellung erklärt. Trotzdem konnte es sein, daß ihre Haushälterin eine Wunde im Rücken hatte und der Mörder — wenn es tatsächlich einen gab — sich vielleicht noch im Haus versteckt hielt. Jenny sagte sich zwar, ihre Einbildung ging mit ihr durch, beschloß aber trotzdem sicherheitshalber, sofort mit Lisa das Haus zu verlassen.

»Wir müssen nebenan Vince oder Angie Santini bitten, ob sie für uns anrufen könnten«, sagte Jenny ruhig und stand von ihrem Schreibtisch auf. »Unser Telefon funktioniert nicht.«

Lisa blinzelte. »Hat das irgendwas mit ... mit der Leiche zu tun?«

»Ich weiß es nicht«, sagte Jenny.

Das Herz klopfte ihr bis zum Hals, als sie durch den Behandlungsraum auf die halboffene Tür zuging. Vielleicht wartete jemand auf der anderen Seite. Lisa sagte hinter ihr: »Irgendwie ist es aber doch komisch, daß das Telefon ausgerechnet jetzt nicht funktioniert, oder?«

»Ein bißchen.«

Fast erwartete Jenny einen riesig großen, grinsenden Fremden mit einem Messer in der Hand draußen, einen jener Irren, die es heutzutage so häufig zu geben schien, und die den Fernsehreportern die schaurigen Bilder für die Sechs-Uhr-Nachrichten lieferten.

Sie streckte vorsichtig ihren Kopf in den Gang hinaus und war bereit, sofort zurückzuspringen und die Tür zuzuwerfen, falls da jemand war. Der Gang war leer.

Die beiden eilten durch den Flur zum vorderen Teil des Hauses, und als sie zu der Treppe zum ersten Stock kamen, waren Jennys Nerven angespannter denn je. Vielleicht lauerte der Mörder ja auf der Treppe und würde sich jetzt gleich mit hocherhobenem Messer auf sie stürzen.

Niemand wartete auf der Treppe.

Im Foyer und vor der Haustür auch nicht.

Draußen senkte sich nun schnell die Nacht herab. Das Licht war rötlich, und aus tausend Stellen, die die Sonne nicht mehr erreichte, stieg eine Armee von dunklen Schatten auf. Es würde noch zehn Minuten dauern, und es war ganz dunkel.

4
Das Nachbarhaus

Das Haus der Santinis war in einem etwas moderneren Stil als Jennys Haus gebaut und folgte mit seinen abgerundeten Ecken und sanften Winkeln den Konturen des Hangs, so daß es vor dem Hintergrund riesiger Kiefern fast wie eine natürliche Gesteinsformation aussah. In zwei Zimmern im Erdgeschoß brannte Licht.

Die Haustür war nur angelehnt. Innen spielte klassische Musik.

Jenny drückte auf die Klingel und trat einige Schritte zu Lisa zurück. Vielleicht hatten sie sich ja allein schon dadurch angesteckt, daß sie bei der toten Mrs. Beck in der Küche gewesen waren.

»Bessere Nachbarn kann man sich nicht wünschen«, sagte Jenny und wünschte sich im Stillen, der harte Klumpen in ihrem Magen würde endlich schmelzen. Niemand reagierte auf die Klingel.

Jenny drückte noch einmal auf den Klingelknopf. Keine Antwort. Nur die Musik drinnen schwoll an, wurde leiser, schwoll wieder an. Beethoven.

»Vielleicht ist niemand da«, sagte Lisa.

»Das kann ich mir nicht vorstellen. Die Musik, die Lichter ...« Jenny drückte die Tür auf. Aus dem Arbeitszimmer am Ende des Gangs fiel Licht in den Gang und auf die Schwelle des dunklen Wohnzimmers.

»Angie? Vince?« rief Jenny.

Keine Antwort. Nur die Musik, die nun mit einem donnernden Finale abschloß. Danach begann keine neue Musik. Offensichtlich hatte sich die Anlage automatisch abgeschaltet.

»Hallo? Ist denn da niemand?« Keine Antwort. Die Nacht hinter Jenny war still, und nun war auch das Haus vor ihr still geworden.

»Du willst doch nicht etwa da reingehen?« fragte Lisa besorgt.

Jenny warf ihr einen kurzen Blick zu. »Wieso? Was ist denn?«

Lisa biß sich auf die Lippe. »Irgend etwas stimmt da nicht. Du spürst es doch auch, oder?«

Jenny zögerte. Schließlich sagte sie widerwillig: »Ja, ich spüre es auch.«

»Es ist ... als wären wir beide allein hier ... und irgendwie doch nicht allein.«

Jenny hatte auch das Gefühl, als würden sie beobachtet. Sie drehte sich um und sah zu dem Rasen und den Büschen hinüber, die inzwischen fast völlig von der Dunkelheit verschluckt worden waren. Irgend jemand konnte dort stehen, oder auch hinter den dunklen Fensterscheiben, und sie beobachten, ohne selbst gesehen zu werden.

»Komm, verschwinden wir hier. Holen wir die Polizei, oder egal, was, wenn wir nur von hier verschwinden«, sagte Lisa. »Bitte!«

Jenny schüttelte den Kopf. »Wir sind bloß übernervös. Wahrscheinlich ist das alles bloß Einbildung. Außerdem muß ich sowieso dort reinschauen. Es könnte ja sein, daß jemand verletzt ist.«

»Bitte nicht.« Lisa packte Jenny am Arm und versuchte, sie zurückzuhalten. »Vielleicht hast du dich bei Mrs. Beck angesteckt, und das könntest du an die Santinis weitergeben. Das hast du selbst gesagt.«

»Schon, aber ich bin Ärztin. Vielleicht liegen sie da drinnen und sterben an der gleichen Krankheit, oder was es auch ist, das Mrs. Beck ihr Leben gekostet hat. Es ist doch möglich, daß sie ärztliche Versorgung brauchen.«

»Ich glaube nicht, daß das eine Krankheit ist«, sagte Lisa niedergeschlagen. »Das ist etwas Schlimmeres.«

Jenny hatte so etwas zwar auch schon gedacht, fragte aber: »Was könnte denn schlimmer sein?«

»Ich weiß es nicht. Ich ... ich habe das im Gefühl. Es ist etwas Schlimmeres.«

Ein Windstoß fuhr raschelnd durch die Büsche vor dem Haus.

»Na gut«, sagte Jenny. »Dann warte eben hier, während ich ...«

»Nein«, unterbrach Lisa sie hastig. »Wenn du da reingehst, komme ich mit.«

»Hör mal, du würdest mich damit nicht im Stich lassen —«

»Ich komme mit«, beharrte Lisa und ließ Jennys Arm los. »Komm, bringen wir's hinter uns.«

Sie gingen in das Haus hinein.

Jenny blieb im Gang stehen und sah nach links durch die offene Tür in das Arbeitszimmer. Zwei Lampen warfen ein warmes Licht in jede Ecke, aber das Zimmer war leer.

»Angie? Vince? Ist hier jemand?«

Kein Laut durchbrach die übernatürliche Stille, aber die Dunkelheit schien die beiden zu belauern, als sei sie ein riesiges, wachsames Tier. Das Wohnzimmer rechts von Jenny lag in undurchdringlicher Dunkelheit. Jenny fand einen Lichtschalter, und als das Licht anging, lag das Zimmer leer vor ihr.

»Siehst du«, sagte Lisa. »Niemand zu Hause.«

»Schauen wir nur noch in das Eßzimmer.« Die beiden durchquerten das leere Zimmer mit seinen bequemen Sofas und dem eleganten grünen Lehnsessel im Queen-Anne-Stil. Am anderen Ende des Zimmers öffnete Jenny die Doppeltüren zu dem Eßzimmer, die leicht quietschten.

Auch in dem Eßzimmer war niemand, aber der Kronleuchter beleuchtete eine seltsame Szene. Der Tisch war zum Essen gedeckt: vier Teller, vier kleinere Salat-Teller, davon drei sauber und einer mit einer Portion Salat darauf, vier Bestecke; vier Gläser — zwei voll Milch, eines voll Wasser, und eines voll mit einer klaren, bernsteinfarbigen Flüssigkeit, die wahrscheinlich Apfelsaft war. In dem Saft und dem Wasser schwammen Eiswürfel, die erst teilweise geschmolzen waren. Mitten auf dem Tisch standen die Schüsseln mit dem Essen, das bis auf den Salat unberührt war. Das Fleisch war zwar kalt geworden, aber die Kruste aus geschmolzenem Käse auf den Kartoffeln war nicht unterbrochen, und als Jenny eine Hand an die Schüssel legte, fand sie sie noch warm. Der Tisch war innerhalb der letzten Stunde, möglicherweise sogar innerhalb der letzten halben Stunde gedeckt worden.

»Sieht so aus, als hätten sie verdammt eilig weggemußt«, sagte Lisa.

Jenny runzelte die Stirn und sagte: »Ich habe fast den Eindruck, sie sind gegen ihren Willen weggeschafft worden.«

Da waren einige beunruhigende Einzelheiten. Wie der umgeworfene Stuhl, der einige Fuß weit von dem Tisch auf dem Boden lag. Die anderen Stühle standen, aber neben einem lag ein Soßenlöffel und eine zweizinkige Fleischgabel. Ein zusammengeknäultes Tuch, wahrscheinlich eine Serviette, lag in einer Ecke, als sei es dort nicht fallengelassen, sondern hingeworfen worden. Auf dem Tisch selbst war ein Salzstreuer umgeworfen worden.

Kleinigkeiten. Nichts Dramatisches. Nichts Eindeutiges.

»Gegen ihren Willen weggeschafft?« fragte Lisa erstaunt.

»Na ja, wahrscheinlich täusche ich mich ja. Sicher ist eines der Kinder plötzlich krank geworden und mußte sofort nach Santa Mira ins Krankenhaus gebracht werden, oder so etwas ähnliches.«

Lisa sah sich noch einmal in dem Zimmer um und lauschte mit geneigtem Kopf der Grabesstille in dem Haus. »Nein, das glaube ich nicht.«

»Ich eigentlich auch nicht«, gab Jenny zu.

Lisas Neugier war stärker als ihre Angst, und sie ging langsam um den Tisch herum und musterte ihn, als erwartete sie, dort eine geheime Botschaft der Santinis vorzufinden. Schließlich sagte sie: »Das erinnert mich an eine Geschichte, die ich in einem Buch über unerklärliche Ereignisse gelesen habe — so etwas in der Art wie *Das Bermuda-Dreieck.* Irgendwann, so um 1870 herum, ist ein großes Segelschiff, die *Mary Celeste,* völlig leer im Atlantik gefunden worden. Die Tische waren zum Essen gedeckt, aber die gesamte Mannschaft war weg. Das Schiff war nicht bei einem Sturm beschädigt worden, und es hatte auch kein Leck oder sowas. Es gab überhaupt keinen Grund, warum die Mannschaft das Schiff verlassen haben sollte. Außerdem waren die Rettungsboote noch da. Die Segel waren gesetzt, die Lampen haben gebrannt, alles war völlig in Ordnung, aber es war kein Mensch an Bord; das gehört zu den großen Geheimnissen des Meeres.«

»Ich bin sicher, daß hinter der Sache hier kein großes Geheimnis steckt«, sagte Jenny ohne Überzeugung. »Die Santinis sind ganz bestimmt nicht verschwunden.«

Auf der anderen Seite des Tisches blieb Lisa plötzlich stehen, sah ihre Schwester an und sagte: »Wenn man sie tatsächlich gegen ihren Willen weggebracht hat, hat das etwas mit dem Tod deiner Haushälterin zu tun?«

»Vielleicht. Das kann man jetzt noch nicht sicher sagen.«

»Meinst du, wir sollten uns eine Pistole oder sowas besorgen?« fragte Lisa noch leiser.

»Nein, nein.« Jenny sah auf das unberührte Essen, das verschüttete Salz und den umgestoßenen Stuhl herab. »Komm, jetzt wollen wir erst einmal nachsehen, ob hier das Telefon funktioniert.«

Das Telefon hing über dem Spülstein an der Wand. Jenny schaltete das Küchenlicht an, ging zu dem Apparat, nahm den Hörer ab und drückte auf den Knopf, um in die Leitung zu kommen. Wieder bekam sie kein Freizeichen.

Diesmal aber war das Telefon nicht tot wie in ihrem Haus. Die Leitung war offen, und das leise Rauschen von elektrischer Statik war zu hören. Obwohl Jenny kein Freizeichen bekam, wählte sie die Nummer des Sheriffs, kam aber nicht durch.

Dann aber, als sie gerade wieder auf den Knopf drücken wollte, hatte sie plötzlich das deutliche Gefühl, daß am anderen Ende der Leitung jemand war und ihr zuhörte.

»Hallo?« sagte sie in die Sprechmuschel.

Weit entfernt zischte es, als würden Eier in einer Pfanne gebraten.

»Hallo?« wiederholte sie.

Nichts. Nur das Rauschen. ›Weißes Rauschen‹ nannte man das wohl.

Sie sagte sich, daß da nichts anderes war als das gewöhnliche Geräusch einer offenen Leitung, aber sie wurde das Gefühl nicht los, daß ihr jemand angespannt zuhörte, während sie ihrerseits ebenfalls zuhörte.

Unsinn.

Es lief ihr kalt den Rücken hinunter, und sie hängte hastig auf; Unsinn oder nicht.

»In so einer kleinen Stadt kann doch das Büro des Sheriffs nicht weit weg sein«, sagte Lisa. »Warum gehen wir nicht einfach hin?«

Eigentlich hatte Jenny vorgehabt, das Haus zu durchsuchen, falls jemand von den Santinis krank oder verletzt war und sich nicht bemerkbar machen konnte. Nun aber kam ihr der Verdacht, daß vielleicht jemand an einem anderen Anschluß im ersten Stock saß und lauschte. Diese Möglichkeit veränderte alles; sie nahm zwar ihre beruflichen Pflichten nicht auf die leichte Schulter, aber in dieser Situation war sie zuerst für ihre Schwester und sich selbst verantwortlich. Vielleicht war es tatsächlich am besten, wenn sie Hilfssheriff Paul Henderson herholte, um *dann* mit ihm zusammen das Haus zu durchsuchen. Sie hätte zwar am liebsten geglaubt, daß das nur ihre Einbildung war, aber sie spürte neugierige Augen, als würde jemand sie beobachten — geduldig warten und beobachten.

»Also gut«, sagte sie zu Lisa. »Los, komm mit.«

Offensichtlich erleichtert rannte ihr Schwester vor ihr her durch Eßzimmer und Wohnzimmer auf die Straße hinaus.

Draußen war es inzwischen Nacht geworden. Die Luft war kühler als bei der Dämmerung, und bald würde es ausgesprochen kalt werden. Die Straßenlaternen an der Skyline Road hatten sich mit Einbruch der Dunkelheit automatisch angeschaltet, und auch in einigen Läden war die Abendbeleuchtung angegangen. Jenny und Lisa blieben vor dem Haus der Santinis stehen und bewunderten kurz die Aussicht.

Die an den Gebirgshang geschmiegte Stadt war mit ihren verwinkelten Dächern und Erkern jetzt noch schöner als in der Dämmerung. Aus einigen Schornsteinen stiegen wie geisterhafte Federn weiße Rauchfäden hoch. Hinter manchen Fenstern schienen Lichter, aber die meisten reflektierten wie schwarze Spiegel die Strahlen der Straßenlaternen. Der leichte Wind ließ die Bäume sanft schwanken und ihre Blätter wie zu einem Schlaflied leise rauschen.

Nicht die Schönheit allein aber hatte die beiden stocken lassen. Jenny war vor allem die unheimliche, völlige Stille aufgefallen. Bei ihrer Ankunft hatte sie sie nur merkwürdig gefunden. Nun kam sie ihr bedrohlich vor.

»Das Büro des Sheriffs ist an der Hauptstraße«, sagte sie zu Lisa. »Nur zweieinhalb Blocks weit weg von hier.«

Sie hasteten auf das tote Herz der Stadt zu.

5
Drei Kugeln

In dem düsteren Stadtgefängnis brannte nur ein einziges Licht, das aber von einer Tischlampe kam und auf den Schreibtisch konzentriert war, so daß von dem Rest des großen Hauptraums nicht viel zu sehen war. Auf der Tischplatte lag ein aufgeschlagenes Magazin direkt im Licht. Sonst war es bis auf das blasse Licht, das durch die Fenster hereinfiel, dunkel in dem Raum.

Jenny öffnete die Tür, trat ein, und Lisa kam direkt hinter ihr her.

»Hallo? Paul? Sind Sie da?«

Sie fand einen Wandschalter, knipste die Deckenbeleuchtung an — und zuckte buchstäblich vor dem zurück, was sie ihr auf dem Boden zeigte.

Paul Henderson. Dunkelverfärbtes Fleisch, Prellung. Angeschwollen, tot.

»Großer Gott!« sagte Lisa und drehte sich hastig um. Sie stolperte zu der offenen Tür, lehnte sich an den Türrahmen und sog sich die kühle Nachtluft tief in die Lungen.

Es kostete Jenny erhebliche Mühe, die urtümliche Angst zu unterdrücken, die in ihr aufstieg. Sie ging zu Lisa, legte ihr eine Hand auf die Schulter und sagte: »Bist du okay? Ist dir schlecht?«

Lisa konnte anscheinend nur schwer den Brechreiz unterdrücken. Schließlich schüttelte sie den Kopf. »Nein, es geht schon wieder. K-komm, raus hier!«

»Augenblick noch«, sagte Jenny. »Zuerst möchte ich mir die Leiche ansehen.«

»Du *möchtest* die Leiche ansehen? Das kann doch nicht wahr sein!«

»Ja, ja, du hast ja recht. Ich *möchte* mir alles andere lieber ansehen, aber vielleicht komme ich dahinter, was hier los ist. Du kannst ja hier in der Tür warten.«

Lisa seufzte resigniert.

Jenny ging zu der Leiche auf dem Boden hin und kniete sich daneben.

Paul Henderson war im gleichen Zustand wie Hilda Beck. Jedes sichtbare Stück Fleisch war eine ununterbrochene Prellung. Der Körper war aufgeschwollen, das Gesicht verquollen und verzerrt, aber es war keinerlei Verwesungsgeruch festzustellen.

Die blicklosen Augen quollen aus dem dunkelverfärbten Gesicht und verrieten mit dem weitaufgerissenen und verzerrten Mund unverkennbar eine Emotion: *Angst*. Paul Henderson war anscheinend wie Hilda plötzlich und in den Klauen eines lähmenden Entsetzens gestorben.

Jenny war mit dem Toten nicht eng befreundet gewesen. Natürlich hatte sie ihn gekannt, denn in einer so kleinen Stadt kannte jeder jeden. Er war ein freundlicher, guter Polizeibeamter gewesen, und sie war tief betroffen von dem, was ihm zugestoßen war. Sie sah in sein verzerrtes Gesicht, und der Ekel stieg in ihr hoch, so daß sie ihren Blick abwenden mußte.

Die Waffe des Deputy steckte nicht in ihrem Halfter. Sie lag neben der Leiche auf dem Boden. Ein Revolver vom Kaliber .45.

Sie starrte auf die Pistole und überlegte. Vielleicht war sie ja aus dem Halfter gerutscht, als Henderson auf den Boden gefallen war, aber sie bezweifelte es. Damit blieb als logischste Möglichkeit, daß er die Pistole gezogen hatte, um sich gegen einen Angreifer zu wehren.

Wenn das der Fall war, war er nicht ein Opfer von Krankheit oder Gift.

Jenny wandte sich von der Leiche ab, hockte sich vor den Revolver und überlegte lange, ob sie ihn berühren sollte oder nicht. Sie machte sich nicht mehr so viele Gedanken um Ansteckung wie bei Mrs. Beck, denn ihrer Meinung nach sah das alles immer weniger nach einer bizarren Krankheit aus, und außerdem hatte sie sich bestimmt ohnehin schon angesteckt, wenn es sich tatsächlich um eine exotische Krankheit handeln sollte, denn dann mußte sie erschreckend virulent sein. Sie hatte also nichts zu verlieren, wenn sie den Revolver aufnahm und den Toten genauer untersuchte. Am meisten Gedanken machte ihr, daß sie vielleicht Fingerabdrücke verwischen und wichtiges Beweismaterial vernichten könnte.

Selbst wenn Henderson aber wirklich ermordet worden war, hatte sein Mörder ganz sicher nicht die Pistole seines Opfers benutzt und seine Fingerabdrücke darauf hinterlassen. Darüber hinaus sah Paul nicht so aus, als sei er erschossen worden; es hatte ganz im Gegenteil den Anschein, daß er geschossen hatte.

Sie hob die Pistole auf und sah sie sich an. Von den sechs Patronen in der Trommel waren drei abgefeuert, und nach dem scharfen Geruch von verbranntem Pulver zu urteilen, vor nicht allzu langer Zeit. Sie nahm den .45er in die Hand und suchte den gesamten Raum sorgfältig ab, konnte aber keine Einschußlöcher entdecken.

Das überraschte sie. Wenn mit der Pistole nicht in den Boden oder durch das Fenster gefeuert worden war — unmöglich, weil die Fenster geschlossen waren und keine Einschußlöcher zeigten —, dann war sie ungefähr in Hüfthöhe in dem Raum abgeschossen worden. Wo waren aber dann die Kugeln?

Wenn sie in dem Raum nicht zu finden waren, konnten sie nur noch an einer anderen Stelle sein: Im Körper des oder der Angreifer, auf die Paul Henderson gezielt hatte. Wenn er aber mit einem .45er Polizeirevolver einen oder verschiedene Angreifer so im Körper getroffen hatte, daß die Kugeln steckengeblieben waren, hätte alles voller Blut sein müssen. Es war jedoch kein Tropfen zu sehen.

Verwirrt drehte sich Jenny zum Schreibtisch um und nahm den Hörer von der Gabel, obwohl sie bereits vorher wußte, was sie hören würde. Kein Freizeichen. Nur das elektronische, insektenähnliche Zischen einer offenen Leitung. Auch dieses Mal hatte sie das Gefühl, daß sie in der Leitung nicht allein war.

Sie legte den Hörer auf — zu abrupt, zu hart. Ihre Hände zitterten.

An der hinteren Wand des Raums stand neben einem verschlossenen Waffenschrank ein Fotokopier-Gerät, ein Fernschreiber und ein Funkgerät. Mit dem Fernschreiber kannte sich Jenny nicht aus, und außerdem schien er ebenso tot zu sein wie das Funkgerät, dessen Kontrollampe nicht brannte, obwohl es angeschaltet war. Wer den Deputy umgebracht hatte, hatte offensichtlich auch den Fernschreiber und das Funkgerät unbrauchbar gemacht.

Als Jenny in den vorderen Teil des Raums zurückkam, sah sie Lisa nicht mehr in der Tür stehen, und einen Augenblick lang wollte ihr das Herz stehenbleiben, aber dann sah sie das Mädchen neben Hendersons Leiche kauern und sie genau betrachten.

Als Jenny näherkam, sah Lisa auf, deutete auf den aufgeschwollenen Leichnam und sagte: »Ich hätte nie gedacht, daß Haut sich so dehnen läßt, ohne aufzureißen.« Ihre Pose von wissenschaftlicher Neugier und gespielter Gleichgültigkeit gegenüber dem schrecklichen Bild vor ihr war leicht zu durchschauen; ihre unruhigen Augen verrieten sie. Lisa sah von der Leiche weg, als mache sie ihr nicht das geringste aus, und erhob sich langsam.

»Warum bist du denn nicht bei der Tür geblieben?«

»Ich habe mich über mich selbst geärgert, weil ich so ein Feigling war.«

»Hör mal, ich habe dir doch schon gesagt, daß —«

»Ich meine, ich habe natürlich Angst davor, daß uns hier in Snowfield etwas ganz Schlimmes passieren wird, vielleicht schon ganz bald, aber wegen *der* Angst schäme ich mich nicht, weil sie nach allem, was hier passiert ist, nicht mehr als vernünftig ist. Ich hatte aber sogar vor der Leiche da Angst, und das ist einfach kindisch.«

Lisa stockte, aber Jenny sagte nichts. Sie wußte, daß ihre Schwester noch mehr zu sagen hatte, das sie loswerden wollte.

»Er ist tot. Er kann mir nichts tun, und es gibt keinen Grund, Angst vor ihm zu haben. Irrationalen Ängsten sollte man nicht nachgeben, weil das falsch und schwach und dumm ist. Man kann mit ihnen nur fertigwerden, indem man sich ihnen stellt. Stimmt's? Also habe ich mich entschlossen, mich dem hier zu stellen.« Sie deutete mit einem Kopfnicken auf den toten Mann zu ihren Füßen.

Es war nicht allein die Situation in Snowfield, die ihr zu schaffen machte, überlegte sich Jenny. All das hatte ihr mit Macht wieder ins Gedächtnis zurückgerufen, wie sie ihre Mutter an einem heißen Juli-Nachmittag tot in der Küche vorgefunden hatte.

»Ich habe das jetzt überwunden«, sagte Lisa. »Ich habe zwar immer noch Angst vor dem, was uns passieren könnte, aber vor *ihm* habe ich keine Angst mehr.« Sie sah auf die Leiche herab, um das zu beweisen, und dann sah sie Jenny direkt in die Augen. »Siehst du? Du kannst dich jetzt wirklich auf mich verlassen. Ich baue bestimmt nicht noch einmal ab.«

Es wurde Jenny zum erstenmal klar, daß sie Lisas Vorbild war. Das Mädchen zeigte mit ihren Augen, ihrem Gesichtsausdruck, ihrer Stimme und ihren Händen auf subtile Art, wie sehr sie Jenny respektierte und verehrte, und sie sagte ihr ohne Worte etwas, das Jenny tief rührte: *Ich liebe dich, aber mehr noch, ich mag dich; ich bin stolz auf dich; ich finde dich sagenhaft, und wenn du etwas Geduld mit mir hast, werde ich dich stolz und glücklich darüber machen, daß du mich als kleine Schwester hast.*

Jenny war davon überrascht, daß sie in Lisas plötzlichem Pantheon eine so bedeutende Position einnahm. Wegen ihrer langen Abwesenheit hatte sie eigentlich angenommen, daß sie für ihre Schwester praktisch eine Fremde wäre.

»Ich weiß, daß ich mich auf dich verlassen kann«, versicherte sie Lisa. »Ich hatte nie etwas anderes angenommen.«

Lisa lächelte verlegen.

Jenny nahm sie in die Arme, und einen Augenblick lang klammerte sie sich an ihr fest; schließlich sagte sie: »Und ... hast du inzwischen eine Ahnung davon, was sich hier abgespielt hat?«

»Eigentlich nicht. Es ergibt alles keinen Sinn.«

»Das Telefon funktioniert hier auch nicht, was? Sicher sind alle Telefone in der Stadt außer Betrieb.«

»Wahrscheinlich.«

Sie gingen auf die gepflasterte, menschenleere Straße hinaus. Lisa sah sich in der Stille um und sagte: »Sie sind alle tot.«

»Das können wir jetzt noch nicht sicher sagen.«

»Alle«, beharrte das Mädchen hoffnungslos. »Die ganze Stadt. Alle tot. Ich *spüre* das.«

»Die Santinis waren aber bloß nicht da, nicht tot«, erinnerte sie Jenny.

Inzwischen war über den Bergen der Mond aufgegangen und machte mit seinem silbernen Licht alles noch geheimnisvoller, als es das vorher gewesen war.

»Ein Friedhof«, sagte Lisa. »Die ganze Stadt ist ein Friedhof. Können wir uns nicht einfach ins Auto setzen und Hilfe holen?«

»Das geht nicht, das weißt du doch. Wenn hier eine Krankheit —«

»Das ist keine Krankheit.«

»Absolut sicher wissen wir das noch nicht.«

»Ich schon. Außerdem hast du selbst gesagt, du hieltest es praktisch für ausgeschlossen.«

»So lange auch nur die leiseste Möglichkeit besteht, müssen wir hier in Quarantäne bleiben.«

Jetzt erst schien Lisa die Pistole zu bemerken. »Hat sie dem Sheriff gehört?«

»Ja.«

»Ist sie geladen?«

»Drei Schuß fehlen, aber es sind noch drei in der Trommel.«

»Willst du sie behalten?« fragte Lisa zitternd.

Jenny starrte auf den Revolver in ihrer rechten Hand herab und nickte. »Wahrscheinlich ist es das beste.«

»Stimmt. Auf der anderen Seite ..., *ihn* hat er auch nicht gerettet, oder?«

6
Neuigkeiten und Theorien

Sie gingen weiter die Skyline Road entlang und sahen in alle Fenster hinein, um irgendwelche Lebenszeichen zu entdecken, fanden aber keine. Bei den Privathäusern, an denen sie vorbeikamen, stieg Jenny die Stufen zur Haustür hinauf und klingelte, erhielt aber nirgends eine Antwort, auch nicht in den Häusern, in denen hinter den Fenstern Lichter brannten. Sie überlegte sich, ob sie in die Häuser hineingehen sollte, ließ es aber bleiben, weil sie wie Lisa befürchtete, die Bewohner in dem gleichen grotesken Zustand vorzufinden wie Hilda Beck und Paul Henderson. Von Leichen konnte sie nichts mehr erfahren; sie brauchte lebende Menschen, Zeugen.

»Gibt es hier in der Gegend irgendwo ein Kernkraftwerk?« fragte Lisa.

»Nein. Warum?«

»Ich dachte, vielleicht ... Strahlung.«

»So schnell wirkt Strahlung nicht tödlich.«

»Auch nicht, wenn sie unheimlich stark ist?«

»Dann würden die Opfer nicht so aussehen. Sie hätten Verbrennungen, Blasen, offene Wunden.«

»Gift?« fragte Lisa weiter.

»Wie soll denn eine ganze Stadt gleichzeitig vergiftet werden?«

»Mit schlechtem Essen vielleicht.«

»Höchstens, wenn die ganze Stadt an einem Festessen teilgenommen hätte, bei dem irgend etwas Vergiftetes serviert worden war. So ein Festessen hat aber nicht stattgefunden. Das gibt es nur einmal im Jahr, am vierten Juli zum Nationalfeiertag.«

»Gift in der Wasserversorgung?«

»Dann müßten alle genau zur gleichen Zeit Wasser getrunken haben, denn sonst hätten die anderen ja gewarnt werden können.«

»Das ist ja so gut wie unmöglich.«

»Außerdem sieht das nicht nach Gift aus. Ich habe noch nie von einem Gift gehört, das so wirkt.«

Die Bäckerei der Liebermanns. Während der Ski-Saison standen die Touristen Schlange, um etwas von dem köstlichen Gebäck von Jakob und Aida Liebermann zu bekommen, aber die beiden waren so stolz auf ihre Back-Künste, daß sie auch außerhalb der Saison ihre Produkte verkauften, obwohl dann das Geschäft lange nicht so gut ging. Sie wohnten in einer Wohnung über der Bäckerei, in der heute keine Lichter brannten.

Jenny und Lisa lehnten sich nahe an das Schaufenster und sahen hinein. Von hinten fiel aus der Backstube Licht in den Laden und das kleine Café. Die weißen Schaukästen unter der Theke waren leer.

Jenny betete im stillen darum, daß Jakob und Aida von dem Schicksal verschont geblieben waren, das anscheinend den Rest von Snowfield getroffen hatte. Die beiden waren die nettesten, freundlichsten und sanftesten Menschen, die sie je kennengelernt hatte.

Lisa wendete sich von dem Schaufenster ab und sagte: »Und wie ist es mit giftigem Abfall? Irgendeine Chemikalie, von der eine Wolke von tödlichem Gas aufgestiegen ist?«

»Doch nicht hier«, sagte Jenny. »Hier in den Bergen gibt es keine Giftmülldeponien oder chemische Fabriken.«

»Manchmal entgleist auch ein Zug, und ein Tankwagen voller Chemikalien reißt auf.«

»Die Eisenbahnschienen sind mindestens zwanzig Meilen weit weg von hier.«

Lisa runzelte nachdenklich die Stirn und drehte sich um, um von der Bäckerei wegzugehen.

»Augenblick noch. Ich möchte mich da drinnen mal umsehen«, sagte Jenny und ging zu der Ladentür.

»Warum? Es ist doch niemand da.«

»Das wissen wir noch nicht sicher.« Sie versuchte, die Tür zu öffnen, aber sie ging nicht auf. »In der Backstube und der Küche brennen die Lichter. Vielleicht sind sie dort hinten und bereiten alles für morgen vor, und von dem, was in dem Rest der Stadt passiert ist, haben sie gar nichts bemerkt. Die Tür hier ist zu. Probieren wir es mal mit der Hintertür.«

Neben dem Laden führte hinter einer verriegelten Holztür zwischen diesem und dem Nachbargebäude ein überdachter Gang zu einem schmalen Weg hinter den Häusern. Als Jenny den Riegel aufgeschoben und die quietschende Tür geöffnet hatte, lag ein beängstigend dunkler Tunnel vor ihnen; das einzige Licht in ihm war ein grauer Fleck an seinem hinteren Ende, wo er in den Weg mündete.

»Das gefällt mir aber gar nicht«, sagte Lisa.

»Nur die Ruhe. Bleib einfach dicht hinter mir. Wenn du die Orientierung verlieren solltest, taste dich mit einer Hand an der Wand weiter.«

Jenny wollte ihrer Schwester nicht noch mehr Angst machen, und deshalb sagte sie nichts davon, daß der unbeleuchtete Gang auch sie nervös machte. Er schien mit jedem Schritt schmaler und bedrückender zu werden.

Als sie ein Viertel des Wegs durch den Tunnel hinter sich gebracht hatten, überfiel Jenny plötzlich das unheimliche Gefühl, daß sie und Lisa nicht allein waren. Einen Augenblick später bemerkte sie, daß sich an der dunkelsten Stelle, acht oder zehn Fuß über ihr unter dem Dach, etwas bewegte. Sie hätte nicht sagen können, *wie* sie das bemerkte. Das einzige Geräusch waren ihre und Lisas widerhallende Schritte. Plötzlich fühlte sie, daß da etwas war, was ihnen feindlich gesonnen war, und als sie in die tiefe Finsternis des Weges vor ihnen starrte, war sie sich sicher, daß diese Finsternis ... sich änderte.

Sie verschob und bewegte sich, bewegte sich dort oben zwischen den Dachbalken.

Sie sagte sich selbst, daß sie sich das nur einbildete, aber als sie den Tunnel halbwegs hinter sich gebracht hatte, schrien ihr all ihre animalischen Instinkte zu, loszurennen und von hier zu verschwinden. Ärzte sollten eigentlich nicht in Panik geraten; Gleichmut gehörte zu ihrer Ausbildung, aber sie ging trotzdem etwas schneller. Nur ein wenig schneller, nicht viel, und dann noch ein bißchen schneller, und noch ein bißchen, bis sie schließlich gegen ihren Willen doch rannte.

Sie erreichte den Fußweg. Auch hier war es düster, aber nicht so dunkel wie in dem Tunnel. Lisa kam stolpernd hinter ihr hergerannt und wäre beinahe auf einem Stück nassem Asphalt ausgerutscht. Jenny konnte sie gerade noch festhalten.

Sie zogen sich zurück und behielten den Ausgang des Tunnels genau im Auge. Jenny hob den Revolver, den sie von der Polizeistation mitgenommen hatte.

»Hast du das auch gespürt?«

»Da war irgendwas unter dem Dach. Wahrscheinlich ein paar Vögel oder schlimmstenfalls Fledermäuse.«

Lisa schüttelte den Kopf. »Nein, das war nicht unter dem Dach. Es hat an der Wand gekauert.«

»Ich habe etwas zwischen den Dachbalken gesehen«, sagte Jenny.

»Nein«, sagte ihre Schwester und schüttelte den Kopf.

»Was hast *du* denn gesehen?«

»Es war links an der Wand. Ungefähr halbwegs durch den Tunnel. Fast wäre ich hineingestolpert.«

»Was war das denn?«

»Ich ... ich weiß nicht. Richtig gesehen habe ich es nicht.«

»Was denn sonst? Hast du etwas gehört oder gerochen?«

»Nein«, sagte Lisa und beobachtete weiter unverwandt den Ausgang des Tunnels. »Aber an einer Stelle war die Dunkelheit ... irgendwie anders. Ich habe eine Bewegung gespürt ... irgend etwas hat sich verschoben ...«

»Das habe ich auch zu sehen geglaubt — aber zwischen den Balken.«

Sie warteten, und als nichts aus dem Tunnel herauskam, beruhigte sich Jennys Herzschlag wieder einigermaßen. Nun kamen ihr Zweifel. Sie vermutete, daß sie und Lisa nur ihrer Hysterie nachgegeben hatten. Diese Erklärung gefiel ihr zwar ganz und gar nicht, weil sie nicht zu dem Bild paßte, das sie sich von sich selbst gemacht hatte, aber sie war ehrlich genug, um zugeben zu können, daß sie dieses eine Mal in Panik geraten sein könnte.

»Wir sind einfach nervös«, sagte sie zu Lisa. »Wenn da drinnen etwas Gefährliches gewesen wäre, wäre es uns doch bestimmt nachgekommen — meist du nicht auch?«

»Vielleicht.«

»He, weißt du, was es gewesen sein könnte? Katzen! Die mögen doch solche dunklen Wege.«

»Das waren keine Katzen. Meiner Ansicht nach war das *viel* größer als Katzen«, erwiderte Lisa nervös.

»Na gut, dann waren es eben keine Katzen. Höchstwahrscheinlich war es gar nichts. Wir sind übernervös.« Sie seufzte. »Komm, sehen wir lieber nach, ob die Hintertür offen ist. Dafür sind wir schließlich hergekommen.«

Sie gingen zu der Hintertür der Bäckerei und sahen dabei immer wieder über ihre Schultern zu dem Ausgang des Tunnels.

Die Hintertür war unverschlossen, und Jenny und Lisa gingen durch den Lagerraum hinter ihr in die riesige Küche. Der appetitliche Geruch nach Gebäck war so anheimelnd und erinnerte sie so sehr an normale Zeiten, daß die Spannung, die sie gepackt hatte, etwas nachließ.

Die Küche war mit verschiedenen Backöfen, einer Teig-Knetmaschine und einer Reihe von anderen Gerätschaften reichlich ausgestattet; alles blitzte vor Sauberkeit. Die Mitte des Raums war von einem langen Tisch oder einer Theke beherrscht, der die Haupt-Arbeitsfläche darstellte, und zur einen Hälfte aus einer Edelstahlfläche und zur anderen aus einem Hackbrett bestand.

»Hier ist niemand«, sagte Lisa.

»Scheint so«, sagte Jenny; ihre Stimmung besserte sich, als sie in den Raum hineinging.

Wenn die Familie Santini entkommen war, und wenn Jakob und Aida verschont geblieben waren, dann war es vielleicht doch nicht so schlimm. Vielleicht —

O Gott!

Mitten auf dem Hackbrett lag ein großer Fladen Teig. Auf dem Teig lag ein Nudelholz. Zwei Hände hatten es am Griff gepackt. Zwei abgetrennte menschliche Hände.

Lisa trat so heftig an einen Metallschrank zurück, daß sein Inhalt laut klapperte. »Verdammt noch mal, was ist eigentlich los hier? Was ist nur los hier?«

Voller morbider Faszination ging Jenny näher auf die Arbeitsfläche zu und starrte auf die körperlosen Hände herab; sie betrachtete sie mit einer Mischung von Ekel und Ungläubigkeit — und einer Angst, die so scharf wie ein Rasiermesser war. Die Hände waren nicht geschwollen und hatten keine Prellung; abgesehen von einem leichten Grauton waren sie mehr oder weniger fleischfarben. Blut — das erste Blut, das sie bisher gesehen hatte — führte in einer nassen Spur von den abgerissenen Händen weg und endete in Streifen und glänzenden Tropfen in einer dünnen Mehlschicht. Die Händen waren stark, oder vielmehr waren sie das früher einmal gewesen. Zweifellos Männerhände. Jakob Liebermanns Hände.

»Jenny!«

Jenny sah erschreckt auf.

Lisa deutete mit erhobenem Arm auf die andere Seite der Küche.

An der hinteren Wand waren drei Backöfen in der Mauer versenkt. Einer davon war riesig und hatte eine doppelte Edelstahltür. Die beiden anderen waren kleiner, aber noch immer größer als ein Küchenbackofen; ihre Tür hatte eine Sichtscheibe in der Mitte. Keiner der Öfen war im Augenblick angeschaltet. Das war auch gut so, weil der Gestank sonst nicht auszuhalten gewesen wäre.

In jedem der kleineren Backöfen lag ein abgetrennter Kopf.

Gräßliche, tote Gesichter drückten ihre Nasen von innen an die Scheibe und glotzten in die Küche.

Jakob Liebermann. Das weiße Haar mit Blut bespritzt. Ein Auge halb geschlossen, das andere weit aufgerissen. Die Lippen schmerzvoll zusammengepreßt.

Aida Liebermann. Beide Augen weit offen. Der Mund aufgerissen, als sei die Kinnlade ausgekugelt.

Einen Augenblick lang konnte Jenny nicht glauben, daß die Köpfe wirklich waren. Sie waren einfach zu schockierend. Sie dachte an teure, lebensechte Halloween-Masken in Zellophanschachteln, an die grauenhaften Wachsköpfe mit Nylon-Haar und Glasaugen, wie sie in den Scherzartikel-Läden angeboten wurden (und das waren *die da* doch bestimmt auch) — und dann fiel ihr noch eine Zeile aus einem Werbe-Slogan ein: *Ofenfrisch auf Ihren Tisch!*

Ihr Herz klopfte dröhnend, und ihr war schwindlig, als habe sie Fieber.

Auf der Arbeitsfläche hielten die beiden Hände noch immer das Nudelholz fest. Jenny erwartete halb, sie würden plötzlich wie zwei Krabben über den Tisch laufen.

Wo waren die kopflosen Leichen der Liebermanns? In dem großen Backofen? In dem Kühlschrank, tiefgefroren und weiß?

Ein bitterer Geschmack stieg ihr im Hals hoch, aber sie unterdrückte ihn. Der Revolver schien nun gegen diesen unglaublich brutalen, unbekannten Feind ein allzu dürftiger Schutz.

Wieder hatte Jenny das Gefühl, als würde sie beobachtet. Sie drehte sich zu Lisa um. »Komm, raus hier!«

Ihre Schwester ging auf die Hintertür zu.

»Nicht da raus! Durch den dunklen Tunnel gehe ich nicht noch einmal.«

»Mein Gott, da hast du recht«, stimmte ihr Lisa zu.

Sie hasteten durch die Küche und den Laden zu der vorderen Eingangstür. Jenny bekam den Riegel davor nicht auf und dachte schon, sie müßten doch durch den Hinterausgang hinaus, bis sie bemerkte, daß sie den Entriegelungsknopf falsch herumgedreht hatte. Danach ging der Riegel ohne Schwierigkeiten auf, Jenny riß die Tür auf, und die beiden rannten in die kühle Nachtluft hinaus.

Nach einer Weile sagte Lisa: »Strahlung, Krankheit, Gift, Gas — Mann, damit waren wir aber echt auf der falschen Spur. Das kann nur irgendein Irrer gewesen sein, oder?«

Jenny schüttelte den Kopf. »Ausgeschlossen. Snowfield hat fast fünfhundert Einwohner, und das hätte ein einziger Irrer nie geschafft. Dazu wäre eine ganze Armee Irre nötig gewesen, und so gehen Psychopathen nicht vor. Sie schließen sich nicht zusammen und planen einen Mord, sondern sind fast immer Einzelgänger.«

Lisa ließ ihren Blick nervös über die Schatten am Straßenrand wandern, als erwarte sie einen Angriff von einem von ihnen, und sagte: »Und was ist mit dieser Kommune von Charles Manson, die damals in den 60er Jahren diesen Filmstar umgebracht hat — wie hieß sie doch gleich wieder? Sharon Tate! Meinst du nicht, um so etwas könnte es sich hier auch handeln?«

»Der harte Kern der Manson-Familie bestand aus höchstens sechs Leuten, und schon das war eine ungeheure Seltenheit. Sechs Leute hätten das hier in Snowfield nie geschafft; dazu wären mindestens fünfzig, vielleicht sogar hundert nötig gewesen, und das ist unmöglich. So viele Psychopathen wären niemals unter einen Hut zu bringen.«

Nach kurzem Schweigen sagte Jenny: »Da gibt es noch etwas, das nicht stimmt. Warum war in der Küche nicht mehr Blut?«

»Ein bißchen war schon da.«

»Das war doch so gut wie gar nichts. Eigentlich hätte alles in Blut schwimmen müssen.«

Lisa rieb sich die Arme ab, um sich aufzuwärmen. Im Schein der Straßenlaterne sah ihr Gesicht wie Wachs aus. Sie sah älter aus als vierzehn. Das Entsetzen hatte sie gereift. »Außerdem waren da keinerlei Anzeichen für einen Kampf«, sagte sie.

Jenny runzelte die Stirn: »Stimmt; da hast du recht.«

»Das ist mir sofort aufgefallen«, sagte Lisa. »Sie haben sich anscheinend gar nicht gewehrt. Eigentlich hätte man doch annehmen sollen, daß das Nudelholz eine ganz gute Waffe abgegeben hätte, nicht wahr? Er hat es aber nicht benutzt. Es sieht fast so aus, als hätte er sich die Hände freiwillig abhacken lassen. Warum nur?«

Jenny sah sich in der Skyline Road um. Die Stille lastete auf der Stadt wie ein schwarzes Tuch. Sie kannte diese Stille aus manchen Krankenzimmern, in denen der Patient gerade seinen letzten Kampf hinter sich gebracht hatte. Es war die spezielle, grimmige Stille des Todes.

Sie hatte es sich nicht eingestehen wollen. Deshalb hatte sie auch nicht laut in die ausgestorbenen Straßen hinausgeschrien. Sie hatte befürchtet, niemand würde ihr antworten.

Nun aber blieb sie ruhig, weil sie befürchtete, jemand *würde* ihr antworten. Jemand oder etwas Gefährliches.

Es blieb ihr nun keine andere Wahl mehr. Sie mußte die Tatsachen akzeptieren. Snowfield war eigentlich keine Stadt mehr, sondern ein riesiger Friedhof mit Gräbern, die wie Berghäuser aussahen.

Der Wind wurde wieder stärker und pfiff durch die Giebel. Er klang wie die Ewigkeit.

7
Der County-Sheriff

In der County-Verwaltung in Santa Mira wußte man noch nichts von der Krise in Snowfield. Man hatte hier seine eigenen Probleme.

Lieutenant Talbert Whitman kam in das Zimmer, als Sheriff Bryce Hammond gerade das Tonbandgerät anschaltete und den Verdächtigen über seine Rechte belehrte. Whitman wollte das Verhör nicht stören und setzte sich daher nicht zu den drei Männern an den Tisch, sondern ging zu dem großen Fenster und ließ sich auf der breiten Fensterbank nieder.

Tal Whitman, schwarz wie ein Schatten im Winter, hatte es aus Harlem hierher nach Santa Mira verschlagen, und es gefiel ihm hier. Manchmal sah er sich die saubere Stadt in ihrer angenehmen Umgebung an, und er konnte sein Glück nicht so recht fassen.

Das Bild, das sich ihm *in* dem Raum bot, konnte ihn allerdings weniger zu Begeisterungsstürmen hinreißen. Hier sah es aus wie in zahllosen anderen Polizeistationen überall im Land. Ein billiger Linoleum-Fußboden, abgestoßene Aktenschränke, und mitten in dem Raum ein runder Konferenztisch mit fünf Stühlen.

An dem Tisch saß im Stuhl des Verdächtigen der große, gutaussehende sechsundzwanzigjährige Grundstücksmakler Fletcher Kale und steigerte sich in eine beeindruckende gerechtfertigte Empörung hinein.

»Jetzt hören Sie mal, Sheriff«, sagte Kale. »Können wir den Scheiß nicht lassen? Sie brauchen mich doch nicht *schon wieder* über meine Rechte zu belehren! Das haben wir doch in den letzten drei Tagen schon ein dutzendmal hinter uns gebracht, oder?«

Bob Robine, Kales Anwalt, legte seinem Klienten hastig eine Hand auf den Arm, um ihn zum Schweigen zu bringen. Robine war klein, dick, hatte ein rundes Gesicht und ein freundliches Lächeln, aber seine Augen waren hart wie die eines Chefcroupiers.

»Nur Ruhe«, sagte Robine. »Sheriff Hammond hat Sie jetzt aufgrund seines Verdachtes so lange festgehalten, wie ihm das Gesetz das erlaubt, und er weiß genau, daß ich das weiß. Er wird diesen Fall also innerhalb der nächsten Stunde so oder so zu Ende bringen.«

Kale blinzelte, nickte und änderte seine Taktik. Er sank wie von Kummer niedergedrückt in seinem Stuhl zusammen und sagte mit leicht zitternder Stimme: »Tut mir leid, daß ich meinen Kopf verloren habe, Sheriff. Ich hätte Sie nicht so anfahren dürfen. Es ist aber so schwer für mich ... so unendlich schwer.« Sein Gesicht schien zusammenzufallen, und das Zittern in seiner Stimme wurde deutlicher. »Mein Gott, ich habe schließlich meine Familie verloren. Meine Frau ... mein Sohn ... beide tot.«

Bryce Hammond sagte: »Wenn Sie glauben, ich hätte Sie ungerecht behandelt, so tut mir das leid. Ich versuche nur, mein Bestes zu tun. Manchmal habe ich recht. Vielleicht aber täusche ich mich dieses Mal.«

Fletcher Kale kam offensichtlich zu der Überzeugung, daß seine Lage doch nicht so bedrohlich war und er es sich leisten konnte, jetzt Großzügigkeit zu zeigen, denn er wischte sich die Tränen ab und sagte: »Na ja, ich ... ich glaube, ich verstehe Ihre Lage, Sheriff.«

Wie die meisten, die mit dem Sheriff zu tun hatten, unterschätzte auch Kale den Sheriff. Das war verständlich, denn Bryce sah nicht besonders beeindruckend aus. Er war neununddreißig, schien aber viel jünger. Mit seinem dichten blonden Haar, seiner Stupsnase und seinen Sommersprossen sah er eher jungenhaft aus; mit seinen schweren Augenlidern und seiner langsamen Redeweise erweckte er oft den irrtümlichen Eindruck, er sei schwerfällig und es mache ihm Mühe, seine Gedanken zu fassen. Bryce Hammond wußte genau, wie ihn andere einschätzten, und er kultivierte sein Bild und verwendete es zu seinem Vorteil.

Whitman wußte, daß der Fall Kale Bryce Hammond tief und persönlich berührte. Er war über den sinnlosen Tod von Joanna und Danny Kale zutiefst erschüttert, weil er selbst erst vor einem Jahr Frau und Sohn verloren hatte, obwohl die Umstände völlig anders gewesen waren.

Ellen Hammond war bei einem Verkehrsunfall umgekommen. Ihr siebzehnjähriger Sohn Timmy hatte auf dem Beifahrersitz neben ihr gesessen und so schwere Schädelverletzungen davongetragen, daß er seitdem im Koma lag. Die Ärzte räumten ihm nicht allzuviel Chancen ein, jemals wieder daraus zu erwachen.

Diese Tragödie hätte Bryce fast zerstört. Erst in der letzten Zeit hatte er langsam angefangen, seine Verzweiflung zu überwinden. Der Fall Kale hatte seine Wunden wieder aufgerissen, aber Bryce hatte seine Wachsamkeit nicht von seinem Kummer einschläfern lassen, und Tal Whitman hatte am letzten Donnerstag an dem kalten, erbarmungslosen Ausdruck, der in die Augen des Sheriffs getreten war, genau erkannt, daß er Kale eines vorsätzlichen Doppelmords verdächtigte.

Nun malte der Sheriff wie geistesabwesend auf seinen gelben Notizblock und sagte: »Mr. Kale, ich möchte Ihnen nicht eine Menge Fragen stellen, die Sie mir schon längst beantwortet haben. Ich schlage Ihnen deshalb vor, ich fasse Ihnen das bisherige Untersuchungsergebnis zusammen. Wenn Sie damit einverstanden sind, kann ich Sie dann zu den neuen Aspekten befragen, die aufgetaucht sind.«

»Okay. Bringen wir's hinter uns, damit ich hier rauskomme«, sagte Kale.

»Also gut«, sagte Bryce. »Nach Ihrer Aussage hat sich Ihre Frau Joanna in der Ehe eingesperrt gefühlt. Sie meinte, sie sei von dem Kind überfordert, weil sie zu jung ist. Sie hat einen Ausweg gesucht, und deshalb hat sie sich dem Rauschgift zugewendet. Habe ich damit Ihrer Meinung nach Ihre Aussage richtig wiedergegeben?«

»Ja«, sagte Kale. »Genau richtig.«

»Gut«, sagte Bryce. »Sie hat also angefangen, Gras zu rauchen. Es hat nicht lange gedauert, bis sie praktisch ständig hinüber war. Das ging zweieinhalb Jahre lang so weiter, bis sie vor einer Woche durchgedreht hat und Geschirr und Essen in der Küche an die Wand warf. Sie konnten sie nur mit größter Mühe beruhigen, und Sie haben dann entdeckt, daß sie PCP — auch bekannt als ›Angel Dust‹ — nahm. Das hat Sie schockiert, weil sie wußten, daß davon manche Leute gewalttätig werden. Sie haben sie dann gezwungen, Ihnen zu zeigen, wo sie ihren Vorrat versteckte, und den haben Sie anschließend vernichtet. Sie haben ihr dann gesagt, wenn Sie sie noch einmal erwischten, daß sie bei dem kleinen Danny Drogen nimmt, würden Sie sie ordentlich verprügeln.«

Kale räusperte sich. »Sie hat mich bloß ausgelacht und gesagt, das würde ich doch nicht fertigbringen, weil ich keine Frauen schlagen könnte.«

»Und dann sind Sie zusammengebrochen und haben geweint?«

»Genau«, sagte Kale. »Das hat sie dann wieder zur Vernunft gebracht. Wahrscheinlich hat es sie doch erschreckt, einen starken Ochsen wie mich weinen zu sehen. Sie hat mir versprochen, sie würde kein PCP mehr nehmen, und sogar mit dem Marihuana wollte sie aufhören.«

Bryce malte noch immer auf seinem Block und sagte: »Dann sind Sie am letzten Donnerstag früh von der Arbeit heimgekommen und haben den kleinen Danny tot in dem großen Schlafzimmer vorgefunden. Sie haben etwas hinter sich gehört, und als Sie sich umgedreht haben, stand Joanna mit dem Hackmesser in der Hand da, mit dem sie gerade ihren Sohn umgebracht hatte.«

»Sie war im Rausch«, sagte Kale. »PCP. Ich habe das sofort gesehen. Sie hatte so einen wilden Ausdruck in den Augen, wie ein Tier.«

»Sie hat Sie dann angeschrien und Ihnen einen Haufen verrücktes Zeug von Schlangen im Kopf von Leuten erzählt, die sie kontrollieren. Sie haben dann versucht, ihr das Hackmesser abzunehmen —«

»Ich hatte Angst, sie bringt mich um. Ich habe versucht, sie zu beruhigen.«

»Also sind Sie ihr ausgewichen, bis Sie Ihren Nachttisch erreichten, wo Sie eine .38 Automatik aufheben.«

»Ich habe ihr gesagt, sie soll das Messer fallenlassen. Ich habe sie *gewarnt*.«

»Sie hat sich darum aber nicht gekümmert und Sie mit dem Hackmesser angegriffen. Also haben Sie auf sie geschossen. Einmal. In die Brust.«

Kale lehnte sich jetzt mit dem Gesicht in den Händen nach vorne.

Der Sheriff legte seinen Stift weg und verschränkte die Hände vor seinem Bauch. »Mr. Kale, noch ein bißchen Geduld! Ich habe nur noch ein paar Fragen. Kleinigkeiten eigentlich, aber ich möchte im nächsten Jahr wiedergewählt werden, und deshalb will ich mir aus solchen Kleinigkeiten keinen Strick drehen lassen. Sie wissen ja, wie es ist. Gerade solche Dinge werden dann zu einem Riesenskandal aufgebläht.« Bryce grinste Kale an.

Kale ließ seine Hände von seinem Gesicht herabsinken. »Schon gut, Sheriff. Fragen Sie nur.«

Talbert Whitman auf dem Fenstersims lehnte sich vor.

Und Bryce Hammond sagte: »Erstens habe ich mich gefragt, warum Sie Ihre Frau erschossen haben, *und dann haben Sie eine Menge Wäsche gewaschen,* bevor Sie uns das gemeldet haben.«

8

Barrikaden

Abgetrennte Hände. Abgetrennte Köpfe.

Jenny wurde das schreckliche Bild einfach nicht los. Sie mußte ständig daran denken, während sie mit Lisa zu dem Haus von Tom und Karen Oxley unterwegs war. Tom machte für die meisten Ski-Hütten und Motels der Stadt die Buchhaltung, und Karen hatte ein nettes kleines Café. Beide waren Amateurfunker und hatten einen Kurzwellen-Sender, und das war der Grund dafür, daß Jenny sie aufsuchte.

»Wenn jemand das Funkgerät in der Polizeistation sabotiert hat«, sagte Lisa, »warum sollte er nicht das auch noch sabotieren?«

»Vielleicht hat er es nicht gefunden. Einen Versuch ist es auf jeden Fall wert.«

Sie drückte auf die Klingel, und als sich niemand meldete, versuchte sie, die Tür zu öffnen. Sie war verschlossen. Als die beiden um das Haus herumgingen und es an der Hintertür versuchten, fanden sie auch diese verschlossen. Die Vorhänge waren nicht vorgezogen, und als Jenny in die Küche hineinsah, konnte sie kein Anzeichen für Gewalt feststellen. Sie ging weiter zum Fenster des Hobbyraums. Drinnen brannte Licht, aber die Vorhänge waren vorgezogen. Jenny klopfte an das Fenster, aber niemand reagierte. Sie versuchte, das Fenster aufzudrücken, aber es war verriegelt. Sie packte den Revolver am Lauf und schlug damit eine Scheibe ein. Das Glas zerbrach mit durchdringend lautem Klirren. Das war zwar ein Notfall, aber Jenny fühlte sich trotzdem wie eine Einbrecherin. Sie griff durch die zerbrochene Scheibe, öffnete das Fenster und kletterte ins Haus, und Lisa kam hinter ihr her.

In dem kleinen Raum waren zwei Leichen. Tom und Karen Oxley.

Karen lag eingerollt wie ein Fötus auf dem Boden. Auch sie war verfärbt und angeschwollen. Ihre herausgequollenen Augen starrten voller Entsetzen, und ihr Mund war in einem lautlosen Schrei eingefroren.

»Die Gesichter sind am schlimmsten«, sagte Lisa.

»Ich verstehe einfach nicht, warum sich ihre Gesichtsmuskeln beim Tod nicht entspannt haben. Es ist mir unbegreiflich, wie sie so bleiben können.«

»Was sie nur gesehen haben?« überlegte sich Lisa.

Tom Oxley saß zusammengesunken vor dem Funkgerät und hielt noch immer das Tischmikrofon in der Hand, als habe er es auch im Tod nicht aufgeben wollen. Er war ebenso wie Karen verfärbt und angeschwollen. Offensichtlich war es ihm nicht gelungen, um Hilfe zu rufen, denn sonst wäre die Polizei schon längst eingetroffen.

Das Funkgerät war tot. Jenny hatte das schon befürchtet, als sie die Leichen gesehen hatte.

Weder der Zustand der Leichen, noch der des Funkgeräts war jedoch so interessant wie die Barrikaden. Die Tür des Raums war verschlossen, und dazu hatten Karen und Tom noch einen schweren Schrank davorgeschleppt, den sie mit Stühlen und einem Fernsehgerät festgeklemmt hatten.

»Sie wollten irgend etwas daran hindern, hier hereinzukommen«, sagte Lisa.

»Es ist aber trotzdem hereingekommen.«
»Wie?«
Sie untersuchten die beiden Fenster des Zimmers, aber sie waren beide fest von innen verriegelt.
»Ein verschlossener Raum«, sagte Lisa.
Jenny drehte sich langsam um und musterte den Raum. Da war eine kleine Öffnung des Heißluftschachts, die aber mit einem Metallgitter verschlossen war, und zwischen der Tür und dem Boden befand sich ein Zwischenraum von ungefähr einem halben Inch. Es war ausgeschlossen, daß sich jemand Zugang zu dem Raum verschafft haben konnte.
Sie sagte: »Soweit ich das beurteilen kann, kann hier nur Giftgas, Bakterien oder Strahlung hereingekommen sein, um sie zu töten.«
»Aber nichts davon hat die Liebermanns getötet.«
Jenny nickte. »Außerdem würde niemand sich verbarrikadieren, um sich vor Strahlung oder Giftgas zu schützen.«
Was war das bloß, das in verschlossene Räume eindringen konnte, ohne Türen oder Fenster zu öffnen? Was hatte diese Barrikade überwunden, ohne sie zu beschädigen?
Nach einer langen Stille sagte Lisa schließlich: »Und jetzt?«
»Ich denke, wir werden eine Ansteckung riskieren müssen. Wir fahren aus der Stadt bis zum nächsten öffentlichen Fernsprecher, rufen den Sheriff in Santa Mira an, berichten ihm von der Lage hier, und dann soll er entscheiden, wie es weitergehen soll. Wir fahren dann wieder hierher und warten. So kommen wir mit niemand in direkten Kontakt, und wenn es sein muß, können sie ja später die Telefonzelle sterilisieren.«
In diesem Augenblick klingelte das Telefon.
Erschreckt drehte sich Jenny um. Das Telefon stand auf dem Tisch neben dem Funkgerät.
Es klingelte noch einmal.
Sie riß den Hörer von der Gabel. »Hallo?«
Der Anrufer gab keine Antwort.
»Hallo?«
Eisiges Schweigen.
Jennys Hand verkrampfte sich am Hörer. Irgend jemand

hörte ohne einen Laut zu und wartete, bis sie etwas sagen würde. Sie drückte den Hörer an ihr Ohr und lauschte angestrengt. Sie hörte zwar nichts, aber sie *fühlte*, daß da etwas oder jemand war. Plötzlich spürte Jenny Paige in dem verbarrikadierten Zimmer in dem stillen Haus, in dem der Tod so unmöglich zugeschlagen hatte, eine eigenartige Veränderung in sich. Sie war eine gebildete Frau, und Aberglaube war ihr fremd. Sie hatte bisher versucht, das Geheimnis von Snowfield mit Vernunft und Logik zu lösen, aber zum erstenmal in ihrem Leben kam sie damit keinen Schritt weiter. Nun verschob sich etwas in ihr, als würde von den dunkelsten Bereichen ihres Unterbewußtseins ein Deckel heruntergeschoben, und dort, praktisch auf der Ebene der in den Genen gespeicherten rassischen Erinnerung, spürte sie, was hier in Snowfield vor sich ging. Dieses Wissen, das sie in sich trug, war jedoch so zutiefst unlogisch und auf Aberglauben begründet, daß sie sich heftig dagegen wehrte.

- Das ist kein Mensch, das ist ein *Ding*.
- Unsinn.
- Es ist nicht menschlich, hat aber ein Bewußtsein.
- Jetzt wirst du hysterisch.
- Unglaublich bösartig; die perfekte, reine Verkörperung des Bösen.
- Aufhören, sofort *aufhören*!

Lisa kam näher zu ihr. »Was ist denn los mit dir? Wer ist das?«

Jenny war schweißüberströmt und wollte sich gerade den Hörer vom Ohr wegreißen und ihn auf die Gabel knallen, als sie ein Zischen hörte, dann ein Klicken — und dann kam das Freizeichen.

Einen Moment war sie so verblüfft, daß sie nicht reagieren konnte. Dann aber wimmerte sie auf und wählte hastig das Amt.

Es klingelte am anderen Ende der Leitung, ein wunderbar normales, beruhigendes Geräusch.

»Hier Fernamt.«

»Hallo, das ist ein Notruf«, sagte Jenny. »Ich muß unbedingt das Sheriffsbüro in Santa Mira erreichen.«

9
Ein Hilferuf

»Wäsche?« fragte Kale. »Was für Wäsche?«

Bryce sah, daß Kale von der Frage erschreckt worden war und nur so tat, als würde er sie nicht verstehen.

»Sheriff, wohin soll das führen?« fragte Bob Robine.

Bryce antwortete mit ruhiger Stimme: »Mein Gott, Bob, ich arbeite auch nicht gern am Sonntag. Ich muß diese Fragen stellen. Mr. Kale braucht keine einzige davon zu beantworten, aber ich muß das hinter mich bringen, damit ich heimgehen und in Ruhe mein Bier trinken kann.«

Robine sah Bryce stirnrunzelnd an und sagte: »Also gut, weiter.«

Bryce sagte: »Als wir am letzten Donnerstag bei Mr. Kale ankamen, ist mir aufgefallen, daß der dicke Bund seines Pullovers und ein Hosenaufschlag noch etwas feucht waren. Das hat mich auf die Idee gebracht, daß er alles, war er anhatte, vorher gewaschen hatte, und daß es nicht lange genug im Trockner war. Ich habe mir also seinen Waschraum etwas näher angesehen und auf einer Waschmittelpackung zwei blutige Fingerabdrücke gefunden. Einer davon war verschmiert, aber der andere war deutlich. Nach dem Laborbericht stammt er von Mr. Kale.«

»Welche Blutgruppe?«

»Sowohl Mrs. Kale, als auch Danny und Mr. Kale haben die Blutgruppe 0, und das macht es etwas schwieriger für uns —«

»Welche Blutgruppe hatte das Blut auf der Waschmittelpackung?« unterbrach ihn Robine.

»Blutgruppe 0.«

»Dann hätte es doch ebensogut das Blut meines Mandanten sein können! Wer weiß, vielleicht stammt der Fingerabdruck von letzter Woche.«

Bryce schüttelte den Kopf. »Heutzutage ist die Blutgruppenbestimmung so weit fortgeschritten, daß man an den verschiedenen Enzymen Blut so genau bestimmen kann wie einen Fingerabdruck. Es steht zweifelsfrei fest, daß das Blut auf der Schachtel — das Mr. Kale an den Händen hatte, als er die Fingerabdrücke machte — von dem kleinen Danny Kale stammt.«

Fletcher Kales graue Augen blieben weiter kalt und ausdruckslos, aber er war blaß geworden. »Ich kann das erklären«, sagte er.

»Augenblick mal!« sagte Robine. »Erklären Sie es mir zuerst — aber privat.« Der Anwalt zog sich mit seinem Mandanten in die hinterste Ecke des Zimmers zurück.

Kurz darauf kehrten sie wieder zurück. »Sheriff, ich fürchte, mein Mandant hat eine Dummheit gemacht.«

Kale versuchte, einen gebührend zerknirschten Eindruck zu machen.

»Was er getan hat, könnte falsch ausgelegt werden — wie Sie das ja auch getan haben. Mr. Kale war durcheinander und konnte nicht klar denken, und deshalb hat er seinen kleinen Jungen aufgehoben, als er ihn gefunden hat —«

»Uns hat er aber gesagt, er hätte ihn nicht angerührt.«

Kale sah Bryce aufrecht in die Augen und sagte: »Als ich Danny gefunden habe ... konnte ich nicht glauben, daß er ... daß er tot war ... und da habe ich ihn aufgehoben. Später, nachdem ich Joanna erschossen hatte, habe ich bemerkt, daß ich voller Blut war, und da dachte ich, man könnte vielleicht denken, ich hätte meinen Sohn auch umgebracht.«

»Ihre Frau hatte doch das Hackmesser in der Hand«, sagte Bryce. »Außerdem war sie auch voll von Dannys Blut, und Sie haben sich doch sicher überlegt, daß man bei der Autopsie PCP in ihrem Blut finden würde.«

»Jetzt weiß ich das auch«, sagte Kale, zog ein Taschentuch heraus und wischte sich die Augen ab. »Aber in dem Augenblick hatte ich einfach Angst, man würde mir etwas vorwerfen, was ich nie getan habe.«

»Na ja, lassen wir das erst einmal«, sagte Bryce. »Sie haben uns gesagt, ihre Frau sei seit zweieinhalb Jahren eine schwere Marihuana-Raucherin gewesen.«

»Ganz richtig.«

»Deshalb hat sich der Arzt bei der Autopsie auf meine Anweisung hin ihre Lungen etwas näher angesehen. Sie hat nicht geraucht, und Rauschgift schon gar nicht. Ihre Lungen waren sauber.«

»Ich sagte doch, sie hat Marihuana geraucht, nicht Tabak«, sagte Kale.

»Der Rauch von Marihuana greift auch die Lungen an«, sagte Bryce. »Bei Joanna ist nichts dergleichen festgestellt worden.«

»Aber ich —«

»Sagen Sie nichts«, riet Robine seinem Mandanten. »Vor allem ist doch wichtig, ob PCP in ihrem Blut gefunden worden ist. Ja oder nein?«

»Ja«, sagte Bryce. »Sie hatte es im Blut, aber sie hat es nicht geraucht. Sie hat es eingenommen; in ihrem Magen war noch eine Menge davon.«

Robine blinzelte überrascht, riß sich aber schnell wieder zusammen. »Na bitte«, sagte er. »Dann hat sie das Zeug eben eingenommen. Das ist doch wohl egal, oder?«

»In ihrem Magen war sogar noch mehr als in ihrem Blut.«

Kale versuchte, zugleich interessiert, besorgt und unschuldig auszusehen; selbst mit seinem elastischen Gesicht machte ihm das einige Mühe.

Bob Robine runzelte die Stirn und sagte: »Na gut, dann war eben noch mehr PCP in ihrem Magen als in ihrem Blut. Na und?«

»Angel Dust wird sehr leicht absorbiert; es hält sich also nicht lange im Magen, wenn man es einnimmt. Joanna hat zwar genug von dem Zeug geschluckt, um durchzudrehen, aber die Zeit hatte nicht gereicht, um es wirken zu lassen. Sie hat das PCP nämlich zusammen mit Eiscreme gegessen, die sich an ihren Magenwänden abgesetzt und die Absorption des PCP verzögert hat. Bei der Autopsie ist teilweise verdautes Schokoladeneis gefunden worden. Es war also nicht genug Zeit, um das PCP tatsächlich wirken zu lassen, so daß sie auch nicht in die typische rasende Wut geraten konnte. In Dannys Magen war auch Schokoladeneis, aber kein PCP. Als Mr. Kale uns erzählt hat, er sei am Donnerstag früh von der Arbeit heimgekommen, hat er nichts davon erwähnt, daß er seiner Familie auch eine große Packung Schokoladeneis mitgebracht hat. Wir haben den halbleeren

Behälter im Eisschrank gefunden. Meiner Meinung nach ist folgendes passiert: Sie haben allen Eis gegeben, aber dem Eis für Ihre Frau haben Sie heimlich PCP beigemischt, damit sie später behaupten könnten, sie sei unter dem Einfluß der Droge in Raserei geraten. Sie haben nicht damit gerechnet, daß bei der Autopsie etwas davon herauskommen könnte.«

»Einen Augenblick mal!« rief Robine.

»Dann haben Sie Ihre blutigen Kleider gewaschen«, redete Bryce unbeirrt weiter, »das schmutzige Geschirr gespült und weggeräumt, damit sie dann später behaupten könnten, bei Ihrer Heimkehr sei der kleine Danny schon tot gewesen, und Ihre Frau im PCP-Rausch.«

Robine sagte: »Das sind doch nur Vermutungen. Haben Sie das Motiv vergessen? Warum sollte mein Mandant so etwas Schreckliches tun?«

Bryce beobachtete Kales Augen genau und sagte: »High County Investments.«

Kales Gesicht blieb ausdruckslos, aber in seinen Augen zuckte etwas auf.

Bryce starrte Kale an. »Haben Sie am letzten Donnerstag Eis gekauft, bevor Sie heimgefahren sind?«

»Nein«, sagte Kale tonlos.

»In dem Laden an der Calder Street sagen sie aber etwas anderes.«

Kale biß wütend die Zähne zusammen, und seine Backenmuskeln traten hervor.

»Was war das mit High County Investments?« fragte Robine.

Bryce ignorierte ihn und fragte Kale weiter: »Kennen Sie einen Mann namens Gene Terr?«

Kale starrte ihn nur an.

»Manchmal nennen ihn die Leute bloß ›Jeeter‹.«

Robine sagte: »Wer ist das denn?«

»Der Anführer Chrome Demons«, sagte Bryce und beobachtete dabei Kale genau. »Das ist ein Motorrad-Club. Jeeter handelt mit Drogen. Ihn selbst haben wir noch nie erwischen können, aber ein paar von seinen Leuten haben wir schon eingesperrt. Wir haben Jeeter etwas unter Druck gesetzt, und er hat uns zu jemanden weitergeschickt, der zugegeben hat, daß er Mr. Kale regelmäßig Gras verkauft hat. Nicht Mrs. Kale. Die hat nie etwas gekauft.«

»Wer sagt das?« fragte Robine. »Dieser Rocker etwa? Das ist doch ein Asozialer! Ein zuverlässiger Zeuge ist das aber nicht!«

»Nach unseren Informationen hat Mr. Kale am letzten Donnerstag nicht nur Gras gekauft, sondern auch Angel Dust. Der Mann, von dem er es gekauft hat, wird das vor Gericht beeiden.«

Mit animalischer Abruptheit sprang Kale auf, packte den leeren Stuhl neben sich, warf ihn über den Tisch nach Bryce Hammond und rannte auf die Tür zu.

Bis der Stuhl Kales Hand verlassen hatte, war Bryce schon aufgesprungen, und er flog harmlos an seinem Kopf vorbei.

Kale riß die Tür auf und rannte in den Korridor hinaus. Bryce war vier Schritte hinter ihm, und Tal Whitman, der von seinem Platz auf dem Fenstersims heruntergesprungen war, als sei eine Sprengladung unter ihm losgegangen, folgte ihm mit einem Schritt Abstand.

Kale erreichte die Ausgangstür, rannte hinaus, und Bryce holte ihn im gleichen Augenblick ein. Kale spürte die Nähe seines Verfolgers, fuhr mit einer katzenhaft flüssigen Bewegung herum und schlug mit einer großen Faust zu.

Bryce wich dem Schlag aus, schlug selbst zu und erwischte Kale auf seinem harten, flachen Bauch. Mit einem zweiten Schlag traf er ihn am Hals. Kale taumelte zurück, hob die Hände zum Hals und keuchte und würgte.

Bryce griff ihn sofort an, aber Kale war nicht so schwer getroffen, wie er vorgegeben hatte. Als Bryce näherkam, machte er einen Satz auf ihn zu und umfaßte ihn mit beiden Armen.

»Bastard«, schrie Kale und übersprühte dabei Bryce mit Speichel. Seine grauen Augen waren weit aufgerissen, und seine Lippen waren wie bei einer angreifenden Raubkatze von seinen Zähnen zurückgezogen. Obwohl Bryce selbst ein starker Mann war, gelang es ihm nicht, den eisernen Griff zu durchbrechen, mit dem Kale ihn umklammert hielt. Die beiden taumelten einige Schritte weit zurück und stürzten dann zu Boden. Kale war oben, und Bryce schlug mit dem Hinterkopf auf die Asphaltdecke, so daß er beinahe das Bewußtsein verloren hätte.

Kale schlug einmal ungezielt nach ihm, rollte sich dann herunter und kroch hastig weg. Bryce war überrascht, daß sein Gegner seinen Vorteil nicht weiter ausgenützt hatte, bis er den Revolver sah, der einige Fuß weit entfernt matt glänzend auf dem Boden lag.

Bryce tastete nach seinem Halfter. Leer. Der Revolver war sein eigener. Offensichtlich war er ihm aus dem Halfter gerutscht, als er auf den Boden gefallen war.

Die Hand des Mörders schloß sich um die Waffe.

In diesem Augenblick griff Tal Whitman ein und schlug Kale mit seinem Gummiknüppel von hinten über das Genick. Der Mann brach bewußtlos über der Pistole zusammen. Tal kauerte sich hin und fühlte Kales Puls.

Bryce hielt sich seinen schmerzenden Hinterkopf und humpelte zu ihnen hinüber. »Ist er in Ordnung, Tal?«

»Sicher. In ein paar Minuten kommt er wieder zu sich.« Er nahm Bryces Pistole an sich und stand auf.

Bryce nahm seinen Revolver wieder an sich und sagte: »Dafür bin ich Ihnen was schuldig.«

»Ach was. Wie geht es Ihrem Kopf?«

»Jetzt müßte ich Besitzer einer Aspirin-Fabrik sein.«

»Ich hätte nicht gedacht, daß er wegläuft.«

»Ich auch nicht«, sagte Bryce. »Wenn es solchen Typen an den Kragen geht, werden sie gewöhnlich nur ruhiger und vorsichtiger.«

»Na, ich denke, der hat sich schon in der Zelle gesehen.«

Bob Robine stand in der offenen Tür, starrte zu ihnen heraus und schüttelte konsterniert den Kopf.

Als Bryce Hammond einige Minuten später an seinem Schreibtisch saß und die Anklageformulare ausfüllte, mit denen Fletcher Kale eines Doppelmords beschuldigt wurde, klopfte Robine an die offene Tür.

Bryce sah auf. »Ah, der Anwalt. Wie geht es Ihrem Mandanten?«

»Es geht ihm gut, aber mein Mandant ist er nicht mehr. Ich habe mein Mandat niedergelegt. Wenn mir jemand *nur* Lügen erzählt, kann ich ihn nicht vertreten.«

»Dann muß ich mich um einen Pflichtverteidiger kümmern, bevor er morgen früh dem Haftrichter vorgeführt wird. Mit dem Typ möchte ich keine Zeit verschwenden«, sagte Bryce.

Robine nickte. »Ganz richtig. Das ist ein ganz übler Bursche, Bryce. Ich dachte immer, das Böse wäre eine Erfindung der Kirche, aber als ich vorhin in der Zelle war, ist Kale plötzlich zu mir herumgefahren und hat gesagt: ›Mich kriegen sie nicht. Sie werden mich nicht vernichten. Das schafft niemand. Ich komme wieder frei.‹ Als ich ihn vor übertriebenem Optimismus warnte, sagte er: ›Vor Ihrer Sorte habe ich keine Angst. Außerdem war das kein Mord. Ich habe mir etwas Abfall vom Hals geschafft, der mir das Leben verpestet hatte.‹«

»Mein Gott«, sagte Bryce. Darauf folgte eine kurze Stille. Noch bevor jemand etwas sagen konnte, kam Tal Whitman eilig vom Gang herein. »Bryce, kann ich kurz mit Ihnen sprechen?« Er sah zu Robine. »Eigentlich wäre es mir lieber unter uns.«

»Sicher«, sagte Robine.

Tal machte die Tür hinter dem Anwalt zu. »Bryce, kennen Sie Dr. Jennifer Paige?«

»Sie hat doch vor einiger Zeit in Snowfield eine Praxis eröffnet. Nach allem, was man so hört, soll sie eine gute Ärztin sein. Ich habe sie aber bisher nicht kennengelernt.«

»Ich auch nicht. Ich wollte nur wissen, ob sie vielleicht ... haben Sie schon einmal etwas gehört, daß sie ... äh, daß sie trinkt?«

»Nein, davon habe ich noch nie etwas gehört. Wieso? Was ist denn los?«

»Sie hat vor ein paar Minuten angerufen. Angeblich hat es in Snowfield eine Katastrophe gegeben.«

»Eine Katastrophe? Wie meint sie das?«

»Das weiß sie eben selbst nicht, sagt sie.«

Bryce blinzelte. »Hat sie hysterisch geklungen?«

»Völlig verängstigt, aber nicht hysterisch. Sie will niemand außer Ihnen viel erzählen. Eines hat sie allerdings gesagt«, sagte Tal und runzelte besorgt die Stirn.

»Ja?«

»Sie hat gesagt, dort oben seien alle tot. Alle Einwohner von Snowfield. Sie sagt, sie und ihre Schwester wären die einzigen, die dort noch am Leben sind.«

10
Schwestern und Polizisten

Jenny und Lisa verließen das Haus der Oxleys, wie sie hineingekommen waren: durch das Fenster.

Die Nacht wurde immer kälter. Die beiden kehrten zurück zu Jennys Haus, um sich warme Jacken zu holen, und dann gingen sie zurück zu der Polizeistation und setzten sich auf die Bank davor, um hier auf Hilfe aus Santa Mira zu warten.

»Wie lange brauchen sie, bis sie hier sind?« fragte Lisa.

»Na ja, bis Santa Mira sind es über dreißig Meilen, und die Straße ist sehr kurvenreich. Außerdem fahren sie sicher vorsichtiger als gewöhnlich. Ich denke, in einer Dreiviertelstunde sind sie hier, höchstens in einer Stunde.«

»Ach du Schande!«

»So lange ist es auch wieder nicht.«

Das Mädchen schlug den Kragen seiner Jacke hoch. »Jenny, als bei den Oxleys das Telefon geklingelt hat, wer war denn dran?«

»Niemand.«

»Aber du hast doch etwas gehört, oder?«

»Nein«, log Jenny.

»Du hast aber ein Gesicht gemacht, als würde dich jemand bedrohen oder so etwas ähnliches.«

»Ich war natürlich unheimlich enttäuscht. Als das Telefon geklingelt hat, dachte ich zuerst, es wäre wieder in Ordnung, aber dann war die Leitung doch tot. Das war alles.«

»Aber dann hast du ein Freizeichen gehört?«

»Ja.«

Wahrscheinlich glaubt sie mir nicht, dachte Jenny. Sie

denkt, ich will sie bloß vor etwas beschützen. Sie hat natürlich recht damit. Wie soll ich ihr das auch erklären, daß ich das Gefühl hatte, da wäre etwas zutiefst Böses am Telefon? Ich verstehe es ja selbst nicht. Warum hat er — oder *es* — mir auf einmal eine offene Leitung gegeben?

Nach einer Weile sagte Lisa: »Jenny, falls mir heute nacht etwas zustoßen sollte —«

»Was soll dir den zustoßen? Dir passiert schon nichts.«

»Falls mir aber doch etwas passieren sollte«, beharrte Lisa, »möchte ich dir nur sagen, daß ich ... daß ich ... daß ich unheimlich stolz auf dich bin.«

Jenny legte ihrer Schwester einen Arm um die Schulter, und die beiden rückten noch enger zusammen. »Schwesterchen, es tut mir jetzt leid, daß wir in den letzten Jahren so wenig zusammen waren.«

»Du bist doch heimgekommen, so oft zu konntest«, sagte Lisa. »Ich habe bestimmt ein Dutzend Bücher darüber gelesen, was man alles tun muß, um Arzt zu werden. Ich weiß genau, daß du immer viel zu tun hattest und dir um viele Sachen Gedanken machen mußtest.«

Überrascht sagte Jenny: »Trotzdem hätte ich öfters heimkommen können.«

Manchmal war sie nicht heimgefahren, weil sie den stummen Vorwurf in den Augen ihrer Mutter nicht ertragen konnte, der ihr verletzender als mit Worten sagte: *Du hast deinen Vater auf dem Gewissen, Jenny; du hast ihm das Herz gebrochen, und das hat ihn umgebracht.*

»Mama war auch immer so stolz auf dich«, sagte Lisa.

Diese Eröffnung bedeutete für Jenny mehr als eine Überraschung, sie brachte sie völlig durcheinander.

»Meinst du das ernst?«

»Natürlich. Was denn sonst?«

»Aber hat Mama nicht ...«

»Hat sie nicht was?« fragte Lisa.

»Hat sie nie etwas über Papa gesagt? Er ... er ist vor 12 Jahren gestorben.«

»Mein Gott, das weiß ich doch. Er ist gestorben, als ich zweieinhalb Jahre alt war.« Lisa runzelte die Stirn. »Wovon redest du eigentlich?«

»Hat mir Mama denn nie die Schuld gegeben?«
»Schuld? Wofür denn?«
Bevor Jenny antworten konnte, war es mit der Friedhofsruhe in Snowfield vorbei. Alle Lichter gingen aus.

Drei Polizeiwagen fuhren mit blinkenden Lichtern in die Nacht hinaus nach Snowfield.

Tal Whitman fuhr den ersten Wagen, und Sheriff Hammond saß neben ihm. Auf dem Rücksitz saß Gordy Brogan mit einem weiteren Hilfssheriff.

Gordy hatte Angst.

Er wußte, daß man ihm diese Angst nicht ansah, und darüber war er froh. Er sah im Grunde aus, als sei ihm Angst unbekannt. Er war groß, vierschrötig und muskulös, seine Hände waren so groß und stark wie die eines professionellen Basketball-Spielers, und sein hartes Gesicht sah durch die dünnen Lippen etwas grausam aus. Jake Johnson hatte ihn einmal so beschrieben: *Gordy, wenn du die Stirn runzelst, siehst du aus, als würdest du lebende Hühner zum Frühstück verzehren.*

Trotz seines gefährlichen Aussehens hatte er Angst. Er hatte Angst davor, zum erstenmal seine Pistole benutzen zu müssen, um sein eigenes Leben oder das eines anderen Menschen zu schützen.

Er glaubte nicht, daß er das fertigbringen würde.

Sein Magen krampfte sich bei dem Gedanken zusammen, was ein .45er-Hohlspitzgeschoß anrichten konnte. Es würde einem Menschen *buchstäblich* den Kopf abreißen, eine Schulter zu Fleischfetzen und Knochensplittern zerfetzen, es würde ein Bein abreißen, wenn es die Kniescheibe traf, und es würde einen Brustkasten aufreißen und das Herz und alles andere auf seinem Weg zerschmettern. Gordy Brogan war einfach nicht in der Lage, irgend jemand so etwas anzutun. Das war seine geheime Schwäche. Er wußte zwar, daß manche das nicht als Schwäche, sondern als moralische Überlegenheit bezeichnen würden, aber er wußte auch, daß das nicht immer stimmte. Es gab Gelegenheiten, bei denen es moralischer war, zu schießen. Er hatte als Polizeibeamter geschworen, die Öffentlichkeit zu schützen, und deshalb war seine Unfähigkeit, auf jemand zu schießen, vielleicht nicht nur eine Schwäche, sondern sogar eine Sünde.

Er hatte es bisher vermeiden können, seine Waffe einzusetzen, aber offensichtlich war es in Snowfield zu Gewalttätigkeiten in einem unvorstellbaren Umfang gekommen, und er wußte, daß man Gewalt nur zu oft ebenfalls nur mit Gewalt begegnen konnte.

Gordy Brogan hatte Angst. Die Pistole an seiner Seite schien tausend Pfund zu wiegen.

Jenny und Lisa sprangen von ihrer Bank auf.

»Was ist passiert?«

»Pssst!« sagte Jenny. »Hör doch!«

Es herrschte jedoch weiter tiefe Stille.

Mit klopfendem Herz drehte sich Jenny um und musterte die Gebäude hinter ihnen. Die Türen lagen in tiefen Schatten, so daß man nicht feststellen konnte, ob sie offen oder geschlossen waren — oder ob sie sich in diesem Augenblick langsam öffneten, um die scheußlich aufgeschwollenen, durch Dämonen wieder zum Leben erweckten Toten auf die Straße zu entlassen.

Hör auf damit, dachte Jenny. Die Toten erwachen nicht wieder zum Leben und kommen zurück.

Ihre Augen ruhten auf der dunklen, schmalen Lücke zwischen der Polizeistation und dem Laden daneben. Sie erinnerte Jenny an den engen, dunklen Gang neben der Bäckerei der Liebermanns. Versteckte sich dort auch etwas? Kam es nun, da die Lichter erloschen waren, lautlos und unaufhaltsam auf den dunklen Bürgersteig?

»Komm«, sagte sie zu Lisa.

»Wohin?«

»Auf die Straße. Da kommt nichts an uns heran —«

»Ohne daß wir es vorher sehen«, sprach Lisa weiter.

»Wie lange dauert es noch, bis der Sheriff kommt?« fragte Lisa.

»Mindestens noch eine Viertelstunde oder zwanzig Minuten.«

Plötzlich gingen abrupt alle Lichter in der Stadt an und blendeten sie — und dann wieder Dunkelheit.

Jenny hob den Revolver, wußte aber nicht, wohin sie zielen sollte.

Ein markerschütternder Lärm — ein durchdringendes Geheul — hallte durch Snowfield.

Jenny und Lisa stießen beide einen Schrei aus und zuckten erschreckt zusammen.

Dann Stille.

»Was war das denn, um Gottes willen?« fragte Lisa.

»Die Feuerwehrsirene.«

Wieder ein Heulen, und dann Stille.

Bong! Bong!

»Eine Kirchenglocke«, sagte Lisa.

Noch einmal läutete die Glocke mit einem lauten, trauererfüllten Klang, der sich an den leeren Fensterhöhlen der Stadt brach.

»Irgend jemand muß doch am Glockenseil ziehen, um die Glocke zum Läuten zu bringen«, sagte Lisa. »Oder auf den Knopf drücken, der die Sirene auslöst. Also *muß* noch jemand außer uns hier sein.«

Jenny antwortete nicht.

Erneut heulte die Sirene auf, erstarb wieder, heulte auf und erstarb wieder, und dann meldeten sich Sirene und Glocke zur gleichen Zeit, immer und immer wieder, als wollten sie ein Ereignis von ungeheurer Bedeutung ankündigen.

In den Bergen fuhren die drei Wagen aus Santa Mira inzwischen weiter auf Snowfield zu. Deputy Frank Autry fuhr den zweiten Wagen, und Deputy Stu Wargle saß zusammengesunken auf dem Beifahrersitz.

Frank Autry war ein schlanker, sehniger Mann mit gepflegtem, kurzgeschnittenem, graumeliertem Haar und einem sauber gestutzten Schnurrbart. Seine Gesichtszüge waren hager und scharf geschnitten, als habe der Herrgott nichts verschwenden wollen, als er seinen genetischen Plan zusammenstellte. Seine Uniform sah wirklich aus, als stamme sie direkt aus der Dienstvorschrift, seine schwarzen Stiefel und sein Koppel mit dem Halfter waren auf Hochglanz poliert.

»Das ist einfach eine beschissene Ungerechtigkeit«, sagte Stu Wargle.

»Vorgesetzte Offiziere brauchen nicht immer gerecht zu sein — nur recht müssen sie haben«, sagte Frank.

»Was für ein vorgesetzter Offizier?« fragte Wargle mürrisch.

»Sheriff Hammond. Den meinen Sie doch wohl, oder?«

»Das ist für mich kein vorgesetzter Offizier.«

»Das ist er aber, damit müssen Sie sich abfinden.«

»Er will mich fertigmachen, das Schwein«, sagte Wargle.

Frank sagte nichts. Vor seinem Eintritt in die Polizei war er Offizier bei der Armee gewesen. Er hatte mit 44 nach 25 Dienstjahren den Dienst quittiert und war wieder in seine Heimatstadt Santa Mira gezogen. Ursprünglich hatte er ein kleines Geschäft aufmachen wollen, um seine Pension aufzustocken und um sich zu beschäftigen, aber schon bald hatte er gemerkt, daß er sich ohne Uniform und eine militärische Organisation nicht wohl fühlte, und so hatte er sich als Deputy verpflichtet. Das war zwar eine Degradierung von seinem vorherigen Majorsrang gewesen, aber er hatte seinen Entschluß bisher noch nie bereut.

Das stimmte nicht ganz, denn er bereute ihn gewöhnlich immer dann, wenn er mit Wargle zusammen zum Dienst eingeteilt war. Wargle war unerträglich, und Frank tolerierte ihn nur als Test für seine Selbstbeherrschung.

Wargle war schlampig. Er wusch sein Haar zu selten, rasierte sich unsauber, trug eine ständig zerknitterte Uniform und schmutzige Stiefel. Außerdem war er zu fett.

Wargle war ein Langweiler ohne jeglichen Sinn für Humor. Er las nichts, wußte nichts, hatte aber zu jeder sozialen und politischen Frage eine unumstößliche Meinung.

Wargle war widerlich. Er war 45 Jahre alt, bohrte aber trotzdem noch in der Öffentlichkeit in der Nase und rülpste und furzte oft und lautstark.

»Eigentlich habe ich ab zehn Uhr dienstfrei. Zehn Uhr, verdammt noch mal! Es ist einfach ungerecht, mich wegen so einem Scheiß-Anruf mit nach Snowfield zu nehmen! Dazu wartet noch ein geiles Püppchen auf mich.«

Frank fragte nicht nach, wer damit gemeint war. Er fuhr

schweigend weiter und hoffte, Wargle würde ihm nicht sagen, wer das ›geile Püppchen‹ war.

»Sie ist Kellnerin in Spankys Schnellimbiß«, sagte Wargle. »Vielleicht haben Sie sie schon mal gesehen. Eine Blondine namens Beatrice; gewöhnlich nennen die Leute sie bloß Bea.«

»Ich komme kaum einmal in Spankys Schnellimbiß«, sagte Frank.

»Ach so. Ihr Gesicht ist eigentlich gar nicht so schlecht, aber Wahnsinnstitten hat sie. Vielleicht ein bißchen fett, aber sie hält sich für viel häßlicher, als sie ist. Total unsicher, verstehen Sie? Wenn man darauf noch ein bißchen herumhackt und dann sagt, daß man sie trotzdem will, auch wenn sie ein bißchen zu fett geworden ist — Mann, ich sage Ihnen, die macht alles, was man will! Einfach alles!« Er lachte, als habe er etwas unwahrscheinlich Komisches gesagt.

Frank hätte ihm zu gern ins Gesicht geschlagen, ließ es aber.

Wargle war ein Frauenhasser. Er sprach von Frauen, als wären sie eine niedrigere Spezies. Die Vorstellung, daß man sein Leben mit einer Frau teilen und über die innersten Gedanken mit ihr sprechen konnte, war Wargle völlig fremd.

Frank Autry dagegen war seit sechsundzwanzig Jahren mit seiner schönen Ruth verheiratet. Er verehrte sie und — obwohl das ein egoistischer Gedanke war — betete manchmal, sie würde erst nach ihm sterben, damit er nicht ohne Ruth zu leben brauchte.

»Dieser Scheißkerl Hammond will mich fertigmachen; ständig belämmert er mich.«

»Womit?«

»Mit allem. Es paßt ihm nicht, wie meine Uniform aussieht. Es paßt ihm nicht, wie ich meine Berichte schreibe. Sagt mir der Kerl doch, ich sollte etwas an meiner Einstellung ändern. Meine *Einstellung*, das muß man sich vorstellen! Er will mich fertigmachen, aber das schafft er nicht. Ich reiße noch fünf Jahre ab, und dann bekomme ich meine Pension für dreißig Dienstjahre. Das wird er nicht schaffen, mich um meine Pension zu bringen.«

Der kleine Konvoi hatte die Abbiegung nach Snowfield

erreicht. Frank sah in den Rückspiegel und sah, daß der dritte Wagen wie verabredet herumschwenkte, um eine Straßensperre aufzubauen.

Sheriff Hammonds Wagen fuhr weiter in Richtung Snowfield, und Frank folgte ihm.

»Wozu haben wir denn das Scheiß-Wasser mitgebracht?« fragte Wargle. Hinten im Wagen standen drei Zwanzig-Liter-Kanister Wasser.

Frank sagte: »Vielleicht ist das Wasser in Snowfield verseucht.«

»Und was soll all der Fraß, den wir im Kofferraum haben?«

»Die Nahrungsmittel könnten auch vergiftet sein.«

»Ich glaube nicht, daß da alle tot sind.«

»Der Sheriff hat Paul Henderson in der Polizeistation nicht erreichen können.«

»Na und? Henderson macht doch ständig blau.«

»Die Ärztin dort oben sagt, Henderson wäre tot, und die anderen —«

»Mein Gott, die Ärztin ist entweder verrückt oder besoffen. Was soll das überhaupt, eine Ärztin? Die hat doch sicher ihr Examen nur bestanden, weil sie mit den richtigen Leuten gevögelt hat.«

»Wie kommen Sie denn darauf?«

»Keine Frau hat genug Grips, um das Studium so zu schaffen.«

»Mein Gott, Wargle, Sie sind wirklich das Letzte.«

»Wieso, was ist denn jetzt schon wieder los?« fragte Wargle.

»Nichts. Vergessen Sie es.«

Wargle rülpste. »Na ja, egal, ich glaube auf jeden Fall nicht, daß sie alle tot sind. Das ist doch Scheiße. Und auf mich wartet ein geiles Püppchen.«

Im Gegensatz zu Wargle hatte Frank Autry ein sehr gutes Vorstellungsvermögen. Es arbeitete während der ganzen Fahrt wie eine gutgeölte Maschine. Er hatte das beunruhigende Gefühl — Vorahnung? Eingebung? —, daß sie direkt in die Hölle fuhren.

Die Feuerwehrsirene heulte. Die Glocke schlug immer schneller. Ein betäubender Lärm erfüllte die Stadt.

»Jenny!« rief Lisa.

»Halt die Augen offen! Paß auf, ob sich etwas bewegt!«

Die Straße war ein Flickenteppich aus zehntausend Schatten; es gab zu viele dunkle Stellen, die man im Auge behalten mußte.

Die Sirene heulte, und die Glocke dröhnte, und nun begannen alle Lichter — in den Häusern, den Läden und auf der Straße — so schnell an und auszugehen, daß ein Effekt wie bei einem Stroboskop entstand. Jenny hielt den Revolver mit ausgestreckten Armen vor sich und drehte sich um die eigene Achse, aber sie konnte in dem flackernden Licht nicht erkennen, ob etwas sich näherte.

Sie dachte: Was ist, wenn der Sheriff ankommt und mitten auf der Straße zwei abgetrennte Köpfe vorfindet? Meinen und Lisas.

Der Lärm wurde so unerträglich, daß Lisa sich die Hände an die Ohren preßte und Jenny ihre Hand nicht ruhighalten konnte.

Dann aber hörte er so abrupt auf, wie er angefangen hatte. Die Sirene und die Glocke verstummten, und die Lichter blieben an.

Jenny sah sich angestrengt um und wartete darauf, daß irgend etwas passieren würde, irgend etwas Schlimmeres.

Es rührte sich jedoch nichts. Die Stadt war wieder so still wie ein Friedhof. Ein Wind kam auf und brachte die Bäume zum Schwanken, als tanzten sie zu einer für Menschen unhörbaren Musik.

Lisa schüttelte sich, um ihre Betäubung abzuschütteln, und sagte: »Es ist fast so, als ... als wollte uns jemand Angst machen ... oder mit uns spielen.«

»Genau so war es«, sagte Jenny. »Als wollte jemand mit uns spielen. Wie eine Katze mit einer Maus.«

Sie standen bewegungslos mitten auf der stillen Straße; sie hatten Angst, wieder zu ihrer Bank vor der Polizeistation zurückzugehen, weil sie mit ihrer Bewegung vielleicht wieder die Sirene und die Glocke in Gang setzen könnten.

Plötzlich hörten sie ein leises Brummen. Einen Augenblick lang krampfte sich Jennys Magen zusammen, aber dann erkannte sie das Geräusch. Das waren Autos, die sich die steile Gebirgsstraße hinaufquälten.

Sie drehte sich um und sah die Straße hinunter. Das Motorengeräusch wurde lauter, und dann bogen zwei Polizeiwagen mit blinkenden roten Lichtern auf den Dächern um die Kurve.

»Gott sei Dank«, sagte Lisa.

Jenny führte ihre Schwester schnell zu der Polizeistation. Die beiden Wagen hielten davor an, und beide Motoren wurden gleichzeitig abgeschaltet. Wieder senkte sich die totenähnliche Stille über Snowfield.

Ein gutaussehender schwarzer Mann stieg aus dem ersten Wagen und ließ die Tür offen. Er sah Jenny und Lisa an, sagte aber nichts. Ein zweiter Mann stieg aus dem gleichen Wagen aus. Er hatte widerspenstiges, sandfarbiges Haar, und seine Augenlider waren so schwer, daß er aussah, als würde er gleich einschlafen. Er trug Zivilkleider, aber an seine dunkelblaue Nylon-Jacke hatte er seinen Sheriffs-Stern geheftet.

Noch vier Männer stiegen aus den Wagen aus. Alle sechs Neuankömmlinge blieben einen langen Augenblick wortlos stehen und sahen die ausgestorbenen Läden und Häuser an.

In diesem merkwürdigen Augenblick hatte Jenny die eiskalte Vorahnung, an die sie selbst nicht glauben wollte, die ihr aber sagte, daß nicht alle wieder lebend von hier wegfahren würden.

11

Erste Untersuchung

Bryce hatte sich neben der Leiche Paul Hendersons auf ein Knie niedergelassen. Die anderen sieben — seine Leute, Dr. Paige und Lisa — drängten sich vor dem Holzgeländer in der Station. Sie schwiegen in der Gegenwart des Todes, denn sie hatten Paul Henderson als guten Mann gekannt.

Bryce sagte: »Dr. Paige?«

Sie kauerte sich auf der anderen Seite der Leiche nieder. »Ja?«

»Sie haben die Leiche doch nicht bewegt?«

»Ich habe sie nicht einmal berührt, Sheriff.«

»Und es war kein Blut da?«

»Wie Sie es jetzt sehen. Kein Blut.«

»Vielleicht hat er eine Wunde im Rücken«, sagte Bryce.

»Selbst dann müßte Blut auf dem Boden sein.«

»Unter gewöhnlichen Umständen würde ich eine Leiche nicht anrühren, bevor sie nicht untersucht worden ist, aber hier muß ich eine Ausnahme machen. Ich muß ihn umdrehen.«

»Ich weiß nicht, ob es ungefährlich ist, ihn zu berühren.«

»Irgend jemand muß es ja tun.«

Bryce legte eine Hand an Hendersons schwarz-blaues, verzerrtes Gesicht. »Die Haut ist ja noch etwas warm«, sagte er überrascht.

Dr. Paige sagte: »Ich glaube nicht, daß sie schon lange tot sind.«

»Aber eine Leiche verfärbt sich doch nicht so und schwillt in zwei Stunden derart an«, sagte Tal Whitman.

»Die Leichen hier schon«, sagte die Ärztin.

Bryce rollte die Leiche auf die Brust, konnte aber keine Wunde auf dem Rücken finden. Er schob eine Hand in das dichte Haar des Sheriffs, um festzustellen, ob ihm vielleicht der Schädel eingeschlagen worden war — aber das war auch nicht der Fall.

Bryce erhob sich wieder. »Sie haben doch von zwei Enthauptungen gesprochen ... Ich denke, das sollten wir uns jetzt ansehen.«

»Könnte vielleicht währenddessen einer von Ihren Leuten bei meiner Schwester bleiben?«

»Ich kann Ihre Gefühle verstehen«, sagte Bryce. »Aber unter den gegenwärtigen Umständen sollten wir vielleicht besser alle zusammenbleiben.«

»Keine Sorge, Jenny«, beruhigte Lisa sie. »Ich wollte sowieso nicht hierbleiben.«

Das Mädchen hatte Mumm in den Knochen, dachte Bryce

Hammond. Man sah ihr und ihrer älteren Schwester zwar an, daß sie etwas Schreckliches mitgemacht hatten, aber sie wurden besser damit fertig, als man das von den meisten Leuten in diesem Alptraum erwartet hätte.

Sie führten den Sheriff mit seiner Gruppe durch das verlassene Städtchen zu der Bäckerei. Alles lag tot und verlassen, als sei das hier eine seit Jahrhunderten verlassene Geisterstadt in der Wüste, auf der seit Generationen diese tiefe Stille lastete.

Sie gingen durch die vordere Eingangstür in die Bäckerei und weiter nach hinten in die Backstube. Noch immer packten zwei abgetrennte Hände den Griff des Nudelholzes.

Zwei abgeschnittene Köpfe glotzten durch die Sichtscheiben der Backöfen.

»Mein Gott«, sagte Tal leise. Bryce schüttelte sich, und Jake Johnson, dem die Beine den Dienst versagen wollten, lehnte sich an einen Schrank.

Wargle sagte: »Ach du Scheiße, die sind ja geschlachtet worden wie zwei Kühe«, und dann redeten sie alle durcheinander.

»... warum jemand so etwas wohl ...«

»... geisteskrank, einfach nicht normal ...«

»... wo die Körper wohl sind?«

»Ganz genau«, sagte Bryce etwas lauter, um die anderen zu übertönen. »Wo sind die Körper? Los, die müssen wir finden.«

Einige Sekunden lang blieben alle wie erstarrt stehen. Der Gedanke, was sie wohl finden würden, hatte sie gefrieren lassen. Dann aber rafften sie sich mühsam zusammen und suchten die gesamte Bäckerei nach den Körpern — oder anderen Körperteilen — der beiden alten Leute ab, konnten aber nichts finden.

»Warum die Mörder wohl die Leichen weggeschafft haben?« fragte Frank.

»Vielleicht war das irgendeine verrückte Sekte, und sie haben die Körper für ein Ritual gebraucht«, sagte Jake Johnson.

»Wenn es sich tatsächlich um ein Ritual handelt, dann ist es hier abgehalten worden, wie es aussieht«, sagte Frank.

Gordy Brogan rannte stolpernd zur Toilette, und durch die Tür, die er hinter sich zugeworfen hatte, kam das Geräusch von Würgen.

Stu Wargle lachte und sagte: »Mein Gott, ist der aber zart besaitet.«

Bryce drehte sich um und fuhr ihn mit finsterem Gesicht an: »Ich möchte wirklich mal wissen, was Sie hier so witzig finden, Wargle. Ich finde auf jeden Fall Gordys Reaktion viel natürlicher als unsere.«

Als Gordy von der Toilette zurückkam, machte er ein verlegenes Gesicht. »Tut mir leid, Sheriff.«

»Dazu besteht kein Anlaß, Gordy.«

Als sie wieder draußen auf der Straße waren, ging Bryce sofort zu der Holztür zwischen der Bäckerei und dem Laden nebenan und starrte über sie in die unbeleuchtete, abgedeckte Passage zwischen den Häusern. Als Jenny neben ihn trat, sagte er: »Da drinnen haben Sie doch irgend etwas bemerkt, oder?«

»Ja.«

Er nahm Tals lange Taschenlampe, schob die knarrende Tür auf, zog seinen Revolver und ging hinein. Ein leichter muffiger Geruch hing in dem Gang. Der starke Strahl der Taschenlampe reichte bis in den halben Gang, aber er leuchtete nur direkt vor sich und sah sich die Mauern und die Dachbalken über seinem Kopf genau an. Bis jetzt zumindest war nichts zu entdecken.

Mit jedem Schritt wurde sich Bryce sicherer, daß es unnötig gewesen war, den Revolver zu ziehen — bis er ungefähr die Mitte des Tunnels erreicht hatte. Dann plötzlich spürte er etwas ... etwas Eigenartiges ... ein vorausahnendes Kribbeln auf dem Rücken. Er hatte das Gefühl, daß er in dem Gang nicht mehr allein war.

Er war ein Mann, der seinem Gefühl vertraute, und er ignorierte auch dieses Mal seine Ahnung nicht. Er hob seinen Revolver, blieb bewegungslos stehen, lauschte angestrengt und ließ den Strahl seiner Taschenlampe schnell über Mauern und Dachbalken wandern. Er sah in den Gang vor sich und drehte sich sogar einmal kurz um, um sich zu überzeugen, daß sich nicht inzwischen wie durch Zauberei jemand hinter ihm angeschlichen hatte. Es war nichts zu sehen, aber trotzdem hielt sich das Gefühl beharrlich, daß er von feindseligen Augen beobachtet wurde.

Er setzte sich langsam wieder in Bewegung, und als der Strahl seiner Taschenlampe auf den Gully in der Mitte des Ganges fiel, glänzte darin etwas Undefinierbares auf, das das Licht reflektierte und sich *bewegte.*

Vorsichtig trat Bryce näher und leuchtete direkt in den Gully hinein. Was immer darin geglänzt hatte, war jetzt verschwunden. Er kauerte sich hin und sah durch die Rippen der Abdeckung. Das Licht beleuchtete nur das Abflußrohr von ungefähr 45 Zentimeter Durchmesser. Es war trokken, und das bedeutete, daß er nicht einfach Wasser gesehen hatte.

Eine Ratte? Snowfield hatte als Urlaubsort ein relativ wohlhabendes Publikum, und daher achtete man genau darauf, daß sich hier keine Schädlinge breitmachten. Es war natürlich trotzdem nicht unmöglich, daß die eine oder andere Ratte der Aufmerksamkeit der Bewohner entging, aber Bryce glaubte nicht, daß es das gewesen war, was er gesehen hatte.

Er ging weiter bis zum Ende des Tunnels und kehrte dann wieder zu Tal und den anderen zurück.

»Haben Sie etwas gesehen?« fragte Tal.

»Nicht viel«, sagte Bryce, trat auf den Bürgersteig und machte die Holztür hinter sich zu. Er erzählte ihnen von seinem Gefühl, er würde beobachtet, und von der Bewegung in dem Abflußrohr.

»Die Liebermanns sind von Menschen ermordet worden«, sagte Frank Autry. »Nicht von etwas, das so klein ist, daß es durch ein Abflußrohr kriechen kann.«

»Eigentlich müßte man das annehmen«, stimmte ihm Bryce zu.

»Aber Sie haben das da drinnen doch auch gespürt, oder?« fragte Lisa eindringlich.

»Irgend etwas habe ich gespürt«, sagte Bryce zu dem Mädchen. »Es hat mich allerdings offensichtlich nicht so stark berührt wie Sie beide. Auf jeden Fall war es ... eigenartig.«

»Gott sei Dank«, sagte Lisa. »Ich dachte schon, Sie halten uns für zwei hysterische Weiber.«

»Wenn man bedenkt, was Sie durchgemacht haben, sind Sie beide wohl so unhysterisch, wie man sich das nur vorstellen kann.«

»Na ja«, sagte das Mädchen. »Jenny ist Ärztin, und vielleicht will ich das auch einmal werden, und eine Ärztin kann es sich einfach nicht leisten, hysterisch zu werden.«

Sie war ein hübsches Mädchen, aber ihre ältere Schwester gefiel Bryce noch besser. Beide hatten das gleiche dichte, rotbraune Haar und die gleiche goldfarbene Haut, aber Dr. Paige war reifer und deshalb für Bryce interessanter und attraktiver.

Bryce sagte: »Dr. Paige, ich möchte mir jetzt das Haus ansehen, in dem sich die beiden Leute verbarrikadiert hatten.«

»Das sind die Oxleys drüben in der Vale Lane.« Sie führte sie die Straße hinunter zu der Ecke Vale Lane und Skyline Road.

Das trockene Schaben ihrer Schritte ließ Bryce an eine Wüstenstadt denken, an Käfer, die hastig über Stapel von uralten Papyrus-Rollen in Wüstengräbern krochen.

Als der kleine Trupp um die Ecke der Vale Lane bog, blieb Dr. Paige stehen und sagte: »Zwei Blöcke weiter wohnen ... äh ... wohnten die Oxleys.«

Bryce musterte die Straße und sagte: »Bevor wir dorthin gehen, sollten wir uns alle Häuser und Läden bis dahin ansehen — zumindest auf einer Straßenseite. Ich glaube, es ist sicherer, wenn wir uns in zwei Vierergruppen aufteilen. Wir gehen ja nicht in verschiedene Richtungen auseinander und bleiben uns nahe genug, falls es Schwierigkeiten geben sollte. Dr. Paige und Lisa bleiben bei mir. Frank, Sie übernehmen die zweite Gruppe.«

Frank nickte.

»Bleiben Sie aber zusammen«, ermahnte sie Bryce eindringlich. »Ich meine damit *wirklich* zusammen, also immer in Sichtweite voneinander. Ist das klar?«

»Geht in Ordnung, Sheriff«, sagte Frank Autry.

»Also gut, dann seht ihr euch das erste Gebäude nach dem Restaurant dort an, und wir übernehmen das nächste

Haus, dann ihr wieder das übernächste, und so weiter. Wenn ihr etwas wirklich Interessantes findet, und damit meine ich nicht nur weitere Leichen, holt mich. Wenn ihr Hilfe braucht, feuert zwei oder drei Schüsse ab. Dann hören wir auch, wenn wir in einem anderen Haus sind.«

Dr. Paige trat einen Schritt vor und sagte zu Frank Autry: »Eines noch. Wenn Sie Leichen finden, die aus Augen, Ohren, Nase oder Mund bluten, lassen Sie es mich sofort wissen. Oder wenn sich Anzeichen für Erbrechen oder Durchfall finden.«

»Weil das auf eine Krankheit hindeuten könnte, oder?« fragte Bryce.

»Ja«, sagte sie. »Oder eine Vergiftung.«

Jake Johnson, der inzwischen älter wirkte als 57, sagte: »Das war keine Krankheit, die den Leuten da den Kopf abgeschnitten hat.«

»Darüber habe ich auch nachgedacht«, sagte Dr. Paige. »Was ist, wenn es so etwas wie eine mutierte Art von Tollwut ist, die manche Leute sofort tötet, andere aber in den Wahnsinn treibt — und die haben dann die Leute so verstümmelt?«

»Halten Sie denn so etwas für wahrscheinlich?« fragte Whitman.

»Nein, aber unmöglich ist es auch nicht. Wer will hier außerdem noch sagen, was wahrscheinlich ist und was nicht? Hätten Sie es denn für wahrscheinlich gehalten, daß so etwas in einer Stadt wie Snowfield passiert?«

Frank Autry zupfte an seinem Schnurrbart. »Wenn aber hier Rudel von Wahnsinnigen herumstreifen, wo *sind* sie denn?«

»Vielleicht haben sie sich irgendwo versteckt und lauern«, sagte Wargle.

»Nein, das würde keinen Sinn ergeben«, sagte Bryce. »Wenn jemand in rasenden Wahnsinn verfallen ist, dann versteckt er sich nicht irgendwo und lauert. Dazu müßte er planen. Wenn es so wäre, würden dic Leute über uns herfallen.«

»Außerdem ist das nicht einfach Tollwut«, sagte Lisa leise. »Hier geht es um etwas viel Merkwürdigeres.«

»Wahrscheinlich hat sie recht«, sagte Dr. Paige.

»Na ja, wie auch immer. Wenn wir Anzeichen von Blutungen oder Erbrechen oder Durchfall finden, wissen wir Bescheid«, sagte Bryce. »Und wenn nicht ...«

»Dann müssen wir uns eine neue Hypothese überlegen«, sagte Dr. Paige.

Die anderen schwiegen; sie wollten nur ungern mit ihrer Suche beginnen, denn sie wußten nicht, was sie finden würden — oder was *sie* finden würde.

Die Zeit schien stillzustehen. Die Morgendämmerung wird nie kommen, wenn wir nicht etwas unternehmen, dachte Bryce Hammond.

»Also los«, sagte er.

Das erste Gebäude war ein Kunstgewerbeladen mit einer Wohnung im ersten Stock. Frank Autry schlug eine Scheibe in der Eingangstür ein, griff durch und machte sie auf. Er ging hinein und schaltete das Licht an.

Er winkte die anderen hinter sich her und sagte: »Verteilt euch, bleibt nicht zu eng zusammen. Wir wollen kein einfaches Ziel bieten.« Er wurde dabei unwillkürlich an seine Dienstzeit in Vietnam vor zwanzig Jahren erinnert. Die Spähtrupp-Unternehmungen in Guerilla-Gebiet, die er damals durchgeführt hatte, waren ebenso nervenzermürbend gewesen.

Sie schlichen vorsichtig in den Laden, fanden aber weder dort noch in dem kleinen Büro dahinter jemand. Die Treppe, die von dort aus nach oben führte, stiegen sie hinauf, als sei dies eine feindliche Stadt, die im Häuserkampf erobert werden mußte. Frank ging allein vor, während ihm die anderen von unten Deckung gaben, und als er oben war, schaltete er das Licht an. Er stand in einer Ecke des Wohnzimmers des Besitzers. Der Raum war leer, und er winkte die anderen die Treppe hoch.

Sie durchsuchten das Apartment und behandelten jede Tür wie einen potentiellen Hinterhalt. Alle Zimmer waren leer, aber in der Küche fanden sie einen toten Mann. Er war nur mit einem blauen Pyjama-Unterteil bekleidet und hielt mit seinem verfärbten, aufgeschwollenen Körper die Tür des Kühlschranks auf. Er hatte keine sichtbaren Verletzungen. Sein Gesicht hatte keinen entsetzten Ausdruck. Er war offensichtlich zu plötzlich gestorben, um seinen Angreifer noch sehen zu können — und ohne die leiseste Warnung, daß der Tod nahe war, denn um ihn waren die Bestandteile eines Sandwichs auf dem Boden verteilt.

»Der ist auf jeden Fall nicht an einer Krankheit gestorben«, sagte Jake Johnson bestimmt. »Wenn er krank gewesen wäre, hätte er bestimmt keine Salami mehr gegessen.«

»Und außerdem muß es unwahrscheinlich schnell passiert sein«, sagte Gordy. »Er hatte die Zutaten zu seinem Sandwich gerade aus dem Kühlschrank geholt, und als er sich herumdrehte, ist es passiert. Peng! Einfach so.«

Im Schlafzimmer fanden sie noch eine Leiche. Es war eine Frau zwischen zwanzig und vierzig — wegen der Verfärbung und Schwellung war es schwierig, ihr Alter zu schätzen — und sie lag nackt im Bett. Ihr Gesicht war wie das Paul Hendersons vor Entsetzen verzerrt, und ihr Mund war noch zu einem Schrei geöffnet.

Jake Johnson zog einen Stift aus der Tasche seines Hemds, schob ihn vorsichtig durch den Abzugsbügel der .22er Automatik, die neben ihr auf dem Bett lag, und hob sie auf.

»Ich glaube eigentlich nicht, daß wir damit besonders vorsichtig zu sein brauchen«, sagte Frank. »Erschossen worden ist sie nicht; sie hat keinerlei Wunden, und Blut ist auch keines da. Wenn jemand die Pistole gebraucht hat, dann sie. Geben Sie mal her!«

Er nahm Jake die Automatik ab und zog das Magazin heraus. Er zog den Verschluß zurück, aber auch das Patronenlager war leer. Er hob sich den Lauf an die Nase und roch daran.

»Ist sie irgendwann in letzter Zeit abgefeuert worden?« fragte Jake.

»Das kann noch nicht lange her sein. Wenn das Magazin voll war, hat sie zehn Schuß abgefeuert.«

»Da, sehen Sie«, sagte Wargle und deutete auf ein Einschußloch gegenüber von dem Bett in ungefähr zwei Meter Höhe in der Wand.

»Und hier«, sagte Gordy Brogan und deutete auf ein Schußloch in der dunklen, hochbeinigen Kommode.

Sie fanden die zehn leeren Patronenhülsen auf dem Boden um das Bett, aber keine Einschußlöcher mehr.

»Sie meinen doch wohl nicht, daß sie achtmal getroffen hat?« fragte Gordy Frank.

»Blöde Frage, das ist ja wohl kaum möglich!« sagte Wargle und zog sich seinen Revolvergurt an seinen fetten Hüften hoch. »Wenn sie acht Treffer gelandet hätte, wäre sie nicht die einzige Leiche hier in dem Zimmer.«

»Ganz richtig«, sagte Frank, obwohl er nur äußerst ungern über irgend etwas mit Wargle der gleichen Meinung war. »Außerdem ist kein Blut zu sehen. Wenn sie achtmal getroffen hätte, müßte hier alles voll Blut sein.«

Wargle ging zum Fuß des Bettes und starrte auf die Tote herab. Sie ruhte auf zwei Kissen und hatte in einer grotesken Parodie von Lust die Beine gespreizt. »Der Typ in der Küche muß die Alte hier gevögelt haben«, sagte Wargle. »Als er damit fertig war, ist er in die Küche gegangen und hat sich was zu essen gemacht. Währenddessen ist jemand hier reingekommen und hat sie umgelegt.«

»Der Mann in der Küche ist zuerst umgebracht worden«, sagte Frank. »Er wäre nie so überrascht worden, *nachdem* sie zehnmal geschossen hat.«

Wargle sagte: »Mann, ich wünschte mir nur, *ich* hätte den ganzen Tag mit so einer geilen Alten im Bett gelegen.«

Frank glotzte ihn mit offenem Mund an. »Wargle, Sie sind einfach widerlich. Sie lassen sich sogar von einer angeschwollenen Leiche anmachen — bloß weil sie nackt ist.«

Wargle wurde rot und riß seinen Blick von der Leiche weg. »Was ist denn eigentlich los mit Ihnen, Frank? Wofür halten Sie mich denn — glauben Sie, ich bin pervers, oder was? Quatsch, ich habe nur das Bild auf dem Nachttisch gesehen.« Er deutete auf eine in Silber gerahmte Fotografie auf dem Nachttisch. »Da, sehen Sie, sie ist im Bikini. Verdammt gut hat sie ausgesehen, große Titten. *Das* hat mich angemacht, Kumpel.«

Frank schüttelte den Kopf. »Ich bin nur verblüfft darüber, daß Sie unter den Umständen an sowas denken können.«

Wargle hielt das für ein Kompliment und zwinkerte ihm zu.

Wenn ich die Sache hier lebend überstehe, dachte Frank, lasse ich mich von Bryce nie mehr zusammen mit Wargle einteilen. Eher kündige ich.

Gordy Brogan sagte: »Wie ist das denn möglich, daß sie achtmal getroffen hat, und hier ist kein Tropfen Blut oder sonstwas in der Art zu sehen?«

Jake Johnson fuhr sich mit einer Hand durch sein weißes Haar. »Ich weiß es nicht, Gordy, aber eines weiß ich genau — ich wünsche, Bryce hätte sich jemand anders ausgesucht, um mit herzukommen.«

Nebenan war ein altmodisches zweistöckiges Haus mit einem Getränkeladen im Erdgeschoß. Die Lichter brannten, und die Tür war nicht verschlossen.

Bryce ging als erster hinein, dann folgten Jennifer und Lisa Paige, und als letzter kam Tal. In einer gefährlichen Situation suchte sich Bryce immer Tal Whitman als Rückendeckung aus. Nicht einmal Frank Autry vertraute er so sehr.

Der Laden war mit Flaschen, Bierdosen und Kühlschränken vollgestellt, machte aber einen warmen und angenehmen Eindruck. Kein Mensch war zu sehen.

Bryce ging vor durch den Laden. Er erwartete eine weitere Leiche hinter der Theke, fand aber keine. Auf dem Boden war jedoch eine riesige, tiefe Pfütze. Sie gingen vorsichtig um sie herum.

»Wo kommt denn all das Wasser her?« fragte Lisa.

»Das muß aus einem der Kühlschränke herausgelaufen sein«, sagte Tal Whitman. Sie sahen sich die Kühlschränke genauestens an, konnten aber kein Wasser in ihrer Nähe entdecken.

»Vielleicht ist ein Wasserrohr undicht«, sagte Jennifer Paige.

Sie suchten weiter, stiegen in den Keller hinunter, der zur Lagerung von Kartons mit Wein und anderen Getränken benutzt wurde, und dann gingen sie in den ersten Stock über dem Laden hinauf, in dem ein Büro eingerichtet war. Auch hier fanden sie nichts Außergewöhnliches.

Als sie durch den Laden wieder hinausgehen wollten, kauerte sich Bryce vor der Lache auf dem Boden nieder und befeuchtete sich eine Fingerspitze darin. Es fühlte sich genauso an wie Wasser und war geruchlos.

»Was ist denn?« fragte Tal.

Bryce richtete sich wieder auf und sagte: »Komisch — all das Wasser hier.«

Tal sagte: »Höchstwahrscheinlich ist es nur ein undichtes Wasserrohr, wie Dr. Paige schon sagte.«

Bryce nickte, aber irgendwie schien ihm die große Lache wichtig, obwohl er nicht hätte sagen können, warum.

Taytons Apotheke war ein kleiner Laden, der für Snowfield und die umliegenden Bergdörfer zuständig war. Der Besitzer bewohnte die beiden Stockwerke darüber.

Frank Autry führte seine Männer durch das ganze Haus, aber sie fanden nichts Auffälliges — bis auf den nassen Teppichboden im Wohnzimmer. Er war buchstäblich klatschnaß und quatschte unter ihren Schuhen.

Die Candleglow Inn strahlte eine gepflegte Gastlichkeit aus; das überhängende Dach, seine kunstvoll geschnitzten Holzleisten und die altmodisch geteilten Fenster mit ihren weißen Fensterläden vermittelten einen Eindruck von Gemütlichkeit und Wärme.

Jenny, Lisa, der Sheriff und Lieutenant Whitman blieben davor stehen, und Hammond sagte: »Ist das um diese Jahreszeit offen?«

»Ja«, sagte Jenny. »Hier ist es auch außerhalb der Saison meistens noch ungefähr halb voll. Sie haben allerdings auch einen sehr guten Ruf, und außerdem bloß sechzehn Zimmer.»«

»Na schön ... schauen wir uns mal um.«

Die mit dezenter Eleganz eingerichtete Eingangshalle war wie ausgestorben. Rechts an der Rezeption stand eine altmodische Glocke; Jenny schlug mehrere Male schnell darauf. Sie hatte keine Antwort erwartet, und sie bekam auch keine.

»Dan und Sylvia haben hinter dem Büro dort ein Apartment«, sagte sie und deutete auf das enge Büro hinter dem Rezeptionstisch.

»Sind das Freunde von Ihnen?« fragte der Sheriff.

»Ja. Dan und Sylvia Kanarsky.«

»Dann sehen wir vielleicht besser nicht in ihr Apartment hinein«, sagte er. Er sah sie mit seinen blauen Augen mit den schweren Lidern voller Wärme und Mitgefühl an.

Jenny registrierte überrascht die Freundlichkeit und Intelligenz in seinem Gesicht. Sie hatte ihn im Verlauf der letzten Stunde beobachtet, und es war ihr allmählich klargeworden, daß er weit wachsamer und tüchtiger war, als er zunächst ausgesehen hatte. Nun sah sie in seine sensiblen, warmherzigen Augen und stellte für sich fest, faß er ein genau beobachtender, interessanter und nicht zu unterschätzender Mann war.

»Wir können doch nicht einfach weggehen«, sagte sie. »Früher oder später muß das Hotel doch durchsucht werden, genau wie die ganze Stadt. Es wird am besten sein, wenn wir es gleich hinter uns bringen.«

Sie hob ein bewegliches Brett in dem Rezeptionstisch hoch und wollte gerade durch die Schwingtür in das Büro dahinter gehen, als der Sheriff sagte: »Entschuldigung, Dr. Paige, aber lassen Sie immer mich oder Lieutenant Whitman vorgehen.«

Sie trat gehorsam zur Seite, und er ging vor ihr her in das Apartment der Kanarskys, fand es aber leer. Keine Leichen.

Gott sei Dank.

Als sie wieder zur Rezeption kamen, blätterte Whitman durch das Gästebuch. »Im Augenblick sind nur sechs Zimmer vermietet, und die sind alle im ersten Stock.«

Der Sheriff fand einen Hauptschlüssel neben den Briefkästen, und sie gingen mit fast monotoner Vorsicht in den ersten Stock hinauf und durchsuchten die sechs Zimmer. In den ersten fünf fanden sie Kameras, Gepäck und andere Anzeichen, daß sie tatsächlich bewohnt waren, aber von den Gästen selbst war keine Spur zu entdecken.

Als Whitman in dem sechsten Zimmer in das angrenzende Bad wollte, fand er die Tür verschlossen. Er hämmerte dagegen und rief: »Polizei! Ist da jemand?«

Keine Antwort.

Whitman sah auf den Türknopf und dann zu dem Sheriff. »Auf der Seite ist kein Verriegelungsknopf, also muß jemand drinnen sein. Soll ich die Tür aufbrechen?«

»Sieht aus wie eine massive Tür«, sagte Hammond. »Es hat keinen Sinn, wenn Sie sich die Schulter ausrenken. Schießen Sie das Schloß auf.«

Jenny zog Lisa am Arm zur Seite, damit sie nicht von herumfliegenden Splittern getroffen wurde. Whitman rief eine Warnung in das Bad hinein, gab einen Schuß auf das Schloß ab, trat die Tür auf und sprang in das Bad. »Hier ist niemand.«

»Vielleicht sind sie aus dem Fenster geklettert«, sagte der Sheriff.

»Hier sind keine Fenster«, sagte Whitman stirnrunzelnd.

»Sind Sie sicher, daß die Tür verschlossen war?«

»Hundert Prozent. Und sie läßt sich nur von innen verschließen.«

»Aber wie — wenn doch niemand drinnen war?«

Whitman zuckte die Achseln. »Davon ganz abgesehen ist hier etwas, das Sie sich anschauen sollten.«

Sie schauten es sich alle an, denn das Bad war groß genug für alle vier. Auf dem Spiegel über dem Waschbecken hatte jemand mit dicken, fettigen, schwarzen Buchstaben hinterlassen:

TIMOTHY FLYTE
DER ALTE FEIND

In einer anderen Wohnung über einem anderen Laden fanden Frank Autry und seine Männer wieder einen triefnassen Teppichboden vor. Im Wohnzimmer, Eßzimmer und in den Schlafzimmern war der Teppich trocken, aber in dem Gang zur Küche war er naß, und in der Küche selbst stand das Wasser stellenweise bis zu zwei Zentimeter tief.

Jake Johnson stand im Gang, starrte in die Küche und sagte: »Das muß ein undichtes Wasserrohr sein.«

»Das haben Sie in dem anderen Haus auch schon gesagt«, erinnerte ihn Frank. »Meinen Sie nicht, der Zufall wäre zu groß?«

Gordy Brogan sagte: »Aber das ist doch bloß Wasser. Das kann doch wohl nichts mit ... mit all den Morden zu tun haben.«

»Wir verschwenden hier bloß unsere Zeit«, sagte Stu Wargle. »Hier ist nichts. Los, gehen wir.«

Frank ignorierte sie, ging in die Küche und stieg vorsichtig durch einen Ausläufer des kleinen Sees zu einer Reihe von Schränken. Er suchte darin herum, bis er einen verschließbaren Plastik-Behälter fand, der sauber und trocken war. Mit einem Soßenlöffel, den er in einer Schublade fand, füllte er etwas von dem Wasser auf dem Boden in den Behälter und verschloß ihn sorgfältig.

»Was machen Sie denn da?« fragte Jake von der Tür.

»Ich nehme eine Probe mit.«

»Probe? Wozu denn das? Das ist doch bloß Wasser.«

»Schon«, sagte Frank, »aber irgend etwas daran ist komisch.«

Jenny starrte die fünf Worte mit den dicken, fettigen, schwarzen Buchstaben auf dem Spiegel an.

Lisa sagte: »Wer ist Timothy Flyte?«

»Das könnte der Typ sein, der das geschrieben hat«, sagte Lieutenant Whitman.

»Ist das Zimmer an Flyte vermietet?« fragte der Sheriff.

»Ich bin sicher, daß der Name nicht im Gästebuch gestanden hat«, sagte der Lieutenant. »Wir können auch noch unten nachsehen, aber eigentlich bin ich sicher.«

»Vielleicht ist Flyte einer der Mörder«, sagte Lisa. »Vielleicht hat ihn der Mann, der das Zimmer hier gemietet hat, erkannt und seinen Namen aufgeschrieben.«

Der Sheriff schüttelte den Kopf. »Nein. Wenn Flyte wirklich etwas mit der Sache zu tun gehabt hätte, hätte er seinen Namen doch nicht auf dem Spiegel gelassen. Er hätte ihn weggewischt.«

Bryce Hammond sah Jenny an. »Gibt es hier in der Stadt einen Flyte?«

»Nie von ihm gehört.«

»Kennen Sie jeden in Snowfield?«

»Ja.«

»Alle fünfhundert Einwohner?«

»Fast alle«, sagte sie.

»So, also *fast* alle. Es *könnte* doch einen Timothy Flyte hier geben, oder?«

»Selbst wenn ich ihn persönlich nicht kennengelernt hätte, hätte ich auf jeden Fall den Namen schon einmal gehört. Das ist ein kleines Nest, Sheriff, zumindest außerhalb der Saison.«

Sie wünschte, sie könnten sich irgendwo anders über die Nachricht auf dem Spiegel unterhalten. Draußen. Im Freien. Wo sich nichts unbemerkt anschleichen konnte. Sie hatte das unheimliche Gefühl, daß in diesem Augenblick irgendwo in dem Gebäude ein entsetzliches Wesen umherschlich und heimlich eine furchtbare Aufgabe ausführte, die sie alle bedrohte, von der sie aber nichts ahnten.

»Und was hat es mit dem zweiten Teil auf sich?« fragte Lisa und deutete auf DER ALTE FEIND.

Nach einiger Zeit sagte Jenny: »Es scheint tatsächlich auf das hinauszulaufen, was Lisa gesagt hat. Der Mann, der das geschrieben hat, wollte uns sagen, daß Timothy Flyte sein Feind war. Unserer auch, denke ich.«

»Möglich«, sagte Bryce Hammond skeptisch. »Aber irgendwie ist das doch ungewöhnlich ausgedrückt — der Alte Feind. Irgendwie seltsam. Fast archaisch. Wenn er sich im Bad eingeschlossen hat, um Flyte zu entkommen, und wenn er dann hastig eine Warnung aufgeschrieben hat, warum nicht ›Mein alter Feind Timothy Flyte‹ oder so etwas Ähnliches, was normal klingt?«

Lieutenant Whitman war der gleichen Meinung. »Wenn er eine Botschaft hinterlassen wollte, um Flyte zu beschuldigen, dann hätte er so etwas wie ›Timothy Flyte war es‹ oder ›Timothy Flyte ist der Mörder‹ hingeschrieben. Er hätte uns auf keinen Fall ein Rätsel aufgeben wollen.«

Der Sheriff sah sich den Inhalt des Toilettenschranks neben dem Spiegel an. »Nach den Toilettenartikeln zu urteilen, haben hier zwei Leute gewohnt. Das heißt, daß sie sich wahrscheinlich auch zu zweit hier eingeschlossen haben — also sind *zwei* Leute spurlos verschwunden. Womit haben sie aber auf den Spiegel geschrieben?«

»Ich würde sagen, mit einem Augenbrauenstift«, sagte Lisa.

Jenny nickte. »Das glaube ich auch.«

Sie suchten das Bad nach einem schwarzen Augenbrauenstift ab, konnten aber keinen finden.

»Das wird ja immer besser«, stöhnte der Sheriff. »Der Augenbrauenstift ist also auch verschwunden. Hier sind also zwei Leute aus einem von innen verschlossenen Raum gekidnappt worden.«

Sie gingen wieder zu der Rezeption hinunter. Nach dem Gästebuch war das Zimmer von Mr. und Mrs. Harold Ordnay aus San Francisco gemietet gewesen.

»Von den Gästen heißt niemand Timothy Flyte«, sagte Sheriff Hammond und schlug das Gästebuch zu.

»Mehr können wir wohl hier im Augenblick nicht tun«, sagte Lieutenant Whitman.

Jenny war erleichtert, das zu hören.

Sie gingen durch die Eingangshalle auf die Eingangstür zu. Nach nur zwei Schritten brachte sie Lisa durch einen Schrei zum Stehen.

Sie sahen sie alle eine Sekunde, nachdem sie dem Mädchen aufgefallen war. Sie lag auf einem kleinen Tisch direkt im Licht einer Lampe mit einem rosenfarbigen Schirm, die sie so hübsch beleuchtete, daß sie wie ein ausgestellter Kunstgegenstand aussah. Eine Männerhand. Eine abgetrennte Hand.

Lisa wendete sich von dem makabren Anblick ab. Jenny nahm ihre Schwester in die Arme und starrte mit morbider Faszination die Hand an.

Sic hielt fest einen Augenbrauenstift zwischen Daumen und den ersten beiden Fingern. *Den* Augenbrauenstift. Er mußte es einfach sein.

Jenny war ebenso entsetzt wie Lisa, aber sie biß sich auf die Lippen und unterdrückte den Schrei. Es war nicht allein der Anblick der Hand, der lähmendes Entsetzen in ihr hochsteigen ließ, sondern die Tatsache, daß sie vor ganz kurzer Zeit noch nicht dagewesen war. Irgend jemand hatte sie auf den Tisch gelegt, während sie im ersten Stock waren, und dieser jemand hatte genau gewußt, daß sie sie finden würden. Jemand verspottete sie, der einen äußerst perversen Sinn für Humor hatte.

Bryce Hammond hob seine schweren Augenlider so hoch wie nie zuvor und sagte: »Verdammt noch mal, das Ding da war doch vorher noch nicht hier, oder?«

»Nein«, sagte Jenny.

Der Sheriff und sein Deputy hoben ihre Revolver, mit denen sie bisher auf den Boden gezielt hatten, in die Höhe, als befürchteten sie, die abgetrennte Hand würde gleich den Stift fallenlassen und sie angreifen.

Irgendwo über ihnen knarrte ein Bretterboden oder eine ungeölte Tür. Wahrscheinlich war es ein natürliches Geräusch. Vielleicht war es aber auch etwas anderes.

»Jetzt besteht kein Zweifel mehr daran«, sagte der Sheriff.

»Kein Zweifel woran?« fragte Lieutenant Whitman, sah dabei aber nicht den Sheriff an, sondern die Zugänge zu der Halle.

Der Sheriff drehte sich zu Jenny um. »Als Sie vorher die Sirene und die Kirchenglocken hörten, sagten Sie doch, es sei Ihnen klargeworden, daß das, was sich in Snowfield abgespielt hätte, noch nicht vorüber sei.«

»Ja.«

»Und jetzt wissen wir, daß Sie damit recht hatten.«

12
Kampfplatz

Jake Johnson wartete zusammen mit Frank, Gordy und Stu Wargle am Ende des Blocks auf einem hellerleuchteten Stück Bürgersteig auf Bryce Hammond. Er beobachtete ihn, wie er aus der Candleglow Inn herauskam und wünschte sich im stillen, der Sheriff würde schneller gehen. Es gefiel ihm nicht, hier so im Licht herumzustehen. Er kam sich vor wie auf einem Präsentierteller.

Als sie allerdings vor einigen Minuten die Häuser in der Straße durchsucht hatten und dabei durch düsterere Stellen gehen mußten, in denen sich die Schatten wie lebende Wesen bewegt hatten, hatte er sehnsüchtig nach genau diesem hellerleuchteten Wegstück gesehen. Er hatte die Dunkelheit ebenso gefürchtet wie jetzt das Licht.

Er fuhr sich nervös mit einer Hand durch sein dichtes, weißes Haar. Seine andere Hand hielt er am Griff seines Revolvers an seiner Hüfte.

Jake Johnson war nicht nur ein Freund von Vorsicht. Er verehrte sie geradezu; Vorsicht war sein Gott. *Vorsicht ist die Mutter der Porzellankiste; lieber ein Spatz in der Hand als eine Taube auf dem Dach; Vorsicht ist besser als Nachsicht ...* Solche Sprüche kannte er zu Tausenden. Für ihn waren sie die Leitsätze für den einzig sicheren Weg, und abseits davon lag nur das kalte Nichts von Risiko, Gefahr und Chaos.

Er hatte nie geheiratet, denn das hätte für ihn eine Menge neuer Verantwortungen gebracht. Wer heiratet, riskierte damit seine Emotionen, sein Geld und seine gesamte Zukunft.

Auch in Finanzdingen war er sehr vorsichtig und führte ein sparsames Leben. Er war 58 Jahre alt und arbeitete schon seit 37 Jahren bei der Polizei. Er hatte sich zwar schon eine ordentliche Summe angespart und hätte schon lange in Pension gehen können, aber er hatte Angst vor der Inflation, und so arbeitete er weiter bei der Polizei und sparte sich immer mehr Geld.

Die Entscheidung, Polizist zu werden, war vielleicht die einzige unvorsichtige Handlung seines ganzen Lebens. Er *wollte* eigentlich kein Polizist werden, um Gottes willen, aber sein Vater war Sheriff gewesen, und Jake war sicher, daß er ihn enterbt hätte, wenn er nicht in seine Fußstapfen getreten wäre. Große Reichtümer hatte er zwar nicht zu erwarten gehabt, aber immerhin besaß er ein schönes Haus und ein beachtliches Bankkonto, und außerdem waren da noch die hinter der Garage vergrabenen Einmachgläser mit Bündeln von eingerollten Geldscheinen, die sein Vater als Bestechungsgeld eingenommen hatte. Als Jakes Vater mit 82 gestorben war, war Jake selbst 51 und konnte nicht mehr den Beruf wechseln, weil er außer Polizeiarbeit nichts gelernt hatte.

Er war jedoch immer ein *vorsichtiger* Polizist. Er ging Aufträgen aus dem Weg, bei denen persönliche Konfrontationen drohten, und einmal hatte er sogar bei der Meldung eines Raubüberfalls vorsätzlich einen falschen Standort durchgegeben, um nicht zum Tatort fahren zu müssen.

Ein Feigling war er nicht. Es hatte schon Gelegenheiten gegeben, bei denen er in gefährlichen Situationen wie ein Löwe gekämpft hatte. Er war eben nur vorsichtig.

Manche Arten von Polizeiarbeit machten ihm sogar Spaß. Verkehrsregelung war nicht schlecht, aber Büroarbeit liebte er geradezu. Gerade das war ihm bei dieser Gelegenheit zum Verhängnis geworden, denn wenn er nicht im Büro mit seinen Formularen herumgetrödelt hätte, wäre er auch nicht dagewesen, als Dr. Paige aus Snowfield anrief, und dann hätte er wahrscheinlich auch nicht mitfahren müssen.

So aber stand er hier in dem hellen Licht und gab eine perfekte Zielscheibe ab. Verdammt!

Das war aber noch nicht alles. Offensichtlich hatten sich in dem Supermarkt, vor dem sie standen, extrem gewalttätige Szenen abgespielt, denn zwei von fünf großen Fensterscheiben waren von innen zerbrochen worden. Der Bürgersteig war voller Glasscherben und Dosen mit Hundefutter und Bier, die herausgeschleudert worden waren. Jake befürchtete, der Sheriff würde ihnen befehlen, in den Supermarkt hineinzugehen und nachzusehen, was dort passiert war, und er befürchtete weiter, daß da drinnen noch ein gefährlicher Feind lauerte.

Endlich kam der Sheriff mit Tal Whitman und den beiden Frauen zu dem Supermarkt, und Frank Autry zeigte ihnen den Plastikbehälter mit der Wasserprobe. Tal Whitman erzählte ihnen von der Nachricht auf dem Spiegel und der abgetrennten Hand, und auch von ihnen wußte niemand, was das bedeuten könnte. Dann drehte sich Sheriff Hammond zu dem Supermarkt um und machte Jakes Befürchtungen wahr. »Schauen wir uns das doch mal an«, sagte er.

Jake wollte weder der erste noch der letzte sein, der hineinging, und es gelang ihm, sich in die Mitte der Prozession hineinzuschieben.

In dem Supermarkt sah es schlimm aus. Schon an den Kassen waren Auslagen umgeworfen worden, und Rasierklingen, Kaugummis und Taschentücher waren auf dem Boden verstreut. In den Gängen waren Waren aus den Regalen gerissen, Corn Flakes lagen wie Schnee auf dem Boden, zerbrochene Essigflaschen verbreiteten einen scharfen Geruch, und Gläser mit Gurken, Mayonnaise und Senf waren zu einem klebrigen Haufen voller Splitter aufgetürmt.

An dem letzten Gang drehte sich Bryce Hammond zu Dr. Paige um: »Hätte der Supermarkt normalerweise heute aufgehabt?«

»Nein«, sagte die Ärztin. »Aber ich glaube, manchmal werden am Sonntagabend die Bestände nachgefüllt. Nicht immer, aber manchmal.«

»Sehen wir uns doch einmal hinten um«, sagte der Sheriff. »Vielleicht finden wir da etwas Interessantes.«

Genau das habe ich befürchtet, dachte Jake.

Sie folgten Bryce Hammond durch den letzten Gang in den hinteren Raum des Supermarkts, wo Reihen von hüfthohen Kühlanlagen für Fleisch, Eier, Käse und Milch standen. Dahinter war die blitzsaubere Theke, wo das Fleisch abgewogen und verpackt wurde.

Jakes Blick zuckte nervös über den Schneidetisch für das Fleisch. Er seufzte erleichtert auf, als er sah, daß nichts darauf lag. Es hätte ihn nicht überrascht, hier den Geschäftsführer sauber zu Steaks, Braten und Koteletts verarbeitet vorzufinden.

Bryce Hammond sagte: »Werfen wir noch einen Blick in das Lager.«

Lieber nicht, dachte Jake.

Hammond sagte: »Vielleicht sollten wir —«

Die Lichter gingen aus.

Die einzigen Fenster waren vorne in dem Supermarkt, aber selbst dort war es dunkel, denn auch die Straßenlaternen waren ausgegangen. Hier war die Finsternis vollkommen, erdrückend.

Verschiedene Stimmen meldeten sich zur gleichen Zeit:

»Taschenlampen!«

»Jenny!«

»Taschenlampen!«

Dann passierte sehr schnell eine ganze Menge.

Tal Whitman schaltete eine Taschenlampe an, und der scharf abgegrenzte Strahl fiel wie eine Klinge auf den Boden. Zugleich versetzte ihm etwas von hinten einen Schlag, etwas, das sich unter dem Schutz der Dunkelheit mit unglaublicher Geschwindigkeit und Lautlosigkeit ungesehen angeschlichen hatte. Whitman wurde nach vorne geschleudert und prallte gegen Stu Wargle.

Autry zerrte hastig die zweite lange Taschenlampe aus der Schlaufe in seinem Gürtel. Bevor er sie jedoch anschalten konnte, fielen Wargle und Tal Whitman auf ihn, und sie stürzten alle drei zu Boden. Dabei fiel Tal die Taschenlampe aus der Hand.

Bryce Hammond wurde kurz davon beleuchtet und griff nach ihr, erwischte sie aber nicht. Die Lampe fiel auf den Boden, rollte weg, warf wild zuckende Schatten an die Wände und beleuchtete nichts dabei.

Und etwas Kaltes berührte Jake hinten am Hals. Kalt und etwas feucht — aber trotzdem *lebendig*. Er zuckte zurück und versuchte, der Berührung auszuweichen und sich umzudrehen.

Etwas legte sich schnell wie eine Peitschenschnur um seinen Hals.

Jake schnappte nach Luft.

Noch bevor er seine Arme heben konnte, um sich gegen seinen Angreifer zu wehren, wurden sie gepackt und an seine Seite gedrückt.

Er wurde in die Luft gehoben, als sei er ein Kind.

Er versuchte zu schreien, aber eine kalte Hand legte sich über seinen Mund. Zumindest glaubte er, es sei eine Hand. Sie fühlte sich jedoch an wie das Fleisch eines Aals, kalt und feucht.

Außerdem stank sie. Nicht sehr, so daß Wolken von Gestank von ihr aufgestiegen wären. Aber der Geruch war so völlig anders als irgend etwas, das Jake bisher gerochen hatte, so bitter und scharf und unklassifizierbar, daß schon die leiseste Andeutung davon schier unerträglich war.

Wellen von Ekel und Entsetzen brandeten in ihm hoch, und er spürte, daß er es hier mit etwas unvorstellbar Fremdem und fraglos Bösem zu tun hatte.

Die Taschenlampe rollte noch immer über den Boden. Es waren noch keine zwei Sekunden vergangen, seit Tal sie fallengelassen hatte, obwohl Jake die Zeit viel länger vorkam. Nun rollte sie ein letztes Mal und knallte gegen die Ecke eines Kühlgeräts. Das Glas zerbrach in tausend Stücke, und auch dieses dürftige Licht ging ihnen verloren. Es hatte zwar nichts beleuchtet, aber es war immerhin besser als totale Finsternis gewesen. Mit ihm war auch die Hoffnung erloschen.

Jake tobte, bäumte sich auf, streckte sich und zuckte in einem epileptischen Tanz von Panik, einem spastischen Fandango der Flucht. Es gelang ihm jedoch nicht einmal, eine einzige Hand zu befreien. Sein unsichtbarer Gegner ergriff ihn nur noch fester.

Jake hörte, wie die anderen sich etwas zuriefen; es klang so, als seien sie sehr weit entfernt.

13
Plötzlich

Jake Johnson war verschwunden.

Bevor Tal die intakte Taschenlampe finden konnte, die Frank Autry fallengelassen hatte, flackerten die Lichter und brannten dann wieder hell. Es war nicht länger als fünfzehn oder zwanzig Sekunden lang dunkel gewesen.

Aber Jake war weg.

Sie suchten nach ihm. Er war nicht in den Gängen, in dem Kühlraum, dem Lagerraum oder der Toilette für das Personal.

Nun nur noch zu siebt gingen sie mit größter Vorsicht aus dem Supermarkt heraus. Sie hofften, Jake draußen auf der Straße zu finden, aber da war er auch nicht.

Snowfield war totenstill, ein lautloser Schrei, der sie zu verspotten schien. Tal Whitman hatte den Eindruck, daß es viel dunkler war als vorher. Die Nacht war ein riesiger Schlund, in den sie hineingeraten waren, ohne es zu merken. Die finstere Nacht beobachtete sie hungrig.

»Wo ist er denn bloß hingegangen?« fragte Gordy. Wie immer, wenn er die Stirn runzelte, sah er etwas brutal aus, obwohl er im Augenblick nur Angst hatte.

»Der ist nirgends hingegangen«, sagte Stu Wargle. »Den haben sie *geholt.*«

»Er hat aber nicht um Hilfe gerufen.«

»Dazu hatte er keine Möglichkeit mehr.«

»Meinen Sie, er lebt noch, oder ist er ... ist er tot?« fragte die jüngere der beiden Paige-Schwestern.

»Kleine«, sagte Wargle und rieb sich die Bartstoppeln, »an deiner Stelle würde ich mir nicht mehr allzuviel Hoffnungen machen. Ich würde meinen letzten Penny darauf wetten, daß wir Jake irgendwo finden werden, steif wie ein Brett und dunkelrot und aufgeschwollen wie die anderen auch.«

Das Mädchen zuckte zusammen und drängte sich enger an ihre Schwester.

Bryce Hammond sagte: »Augenblick mal, so einfach wollen wir Jake aber nicht abschreiben.«

»Ganz meine Meinung«, sagte Tal. »Hier gibt es tatsächlich viele Tote, aber wie es aussieht, sind die meisten Leute *nicht* tot, sondern nur vermißt.«

»Sie sind alle toter als mit Napalm geröstete Babies. Hab' ich nicht recht, Frank?« sagte Wargle, der nie eine Chance ausließ, Autry mit seiner Militärzeit in Vietnam zu ärgern. »Wir haben sie bloß noch nicht gefunden.«

Frank ließ sich nicht provozieren und sagte nur: »Ich verstehe bloß nicht, warum es uns nicht alle geholt hat, solange es die Chance dazu hatte. Warum hat es Tal bloß umgeworfen?«

»Ich wollte gerade die Taschenlampe anschalten«, sagte Tal. »Das wollte es nicht zulassen.«

»Möglich«, sagte Frank. »Aber warum hat es nur Jake geholt, und warum ist es sofort wieder verschwunden?«

»Es spielt mit uns«, sagte Dr. Paige. Die Straßenlaternen ließen grünes Feuer in ihren Augen blitzen. »Das ist wie mit der Kirchenglocke und der Sirene. Es spielt mit uns wie eine Katze mit einer Maus.«

»Aber warum nur?« fragte Gordy erbittert. »Was hat es bloß davon? Was will es denn?«

»Augenblick mal«, sagte Bryce. »Wieso redet plötzlich alles von ›es‹? Als wir uns zum letzten Mal darüber unterhalten haben, waren doch alle mehr oder weniger der Meinung, das wäre eine Bande von psychopathischen Mördern. Irre. *Menschen.*«

Sie sahen sich unruhig an. Keiner wollte es aussprechen, was sie insgeheim dachten. Das Undenkbare war nun denkbar geworden. Es gab Dinge, die vernünftige Menschen nicht leicht in Worte fassen konnten.

Ein plötzlicher Windstoß fuhr in die Bäume, und die Straßenlaternen flackerten.

Alle fuhren wegen der Unzuverlässigkeit des Lichts erschreckt zusammen. Tal legte eine Hand auf den Griff seines Revolvers, aber die Lichter gingen nicht aus.

Sie lauschten in die friedhofsstille Stadt hinaus. Das einzige Geräusch war das Rauschen der Bäume im Wind, das wie ein endloser Todesseufzer klang.

Jake war wirklich tot, dachte Tal. Wargle hat ausnahmsweise einmal recht. Jake war tot, und wir vielleicht auch. Wir wissen es nur noch nicht.

Bryce richtete sich an Frank Autry und fragte ihn: »Frank, warum haben Sie ›es‹ gesagt, und nicht ›sie‹ oder sonstwas?«

Frank sah Tal hilfesuchend an, aber Tal wußte selbst nicht genau, warum er ›es‹ gesagt hatte. Frank räusperte sich, trat von einem Fuß auf den anderen, sah Bryce an und zuckte die Achseln. »Also, ich denke, weil ... äh ... weil ein Mensch uns dort in dem Supermarkt sofort alle erledigt hätte, solange er die Gelegenheit dazu hatte und es so dunkel war.«

»Was wollen Sie damit sagen? Sie glauben also, daß wir es hier nicht mit einem Menschen zu tun haben?«

»Vielleicht ist es eine Art ... Tier.«

»Ein Tier? Das glauben Sie also wirklich?«

Frank schien sich ganz und gar nicht wohl in seiner Haut zu fühlen. »Nein, Sir.«

»Was glauben Sie denn sonst?« fragte Bryce.

»Herrgott noch mal, ich weiß einfach nicht, was ich glauben soll«, sagte Frank frustriert. »Ich habe eine militärische

Ausbildung, wie Sie wissen. Ein Soldat stürzt sich nicht gern blind in eine Situation. Er plant seine Strategie am liebsten sorgfältig. Für eine gute, fundierte strategische Planung braucht man aber zuverlässige vergleichbare Erfahrungen. Was ist in ähnlichen Schlachten in früheren Kriegen passiert? Wie haben sich Menschen unter ähnlichen Umständen verhalten? Hatten sie Erfolg oder sind sie gescheitert? In unserer Lage *gibt* es aber keine vergleichbaren Situationen oder Erfahrungen, auf die wir uns beziehen können. Es ist alles so eigenartig und fremd, daß ich von unserem Gegner weiter als gesichtsloses, neutrales ›Es‹ denken werde.«

Bryce wendete sich an Dr. Paige und sagte: »Und Sie? Warum haben Sie das Wort ›es‹ gebraucht?«

»Ich bin nicht sicher. Vielleicht, weil Mr. Autry es auch gebraucht hat.«

»Von Ihnen stammt aber doch die Theorie, daß durch eine mutierte Art von Tollwut aus Menschen eine Bande von gemeingefährlichen Wahnsinnigen werden könnte. Halten Sie das jetzt nicht mehr für möglich?«

Sie runzelte die Stirn. »Ganz ausschließen kann man zur Zeit noch gar nichts, Sheriff. Ich habe aber nie behauptet, daß das die einzige mögliche Theorie wäre.«

»Haben Sie denn noch eine andere?«

»Nein.«

Bryce sah zu Tal hinüber. »Und Sie?«

Tal fühlte sich ebensowenig wohl in seiner Haut wie Frank. »Nun, ich habe ›es‹ gesagt, weil ich die Theorie, es handle sich hier um Wahnsinnige, nicht mehr akzeptieren kann.«

Bryces schwere Augenlider hoben sich höher als gewöhnlich. »So? Und warum nicht?«

»Wegen der Sache mit der abgeschnittenen Hand in der Candleglow Inn«, sagte Tal. »Als wir herunterkamen und die Hand mit dem Augenbrauenstift fanden, den wir gesucht haben, dachte ich, daß ... na, daß ein Irrer so etwas nicht tun würde. Wir sind schon lange genug Polizisten und haben unseren Teil von gestörten Menschen kennengelernt. Hat jemals einer von ihnen einen Sinn für Humor gehabt?

Selbst einen schwarzen, häßlichen, kranken Sinn für Humor? Solche Menschen sind völlig humorlos. Sie haben die Fähigkeit verloren, über *irgend etwas* zu lachen. Wahrscheinlich ist das zum Teil dafür der Grund, daß sie verrückt sind. Deshalb hat die Hand auf dem Tisch nicht zu der Theorie einer Bande von Wahnsinnigen gepaßt. Ich bin der gleichen Meinung wie Frank; von jetzt an ist unser Gegner für mich ein gesichtsloses ›Es‹.«

»Warum will bloß keiner von euch zugeben, was ihr wirklich denkt?« sagte Lisa Paige leise. Sie war vierzehn, eine Halbwüchsige, die auf dem besten Weg dazu war, eine hübsche junge Dame zu werden, aber nun sah sie sie alle mit der einfachen Direktheit eines Kindes an. »Tief in unserem Innern, wo es wirklich zählt, wissen wir doch alle, daß das keine Menschen waren. Wir fühlen es alle, daß das etwas Unbekanntes und Widerliches ist. Wir haben alle Angst davor, und deshalb bemühen wir uns alle, nicht zuzugeben, daß es da ist.«

Nur Bryce erwiderte den Blick des Mädchens; er musterte sie nachdenklich. Die anderen sahen von Lisa weg, und auch einander wollten sie nicht in die Augen sehen.

Wir wollen nicht in uns hineinsehen, dachte Tal, und genau das sagt uns das Mädchen. Wir wollen unseren Blick nicht nach innen richten und primitiven Aberglauben dort finden. Wir sind alle zivilisierte, relativ gebildete *Erwachsene,* und Erwachsene glauben nicht mehr an den Schwarzen Mann.

»Lisa hat recht«, sagte Bryce. »Wir kommen nur dann hinter die Sache hier — und schaffen es vielleicht, daß wir nicht alle auch noch Opfer werden —, wenn wir nichts ausschließen und unserer Fantasie freien Lauf lassen.«

»Ich bin der gleichen Meinung«, sagte Dr. Paige.

Gordy Brogan schüttelte den Kopf. »Aber was sollen wir denn dann denken? Sollen wir *alles* in Betracht ziehen? Ich meine, ohne irgendwelche Grenzen? Sollen wir auch an Geister und Zombies und Werwölfe und … Vampire denken? Ich meine, es sollte doch auch Möglichkeiten geben, die wir ausschließen können.«

»Selbstverständlich«, sagte Bryce geduldig. »Gordy, kein

Mensch behauptet, wir hätten es mit Geistern oder Werwölfen zu tun. Wir müssen uns aber darüber klarwerden, daß wir hier von dem Unbekannten konfrontiert sind. Das ist alles. Von dem *Unbekannten.*«

»Ach Quatsch«, sagte Wargle mürrisch. »Das Unbekannte! So ein Scheiß! Wenn das hier alles vorbei ist, werden wir feststellen, daß das irgendein perverser Drecksack war, der auch nicht anders ist als andere Drecksäcke, mit denen wir schon früher zu tun hatten.«

Frank sagte: »Wargle, das ist genau die Art von Engstirnigkeit, die Sie dazu bringen könnte, wichtige Beweise oder Spuren zu übersehen, und das könnte uns alle das Leben kosten.«

»Wartet's bloß ab«, sagte Wargle. »Ihr werdet schon sehen, daß ich recht habe.« Er spuckte auf den Bürgersteig, hängte sich mit den Daumen in seinem Revolvergurt ein und versuchte den Eindruck zu vermitteln, er sei der einzige, der sich noch einen kühlen Kopf bewahrt hatte.

Tal Whitman durchschaute die übertrieben männliche Pose und sah, daß auch in Wargles Augen das Entsetzen stand. Obwohl er einer der unsensibelsten Männer war, den Tal jemals kennengelernt hatte, spürte auch er die primitive Reaktion, von der Lisa Paige gesprochen hatte, ob er das nun zugeben wollte oder nicht. Er spürte offensichtlich wie alle anderen die tiefe Eiseskälte in seinen Knochen.

Nach einer kurzen Pause wendete sich Dr. Paige an Bryce Hammond und sagte: »Wollen Sie sich jetzt das Haus der Oxleys ansehen?«

Bryce schüttelte den Kopf. »Im Augenblick noch nicht. Ich glaube, es wäre unvorsichtig von uns, wenn wir weitere Häuser durchsuchen würden, bevor Verstärkung hier eingetroffen ist. Ich möchte nicht noch einen Mann verlieren, wenn ich es vermeiden kann. Ich meine, wir gehen jetzt besser wieder in die Polizeistation und überlegen uns genau, wie wir jetzt weiter vorgehen sollten. Außerdem muß ich telefonieren.«

Sie gingen auf dem gleichen Weg zurück, auf dem sie hergekommen waren. Wargle war offensichtlich noch immer fest entschlossen, seine Furchtlosigkeit unter Beweis zu stellen und bestand darauf, diesmal die Nachhut zu bilden. Er ging mit einem übertrieben lässigen Gang hinter ihnen her.

Als sie die Skyline Road erreichten, läutete eine Kirchenglocke und erschreckte sie alle. Wieder läutete sie, und langsam wieder ...

Tal spürte, wie das metallische Geräusch an seinen Zähnen widerhallte.

An der Ecke blieben sie alle stehen, lauschten der Glocke und starrten nach Westen zum anderen Ende der Vale Lane. Nur etwas mehr als einen Block weit entfernt erhob sich ein gemauerter Kirchturm aus den anderen Häusern.

»Die katholische Kirche«, informierte sie Dr. Paige mit erhobener Stimme, um die Glocke zu übertönen. »Sie ist für die ganze Gegend hier zuständig.«

Das Läuten einer Kirchenglocke konnte ein fröhlicher Laut sein, aber diese Glocke hatte auf jeden Fall nichts Fröhliches an sich, überlegte sich Tal.

»Wer die wohl läutet?« überlegte sich Gordy laut.

»Vielleicht niemand. Vielleicht ist sie an eine Schaltuhr angeschlossen und läutet automatisch«, sagte Frank.

»Läutet sie gewöhnlich um diese Zeit Sonntag nachts?« fragte Bryce Dr. Paige.

»Nein.«

»Dann ist es auch keine Automatik.«

»Und wer zieht dann am Glockenseil?« fragte Gordy Brogan.

Ein makabres Bild entstand vor Tal Whitmans geistigem Auge: Jake Johnson, voller Prellungen und aufgeschwollen und mausetot, stand am Fuß des Kirchturms, das Glockenseil in den blutleeren Händen, tot, aber durch dämonische Kräfte belebt, tot, aber trotzdem am Glockenseil, so stand er da und zog, zog immer wieder, das tote Gesicht nach oben gewendet, mit dem breiten, freudlosen Grinsen einer Leiche auf den Lippen, die hervorgetretenen Augen auf die Glocke gerichtet, die dort oben im Dachstuhl schwang und läutete.

Tal schüttelte sich unmerklich.

»Vielleicht sollten wir zu der Kirche hinübergehen und nachsehen, ob jemand da ist«, sagte Frank.

»Nein«, sagte Bryce sofort. »Ganz genau das ist es, was

es will. Es will, daß wir hingehen und nachsehen. Wir sollen in die Kirche gehen, und dann schaltet es wieder das Licht aus …«

Tal bemerkte, daß auch Bryce nun von ›es‹ sprach.

»Genau«, sagte Lisa Paige. »Es ist in diesem Augenblick da drüben und wartet auf uns.«

Nicht einmal Stu Wargle war bereit, sie zu einem Besuch der Kirche zu ermutigen.

Die Glocke läutete mit hypnotischer Eintönigkeit weiter und schien sie anlocken zu wollen.

Bryce schüttelte sich, als wolle er einen Alptraum loswerden, und sagte: »Wenn es will, daß wir in die Kirche kommen, dann ist das allein schon ein guter Grund, das zu lassen. Bis es hell wird, lassen wir die Erkundungen.«

Sie drehten sich um und setzten sich in Richtung auf die Polizeistation in Bewegung. Sie waren kaum fünf Meter weit gegangen, als die Glocke aufhörte zu läuten.

Wieder floß die unheimliche Stille in die Stadt wie eine zähflüssige Masse, die alles bedeckte.

Als sie die Polizeistation erreichten, entdeckten sie, daß Paul Hendersons Leiche verschwunden war. Es schien, als sei der tote Hilfssheriff einfach aufgestanden und weggegangen. Wie Lazarus.

14
Abriegelung

Bryce saß an Paul Hendersons Schreibtisch. Er hatte die *Time* zur Seite geschoben, die Paul offensichtlich gelesen hatte, als Snowfield ausgelöscht worden war. Ein gelbes Blatt Papier lag vor ihm, das er mit seiner präzisen Handschrift bedeckt hatte.

Um ihn herum beschäftigten sich die anderen sechs mit der Aufgabe, die er ihnen zugewiesen hatte. In der Polizeistation herrschte eine Stimmung, als sei Krieg. Ihre grimmige Entschlossenheit, zu überleben, hatte eine zerbrechliche, aber immer fester werdende Kameradschaft zwischen ihnen entstehen lassen. Langsam machte sich sogar ein vorsichtiger Optimismus breit, der vielleicht darauf zurückzuführen war, daß sie noch am Leben waren, obwohl um sie herum so viele den Tod gefunden hatten.

Bryce überflog noch einmal die Liste, die er aufgestellt hatte, um festzustellen, ob er etwas übersehen hatte. Schließlich zog er das Telefon an sich. Er bekam sofort ein Freizeichen, worüber er sich angesichts der Schwierigkeiten, die Jennifer Paige in dieser Hinsicht gehabt hatte, froh war.

Er zögerte, bevor er die erste Nummer wählte. Das Gefühl für die ungeheure Bedeutung dieses Moments lastete schwer auf ihm. Die brutale Vernichtung der gesamten Bevölkerung von Snowfield war ein noch nie dagewesenes Ereignis. Innerhalb von Stunden würde es hier von Journalisten wimmeln. Morgen früh würden die Schlagzeilen auf der ganzen Welt nur einem Thema gelten. Bis es völlig klar war, ob ein mutierter Virus für die Tragödie verantwortlich war oder nicht, würden Hunderte von Millionen von Menschen in atemloser Spannung darauf warten, ob in Snowfield auch ihr Todesurteil ausgesprochen worden war. Selbst wenn aber eine Krankheit mit Sicherheit ausgeschlossen werden konnte, würde die allgemeine Aufmerksamkeit nicht nachlassen, bis das Geheimnis aufgeklärt war.

Für Bryce persönlich bedeutete das, daß sein Leben völlig verändert werden würde. Er leitete die polizeiliche Untersuchung, und deshalb würde er in allen Berichten eine prominente Position einnehmen. Diese Aussicht beunruhigte ihn tief. Er war nicht die Art von Sheriff, der auf Berühmtheit aus war. Unauffälligkeit war ihm viel lieber.

Daran war jedoch jetzt nichts mehr zu ändern. Er konnte Snowfield nicht einfach den Rücken kehren.

Er wählte mit der Notrufnummer direkt seine eigene Station in Santa Mira an. Der diensthabende Beamte dort war Charlie Mercer, ein zuverlässiger Mann, der genau das tun würde, was er ihm befahl.

Charlie beantwortete das Telefon mitten im zweiten Klingelzeichen. »Sheriffs-Station hier.« Er hatte eine nasale Stimme.

»Charlie, hier ist Bryce Hammond.«

»Ja, Sir. Wir haben schon an Sie gedacht. Was gibt's da oben?«

Bryce schilderte ihm knapp die Lage.

»Mein Gott!« sagte Charlie. »Ist Jake auch tot?«

»Das wissen wir noch nicht sicher. Wir hoffen nicht. Hören Sie zu, Charlie, in den nächsten zwei Stunden ist hier einiges zu erledigen, und es wäre für uns alle am einfachsten, wenn wir die Sache hier zunächst einmal geheimhalten könnten. *Abriegelung* heißt die Parole also, Charlie. Snowfield muß total abgeriegelt werden, und das ist leichter zu bewerkstelligen, wenn die Reporter vorerst nichts davon erfahren.«

»Machen Sie sich darüber keine Gedanken«, sagte Charlie. »Ein paar Stunden lang schaffen wir das schon.«

»Also gut. Zunächst einmal verstärken Sie die Straßensperre auf dem Weg nach Snowfield, und dann brauche ich hier noch zehn Leute. Suchen Sie sich dazu unverheiratete Männer aus, wenn es geht.«

»Sieht es wirklich so schlimm aus?«

»Wirklich. Die Leute sollen außerdem besser keine Verwandten hier in Snowfield haben. Noch eines: sie sollen Wasser und Nahrung für zwei Tage mitbringen, damit sie nichts aus Snowfield zu sich zu nehmen brauchen. Jeder soll seine Pistole, ein Schrotgewehr und Tränengas mitbringen. Haben Sie das?«

»Alles klar.«

»Soviel ich weiß, gibt es außer der Straße nur noch einen Fußweg nach Snowfield. Die Straße haben wir bereits blokkiert. Stellen Sie zwei Beamte an dem Fußweg auf. Sie sollen jeden zurückschicken, der herkommen will. Wir dürfen keinerlei Risiko eingehen. Sie sind doch aus der Gegend. Gibt es sonst noch irgendwelche Möglichkeiten, hierherzukommen?«

»Nein, das ist alles undurchdringliche Wildnis, da kommt keiner durch. Den Weg lasse ich sperren.«

»Gut. Dann brauche ich noch die Telefonnummer von diesem General, der vor einem halben Jahr im Polizeiseminar von Chicago einen Vortrag gehalten hat. Wie hieß er doch ... Richtig: Copperfield! General Copperfield.«

»Ist der nicht von der B- und C-Waffen-Abteilung der Armee? Moment, das habe ich gleich.« Charlie war weniger als eine Minute weg. Als er sich wieder meldete, las er Bryce die Nummer vor und sagte noch: »Es sitzt in Dugway, Utah und hat eine sogenannte Zivilverteidigungseinheit unter sich. Mein Gott, glauben Sie, daß es die Leute angehen könnte? Da kann man ja richtig Angst bekommen.«

»Allerdings kann man da Angst bekommen. Jetzt noch folgendes: Versuchen Sie, über einen gewissen Timothy Flyte herauszubekommen, was Sie können. Ich kann Ihnen weder eine Beschreibung noch eine Adresse nennen. Lassen Sie ihn über den Computer laufen. Außerdem noch über Mr. und Mrs. Harold Ordnay aus San Francisco.« Er buchstabierte die Namen und gab Charlie die Adresse der Ordnays aus dem Gästebuch. »Ach ja, eines noch. Wenn die Leute herkommen, sollen sie Plastik-Leichensäcke aus dem County-Leichenschauhaus mitbringen.«

»Wieviele?«

»Erst einmal ... zweihundert.«

»Wa ... was ... zwei ... *hundert*?«

»Wir werden wahrscheinlich noch weit mehr brauchen, bevor alles vorbei ist. Viele Bewohner sind anscheinend verschwunden, aber es ist möglich, daß wir ihre Leichen später noch finden. Hier haben ungefähr 500 Menschen gewohnt, und so viele Leichensäcke werden wir vielleicht auch brauchen.«

Vielleicht sogar noch mehr als 500, dachte Bryce. Für uns könnten auch noch Leichensäcke gebraucht werden.

Charlie hatte Bryce zwar aufmerksam zugehört und es ihm auch geglaubt, daß die gesamte Bevölkerung von Snowfield ausgelöscht worden sei, aber der volle Umfang der entsetzlichen Katastrophe war ihm erst aufgegangen, als er die Bestellung der 200 Leichensäcke gehört hatte. In diesem Augenblick hatte er ein Bild vor sich gesehen, wie all die Leichen in den undurchsichtigen Plastiksäcken auf den Straßen von Snowfield übereinandergestapelt lagen.

»Großer Gott im Himmel«, sagte Charlie Mercer.

Während Bryce Hammond am Telefon mit Charlie Mercer sprach, hatten Frank und Stu angefangen, das große Polizeifunkgerät in der Ecke auseinanderzunehmen. Bryce hatte ihnen gesagt, sie sollten es untersuchen, denn von außen war ihm keine Beschädigung anzusehen. Die Frontplatte war mit zehn Schrauben befestigt, die Frank sorgfältig nacheinander lockerte.

Stu war wie üblich keine große Hilfe. Er sah sich immer wieder nach Dr. Paige um, die am anderen Ende des Raums zusammen mit Tal Whitman mit einer anderen Aufgabe beschäftigt war.

»Echt scharf, die Alte«, sagte Stu mit einem gierigen Blick auf die Ärztin und bohrte dabei in der Nase.

Frank sagte nichts.

Stu betrachtete sich das, was er gerade aus seiner Nase geholt hatte, als sei es eine Perle, die er gerade in einer Auster gefunden hatte, und dann sah er wieder zu der Ärztin hinüber. »Schauen Sie sich bloß mal an, wie die Jeans sitzen! Mann, der würde ich gern mal einen reinschieben.«

Frank sah auf die drei Schrauben herab, die er bereits gelöst hatte, zählte für sich langsam auf zehn und unterdrückte nur mühsam den Impuls, sie Stu direkt in seinen dicken Schädel hineinzujagen. »Sie werden ja wohl nicht so dumm sein, bei ihr aufdringlich zu werden, hoffe ich.«

»Warum nicht? Daß die scharf drauf ist, sieht doch jeder.«

»Sie sind wirklich das allerletzte, Stu. Wir könnten alle draufgehen, vielleicht schon in der nächsten Sekunde, und Sie denken an Sex.«

»Na und? Wenn wir sowieso draufgehen müssen, können wir doch vorher noch unseren Spaß haben. Stimmt's? Die andere ist auch nicht schlecht.«

»Wie, die andere?«

»Die Kleine meine ich.«

»Sie ist doch erst vierzehn, Wargle! Ein *Kind.*«

»Sie ist alt genug, aber dicke.«

»Sie sind ja krank.«

»Würde es Ihnen etwa nicht gefallen, wenn Sie zwischen diesen festen kleinen Schenkeln liegen würden, Frank?«

Mit einer Stimme, die fast unhörbar war, aber trotzdem

Wargle das Grinsen auf dem Gesicht gefrieren ließ, sagte Frank: »Wenn mir jemals etwas davon zu Ohren kommt, daß Sie dieses Mädchen oder ein anderes kleines Mädchen auch nur angerührt haben, *dann mache ich Sie fertig*, Wargle. Ich war in Vietnam kein Schreibtischsoldat, und sie würden sich wundern, was ich da alles gelernt habe. Für Sie reicht es allemal. Hören Sie das? Verlassen Sie sich darauf!«

Einen Moment brachte Wargle keinen Ton heraus. Er starrte nur Frank in die Augen. Bruchstücke von Unterhaltungen waren aus anderen Teilen des Raums zu hören, aber offensichtlich hatte niemand etwas davon bemerkt, was sich bei dem Funkgerät abspielte.

Schließlich blinzelte Wargle, sah auf seine Schuhe, dann wieder hoch und setzte ein versöhnliches Grinsen auf. »Mein Gott, Frank, werden Sie doch nicht gleich sauer. Das war doch nur ein Witz, Mann. Ich habe es doch nicht ernst gemeint, das wissen Sie doch. Meinen Sie vielleicht, ich bin pervers, oder? Kommen Sie, Frank, machen Sie nicht ein so böses Gesicht. Okay?«

Frank starrte ihn noch einen Moment lang durchdringend an und sagte dann: »Nehmen wir das Funkgerät auseinander.«

Tal Whitman schloß den großen Waffenschrank auf.

»Mein Gott, das ist ja ein wahres Arsenal«, sagte Jenny Paige.

Er reichte ihr die Waffen, und sie legte sie nebenan auf einen Arbeitstisch.

Der Inhalt des Waffenschranks schien tatsächlich für eine Stadt von der Größe Snowfields etwas übertrieben. Zwei großkalibrige Gewehre mit Zielfernrohren. Zwei halbautomatische Schrotgewehre. Zwei nicht tödlich wirkende Demonstrationsgewehre, die Plastikkugeln verschossen. Zwei Leuchtpistolen. Zwei Gewehre für Gasgranaten. Drei Faustfeuerwaffen: zwei .38er und eine große Smith & Wesson .357 Magnum.

Während der Lieutenant Munitionsschachteln auf dem Tisch aufstapelte, sah sich Jenny die Magnum genauer an. »Eine Riesenkanone, was?«

»Allerdings. Damit könnten Sie einen Stier zum Stehen bringen.«

»Sieht so aus, als hätte Paul alles ausgezeichnet gepflegt.«

»Sie gehen mit Waffen um, als würden Sie sich damit auskennen«, sagte der Lieutenant und stapelte weiter Munition auf dem Tisch auf.

»Ich habe Pistolen schon immer gehaßt und hätte nie gedacht, daß ich selbst einmal eine kaufen würde«, sagte sie. »Als ich aber drei Monate hier gewohnt hatte, bekamen wir Schwierigkeiten mit einer Motorradfahrer-Gang, die hier in der Gegend ihr Sommerlager aufschlagen wollte.«

»Die Chrom-Dämonen.«

»Genau. Unangenehme Burschen.«

»Das ist aber noch vornehm ausgedrückt.«

»Die sind dann manchmal hinter mir hergefahren, wenn ich nachts Hausbesuche zu machen hatte, oder ganz nah an beiden Seiten meines Autos. Sie haben dann zu mir hereingegrinst und mir Sachen zugerufen, na ja, eben ihren Scheiß gemacht. Eigentlich getan haben sie mir nichts, aber irgendwie war es doch ...«

»Bedrohlich.«

»So ist es. Deshalb habe ich mir eine Pistole gekauft, schießen gelernt und mir einen Waffenschein besorgt, damit ich sie mitnehmen konnte.«

»Mußten Sie sie jemals gebrauchen.«

»Na ja, ich brauchte Gott sei Dank auf niemanden zu schießen«, sagte sie. »Aber zeigen mußte ich sie einmal. Es war kurz nach Einbruch der Dunkelheit. Ich war zum Mount Larson unterwegs, und da sind diese Dämonen wieder aufgetaucht. Vier von ihnen haben mich zum Anhalten gezwungen. Ich kann Ihnen sagen, ich hatte vielleicht Herzklopfen! Dann ist einer von seinem Motorrad abgestiegen. Er war sehr groß, ungefähr 1,85 oder so, hatte langes, lockiges Haar mit einem Stirnband und einen goldenen Ohrring. Wie ein Pirat hat er ausgesehen.«

»Hatte er auf jede Handfläche in Gelb und Rot ein Auge tätowiert?«

»Genau! Zumindest auf einer Handfläche, die er gegen das Fenster gestützt hat.«

»Er heißt Gene Terr und ist der Anführer der Chrom-Dämonen. Ein ganz übler Bursche. Zwei- oder dreimal war er schon im Knast, aber nie wegen etwas Ernstem und nie lange. Jedesmal, wenn es so aussieht, als könnten wir ihn festnageln, nimmt einer von seinen Leuten die Schuld auf sich. Er hat eine unheimliche Gewalt über seine Bande. Sie machen alles, was er will; man könnte schon fast meinen, sie beten ihn an. Selbst wenn jemand im Gefängnis sitzt, kümmert er sich noch um sie und läßt ihnen Geld und Drogen hineinschmuggeln. Er weiß genau, daß wir ihn nicht packen können und ist deshalb immer scheißfreundlich und hilfreich uns gegenüber. Also, Jeeter — so nennen sie ihn — ist zu Ihrem Auto gekommen und hat hereingeschaut. Und dann?«

»Er wollte, daß ich rauskomme, und das habe ich abgelehnt. Dann sagte er, ich solle doch zumindest das Fenster herunterkurbeln, damit wir nicht so zu schreien brauchen. Ich sagte, ich würde ganz gern ein wenig schreien. Dann drohte er mir, er würde das Fenster einschlagen, wenn ich es nicht herunterkurbele. Ich wußte genau, wenn ich das mache, greift er herein und macht die Tür auf, und deshalb sagte ich ihm, ich würde herauskommen, wenn er ein bißchen zurückgeht. Er ging einen Schritt von der Tür zurück, und währenddessen habe ich die Pistole unter dem Sitz vorgeholt. Sobald ich die Tür aufgemacht hatte und ausgestiegen war, kam er wieder zu mir, und da habe ich ihm die Pistole in den Bauch gerammt. Der Hahn war gespannt, das hat er sofort gesehen.«

»Mein Gott, seinen Gesichtsausdruck hätte ich zu gern gesehen!« sagte Lieutenant Whitman grinsend.

»Ich hatte eine Todesangst«, erzählte Jenny weiter. »Vor allem davor, daß ich vielleicht den Abzug durchziehen müßte. Ich war mir nicht sicher, ob ich das fertigbringen würde, aber das durfte ich den Typ natürlich nicht merken lassen.«

»Wenn er etwas davon gemerkt hätte, wären Sie reif gewesen.«

»Das dachte ich mir auch. Ich habe ihm also mit sehr kalter und bestimmter Stimme gesagt, ich wäre Ärztin, wollte einen Hausbesuch machen und hätte nicht vor, mich lange aufhalten zu lassen. Ich habe aber leise gesprochen, damit die anderen nichts hören konnten, denn die Pistole konnten sie von ihren Motorrädern aus nicht sehen, und ich dachte, dieser Jeeter ist der Typ, der eher stirbt, als daß er es zuläßt, daß andere sehen, wie eine Frau ihm etwas befiehlt, und deshalb wollte ich ihn nicht bloßstellen.«

Der Lieutenant schüttelte den Kopf. »Damit haben Sie ihn genau richtig eingeschätzt.«

»Ich habe ihn außerdem daran erinnert, daß er vielleicht selbst eines Tages eine Ärztin brauchen könnte, wenn er mit seinem Motorrad einen Unfall baut. Ich könnte dann als Ärztin dafür sorgen, daß seine Verletzungen viel komplizierter werden würden, und daß sein Heilungsprozeß äußerst lang und schmerzhaft wird. Das sollte er sich auch einmal überlegen.«

Whitman starrte sie mit offenem Mund an.

»Auf jeden Fall scheint es gewirkt zu haben, denn er hat dann für seine Freunde eine Show abgezogen und gesagt, ich sei die Freundin eines Freundes von ihm und stünde ab sofort unter dem speziellen Schutz der Chrom-Dämonen. Dann ist er wieder auf seine Harley gestiegen und mit den anderen drei weggefahren.«

»Und Sie haben Ihren Krankenbesuch gemacht?«

»Was sonst? Schließlich bin ich Ärztin. Ich muß allerdings zugeben, daß mir nachträglich der Angstschweiß auf der Stirn gestanden hat.«

»Seitdem hat Sie keiner mehr von den Leuten belästigt?«

»Im Gegenteil. Sie winken mir zu, wenn sie an mir vorbeifahren.«

Whitman lachte.

Jenny sagte: »Das war also die Antwort auf Ihre Frage. Ja, ich kann mit einer Pistole umgehen, aber ich hoffe, daß ich nie auf jemand zu schießen brauche.«

Sie sah auf die .357 Magnum in ihrer Hand herab, runzelte die Stirn und begann, sie zu laden.

Sie blieben einen Moment still, und dann sagte er: »Wenn er Ihnen etwas angetan hätte, wenn er Sie vergewaltigt hätte, und Sie hätten ihn dann später irgendwann als Patient behandelt …, hätten Sie … wirklich …?«

»Meine Fachkenntnisse gegen ihn verwendet? Na ja, versucht wäre ich schon. Auf der anderen Seite nehme ich den hippokratischen Eid sehr ernst. Deshalb ... wahrscheinlich bedeutet das, daß ich im Grund doch nur ein gutherziger Trottel bin, aber ich würde Jeeter medizinisch so gut versorgen, wie ich kann.«

»Gutherziger Trottel! Wenn ich sowas höre! Wie Sie dem Typ die Stirn geboten haben, das hätten Sie ohne Härte nie fertiggebracht. Wenn Sie aber dann später Ihre Position als Ärztin ausgenutzt hätten, um sich zu revanchieren ... also, das wäre etwas anderes gewesen. Sie sind in Ordnung, Dr. Paige. Wenn Sie möchten, können Sie mich Tal nennen. So sagen die meisten Leute zu mir. Das ist eine Abkürzung von Talbert.«

»Einverstanden, Tal. Und Sie können Jenny zu mir sagen.«

»Das fände ich irgendwie nicht richtig.«

»So? Und warum nicht?«

»Doktoren spricht man nicht mit Vornamen an. Das wäre komisch.«

»Doktoren sind auch Menschen, und wenn man unsere Lage hier berücksichtigt ...«

»Trotzdem«, sagte er und schüttelte den Kopf.

»Wenn es Sie stört, dann reden Sie mich doch so an wie meine meisten Patienten.«

»Und wie ist das?«

»Einfach nur Doc.«

»Doc. Wenn ich daran denke, wie Sie Gene Terr den Revolver in den Bauch gerammt haben, paßt es zu Ihnen.«

»Sagen Sie mal, Tal, warum sind in einer kleinen Station wie Snowfield so viele Waffen?«

»Das sind eben die Bestimmungen. Eigentlich können wir jetzt froh darüber sein.«

»Bisher haben wir aber noch nichts gesehen, auf das man schießen könnte.«

»Ich habe den starken Verdacht, daß das noch kommen wird«, sagte Tal. »Und ich will Ihnen noch etwas sagen.«

»Was denn?«

Sein breites, dunkelhäutiges, schönes Gesicht konnte sehr

düster aussehen. »Ich glaube, Sie brauchen sich nicht allzuviel Gedanken darüber machen, ob Sie auf Menschen schießen brauchen. Ich glaube irgendwie nicht, daß wir uns vor *Menschen* vorsehen müssen.«

Bryce wählte die geheime Privatnummer des Gouverneurs in Sacramento. Nach einigen vergeblichen Versuchen des Dienstmädchens und des Butlers, ihn abzuwimmeln, wurde er mit Gary Poe, dem ersten politischen Berater von Gouverneur Jack Retlock verbunden.

»Bryce«, sagte Gary, »Jack kann im Augenblick unmöglich ans Telefon kommen. Wir haben hier gerade ein wichtiges Diner mit dem japanischen Handelsminister und dem Generalkonsul aus San Francisco.«

»Gary ...«

»Wir tun unser Bestes, daß die neue japanisch-amerikanische Elektronik-Fabrik in Kalifornien und nicht in Texas oder Arizona oder vielleicht sogar in New York gebaut wird. Ausgerechnet New York!«

»Gary ...«

»Wie sie auf New York mit den ständigen Streiks und den unmöglichen Steuersätzen kommen, ist mir schleierhaft. Manchmal —«

»Gary, halten Sie den Mund!«

»Wie bitte!«

Bryce fuhr nie jemanden an. Selbst Gary Poe — der schneller und lauter reden konnte als jeder Marktschreier — war so schockiert, daß er seinen Redefluß unterbrach.

»Gary, wir haben hier einen Notfall. Holen Sie Jack.«

»Bryce, ich bin bevollmächtigt —«, begann Poe beleidigt.

»Ich habe in den nächsten beiden Stunden verdammt viel zu tun, wenn ich noch lange genug lebe. Ich kann es mir nicht leisten, zuerst Ihnen die Lage eine Viertelstunde lang zu schildern, und dann Jack noch eine Viertelstunde. Hören Sie zu. Ich bin hier in Snowfield, und wie es aussieht, sind alle Einwohner tot.«

»Was?«

»Fünfhundert Menschen.«

»Bryce, wenn das ein Witz sein soll —«

»Fünfhundert Tote. Mindestens. Holen Sie jetzt vielleicht Jack her, verdammt noch mal?«

»Aber Bryce, fünfhundert ...«

»Holen Sie Jack, zum Teufel noch mal!«

Poe zögerte und sagte dann: »Also gut, aber wehe, Sie nehmen mich auf den Arm.« Er legte den Hörer ab und ging zum Gouverneur.

Bryce kannte Jack Retlock schon seit siebzehn Jahren. Als er bei der Polizei in Los Angeles angefangen hatte, war er Jack, der damals schon seit sieben Jahren bei der Polizei gewesen war, für sein Probejahr zugewiesen worden. Er war ein so erfahrener und guter Polizist gewesen, daß Bryce schon daran verzweifelt war, jemals auch nur halb so gut werden zu können. Nach einem Jahr war er jedoch schon besser. Die beiden hatten sich entschlossen, als Partner zusammenzubleiben, aber dann hatte sich Jack entschlossen, in die Politik zu gehen und es bis zum Gouverneur geschafft. Er war schon immer der aggressivere der beiden gewesen.

»Doody, bist du das?« fragte Jack. Er benutzte noch immer Bryces Spitznamen aus der Zeit in Los Angeles.

»Ja, ich bin's.«

»Gary erzählte mir da irgendwelchen Schwachsinn —«

»Es ist wahr«, sagte Bryce und berichtete ihm über die Ereignisse.

Nachdem sich Jack die ganze Geschichte angehört hatte, holte er tief Luft und sagte: »Ich hoffe nur, du bist betrunken, Doody.«

»Ich bin stocknüchtern, Jack. Hör zu, als erstes brauche ich —«

»Die Nationalgarde?«

»Nein!« sagte Bryce. »Genau die möchte ich raushalten, so lange es möglich ist.«

»Wenn ich nicht die Nationalgarde und alle Mittel einsetze, die mir zur Verfügung stehen, und das stellt sich nachher als Fehler heraus, bin ich erledigt.«

»Jack, ich zähle darauf, daß du die richtigen Entscheidungen triffst, und zwar nicht nur *politisch* die richtigen. Bis wir nicht mehr darüber wissen, was hinter der Sache hier steckt, kann ich keine Scharen von Nationalgardisten brauchen, die hier wild durcheinanderrennen. Das sind doch Verkäufer oder Anwälte oder Lehrer. Für Naturkatastrophen sind sie in Ordnung, aber hier brauchen wir eine straffe Polizeiaktion, und sowas können wirklich nur ausgebildete Polizisten.«

»Und wenn deine Leute nicht damit fertig werden?«

»Dann bin ich der erste, der nach der Garde schreit!«

»Also gut. Was sonst?«

Bryce seufzte. »Das Gesundheitsministerium möchte ich auch heraushalten.«

»Doddy, sei doch vernünftig. Wie stellst du dir das denn vor? Wenn das eine ansteckende Krankheit ist, oder eine Umweltkatastrophe —«

»Hör zu, Jack, mit einer Seuche oder einer massenhaften Nahrungsmittelvergiftung werden die vom Gesundheitsministerium fertig, aber im Grunde sind das doch Bürokraten, und die lassen sich Zeit. Das können wir uns hier nicht leisten. Ich habe das dringende Gefühl, daß der Zeitfaktor hier äußerst wichtig ist. Hier kann jeden Augenblick die Hölle losbrechen. Außerdem hat das Gesundheitsministerium nicht die richtigen Geräte für sowas, und außerdem sind sie in ihren Plänen nicht darauf vorbereitet, daß eine ganze Stadt ausgelöscht wird. Ich weiß aber jemand, der viel besser geeignet wäre. In der B- und C-Waffen Abteilung der Armee gibt es ein ganz neues Programm namens Zivilverteidigungseinheit.«

»B- und C-Waffen? Das ist doch bakteriologische und chemische Kriegsführung? Großer Gott, meinst du, es ist so etwas?«

»Wahrscheinlich nicht«, sagte Bryce und dachte dabei an die abgetrennten Köpfe der Liebermanns, an das unheimliche Gefühl, das ihn in der abgedeckten Passage überfallen hatte, und an die unglaubliche Geschwindigkeit, mit der Jake Johnson verschwunden war. »Ich weiß aber nicht genug darüber, um B- und C-Waffen oder sonst irgend etwas auszuschließen.«

Ein harter, zorniger Tonfall hatte sich in die Stimme des Gouverneurs eingeschlichen. »Wenn das irgendein Unfall der Armee mit einem von ihren gottverdammten Viren ist, dann gnade ihnen Gott!«

»Nur ruhig, Jack. Vielleicht ist es ja gar kein Unfall. Vielleicht ist es das Werk von Terroristen, die irgend etwas in der Richtung in die Finger bekommen haben, oder die Russen wollen ausprobieren, wie gut unsere Abwehrmaßnahmen gegen B- und C-Waffen sind. Gerade für solche Situationen ist doch die Zivilverteidigungsabteilung unter General Copperfield ins Leben gerufen worden.«

»Wer ist das denn?«

»General Galen Copperfield. Er ist der Kommandeur der Zivilverteidigungseinheit der Abteilung für chemische und bakteriologische Kriegsführung der Armee. Er könnte innerhalb von Stunden ein erstklassig ausgebildetes Team von Wissenschaftlern in Snowfield zum Einsatz bringen — Biologen, Virologen, Bakteriologen, Pathologen mit einer Ausbildung in den neuesten Entwicklungen der forensischen Medizin, mindestens ein Immunologe ist dabei. Die haben komplette fahrbare Feld-Labors und sind einfach besser auf sowas vorbereitet als die staatlichen Stellen. Ich möchte den General anrufen, das heißt, ich *werde* ihn anrufen, aber ich hätte lieber deine Einwilligung dazu, und deine Garantie, daß sich hier keine staatlichen Bürokraten einmischen.«

Nach kurzem Zögern sagte Jack Retlock: »Also gut, einverstanden. Was brauchst du sonst noch?«

Bryce sah auf die Liste vor ihm herab. »Du könntest dafür sorgen, daß die Telefonleitungen hierher nur für wirklich wichtige Anrufe benutzt werden können, damit uns die Reporter und weiß der Teufel wer sonst noch vom Hals bleibt. Wir hatten allerdings schon Schwierigkeiten mit dem Telefon und es ist möglich, daß wir es ganz verlieren. Ich brauche also auch noch einen Kurzwellensender.«

»Wird alles erledigt. Ich kann dir einen großen Kurzwellensender mit einer unabhängigen Stromversorgung über einen Generator schicken lassen. Sonst noch was?«

»Da wir gerade von Generatoren sprechen, es wäre gut, wenn wir nicht völlig vom öffentlichen Netz abhängig wären, weil der Feind das offensichtlich beliebig manipulieren kann. Könntest du also zwei große Generatoren besorgen?«

»Wird gemacht. Sonst noch was?«

»Wenn mir noch etwas einfällt, sage ich Bescheid.«

»Ich will dir nur noch eines sagen, Bryce. Es tut mir auf der einen Seite verdammt leid, daß du in die Sache verwikkelt bist, weil du mein Freund bist, aber auf der anderen Seite bin ich froh darüber, daß du als Sheriff die Leitung übernommen hast. Ich wüßte keinen besseren Mann dafür.«

»Vielen Dank, Jack.«

Nach einer kurzen Stille sagte Retlock: »Doody, paß auf dich auf.«

»Ich werde mein Bestes tun, Jack. Jetzt muß ich aber Copperfield verständigen. Ich rufe dich später wieder an.«

Der Gouverneur sagte: »Bitte tu das, Bryce. Verschwinde bloß nicht auch noch, mein Alter!«

Er legte den Hörer auf, sah sich kurz um und nahm ihn wieder auf, um Copperfield in Dugway anzurufen.

Er bekam kein Freizeichen.

Er drückte die Gabel herunter, ließ sie wieder los und sagte »Hallo!« in die Sprechmuschel.

Nichts.

Bryce spürte, daß etwas oder jemand zuhörte, wie ihm Dr. Paige es beschrieben hatte.

»Wer ist da?« fragte er.

Eigentlich erwartete er keine Antwort, bekam aber trotzdem eine. Es war keine Stimme, sondern ein eigenartiges und doch vertrautes Geräusch: der Schrei von Möwen über einem sturmigen Strand.

Dann änderte sich das Geräusch und klang nun wie Bohnen in einem hohlen Flaschenkürbis. Zweifellos das warnende Rasseln einer Klapperschlange. Dann ein elektronisches Summen. Nein, nicht elektronisch. Ein Bienenschwarm. Dann wieder der Schrei von Möwen. Dann ein Singvogel. Ein Hecheln wie ein müder Hund. Dann das Fauchen kämpfender Katzen.

Obwohl die Geräusche selbst nichts besonders Bedrohliches an sich hatten, überlief es Bryce eiskalt.

Die Tiergeräusche hörten auf.

Bryce wartete ab, lauschte und sagte schließlich: »Wer ist da?«

Wieder kam ein Geräusch aus dem Telefon, und es durchfuhr Bryce wie ein Dolch aus Eis. Schreie. Männer und Frauen und Kinder. Dutzende, vielleicht Hunderte. Keine gespielten Schreie, sondern durchdringende, nervenzerfetzende Schreie von Schmerz, Angst und tiefster Verzweiflung.

Fast wurde Bryce übel. Sein Herz klopfte wie ein Hammer. Fast hatte er das Gefühl, als sei er direkt mit der Hölle verbunden. Waren das die Schreie der Toten von Snowfield, die auf Band aufgenommen worden waren? Von wem? Warum?

Ein letzter Schrei. Ein Kind. Ein kleines Mädchen. Sie schrie vor Entsetzen auf, dann vor Schmerz, dann in unvorstellbarer Qual, als würde sie in Stücke gerissen. Ihre Stimme stieg an, wurde höher, immer höher —

Stille.

Die Stille war noch schlimmer, weil das namenlose Wesen noch in der Leitung war. Bryce spürte es jetzt deutlicher und hatte das Gefühl, als sei er in der Gegenwart des reinen, gnadenlosen Bösen. Hastig legte er den Hörer auf. Seine Hände zitterten, und Schweiß lief ihm an seinem Genick herunter.

Er sah sich in der Station um. Alle waren noch mit den zugewiesenen Aufgaben beschäftigt, und offensichtlich hatte niemand etwas davon bemerkt, was sich am Telefon abgespielt hatte. Er beschloß, es ihnen auch vorerst noch nicht zu sagen. Sie erwarteten Führung von ihm, und er hatte nicht die Absicht, sie zu enttäuschen und ihnen zu zeigen, daß er vor Angst zitterte.

Er holte tief Luft und nahm den Hörer wieder auf. Er bekam sofort ein Freizeichen. Ungeheuer erleichtert rief er bei der B- und C-Zivilverteidigungseinheit in Dugway, Utah, an.

Lisa mochte Gordy Brogan. Zunächst war er ihr finster und bedrohlich vorgekommen, aber dann hatte sie ihn lächeln gesehen, und das hatte ihn völlig verwandelt. Jetzt kam er ihr vor wie ein großer junger Hund, der von allen geliebt werden möchte.

Als sie das Essen auf den Tisch stellten, sagte Lisa: »Sie kommen mir gar nicht wie ein Polizist vor.«

»So?« sagte Gordy. »Wie denn sonst?«

»Vielleicht eher wie ein junger Pfarrer«, sagte Lisa.

»*Ich?* Wie ein Pfarrer?«

»Doch, ich kann mir Sie richtig vorstellen. Von der Kanzel herunter würden Sie knallharte Strafpredigten halten, aber dann im Pfarrhaus würden Sie freundlich lächeln und sich die Probleme der Leute anhören.« Sie machte eine kurze Pause. »Wissen Sie, warum Sie mir nicht wie ein Polizist vorkommen? Weil ich mir nicht vorstellen kann, daß Sie *das* da jemals benutzen würden.« Sie deutete auf seinen Revolver. »Ich glaube einfach nicht, daß Sie jemals auf jemand schießen würden. Nicht einmal, wenn er es verdient.«

Sie war von dem Ausdruck erschreckt, der plötzlich in Gordy Brogans Gesicht getreten war. Er war offensichtlich schockiert.

Bevor sie ihn fragen konnte, was er hatte, flackerten die Lichter.

O nein, dachte sie. Um Gottes willen, nicht wieder Dunkelheit. Bitte, bitte nicht.

Die Lichter gingen aus.

15

Das Ding am Fenster

Bryce hatte von dem diensthabenden Offizier in Dugway schnell eine Verbindung mit General Galen Copperfields Privatwohnung bekommen. Copperfield hatte ihm zugehört, nicht viel gesagt und Bryce nur eindringlich und streng daran erinnert, daß es sich hier um eine offene Leitung handle und deshalb keine Dienstgeheimnisse diskutiert werden sollten. Er sei jedoch davon überzeugt, daß seine Organisation zugezogen werden müsse, und er versprach, bis morgen früh oder etwas später sei ein Feldlabor und ein Untersuchungsteam in Snowfield.

Als Bryce den Hörer auflegte, flackerten die Lichter und gingen ganz aus.

Er tastete auf dem Schreibtisch vor ihm nach einer der beiden zusätzlichen Taschenlampen, die sie in der Station gefunden hatten, und schaltete sie an. Gordy hatte die eine, die noch heil geblieben war, und Dr. Paige hatte ebenfalls eine Lampe. Sie gingen nun beide gleichzeitig an und warfen helle Strahlen durch die Dunkelheit.

Sie hatten sich schon vorher auf eine Strategie für den Fall geeinigt, daß die Lichter wieder ausgehen sollten. Nun gingen sie alle wie verabredet von den Türen und Fenstern weg in die Mitte des Raumes und stellten sich in einem großen Kreis mit den Gesichtern nach außen auf, um sich so weniger verwundbar zu machen.

Niemand sprach auch nur ein Wort. Alle lauschten angestrengt.

Lisa Paige stand links neben Bryce; ihre schmalen Schultern waren vorgeschoben und ihr Kopf eingezogen. Tal Whitman stand mit gebleckten Zähnen rechts von Bryce und starrte in die Dunkelheit jenseits der Strahlen aus den Taschenlampen. Tal und Bryce hielten Revolver in der Hand. Die drei waren zu dem hinteren Teil des Raums gerichtet, während die anderen vier — Dr. Paige, Gordy, Frank und Stu — zur Tür sahen.

Bryce ließ den Lichtstrahl umherwandern, denn plötzlich schien alles bedrohlich geworden zu sein, aber in dem Raum rührte sich nichts.

Stille.

In der hinteren Wand in der Nähe der rechten Ecke waren zwei Türen, die zu den Arrestzellen und der Treppe führten. Sie hatten den Rest des Gebäudes zwar vorher durchsucht, aber trotzdem war Bryce beunruhigt und leuchtete immer wieder auf die halboffenen Türen.

In der Dunkelheit war ein leiser Aufprall zu hören.

»Was war das?« fragte Wargle.

»Von dort drüben ist es gekommen«, sagte Gordy.

»Nein, von da«, sagte Lisa Paige.

»Ruhe!« sagte Bryce mit scharfer Stimme.

Wieder war ein gedämpfter Aufprall zu hören, als würde

ein Kissen auf den Boden fallen. Jetzt wurde es lauter, klang aber nicht näher.

»Die Fenster!« sagte Frank.

Sofort schwang der Strahl der drei Taschenlampen zu den Fenstern. Das Licht wurde zunächst wie von Spiegeln reflektiert und beleuchtete die Fenster dann indirekt.

Irgend etwas stieß gegen ein Fenster, prallte davon ab und verschwand wieder in der Nacht. Bryce meinte, Flügel gesehen zu haben.

»Was war das?«

»— Vogel —«

»— niemals ein Vogel —«

»— grauenhaftes Wesen —«

Es kehrte zurück und flog mit größerer Entschlossenheit gegen das Glas.

Lisa schrie. Frank Autry schnappte nach Luft und Stu Wargle sagte: »Meine Fresse!« Gordy brachte nur ein unterdrücktes Gurgeln heraus. Bryce starrte auf das Fenster und hatte das Gefühl, er habe die Realität hinter sich gelassen und sei in einem Alptraum.

Das Ding am Fenster wurde vom Mondlicht undeutlich beleuchtet, aber selbst das war zuviel. Die Kreatur da draußen schien direkt aus einem Fiebertraum zu stammen. Das Wesen hatte eine Flügelspannweite von einem Meter oder einem Meter zwanzig, einen insektenartigen Kopf, kurze, zitternde Fühler, pausenlos arbeitende Kauwerkzeuge, riesige, tintenschwarze Augen mit zahllosen Facetten und einen segmentierten Körper von der Form und Größe von zwei hintereinandergesetzten Fußbällen. Flügel und Körper waren ein widerliches, schimmliges Grau, das irgendwie feucht aussah.

Das Ding am Fenster war eine Motte von der Größe eines Adlers. Wahnsinn, unmöglich, so etwas gab es nicht!

Es schleuderte sich nun mit erneuter Wut gegen das Fenster, hatte aber keinen Panzer, so daß es trotz seiner Größe die Glasscheiben mit seinem weichen Körper nicht zerbrechen konnte.

Und dann war es plötzlich verschwunden und die Lichter gingen an.

Wie eine Theatervorführung, dachte Bryce.

Als sie zu den Fenstern gingen und hinaussahen, lag die Straße leer vor ihnen, und nichts rührte sich.

Bryce setzte sich hinter Paul Hendersons Schreibtisch, und die anderen versammelten sich um ihn. Sie wichen sich mit ihren Blicken aus, und nur Dr. Paige sah ihm in die Augen.

»Hat vielleicht jemand eine Ahnung, was das gewesen sein könnte?« fragte Bryce.

»Unmöglich«, sagte Frank Autry. »Das war einfach unmöglich.«

»Mein Gott, was ist denn bloß los mit euch«, sagte Stu Wargle und verzog sein fleischiges Gesicht. »Das war doch nur ein verdammter Vogel, nichts weiter.«

»Dummes Zeug«, sagte Frank.

»Nichts als ein Scheiß-Vogel«, beharrte Wargle. Als ihm die anderen widersprachen, sagte er: »Bei der schlechten Beleuchtung habt ihr einen falschen Eindruck bekommen. Ihr habt das nicht gesehen, was ihr zu sehen geglaubt habt.«

»Haben wir nicht das gleiche gesehen wie Sie auch, selbst wenn Sie das jetzt nicht glauben wollen?« fragte Tal. »Eine verdammt große, häßliche Motte, die unmöglich ist?«

Wargle sah auf seine Schuhe herab. »Ich habe nur einen Vogel gesehen. Nichts als einen Vogel.«

Bryce wurde es klar, daß Wargle so völlig phantasielos war, daß er selbst dann nicht die Möglichkeit des Unmöglichen in Betracht ziehen konnte, wenn er es mit eigenen Augen gesehen hatte.

»Was wollte das denn?« fragte Bryce.

»Es wollte *uns*«, sagte Lisa.

»Es konnte aber unmöglich Jake weggeschafft haben«, sagte Frank. »Es war zu schwach, um einen erwachsenen Mann zu tragen.«

Bryce entschloß sich, jetzt doch zu erzählen, was er am Telefon gehört und gefühlt hatte. Eigentlich hatte er bis zum Morgen damit warten wollen, bis es hell wurde und Verstärkung eintraf. Jetzt aber überlegte er sich, daß ihnen vielleicht etwas Wichtiges auffallen könnte, was ihm entgangen war. Außerdem war nun, nachdem sie alle das Ding am Fenster gesehen hatten, im Vergleich dazu der Zwischenfall am Telefon nicht mehr so schockierend.

Sie hörten sich seinen Bericht an, und ihre Stimmung verschlechterte sich durch die neue Information noch weiter.

»Was ist das bloß für ein perverses Schwein, das die Schreie seiner Opfer auf Band aufnimmt?« fragte Gordy.

Tal Whitman schüttelte den Kopf und sagte: »Vielleicht war das gar keine Bandaufnahme und die Leute waren noch am Leben. Es ist doch auch möglich, daß sie umgebracht worden sind, während Sie zuhörten.«

Bryce erinnerte sich an die entsetzlichen Schreie und spürte, wie ihm das Mark in den Knochen langsam gefror.

»Das brauchen nicht unbedingt Terroristen oder Kidnapper gewesen zu sein. Ich bin jetzt bereit, die Möglichkeit in Betracht zu ziehen, daß wir es hier mit etwas zu tun haben, das nicht menschlich ist. Vielleicht werden die anderen nur deshalb festgehalten, weil *es* das Vergnügen in die Länge ziehen will, sie zu töten. Vielleicht hält es sie nur fest, um uns mit ihren Schreien zu quälen, wie es das mit Bryce getan hat. Mein Gott, wenn wir es hier mit etwas wirklich Außergewöhnlichem, nicht Menschlichem zu tun haben, sind auch seine Motive für uns unverständlich.«

»So ein Blödsinn. Ihr redet daher, als wärt ihr alle bescheuert«, sagte Wargle.

Alle ignorierten ihn.

Sie waren durch den Spiegel getreten. Das Unmögliche war möglich. Der Feind war das Unbekannte.

Lisa Paige, die kalkweiß geworden war, räusperte sich und sagte mit kaum hörbarer Stimme: »Vielleicht hat es irgendwo im Dunkeln, in einem Keller oder einer Höhle, ein Netz gesponnen und alle Vermißten in Kokons lebendig aufgehängt. Es hebt sie sich nur auf, bis es wieder Hunger bekommt.«

Wenn absolut nichts mehr unmöglich war, hatte das Mädchen vielleicht sogar recht, dachte Bryce. Vielleicht hing tatsächlich irgendwo im Dunkeln ein ungeheures Netz, in dem hundert oder zweihundert appetitlich in Frischhaltepackungen eingewickelte Menschen hingen und darauf warteten, von einem brutalen, unvorstellbar bösen Wesen mit einer finsteren Intelligenz, das aus einer anderen Dimension stammte, verzehrt zu werden.

Nein. Lächerlich.

Auf der anderen Seite vielleicht doch.

Großer Gott!

Bryce kauerte vor dem Funkgerät und betrachtete sich sein zerstörtes Inneres. Verschiedene Teile schienen von einem Schraubstock zerdrückt oder flachgehämmert.

Frank sagte: »Dafür mußte die Frontplatte abgenommen werden.«

»Warum sie sich wohl die Mühe gemacht haben, sie hinterher wieder anzuschrauben?« fragte Wargle.

Lisa und Gordy erschienen, und das Mädchen sagte: »Kaffee ist fertig, und es gibt etwas zu essen, wenn jemand Hunger hat.«

»Ich bin total ausgehungert«, sagte Wargle und leckte sich die Lippen.

»Sheriff«, sagte Gordy. »Ich und Lisa, wir haben uns Gedanken darüber gemacht, was mit den Haustieren hier passiert ist. Das ist uns eingefallen, als Sie erzählt haben, daß Sie am Telefon Tiere gehört hätten.«

»Niemand hat einen Hund oder eine Katze gesehen«, sagte Lisa. »Jenny sagt, hier in der Stadt hätte es einige ziemlich große Hunde gegeben. Einige Schäferhunde, einen Dobermann auf jeden Fall, und sogar eine dänische Dogge. Meinen Sie nicht, die hätten sich gewehrt? Eigentlich sollte man doch denken, daß ein paar von den Hunden fliehen konnten, oder?«

»Schon gut«, sagte Gordy schnell, um Bryces Antwort zuvorzukommen. »Es war vielleicht stark genug, um einen wütenden, großen Hund überwältigen zu können. Größe und Stärke zählen aber bei Katzen nicht unbedingt so viel. Katzen sind blitzschnell. Wenn es tatsächlich jede Katze in der Stadt erwischt hat, muß es verdammt leise gewesen sein.«

»Verdammt leise und irre schnell«, sagte Lisa.

»Ganz richtig«, sagte Bryce beunruhigt. »*Irre* schnell.«

Jenny hatte gerade angefangen, ein Sandwich zu essen, als sich Sheriff Hammond neben sie setzte und seinen Teller auf seinen Knien balancierte. »Störe ich Sie?«

»Keineswegs.«

»Tal Whitman hat mir erzählt, wie Sie mit unserer lokalen Rocker-Gang fertiggeworden sind.«

Sie lächelte. »Tal übertreibt.«

»Der Mann kann überhaupt nicht übertreiben«, sagte der Sheriff. »Ich will Ihnen mal eine Geschichte über ihn erzählen. Vor einiger Zeit war ich drei Tage lang weg auf einem Lehrgang. Als ich wieder zurückkam, bin ich als erstem Tal begegnet. Ich fragte ihn, ob irgend etwas Besonderes losgewesen wäre, und er sagte, nein, eigentlich nicht. Ach doch, meinte er dann weiter, ein versuchter Raubüberfall, als sei ihm das gerade noch eingefallen. Es war in dem kleinen Laden an der Ecke gewesen, und leider hätte er dabei einen der Täter erschießen müssen. Es sei einwandfreie Notwehr gewesen. Ich habe dann nachgehakt, und da winkt er ab und sagt: ›Ach wissen Sie, Bryce, eigentlich war es eine Lappalie.‹ Ich habe dann später herausbekommen, daß der eine Typ Tal durch den Arm geschossen hatte, bevor der zurückschoß und ihn tötete. Tals Wunde war nicht ernst, aber er hat geblutet wie ein Schwein, und dann hat er noch den zweiten Täter niedergeschlagen, obwohl der fünf Zentimeter größer und zwanzig Pfund schwerer war als Tal, und außerdem war er *nicht* verwundet.«

Der Sheriff war mit seiner Geschichte zu Ende und sah Jenny erwartungsvoll an.

»Mein Gott! Und zu Ihnen hatte er gesagt, es wäre bloß eine Lappalie gewesen!«

»So ist es«, sagte der Sheriff und lachte. »Sie sehen also, wenn Tal mir erzählt, sie wären mit den Chrom-Dämonen fertiggeworden, dann weiß ich, daß das keine Übertreibung ist. Übertreibungen liegen ihm nicht.«

Jenny schüttelte beeindruckt den Kopf. »Als ich Tal von meinem kleinen Abenteuer erzählt habe, hat er sich angestellt, als wäre das die mutigste Tat der Weltgeschichte gewesen, und dabei war das im Vergleich mit seiner ›Lappalie‹ für ihn doch eher so etwas wie ein Streit im Kindergarten.«

»Nein, nein, da tun Sie ihm Unrecht«, sagte Hammond. »Das hat er nicht nur so gesagt, um Ihnen eine Freude zu machen. Er hat das wirklich für mutig gehalten. Ich übrigens auch. Dieser Jeeter ist gefährlich wie eine Klapperschlange, Dr. Paige.«

»Sie können mich Jenny nennen, wenn Sie möchten.«

»Einverstanden, wenn Sie Bryce zu mir sagen.«

Sie aßen und unterhielten sich dabei über belanglose Dinge. Er strahlte trotz der Umstände eine gewisse Ruhe aus, und sie war dankbar für die kurzen Minuten der Entspannung.

Nach dem Essen aber lenkte er das Gespräch wieder auf die gegenwärtige Krise. »Sie kennen sich in Snowfield besser aus als ich. Wir brauchen ein geeignetes Hauptquartier für diese Operation. Hier ist es zu eng. Bald kommen noch zehn von meinen Leuten, und dazu kommt morgen früh noch das Team von General Copperfield.«

»Wieviele sind das denn?«

»Mindestens ein Dutzend Leute, und vielleicht bis zwanzig. Ich brauche also mehr Platz, und außerdem einen Raum, in dem die Leute schlafen können, und eine Cafeteria, um sie zu verpflegen. Das kann hier Tage dauern.«

»Dann wäre wahrscheinlich das Hilltop Inn am besten geeignet.«

»Schauen wir es uns doch einmal an«, sagte Bryce, stellte seinen leeren Papp-Becher auf den Tisch und stand auf.

Jenny sah zu den Fenstern hinüber. Sie dachte an die Kreatur, die gegen die Scheiben geflogen war, und hörte noch immer die gedämpften Schläge, die sie dabei verursacht hatte. Sie wurde einfach das Bild dieser schwarzen Insektenaugen nicht los, die so bösartig und hungrig hereingesehen hatten.

Sie sagte: »Meinen Sie ... jetzt, sofort?«

»Warum nicht?«

»Wäre es nicht klüger, auf Verstärkung zu warten?« fragte sie.

»Es wird wahrscheinlich noch eine Weile dauern, bis die kommt. Es hat keinen Sinn, hier herumzusitzen und Däumchen zu drehen. Es geht uns bestimmt allen besser, wenn wir etwas Konstruktives unternehmen. Das wird uns ablenken von … von den schlimmsten Dingen, die wir gesehen haben. Wir sind hier drinnen keinen Deut sicherer als draußen.«

Jenny dachte an die Oxleys in ihrem verbarrikadierten Zimmer und nickte. »Es gibt nirgends Sicherheit.«

16
Aus der Finsternis

Bryce Hammond führte sie aus der Station heraus. Er trug wie Tal Whitman ein Schrotgewehr. Sie traten auf die ausgestorbene Skyline Road hinaus.

Die Stadt stand in atemloser Stille. Die Bäume rührten sich nicht, und die Häuser waren wie Schemen aus Rauch und Dunst.

Weiter die Skyline Road hinauf konnten sie das Hilltop Inn sehen. Es war ein vierstöckiges, graues Steingebäude, in dessen Fenstern sich der fast volle Mond spiegelte. Kein Licht brannte in dem Hotel.

Sie hatten alle die Mitte der Straße erreicht oder überschritten, als etwas aus der Finsternis kam. Bryce bemerkte zuerst den Mondschatten, der wie eine Welle über die Straße huschte. Instinktiv duckte er sich. Er hörte Flügel und spürte, wie etwas leicht über seinen Kopf strich.

Stu Wargle schrie.

Bryce fuhr hoch und wirbelte herum.

Die Motte.

Sie hing fest an Wargles Gesicht und hielt sich irgendwie daran fest. Sein ganzer Kopf war davon versteckt.

Wargle war nicht der einzige, der schrie. Auch die anderen stießen Schreie aus und traten zurück. Auch das Ding kreischte mit einem hohen, durchdringenden Laut.

Im silbrigen Licht des Mondes flatterten die fahlen Flügel des unmöglichen Insekts, breiteten sich mit einer schrecklichen Grazie und Schönheit aus und schlugen Wargle an Kopf und Schultern.

Wargle taumelte bergab weg und versuchte, sich mit den Händen von dem grauenhaften Wesen zu befreien, das an seinem Gesicht klebte. Seine Schreie wurden bald immer unterdrückter und hörten nach ungefähr zwei Sekunden ganz auf.

Bryce war wie die anderen von Entsetzen und Schock gelähmt.

Wargle begann zu rennen, kam aber nur einige Meter weit, bis er abrupt stehenblieb. Seine Hände sanken von dem Ding vor seinem Gesicht herunter.

Bryce erwachte abrupt aus seiner kurzen Trance, ließ sein nutzloses Schrotgewehr fallen und rannte zu Stu.

Wargle fiel wider Erwarten doch nicht zu Boden, sondern richtete sich plötzlich stocksteif auf, riß die Schultern zurück und zuckte und zitterte am ganzen Körper, als habe er einen elektrischen Schlag bekommen.

Bryce versuchte, die Motte zu packen, um sie Wargle vom Gesicht wegzureißen, aber der Deputy tanzte in seiner Qual wie ein Besessener umher, so daß Bryce ihn nicht packen konnte.

Dann brach Wargle zusammen. Im gleichen Augenblick stieg die Motte von ihm auf, schwebte einen Augenblick über ihm in der Luft, starrte die anderen mit ihren schwarzen Augen haßerfüllt an, und dann flog sie auf Bryce zu.

Er stolperte zurück und fiel zu Boden. Die Motte schwebte über ihm vorbei und glitt lautlos über die Straße auf die Gebäude auf der anderen Seite zu.

Tal Whitman hob sein Schrotgewehr. Der Schuß hallte wie ein Kanonenschlag durch die stille Stadt.

Die Motte wurde in der Luft zur Seite geschleudert, taumelte fast bis zum Boden, fing sich aber dann wieder und verschwand über die Dächer.

Stu Wargle lag bewegungslos auf dem Rücken.

Bryce stand hastig auf und ging zu ihm hin. Der Deputy lag mitten auf der Straße, und es war noch hell genug, um erkennen zu können, daß sein Gesicht nicht mehr da war. Großer Gott. *Verschwunden.* Als sei es weggerissen worden. Sein Haar und Fetzen seiner Kopfhaut hingen über die weißen Knochen seiner Stirn. Ein Totenschädel grinste Bryce an.

17
Die Stunde vor Mitternacht

Tal, Gordy, Frank und Lisa saßen in roten Kunstledersesseln in einer Ecke der Eingangshalle des Hilltop Inn. Das Hotel war seit dem Ende der Skisaison geschlossen, und sie hatten die weißen Staubschutztücher von den Sesseln gezogen, bevor sie wie betäubt von dem Schock hineingesunken waren. Der ovale Kaffeetisch vor ihnen war noch verhängt; sie starrten ihn an, weil sie sich nicht ins Gesicht sehen konnten.

Am hinteren Ende des Raums standen Bryce und Jenny vor der Leiche Stu Wargles, die auf einem langen, niedrigen Tisch an der Wand lag. Von den anderen konnte sich niemand dazu überwinden, in diese Richtung zu sehen.

Tal starrte auf den abgedeckten Kaffeetisch und sagte: »Ich habe das verdammte Ding getroffen. Ich weiß das genau.«

»Wir haben doch alle gesehen, wie es von der Schrotladung getroffen worden ist«, stimmte ihm Frank zu.

»Und warum ist es dann nicht in Stücke gerissen worden?« fragte Tal. »Ein direkter Treffer mit einem großen Schrotgewehr, verdammt noch mal! Von dem hätte eigentlich nicht viel übrigbleiben dürfen.«

»Schußwaffen werden uns nicht retten«, sagte Lisa.

Mit einer abwesenden, grabesschweren Stimme sagte Gordy: »Es hätte jeden von uns treffen können. Dieses Ding hätte auch mich erwischen können. Ich war direkt hinter Stu. Wenn er sich geduckt hätte oder aus dem Weg gesprungen wäre ...«

»Nein«, sagte Lisa. »Nein. Es wollte Mr. Wargle. Sonst niemand.«

Tal starrte das Mädchen an. »Wie meinst du das?«

Ihre Haut war so blaß wie ihre Knochen geworden. »Mr. Wargle hat sich geweigert, zuzugeben, was er gesehen hatte, nachdem es gegen die Scheiben geflogen war, und hat sich darauf versteift, daß es nur ein Vogel war.«

»Na und?«

»Deshalb wollte es ihn. Um ihm eine Lektion zu erteilen. Vor allem aber, um *uns* eine Lektion zu erteilen.«

»Es konnte doch unmöglich gehört haben, was Wargle gesagt hat!«

»Doch. Es hat es gehört.«

»Meiner Ansicht nach unterstellst du ihm zuviel Intelligenz«, sagte Tal. »Es war groß, sicher, und von uns hat noch niemand jemals so etwas gesehen, aber es war doch trotzdem nur eine Motte, oder?«

Das Mädchen sagte nichts.

»Es ist doch nicht allwissend, oder?« versuchte Tal, sich zu überzeugen. »Meinst du denn, es sieht alles, hört alles und weiß alles?«

Das Mädchen starrte schweigend auf den abgedeckten Kaffeetisch.

Jenny unterdrückte ihren Ekel und untersuchte Wargles entsetzliche Verletzung. Die Lichter in der Halle waren nicht hell genug, und deshalb benutzte sie ihre Taschenlampe, um ihre Ränder zu untersuchen und in den Schädel hineinzusehen. Das Gesicht des Toten war völlig weggefressen, und von Haut, Fleisch oder Sehnen war keine Spur mehr übrig. Selbst die Knochen schienen angegriffen und sahen stellenweise aus, als seien sie mit Säure bespritzt worden. Die Augen waren verschwunden. An den Seitenrändern der Wunde aber war das Fleisch von der Außenkante der Kieferknochen bis zu den Wangenknochen, vom Kinn an abwärts, sowie von der Mitte der Stirn an nach oben glatt und unberührt. Es war, als habe ein Meisterfolterer in künstlerischer Perfektion einen Rand gesunder Haut gelassen, um den grauenhaft grinsenden Totenkopf besonders zu betonen.

Jenny hatte genug gesehen und deckte die Leiche mit einem Staubschutztuch ab. Sie war froh, das schreckliche Gesicht nicht mehr sehen zu müssen.

»Und?« fragte Bryce.

»Keine Bißspuren«, sagte sie.

»Meinen Sie denn, so etwas hat Zähne?«

»Ich weiß, daß es ein Maul und Kauwerkzeuge aus Chitin hatte. Das habe ich durch das Fenster gesehen.«

»Richtig, ich auch.«

»Trotzdem sieht es nicht aus, als wäre das Fleisch abgerissen worden. Es scheint, als wäre es ... aufgelöst worden. Das Fleisch an den Wundrändern sieht aus, als wäre es versengt.«

»Sie meinen, das ... das Insekt hat eine Säure abgesondert?«

Sie nickte. »Damit hat es Stu Wargles Gesicht aufgelöst und das verflüssigte Fleisch aufgesaugt.«

»Großer Gott!« sagte Bryce. Sein Gesicht war blaß wie eine unbemalte Totenmaske, und seine Sommersprossen traten wie Brandmale hervor. »Deshalb konnte es auch in so wenigen Sekunden soviel Schaden anrichten.«

»Das ist noch nicht alles«, sagte sie. »Ich glaube, sein gesamtes Blut ist weg. Bei der Verletzung hätte er bluten müssen wie eine Fontäne, aber es ist kein Tropfen zu sehen. Schauen Sie sich den Hals an, die Halsschlagader.«

Bryce rührte sich nicht. »An den Adern ist keine Spur einer blauen Färbung mehr zu entdecken. Er hat keinen Tropfen Blut mehr im Körper.«

Bryce holte tief Luft. Er sagte: »Ich habe ihn umgebracht. Ich bin dafür verantwortlich. Wir hätten auf Verstärkung warten sollen, bevor wir aus der Station herausgegangen sind, wie Sie gesagt haben.«

»Nein, nein, Sie hatten recht. Da war es auch nicht sicherer als auf der Straße. Verstärkung hätte auch nichts geändert, dazu war das Ding einfach zu schnell. Da hätte auch eine ganze Armee nicht geholfen. Außerdem wissen Sie noch nicht alles. Sein Gehirn.«

Bryce wartete und sagte nach einiger Zeit. »Was ist mit seinem Gehirn.«

»Es ist weg.«

»Wie, weg?»

»Es ist weg, verschwunden. Sein Schädel ist völlig leer.«

»Woher wollen Sie das denn wissen. Sie haben ihn doch nicht geöffnet —«

Sie hielt ihm die Taschenlampe hin und unterbrach ihn. »Nehmen Sie das und leuchten Sie ihm in die Augenhöhlen.«

Er machte keinen Versuch, ihrer Aufforderung nachzukommen, sondern sah sie nur aus weitaufgerissenen Augen an. Sie selbst bemerkte, daß sie die Taschenlampe nicht ruhig halten konnte. Ihre Hand zitterte heftig.

Auch er bemerkte es. Er nahm ihr die Taschenlampe aus der Hand, legte sie hin und nahm beide ihre Hände zwischen seine ledrigen großen Hände, um sie ein bißchen zu wärmen.

Sie sagte: »Hinter den Augenhöhlen ist nichts, gar nichts. Nur eine feuchte Höhlung. Das Ding hat sich durch sein Gesicht gefressen, durch seine Augen, so schnell, daß er kaum blinzeln konnte.« Ihre Stimme stieg immer mehr an und überschlug sich. »Es hat sich durch seinen Mund gefressen, seine Zunge aufgelöst, sein Zahnfleisch, sein ganzes Gehirn, das ganze Blut in seinem Körper, alles, und all das in nicht mehr als zehn oder zwölf Sekunden. Das ist einfach unmöglich! Es hat das alles aufgefressen, verstehen Sie das, das ganze Gewebe! Das Gehirn allein wiegt sechs oder sieben Pfund, und dazu das ganze Blut, und all das in zehn oder zwölf *Sekunden*!«

Sie stand da und schnappte nach Luft. Er führte sie zu einem weiß verhängten Sofa, und sie setzten sich beide hin. Niemand von den anderen sah zu ihnen herüber, und Jenny war froh darüber. Sie wollte nicht, daß Lisa sie in diesem Zustand sah.

Bryce legte ihr eine Hand auf die Schulter und sprach leise und mit beruhigender Stimme mit ihr.

Allmählich wurde sie ruhiger. Nicht weniger verstört oder verängstigt. Nur ruhiger.

»Geht's wieder besser?« fragte Bryce.

»Wie würde meine Schwester sagen — tut mir leid, daß ich so durchgedreht habe.«

»Sie? Wollen Sie mich auf den Arm nehmen? Ich habe es doch nicht einmal fertiggebracht, ihn mir mit der Taschenlampe anzusehen. *Sie* haben ihn doch untersucht.«

»Na ja, auf jeden Fall vielen Dank, daß Sie mir so geholfen haben.«

»Ich? Ich habe doch gar nichts gemacht.«

»Dann haben Sie aber eine sehr tröstende Art, nichts zu machen.«

Die beiden saßen eine Weile schweigend da und dachten über Dinge nach, über die sie nicht nachdenken wollten.

Schließlich sagte er: »Diese Motte … Woher kommt die wohl?«

»Vielleicht aus dem Mesozoikum?« sagte sie halb im Spaß.

»War das nicht das Zeitalter der Dinosaurier? Hat es damals solche Motten gegeben?«

»Ich weiß es nicht«, gab sie zu. »Ich könnte mir aber vorstellen, wie sie über die prähistorischen Sümpfe fliegt und einen *Tyrannosaurus Rex* so belästigt, wie wir heute von unserer kleinen Motte belästigt werden.«

»Wenn das Ding aber aus der Urzeit stammt, wo war es dann in der Zwischenzeit, all die Jahrmillionen lang?« fragte er.

»Meinen Sie, sie … sie stammt vielleicht aus einem Labor?« fragte sie nach einiger Zeit. »Ein Experiment in Gen-Manipulation?«

»Sind sie denn schon so weit? Ich weiß zwar nur, was in den Zeitungen steht, aber ich dachte, von so etwas sind sie noch weit entfernt. Bis jetzt beschränken sie sich noch auf Bakterien.«

»Wahrscheinlich haben Sie recht«, sagte sie. »Aber trotzdem …«

»Genau. Nichts ist unmöglich, denn die Motte ist *hier.*«

Nach einer weiteren kurzen Stille sagte sie: »Was da draußen wohl sonst noch herumkriecht oder fliegt?«

»Sie denken wohl an Jake Johnson?«

»Ja. Was hat ihn geholt? Die Motte war das nicht. Sie mag noch so tödlich sein, aber sie hätte ihn nicht lautlos töten können, und wegtragen auch nicht.« Sie seufzte. »Wissen Sie, am Anfang wollte ich nicht weg, weil ich dachte, wir würden vielleicht eine Seuche verbreiten, aber jetzt würde ich nicht versuchen, wegzufahren, weil ich weiß, daß wir nicht lebendig von hier wegkämen. Wir würden aufgehalten werden.«

»Nein, nein, ich bin sicher, wir kämen raus«, sagte Bryce. »Wenn wir beweisen können, daß das hier nichts mehr mit einer Krankheit zu tun hat und auch General Copperfields

Leute davon überzeugt sind, werden Sie und Lisa sofort in Sicherheit gebracht.«

Sie schüttelte den Kopf. »Nein. Da draußen ist irgend etwas, Bryce, das ist weit listiger und gefährlicher als die Motte, und das will uns nicht weglassen, weil es mit uns spielen möchte, bevor es uns umbringt. Hier kommt keiner von uns weg, und deshalb sollten wir uns anstrengen, einen Weg zu finden, wie wir damit fertigwerden könnten, bevor es sein Spiel müde wird.«

Sie hatten es sich in beiden Räumen des großen Restaurants des Hilltop Inn einigermaßen bequem gemacht. Ein Raum sollte als Cafeteria dienen, und den anderen hatten sie mit hergeschafften Matratzen zu einem Schlafraum umfunktioniert. Sie waren gerade dort beschäftigt, als sie das leise, aber unverkennbare Geräusch von Automotoren hörten.

Bryce ging zu der Balkontür und sah hinaus. Drei Polizeiwagen kamen mit blinkenden Lichtern die Skyline Road herauf.

»Sie sind da«, sagte er den anderen.

Er hatte bisher immer gedacht, zusammen mit der Verstärkung könnten sie mit allem fertigwerden, aber nun kam sie ihm eher erbärmlich vor.

Die Lichter flackerten kurz und gingen aus, wurden aber nach nur einer Sekunde wieder hell. Es war 11.15; bald kam die Geisterstunde.

18

London, England

Als es in Kalifornien Mitternacht wurde, war es in London acht Uhr früh am Morgen.

Es war ein trüber Tag. Graue Wolken zogen über den Himmel, und schon vor der Morgendämmerung hatte ein Nieselregen eingesetzt, der seitdem nicht nachgelassen hatte. Der Wind trieb den Regen gegen die Fenster des Churchill Hotels an der Portman Square, der an ihnen herablief und die Sicht nach draußen verzerrte.

Burt Sandler, der geschäftlich aus New York hergeflogen war, saß an einem Tisch am Fenster und überlegte sich, wie er bei seiner Spesenabrechnung jemals die Höhe der Ausgaben für dieses Frühstück rechtfertigen könnte. Sein Gast hatte zunächst einmal eine teure Flasche Sekt bestellt, außerdem wollte er Kaviar — Sekt und Kaviar zum Frühstück! — und zwei verschiedene Arten von frischem Obst, und der alte Herr hatte offensichtlich noch nicht fertigbestellt.

Ihm gegenüber saß Dr. Timothy Flyte, der Anlaß für Sandlers Verblüffung, und studierte die Speisekarte mit kindlichem Entzücken. »Und dann möchte ich noch eine Portion Croissants«, sagte er zu dem Kellner.

»Ja, Sir«, sagte der Kellner.

»Sind sie schön kusprig?«

»Ja, Sir, sehr.«

»Ah, gut. Und Eier«, sagte Flyte. »Zwei schöne, weiche Eier mit Toast und Butter.«

»Toast?« fragte der Kellner. »Kommt das noch zu den Croissants dazu?«

»Natürlich«, sagte Flyte und rückte sich den etwas ausgefransten Kragen seines weißen Hemds zurecht. »Und dann noch etwas gebratenen Schinken zu den Eiern.«

Der Kellner blinzelte. »Ja, Sir.«

Endlich sah Flyte zu Sandler auf. »Was ist schließlich ein Frühstück ohne gebratenen Schinken? Hab ich recht?«

»Ganz Ihrer Meinung«, sagte Burt Sandler mit einem erzwungenen Lächeln. Er bemerkte, daß der Steg von Flytes Brille ungeschickt zusammengeklebt war. Flyte hatte das offensichtlich selbst gemacht, um Geld zu sparen.

»Haben Sie gute Schweinswürstchen? Ich will eine ehrliche Antwort. Wenn sie nicht wirklich gut sind, lasse ich sie zurückgehen.«

»Unsere Schweinswürstchen sind ausgezeichnet«, versicherte ihm der Kellner.

»Also gut. Schweinswürstchen.«

»An Stelle des Schinkens, Sir?«

»Nein, nein, dazu«, sagte Flyte, als sei das eine törichte Frage.

Flyte war achtundfünfzig, sah aber mindestens zehn Jahre älter aus. Sein weißes Haar stand von seinem Kopf weg, als sei es elektrisch aufgeladen, und angesichts seiner hageren Figur konnte man daran zweifeln, ob er alles schaffen würde, was er bestellt hatte.

»Kartoffeln«, sagte Flyte.

»Sehr wohl, Sir«, sagte der Kellner und schrieb es sich auf seinem Block auf, auf dem er inzwischen kaum noch Platz hatte.

»Haben Sie gute Süßspeisen?« wollte Flyte nun wissen.

Der Kellner warf Sandler einen Blick zu, als wolle er ihn fragen, ob sein Großvater völlig senil sei. Sandler lächelte nur.

»Ja, Sir, wir haben verschiedene Süßspeisen. Da wäre ein köstliches —«

»Bringen Sie eine Auswahl«, sagte Flyte. »Am Schluß des Frühstücks natürlich.«

»Überlassen Sie das nur mir, Sir.«

»Gut. Sehr gut. Ausgezeichnet!« sagte Flyte strahlend und legte etwas widerwillig die Speisekarte ab.

Fast hätte Sandler erleichtert aufgeseufzt. Er selbst bestellte Orangensaft, Eier mit Schinken und Toast, während Professor Flyte die leicht verwelkte Nelke am Aufschlag seines glänzenden, blauen Anzugs zurechtrückte.

Als Sandler fertigbestellt hatte, lehnte sich Flyte verschwörerisch zu ihm hinüber. »Trinken Sie auch etwas von dem Sekt, Mr. Sandler?«

»Ein oder zwei Gläschen könnten bestimmt nicht schaden«, sagte Sandler und hoffte, das könnte ihm vielleicht dabei helfen, daß ihm eine einigermaßen plausible Erklärung für das üppige Frühstück einfiel.

Flyte sah den Kellner an. »Dann bringen Sie vielleicht besser *zwei* Flaschen.«

Sandler, der gerade Eiswasser getrunken hatte, verschluckte sich fast.

Der Kellner ging, und Flyte sah durch das Fenster hinaus. »Scheußliches Wetter. Ist es bei Ihnen in New York im Herbst auch so schlimm?«

»Da regnet es auch oft, aber es gibt auch schöne Tage.«

»Hier auch«, sagte Flyte. »Obwohl es hier mehr regnet. Londons schlechter Ruf in dieser Beziehung ist nicht ganz unverdient.«

Der Professor blieb beharrlich bei belangloser Konversation, bis der Sekt serviert war, als befürchtete er, die Bestellung würde zurückgenommen, sobald der geschäftliche Teil erledigt war.

»Sind Sie extra wegen mir aus New York hergekommen?« fragte Flyte, nachdem sie angestoßen hatten.

»Nein, ich treffe mich mit einigen Autoren«, sagte Sandler. »Ich komme gewöhnlich einmal im Jahr her und spüre neue Bücher auf. Englische Autoren sind in den Staaten sehr populär, besonders die Thriller.«

»MacLean, Follet, Forsythe, Bagley, die Leute?«

»Ich selbst suche eigentlich keine Thriller«, sagte Sandler. »Meine Interessen sind breiter gestreut. Ich spreche auch mit unbekannten Autoren, und manchmal schlage ich einem bestimmten Autor ein Projekt vor.«

»Mit mir haben Sie offensichtlich etwas vor.«

»Zuerst möchte ich Ihnen sagen, daß ich *Der Alte Feind* sehr faszinierend fand, als er herauskam.«

»Einige Leute fanden es faszinierend«, sagte Flyte. »Aber die meisten haben sich darüber aufgeregt.«

»Soweit ich gehört habe, haben Sie durch das Buch einige Probleme bekommen.«

»Eigentlich nichts als Probleme.«

»Welche denn?«

»Ich habe mit 43 meine Stelle an der Universität verloren, also mit einem Alter, wenn die meisten Akademiker endlich eine sichere Position bekommen.«

»Sie haben wegen *Der Alte Feind* Ihre Stelle verloren?«

»So direkt haben sie es nicht gesagt«, sagte Flyte und schob sich etwas Kaviar in den Mund. »Das hätte sie zu engstirnig erscheinen lassen. Nein, man hat mich indirekt angegriffen. Mein werter Mr. Sandler, der Konkurrenzkampf in akademischen Kreisen ist unglaublich. Es sind Gerüchte ausgestreut worden, in denen von meinen skandalösen sexuellen Praktiken mit meinen weiblichen Studenten die Rede war. Mit meinen männlichen übrigens auch. Das kam nie offen zur Sprache, und deshalb konnte ich mich auch nicht dagegen wehren. Bei mir direkt haben sie höflich von Inkompetenz, Überarbeitung, Ermüdungserscheinungen und ähnlichem mehr gesprochen. Auf jeden Fall war ich achtzehn Monate nach der Veröffentlichung von *Der Alte Feind* meine Stelle los. Ich bin auch bei keiner anderen Universität angekommen. Offiziell wurde das mit meinem schlechten Ruf begündet, aber in Wirklichkeit kam es daher, daß meine Theorien zu bizarr für akademische Geschmäcker waren. Man hat mich beschuldigt, ich wollte ein Vermögen machen, indem ich die Neigung der einfachen Menschen zu Pseudowissenschaftlichkeit und Sensationen ausnützen würde, und daß ich meine Glaubwürdigkeit verkauft hätte.«

Er machte eine Pause und nahm genußvoll einen Schluck Sekt.

Sandler war zutiefst über das empört, was Flyte ihm da erzählt hatte. »Aber das ist ja ungeheuerlich! Ihr Buch war eine wissenschaftliche Abhandlung. Die sogenannten einfachen Menschen hätten sich nur mit größten Schwierigkeiten durch *Der Alte Feind* kämpfen können. Mit so etwas ein Vermögen zu machen, ist praktisch unmöglich.«

»Was die Einkünfte aus dem Buch deutlich zeigen.«

»Sie waren doch ein geachteter Archäologe«, sagte Sandler.

»Na ja, so geachtet auch wieder nicht«, sagte Flyte bescheiden. »Auf jeden Fall war ich nie eine Schande für den Berufszweig, wie das später behauptet worden ist. Wenn Ihnen das Verhalten meiner Kollegen unglaublich vorkommt, dann kennen Sie eben die Wissenschaftler nicht. Wissenschaftler wachsen mit der festen Überzeugung heran, daß neue Erkenntnisse allmählich wachsen, als würden Sandkörner aufeinandergehäuft, bis sich ein Berg gebildet hat. Die meisten neuen Erkenntnisse entstehen tatsächlich so. Daher stehen sie bahnbrechenden neuen Erkenntnissen immer mit größtem Mißtrauen gegenüber. Kopernikus ist von seinen Zeitgenossen ausgelacht worden, weil er gesagt hat, die Planeten würden sich um die Sonne drehen, obwohl er recht hatte. Für dieses Phänomen gibt es noch zahllose andere Beispiele.« Flyte wurde rot und trank hastig noch einen Schluck Sekt. »Nicht, daß ich mich mit Kopernikus oder irgendeinem anderen von diesen großen Männern vergleichen will! Ich möchte damit lediglich erklären, warum meine Kollegen dazu konditioniert waren, so über mich herzufallen. Ich hätte mir das denken sollen.«

»Glauben Sie noch immer an die Richtigkeit Ihrer Theorie?«

»Absolut! Die Geschichte ist voll von Berichten darüber, daß Massen von Menschen auf geheimnisvolle Art verschwunden sind, für die weder Archäologen noch Historiker eine einleuchtende Erklärung finden können.«

Die wäßrigen Augen des Professors unter seinen buschigen, weißen Augenbrauen wurden scharf und durchdringend, und er lehnte sich über den Tisch und starrte Sandler hypnotisch an.

»Am 10. Dezember 1939«, sagte Flyte, »war eine Armee von 3000 chinesischen Soldaten, die in den Bergen von Nanking auf dem Weg an die Front war, spurlos verschwunden, bevor sie ankam. Nicht eine einzige Leiche ist jemals gefunden worden, keine Spur, kein Zeuge. In den japanischen Quellen findet sich keine Erwähnung von Kämpfen mit dieser Armee. Die Bauern in der Gegend haben keine Schüsse oder sonstige Hinweise auf einen Kampf gehört. Eine ganze Armee hat sich in Luft aufgelöst. 1711 marschierte während des Spanischen Erbfolgekriegs eine viertausend Mann starke Abordnung in die Pyrenäen los. Noch bevor das erste Nachtlager aufgeschlagen worden war, verschwand sie bis auf den letzten Mann, obwohl sie sich auf bekanntem Gelände befand und weit und breit kein Feind war.«

Flyte war von dem Thema noch ebenso fasziniert wie vor 17 Jahren, als er das Buch geschrieben hatte. Sein Frühstück war vergessen.

»So etwas gibt es auch noch in größerem Umfang«, fuhr der Professor fort. »Da ist das Rätsel der großen Maya-Städte Copán, Piedras Negras, Palenque, Menché, Seibal und noch einige mehr, die über Nacht verlassen wurden. Zehntausende, *Hunderttausende* von Mayas verließen ungefähr im

Jahr 610 ihre Heimat, und zwar vielleicht innerhalb einer Woche, möglicherweise sogar innerhalb eines einzigen Tags. Manche scheinen nach Norden geflohen zu sein und dort neue Städte gegründet zu haben, aber es gibt Anzeichen dafür, daß zahllose Tausende von Menschen einfach verschwunden sind, und zwar innerhalb einer unwahrscheinlich kurzen Zeitspanne. Sie haben sich nicht einmal die Mühe gemacht, alle ihre Töpfe und Werkzeuge sowie ihre Küchengeräte mitzunehmen ... Meine gelehrten Kollegen behaupten, das Land um die Städte herum sei unfruchtbar geworden und habe die Bewohner zur Auswanderung gezwungen. Warum haben sie aber dann so viel zurückgelassen? Warum haben sie kostbaren Saat-Mais nicht mitgenommen? Warum ist nicht ein einziger Überlebender zurückgekehrt, um die verlassenen Städte auszuplündern?« Flyte schlug leicht mit einer Faust auf den Tisch. »Das ist doch einfach irrational! Emigranten machen sich nicht auf einen langen und beschwerlichen Weg, ohne dabei sämtliche Hilfsmittel mitzunehmen, die ihnen zur Verfügung stehen. In manchen Häusern in Piedras Negras und Seibal haben Familien umfangreiche Mahlzeiten vorbereitet, aber dann sind sie weggegangen, *ohne sie zu verzehren.* Das deutet doch wohl auf einen abrupten Aufbruch hin. Zur Zeit vermag keine Theorie diese Fragen zu beantworten — außer meiner, so bizarr sie auch sein mag, so *unmöglich* sie auch sein mag.«

»Und so beängstigend«, fügte Sandler hinzu.

»Genau«, sagte Flyte.

Der Professor sank atemlos auf seinen Stuhl zurück. Sein Blick fiel auf sein gefülltes Sektglas, und er leerte es in einem Zug.

Der Kellner erschien und füllte ihre Gläser nach. Flyte machte sich hastig an seine Erdbeeren, als habe er Angst, der Kellner werde sie ihm wegnehmen, weil er sie nicht angerührt hatte.

»Man hat mich beschuldigt, ich wollte *alle* Fälle der Weltgeschichte mit einer Theorie erklären, in denen jemand auf geheimnisvolle Art verschwunden ist, aber das ist ein ungerechter Vorwurf. Ich bin nur an solchen Fällen interessiert, in denen *Massen* von Tieren oder Menschen verschwunden sind, und davon gibt es buchstäblich Hunderte.«

Der Kellner brachte die Croissants.

Sandler sagte: »Wenn es nach der Veröffentlichung Ihres Buches zu weiteren auffälligen Beispielen dafür gekommen wäre, hätte das natürlich die Glaubwürdigkeit Ihres Buches erheblich —«

»Ah«, unterbrach ihn Flyte, »aber solche Fälle *sind* vorgekommen!«

»Das wäre aber doch in allen Schlagzeilen —«

»Ich persönlich weiß von zwei Fällen. Es könnte aber auch noch mehr geben«, beharrte Flyte. »In einem Fall sind niedrigere Tiere in Massen verschwunden, und zwar *Fische.* In den Zeitungen hat man sich dafür nicht sonderlich interessiert, aber ich weiß, daß vor ungefähr acht Jahren Meeresbiologen festgestellt haben, daß in einem bestimmten Teil des Pazifik der Fischbestand dramatisch abgenommen hat, und zwar so sehr, daß manche Arten nur noch halb so zahlreich vorgekommen sind. Kein Mensch konnte sich das erklären, aber in einem Gebiet von einigen hundert Quadratmeilen Größe sind Millionen und Abermillionen von Fischen einfach verschwunden.«

»Umweltverschmutzung«, vermutete Sandler.

Flyte schmierte sich Marmelade auf sein Croissant und sagte: »Nein, ausgeschlossen. Dazu wäre die größte Umweltkatastrophe der Menschheitsgeschichte nötig gewesen, und außerdem hätte man dann Massen von toten Fischen finden müssen. So etwas wäre nicht unbemerkt geblieben.«

Burt Sandler war aufgeregt. Er roch Geld. Bei manchen Büchern hatte er Vorahnungen, und die hatten sich bisher fast immer als richtig erwiesen. Wenn er Flyte dazu überreden konnte, das trockene, akademische Material von *Der Alte Feind* in eine populäre Form und auf den neuesten Stand zu bringen, würde der Professor sich noch viele Jahre selbst Sekt und Kaviar leisten können.

»Sie sagten, sie wüßten von *zwei* Fällen«, sagte er, um Flyte zum Weiterreden zu ermutigen.

»Der zweite war 1980 in Afrika. Zwischen drei- und viertausend primitive Ureinwohner sind aus einer relativ abgelegenen Gegend Zentralafrikas verschwunden. Die Dörfer wurden leer vorgefunden, aber die Besitztümer und vor allem die Vorräte waren zurückgelassen worden. Das einzige Anzeichen von Gewaltanwendung waren einige zerbrochene Töpfe. Natürlich sind in diesem Teil der Welt immer mehr Stämme einfach verschwunden, aber sie sind dann niedergemetzelt worden. In solchen Fällen werden die Dörfer immer geplündert und dann niedergebrannt, und die Bewohner werden in Massengräbern verscharrt. Das war hier nicht der Fall. Außerdem haben einige Wochen später Wildhüter von einer unerklärlichen Abnahme des Wildbestandes gesprochen, aber das hat niemand mit den verschwundenen Dorfbewohnern in Verbindung gebracht.«

»Die meisten Fälle kommen in sehr abgelegenen Gebieten vor«, sagte Sandler. »Das erschwert eine Verifikation.«

»Ganz richtig. Das ist mir auch vorgeworfen worden. Wahrscheinlich kommen die meisten Fälle auf dem Meer vor, weil der größte Teil der Erdoberfläche aus Wasser besteht. Vergessen Sie aber die beiden Armeen nicht. *Das* waren Fälle, die in unserer modernen Zivilisation vorgekommen sind, und wenn tatsächlich Zehntausende von Mayas dem Alten Feind zum Opfer gefallen sind, wie ich in meiner Theorie postuliere, dann war das ein Fall, in dem ganze Städte, Zentren der Zivilisation mit einer beängstigenden Kühnheit angegriffen worden sind.«

»Sie meinen, das könnte heute wieder passieren —«

»Ohne jeden Zweifel!«

»— und in Städten wie New York oder sogar hier in London?«

»Sicherlich. Es könnte praktisch überall passieren, wo die in meinem Buch beschriebenen geologischen Voraussetzungen gegeben sind.«

Sie nippten beide an ihren Sektgläsern und dachten nach.

Sandler war sich nicht sicher, ob er an die Theorie glaubte, die Flyte in *Der Alte Feind* vorgetragen hatte. Er wußte, daß sie die Basis für ein ungeheuer populäres Buch liefern könnten, aber das bedeutete noch nicht, daß er auch an sie glauben mußte. Eigentlich *wollte* er nicht an sie glauben, denn damit hätte er das Tor zur Hölle aufgestoßen.

Er sah Flyte an, der wieder an seiner verwelkten Nelke herumzupfte, und sagte: »Das läßt es einem kalt den Rükken herunterlaufen.«

Flyte nickte und sagte: »Das sollte es auch.«

Der Kellner kam mit Eiern, Schinken, Würstchen und Toast.

19

In finsterster Nacht

Das Hotel war eine Festung.

Bryce war mit den getroffenen Vorbereitungen zufrieden.

Inzwischen war es halb zwei Uhr früh, und mit Hilfe der zehn Deputies aus Santa Mira war viel geschafft worden.

Der eine Raum des Restaurants war mit Matratzen aus den Zimmern in einen Schlafsaal verwandelt worden, der auch dann noch ausreichen würde, wenn General Copperfields Männer da waren. In dem zweiten waren einige Tische zusammengestellt worden, damit sie alle dort essen konnten, und sie hatten die Küche geputzt und einsatzbereit gemacht. Die Lobby war in eine riesige Einsatzzentrale mit Schreibtischen, Schreibmaschinen, Aktenschränken, schwarzen Brettern und einer großen Karte von Snowfield verwandelt worden.

Außerdem war das gesamte Hotel genau durchsucht worden, und sie hatten Maßnahmen getroffen, um dem Feind ein Eindringen zu erschweren. Die beiden Hintereingänge hatten sie verschlossen und zusätzlich mit angenagelten Balken gesichert; Bryce hatte diese zusätzliche Vorsichtsmaßnahme angeordnet, um sich Wachen an diesen Eingängen zu ersparen. Auch die Tür zur Feuertreppe hatten sie so gesichert, so daß niemand in die oberen Stockwerke des Hotels eindringen und sie von dort überraschen konnte. Nun war die Eingangshalle nur über zwei kleine Fahrstühle mit dem ersten, zweiten und dritten Stock verbunden, und die wurden ständig bewacht. Eine weitere Wache stand am vorderen Eingang. Ein Trupp von vier Männern hatte sich versichert, daß alle Fenster im Erdgeschoß geschlossen waren. Sie stellten zwar Schwachstellen in den Befestigungsanlagen dar, aber zumindest würden sie durch das Geräusch von zerbrechendem Glas gewarnt werden, wenn jemand versuchen sollte, einzudringen.

Stu Wargles verstümmelte Leiche war vorerst in einem Geräteraum neben der Eingangshalle abgelegt worden. Außerdem hatte Bryce einen Dienstplan aufgestellt und die nächsten drei Tage in zwölf-Stunden-Schichten aufgeteilt, falls die Krise so lange dauern sollte.

Schließlich war ihm nichts mehr eingefallen, und nun saß er hier, trank koffeinfreien Kaffee und versuchte, den Ereignissen der Nacht einen Sinn abzugewinnen. Seine Gedanken kehrten immer wieder zu einem unwillkommenen Thema zurück:

Sein Gehirn war verschwunden. Sein Blut war ausgesaugt, bis auf den letzten Tropfen.

Er schüttelte mit Mühe das ekelerregende Bild von Wargles zerstörtem Gesicht ab, stand auf, um sich noch einen Kaffee zu holen, und setzte sich dann wieder an seinen Tisch.

Es war sehr ruhig in dem Hotel.

An einem anderen Tisch saßen drei von den Männern, die die Nachtschicht übernommen hatten, und spielten Karten. Wenn sie überhaupt etwas sagten, flüsterten sie es praktisch.

Das Hotel war sehr ruhig.

Das Hotel war eine Festung.

Das Hotel *war* eine Festung, verdammt noch mal.

War es aber sicher?

Lisa suchte sich eine Matratze in einer Ecke des Schlafsaals aus, so daß sie mit dem Rücken zur Wand lag.

Jenny breitete eine der Decken aus, die auf das Bett gelegt worden waren, und deckte ihre Schwester damit zu.

»Willst du noch eine?«

»Nein«, sagte Lisa. »Eine reicht. Es ist aber schon ein komisches Gefühl, wenn man sich mit den Kleidern ins Bett legt.«

»Bald wird alles wieder normal laufen«, sagte sie, überlegte sich aber im gleichen Augenblick, daß das eine alberne Aussage war.

»Legst du dich jetzt auch schlafen?«

»Noch nicht sofort.«

»Schade«, sagte Lisa. »Ich wünschte, du würdest dich direkt auf die nächste Matratze neben mich legen.«

»Du bist doch nicht allein.« Jenny strich dem Mädchen über das Haar.

Einige Deputies — darunter auch Tal Whitman, Gordy Brogan und Frank Autry — hatten sich auf anderen Matratzen hingelegt. Außerdem standen noch drei schwer bewaffnete Männer Wache.

»Werden die Lichter noch dunkler gestellt?« fragte Lisa.

»Nein. Dunkelheit können wir nicht riskieren.«

»Gott sei Dank. Sie sind so schon düster genug. Bleibst du bei mir, bis ich eingeschlafen bin?« fragte Lisa und sah dabei viel jünger als vierzehn aus.

»Klar.«

»Und können wir uns dabei unterhalten?«

»Sicher. Nur nicht so laut, damit wir die anderen nicht stören.« Jenny legte sich neben ihre Schwester und stützte ihren Kopf in eine Hand. »Worüber möchtest du dich denn unterhalten?«

»Egal. Nur nicht über … heute nacht.«

»Das trifft sich gut, denn ich wollte dich etwas fragen«, sagte Jenny. »Heute nachmittag haben wir uns doch über Mutter unterhalten, und da hast du gesagt, sie hätte mit mir angegeben. Stimmt das wirklich?«

Lisa lächelte: »Ihre Tochter, die Ärztin. Mein Gott, war sie stolz auf dich, Jenny!«

Wie beim ersten Mal brachte diese Aussage Jenny durcheinander. »Und sie hat mir nie die Schuld dafür gegeben, daß Vater einen Schlaganfall bekommen hat?«

Lisa runzelte die Stirn. »Dir? Warum denn?«

»Na ja, schließlich habe ich ihm einige Zeit viel Kummer gemacht.«

»*Du?*« fragte Lisa erstaunt. »Das einzige, was du nach Moms Meinung jemals Schlimmes getan hast, war, daß du an Halloween unsere weißbraune Katze schwarz färben wolltest und dabei die ganzen Gartenmöbel ruiniert hast.«

Jenny lachte überrascht. »Das hatte ich vergessen. Ich war damals erst acht Jahre alt.«

Sie lächelten sich zu und fühlten sich in diesem Augenblick mehr denn je wie Schwestern.

Dann sagte Lisa: »Wie kommst du denn darauf, daß Mom dir die Schuld an Vaters Tod gegeben haben könnte? Das war doch ein Schlaganfall. Wie sollst du denn daran schuld sein können?«

Jenny zögerte. Diese Eröffnung bedeutete für sie eine ungeheure Befreiung. Zum ersten Mal, seit sie neunzehn war, spürte sie diese Last nicht mehr auf ihren Schultern.

»Jenny?«

»Ja?«

»Weinst du?«

»Nein, ich bin okay«, sagte sie und unterdrückte ihre Tränen. »Wenn Mom es mir nicht vorgeworfen hat, war es wohl ein Fehler von mir, es mir selbst vorzuwerfen. Ich bin einfach glücklich über das, was du mir da erzählt hast.«

»Was hat dich aber zu dieser Meinung gebracht? Wenn wir gute Schwestern sein wollen, dürfen wir keine Geheimnisse voreinander haben. Los, raus mit der Sprache!«

»Das ist eine lange Geschichte, und ich erzähle sie dir auch einmal irgendwann, aber nicht jetzt. Reden wir von etwas anderem.«

Sie unterhielten sich noch einige Minuten über Belanglosigkeiten, dann wurden Lisas Augenlider immer schwerer.

Jenny versuchte, nicht an die leeren Augenhöhlen und den Totenschädel zu denken, der einmal Stu Wargles Gesicht gewesen war. Ihre Gedanken kehrten jedoch immer wieder zu diesem Bild von monströser Gewalt und Tod zurück.

Sie wünschte sich, mit ihr würde auch jemand beruhigend reden, bis sie eingeschlafen war. Sie würde in dieser Nacht nicht viel Ruhe finden.

In dem Geräteraum neben der Einganghalle brannte kein Licht. Er hatte keine Fenster. Ein leichter Geruch von Reinigungsmitteln hing in der Luft.

In der rechten hinteren Ecke war ein großes Metallwaschbecken. Aus diesem undichten Wasserhahn fiel alle zehn bis zwölf Sekunden ein Tropfen mit einem leisen, hohlen *Ping* in das Metallbecken.

In der Mitte des Raums lag die gesichtslose Leiche Stu Wargles unter einem Staubschutztuch auf einem Tisch.

Bis auf das monotone Geräusch der Wassertropfen war alles still.

Eine atemlose Spannung hing in der Luft.

Gordy Brogan hatte Angst davor, die Augen zu schließen. Jedesmal, wenn er sie zugemacht hatte, war er von blutrünstigen Visionen geplagt worden, die aus seiner eigenen privaten Dunkelheit aufgestiegen waren. Nun lag er mit offenen Augen unter seiner Decke und starrte Frank Autrys Rükken an.

In Gedanken formulierte er ein Kündigungsschreiben an Bryce Hammond. Er würde es erst schreiben können, nachdem die Angelegenheit hier in Snowfield vorüber war, weil er seine Freunde nicht mitten in einer Krise im Stich lassen wollte. Sobald sie aber beigelegt war, würde er das Kündigungsschreiben dem Sheriff persönlich überreichen.

Er hatte nun keinen Zweifel mehr daran, daß Polizeiarbeit nichts für ihn war, und sie war es auch noch nie gewesen.

Er war noch jung, und es war noch Zeit genug, um den Beruf zu wechseln. Er hatte sich von der Liebe und Zuneigung seiner Eltern erdrückt gefühlt und deshalb den Beruf gewählt, den sie am wenigsten gewollt hatten. Sie hatten es bemerkt, wie gut er sich mit Tieren verstand und daß er die Fähigkeit besaß, in einer Minute das Vertrauen und die Freundschaft jeder Kreatur mit vier Beinen zu gewinnen, und deshalb hätten sie es gern gesehen, wenn er Tierarzt geworden wäre. Nun erkannte er, daß sie recht gehabt und es nur gut mit ihm gemeint hatten.

Die Uniform hatte ihn auch deshalb angezogen, weil er glaubte, sie würde seine Männlichkeit beweisen. Schon als Junge hatte er sich nicht für Sport interessiert und Gewalt in jeder Form verabscheut, und Mädchen gegenüber war er schon immer zurückhaltend gewesen. Er hatte deshalb gemeint, die anderen würden ihn trotz seines Aussehens und seiner Muskeln für weibisch halten. Nun aber erkannte er endlich, daß er sich vor niemandem zu beweisen brauchte. Er würde den Beruf wählen, der ihm am meisten zusagte. Er würde Tierarzt werden, weil ihn das selbst zufrieden und seine Eltern glücklich machen würde.

Er schloß zufrieden die Augen und wollte einschlafen, aber aus der Dunkelheit stiegen wie ein Alptraum Bilder von abgeschnittenen Katzen- und Hundeköpfen und zerfleischten und gequälten Tieren auf.

Er schnappte nach Luft und riß die Augen wieder auf.

Was war nur mit den Haustieren von Snowfield passiert?

In dem dunklen Geräteraum hatte das monotone *Ping* der Wassertropfen in das Metallbecken aufgehört.

Es war jedoch nicht völlig still. Es bewegte sich etwas in der Dunkelheit und verursachte ein weiches, nasses, kaum merkliches Geräusch in dem stockfinsteren Raum.

Jenny war noch nicht bereit zum Schlafen und ging in die Cafeteria, schenkte sich eine Tasse Kaffee ein und setzte sich zu dem Sheriff an seinen Ecktisch.

»Schläft Lisa?« fragte er.

»Wie ein Stein.«

»Und wie geht es Ihnen? Das muß doch schwer für Sie sein. Alle Ihre Nachbarn und Freunde ...«

»Ich bin irgendwie wie betäubt und lasse es nicht an mich herangehen, sonst wäre es einfach zu viel.«

»Das ist eine normale, gesunde Reaktion. Wir machen es alle so.«

Sie tranken Kaffee und unterhielten sich. Dann:

»Verheiratet?« fragte er.

»Nein. Sie?«

»Ich war verheiratet.«

»Geschieden?«

»Sie ist gestorben.«

»Ach ja, wie dumm von mir. Ich habe ja darüber in der Zeitung gelesen. Das war doch ein Verkehrsunfall, oder?«

»Ein Lkw.«

Sie sah ihm in die Augen und dachte, sie würden etwas trüber und weniger blau als vorher. »Wie geht es Ihrem Sohn?«

»Er liegt noch immer im Koma. Ich glaube nicht, daß er jemals wieder daraus erwacht.«

»Es tut mir leid für Sie, Bryce, ganz ehrlich.«

Er legte seine Hände um seinen Kaffeebecher und starrte in den Kaffee herab. »Bei dem Zustand, in dem Timmy sich befindet, wäre es im Grund ein Segen, wenn er ganz einschlafen würde. Am Anfang war ich wie betäubt, aber in der letzten Zeit habe ich es akzeptieren gelernt.« Er sah auf und begegnete Jennys Blick. »Eigentlich ist es komisch, aber seit ich hier in Snowfield bin, ist der Grauschleier verschwunden.«

»Grauschleier?«

»Eine lange Zeit war aus allem die Farbe verschwunden, und ich habe meine Umwelt nur noch grau gesehen. Heute abend aber hat es hier so viel Aufregung und Spannung, so viel Angst gegeben, daß für mich wieder alles außerordentlich deutlich geworden ist.«

Dann erzählte ihm Jenny vom Tod ihrer Mutter und die heftige Wirkung, die er trotz der jahrelangen Trennung auf sie gehabt hatte. Wieder fiel ihr Bryce Hammonds außergewöhnliche Fähigkeit auf, ihr ein Gefühl von Vertrautheit zu vermitteln. Es war, als würden sie sich seit Jahren kennen.

Sie erzählte ihm sogar von den Fehlern, die sie mit achtzehn und neunzehn gemacht hatte, und mit denen sie ihre Eltern schwer verletzt hatte. Sie hatte sich mit einem fünf Jahre älteren Studenten angefreundet, dem sie allmählich ganz verfallen war. Dann aber war sie schwanger geworden, und er wollte ihr nicht einmal einen Tag Zeit lassen, sondern verlangte eine sofortige Abtreibung. Als sie auf einem Tag Frist bestanden hatte, um sich alles in Ruhe überlegen zu können, hatte er einen Wutanfall bekommen und sie so geschlagen, daß sie eine Fehlgeburt hatte. Damit war für sie alles vorbei, und sie wurde abrupt erwachsen.

»Seitdem«, erzählte sie Bryce, »habe ich hart gearbeitet — vielleicht zu hart, um meiner Mutter zu beweisen, daß es mir leid tat und daß ich ihrer Liebe doch wert war. Ich bin nicht so oft heimgefahren, wie ich gesollt hätte, weil ich meiner Mutter nicht in die Augen sehen konnte. Ich habe immer nur den Vorwurf darin gesehen. Und dann habe ich heute abend von Lisa etwas Verblüffendes erfahren.«

»Ihre Mutter hat Ihnen nie irgendwelche Schuld gegeben und war wahrscheinlich sogar stolz auf Sie«, sagte Bryce mit der unheimlichen Sensibilität und dem Einfühlungsvermögen, das sie vorher schon an ihm bemerkt hatte.

»Genau! Ich hatte gedacht, sie hätte mir die Schuld am Tod meines Vaters gegeben, aber das hat sie nie getan. Was ich da in ihren Augen gesehen habe, war wahrscheinlich nur eine Reflexion meiner eigenen Schuldgefühle.« Jenny lachte leise und bitter. »Es wäre ja witzig, wenn es nicht so verdammt traurig wäre.«

»Ich glaube, wir sind uns in gewisser Beziehung sehr ähnlich«, sagte er. »Wir haben beide einen Märtyrer-Komplex.«

»Jetzt nicht mehr«, sagte sie. »Das Leben ist dazu zu kurz. Das habe ich heute abend gelernt. Von jetzt an werde ich leben, wirklich leben — wenn Snowfield das zuläßt.«

Sie unterhielten sich noch einige Minuten, und dann waren auch sie bereit zum Schlafen.

Ping.

In dem dunklen Geräteraum, in dem Stu Wargles Leiche auf einem Tisch lag, fielen wieder Wassertropfen in das Metallbecken.

Ping.

Etwas kroch weiter mit einem weichen, nassen Geräusch um den Tisch, als sei der Boden aus fettem Schlamm.

Das war nicht das einzige Geräusch in dem Raum. Es waren noch viele andere leise Geräusche zu hören. Das Hecheln eines müden Hundes. Das Fauchen einer Katze. Das Gelächter eines kleinen Kindes. Dann das schmerzerfüllte Wimmern einer Frau. Stöhnen. Ein Seufzer. Das Gezwitscher einer Schwalbe, deutlich, aber leise, um die Aufmerksamkeit der Wache vor der Tür nicht zu erregen. Die Warnung einer Klapperschlange. Das bedrohliche Summen einer Wespe. Ein Knurren.

Die Geräusche verstummten so abrupt, wie sie begonnen hatten.

Ping.

Eine Minute lang wurde die Stille nur von den regelmäßig fallenden Wassertropfen unterbrochen.

Ping.

Nun raschelte das Staubschutztuch über Wargles Leiche, rutschte von ihr weg und fiel zu Boden.

Wieder das nasse Gleiten.

Und ein Geräusch, als würde trockenes Holz brechen. Ein gedämpftes, aber heftiges Geräusch, ein zerbrechender Knochen.

Wieder Stille.

Ping. Ping. Ping.

Während Tal Whitman auf den Schlaf wartete, dachte er über die Angst nach. Es war ein Schlüsselwort seiner Existenz, denn sein ganzes Leben hatte praktisch aus der Ablehnung der Angst bestanden, aus der Weigerung, sich davon beeinflussen und einschüchtern zu lassen. Er hatte es schon früh aus bitterer Erfahrung gelernt, daß die Angst nur darauf wartete, daß man ihre Existenz anerkannte, und schon verschlang sie einen mit gierigem Hunger.

Er war in Harlem geboren und aufgewachsen, wo die Angst überall war — die Angst vor den Straßen-Gangs, vor den Rauschgiftsüchtigen, vor der Armut und der Not. Nicht einmal in der Wohnung, die er mit seiner Mutter, einem Bruder und drei Schwestern geteilt hatte, war er sicher gewesen, denn ein oder zweimal war sein Vater aufgetaucht, um sich das Vergnügen zu gönnen, seine Frau bewußtlos zu schlagen und die Kinder zu terrorisieren. Seine Mutter war allerdings auch nicht besser gewesen. Sie trank zuviel Wein, rauchte zuviel Gras und war zu den Kindern fast genauso gemein wie der Vater.

Dann aber war eines Nachts, als sein Vater zufällig zu Hause war, das Haus abgebrannt, in dem sie wohnten, und Tal hatte als einziger überlebt.

Er war von der Schwester seiner Mutter, Tante Rebecca, aufgenommen worden. Sie hatte selbst keine Kinder, aber einen festen Beruf, und für den Jungen hatte sie große Hoffnungen. Sie sagte oft zu Tal, man brauche vor nichts Angst zu haben, als vor der Angst selbst, und die Angst sei wie der Schwarze Mann nur ein Schatten, und sie sei es nicht wert, daß man vor ihr Angst habe. »Gott hat dich gesund geschaffen, Tal, und er hat dir einen guten Verstand gegeben. Wenn du also versagst, ist daran niemand schuld als nur du allein.« Mit der Hilfe von Tante Beckys Liebe, Disziplin und Führung war in Tal allmählich die Überzeugung gewachsen, daß er praktisch unbesiegbar war. Er hatte vor nichts im Leben Angst, und vor dem Tod auch nicht.

Deshalb konnte er auch Jahre später Bryce nach dem Raubüberfall sagen, das sei nur eine Lappalie gewesen.

Nun hatte er zum ersten Mal seit vielen Jahren wieder die Angst kennengelernt. Tal dachte an Stu Wargle, und die Angst zog ihm die Eingeweide zusammen.

Die Augen waren aus dem Kopf herausgefressen.

Dieser Schwarze Mann war real.

Ein halbes Jahr vor seinem einunddreißigsten Geburtstag entdeckte Tal Whitman, daß er noch immer Angst haben konnte, so sehr er das auch abstreiten mochte. Seine Furchtlosigkeit hatte ihn im Leben weit gebracht, aber nun war ihm klar, daß es auch Gelegenheiten gab, bei denen es nicht mehr als klug war, Angst zu haben.

Kurz vor der Morgendämmerung wachte Lisa von einem Alptraum auf, an den sie sich nicht mehr erinnern konnte. Sie sah sich nach Jenny und den anderen um, die friedlich schliefen, und ging dann leise zwischen den Matratzen durch zur Tür hinüber. Sie spürte einen Druck auf der Blase und wollte zur Toilette. Sie lächelte der Wache an der Tür zu, und der Mann zwinkerte ihr zu. In der Cafeteria saß ein Mann an einem Tisch und blätterte in einem Magazin.

In der Eingangshalle standen zwei Wachtposten an den Fahrstuhltüren, und einer mit einem Schrotgewehr in der Hand stand an der Eingangstür und beobachtete die Straße.

Ein vierter Mann saß in der Eingangshalle am Telefon. Es hatte offensichtlich oft geklingelt, denn der große Papierbogen vor ihm war mit Botschaften vollgeschrieben. Als sie vorbeikam, klingelte es wieder. Der Mann hob eine Hand zur Begrüßung und nahm den Hörer ab. Lisa ging direkt zu den Toiletten weiter, die in einer Ecke der Eingangshalle versteckt waren.

Die Toiletten waren als sicher eingestuft worden, weil sie keine Fenster hatten und nur von der Eingangshalle aus zu betreten waren, in der immer Wachen standen. Die Frauentoilette war geräumig und sauber und hatte vier Kabinen und Handwaschbecken.

Lisa benutzte die erste Kabine und dann das erste Handwaschbecken. Nachdem sie sich die Hände gewaschen hatte, sah sie in den Spiegel darüber, und da war er. *Er.* Der tote Deputy. Wargle.

Er stand acht oder zehn Fuß weit von ihr entfernt mitten in dem Raum und grinste.

Sie fuhr herum, denn sie war sich sicher, daß das ein Fehler in dem Spiegel war, der sie getäuscht hatte. Er war doch ganz sicher nicht wirklich da.

Er *war* aber da und grinste sie obszön an. Nackt.

Sein Gesicht war wieder komplett: die schweren Backen, die dicken, fettig aussehenden Lippen, die Schweinchen-Nase, die kleinen, flinken Augen. Wie durch Zauberei war alles wieder da.

Unmöglich.

Bevor Lisa reagieren konnte, trat Wargle zwischen sie und die Tür. Seine nackten Füße klatschten laut auf dem gekachelten Boden.

Irgend jemand hämmerte an die Tür.

Wargle schien es nicht zu hören.

Warum machten sie nicht einfach die Tür auf und kamen herein?

Wargle streckte einen Arm aus und forderte sie grinsend mit einer Handbewegung auf, herzukommen.

Wargle war Lisa sofort unsympathisch gewesen. Sie hatte seinen Blick aufgefangen, als er glaubte, sie sei mit etwas anderem beschäftigt, und der Ausdruck in seinen Augen hatte sie beunruhigt.

»Komm her, Süße«, sagte er.

Sie sah auf die Tür, und nun wurde ihr klar, daß niemand

dagegen klopfte. Sie hörte nur das verzweifelte Pochen ihres eigenen Herzens.

Wargle leckte sich über die Lippen.

Plötzlich schnappte Lisa nach Luft und überraschte sich selbst damit. Sie war von der Rückkehr des Toten so vollständig gelähmt gewesen, daß sie vergessen hatte, zu atmen.

»Komm her, du kleines Flittchen.«

Sie versuchte zu schreien und schaffte es nicht.

Wargle berührte sich selbst obszön.

»Ich wette, davon würdest du gern mal versuchen, was?« sagte er grinsend. Seine Lippen waren von seiner hungrig leckenden Zunge naß.

Wieder versuchte sie zu schreien, und wieder gelang es ihr nicht. Sie schaffte es kaum, sich die dringend notwendige Luft in die brennenden Lungen zu zerren.

Er ist nicht wirklich da, sagte sie sich selbst. Wenn sie einige Sekunden lang die Augen schließen würde, ganz fest zudrücken, dann wäre er bestimmt nicht mehr da, wenn sie sie wieder aufmachte.

»Kleines Flittchen.«

Sie prüfte ihre Theorie jedoch nicht. Sie schloß nicht die Augen und zählte auf zehn. Sie wagte es nicht.

Wargle kam einen Schritt näher auf sie zu. Er spielte noch immer mit sich.

Er ist nicht wirklich da. Er ist nur eine Illusion.

Noch einen Schritt.

Er ist eine Illusion.

»Komm her, Süße, laß mich mal an deinen Titten knabbern.«

Er ist eine Illusion, er ist eine …

»Das wird dir gefallen, Süße.«

Sie trat einen Schritt zurück.

»Einen geilen kleinen Körper hast du, Süße. Echt geil.«

Er kam weiter auf sie zu.

Nun war das Licht hinter ihm. Sein Schatten fiel auf sie.

Geister werfen keine Schatten.

Trotz seines Grinsens wurde seine Stimme immer härter und bedrohlicher. »Du dumme, kleine Fotze. Dir werd' ich's ordentlich geben, glaub mir. Besser als es dir die Jungs von der High School jemals gegeben haben. Wenn ich mit dir fertig bin, kannst du eine Woche lang nicht mehr richtig laufen, Süße.«

Ihr Herz schlug so schwer, daß es sich gleich losreißen wollte. Lisa zog sich weiter zurück, noch weiter — aber bald stieß sie mit dem Rücken an eine Wand. Sie stand in einer Ecke.

Sie sah sich nach einer Waffe um, nach etwas, das sie zumindest nach ihm werfen konnte. Es war nichts da.

Jeder Atemzug fiel ihr schwerer als der vorausgegangene. Sie war schwach, und es wurde ihr schwindlig.

Er ist eine Illusion.

Sie konnte sich nicht mehr selbst überreden; das war kein Traum.

Wargle blieb eine Armeslänge von ihr entfernt stehen und glotzte sie an. Er schwankte leicht auf seinen Fersen vor und zurück, als lauschte er auf eine verrückte Musik in sich.

Er schloß seine haßerfüllten Augen und schwankte vertäumt.

Eine Sekunde verging, zwei, drei, sechs, zehn. Noch immer waren seine Augen geschlossen.

Konnte sie an ihm vorbeischleichen, während seine Augen geschlossen waren? Nein, es war zu nahe. Sie würde ihn berühren. Ihn berühren? Großer Gott, nein! Er würde davon aus seiner Trance erwachen, und dann würde er sie packen, und seine Hände würden kalt sein, so kalt wie der Tod.

Dann bemerkte sie, daß sich etwas an seinen Augen veränderte. Etwas bewegte sich hinter seinen Augenlidern, die nun nicht mehr der Rundung der Augäpfel folgten.

Er öffnete die Augen.

Sie waren nicht mehr da. Hinter den Lidern waren nur noch leere, schwarze Höhlen.

Endlich schrie sie, aber ihr Schrei war von menschlichen Ohren nicht zu erfassen. Der Atem fuhr wie Preßluft aus ihren Lungen, sie spürte, wie ihr Hals konvulsivisch zuckte, aber kein erleichternder Laut wollte kommen!

Seine Augen. Seine leeren Augen.

Sie war sicher, daß auch diese leeren Augenhöhlen sie noch sehen konnten. Sie saugten sie mit ihrer Leere förmlich auf.

Sein Grinsen war nicht verschwunden.

»Na komm, mein Fötzchen«, sagte er.

Sie schrie ihren lautlosen Schrei.

»Komm, mein Fötzchen, küß mich.«

Irgendwie stand in diesen knochenumrandeten Augenhöhlen ein bösartiges Bewußtsein, obwohl sie so schwarz wie die Nacht waren.

»Küß mich.«

Laß mich sterben, betete sie. Bitte, lieber Gott, laß mich vorher sterben.

»Komm, gib mir deine saftige Zunge«, sagte Wargle eindringlich und brach in ein Kichern aus.

Er griff nach ihr.

Sie drückte sich mit aller Kraft an die Mauer.

Wargle berührte ihre Wange und fuhr ihr mit den Fingerspitzen leicht daran herunter. Seine Haut war eiskalt und glatt.

Sie zuckte zusammen und versuchte, der Hand auszuweichen, hörte ein dünnes, unheimliches Stöhnen und bemerkte, daß sie sich selbst hörte.

Sie roch einen eigenartigen, beißenden Geruch. Sein Atem? Der stinkende Atem eines Toten, der aus verfaulenden Lungen kommt? Atmeten lebende Tote denn? Der Gestank war leicht, aber unerträglich. Ein Brechreiz stieg in ihr hoch.

Er senkte sein Gesicht zu ihr herab und packte sie mit einer Hand am Hals. Sie starrte in seine leeren Augenhöhlen, und das war wie ein Blick in die allertiefste Hölle.

Er sagte: »Komm, Süße, nur –«

Sie sog sich tief die Luft in die Lungen.

»— ein Küßchen.«

Und sie stieß wieder einen Schrei aus, aber dieses Mal war er nicht lautlos, sondern schien grellend genug, um die Spiegel und Kacheln an den Wänden zum Zerspringen zu bringen.

Als sich Wargles totes, augenloses Gesicht langsam zu ihr

herabsenkte und sie ihren eigenen Schrei hörte, schlug die Finsternis über ihr zusammen und sie sank bewußtlos zu Boden.

20
Leichenräuber

In der Eingangshalle des Hilltop Inn saß Jennifer Paige neben ihrer Schwester auf einem rostroten Sofa und hielt sie im Arm.

Bryce hockte vor ihr und massierte Lisas Hand, aber sie schien trotz aller Bemühungen einfach nicht warm werden zu wollen.

Bis auf die Wachen hatten sich alle in einem Halbkreis um das Sofa versammelt.

Lisa sah schrecklich aus. Ihre Augen waren eingesunken und hatten einen gehetzten Ausdruck. Ihr Gesicht war so weiß wie der gekachelte Boden der Frauentoilette, auf dem sie sie bewußtlos vorgefunden hatten.

»Stu Wargle ist tot«, versicherte ihr Bryce noch einmal.

»Er wollte, daß ich ... ihn ... küsse«, wiederholte das Mädchen und blieb beharrlich bei ihrer bizarren Geschichte.

»In der Toilette war außer dir niemand, Lisa«, sagte Bryce.

»Doch, er war da«, beharrte Lisa.

»Wir sind hingerannt, sobald wir dich schreien gehört haben. Du warst allein, bewußtlos auf dem Boden.«

»Ich sage euch, er war da.«

»Seine Leiche liegt in dem Geräteraum«, sagte Bryce und drückte ihr sanft die Hand. »Wir haben sie doch dort hingebracht. Weißt du noch?«

»Ist sie aber immer noch da?« fragte das Mädchen. »Ihr solltet besser einmal nachschauen.«

Bryce sah Jenny an. Sie nickte. Er erinnerte sich daran, daß hier *alles* möglich war, erhob sich, ließ die Hand des Mädchens los und drehte sich zu dem Geräteraum um.

»Tal, kommen Sie mit.«

Tal zog seinen Revolver.

Auch Bryce zog seine Waffe und sagte zu den anderen: »Ihr bleibt zurück.«

Bryce dachte an Paul Hendersons Leiche, die auch verschwunden war, aber da hatte es einen großen Unterschied gegeben. Sie war frei zugänglich und unbewacht gewesen. Wargles Leiche aber hätte niemand erreichen können, ohne von einem der drei Deputies gesehen zu werden, die in der Halle Wache standen.

Bryce stellte sich links neben die Tür und forderte Tal mit einer Handbewegung auf, rechts davon Stellung zu beziehen.

Sie lauschten einige Sekunden lang. Es war völlig still in dem Hotel, und aus dem Geräteraum war nichts zu hören.

Bryce lehnte sich vorsichtig nach vorne, ohne dabei seinen Körper in die Tür zu bringen, und drehte langsam und lautlos den Türgriff, so weit er sich drehen ließ. Er zögerte und sah Tal an, der ihm zu verstehen gab, daß auch er bereit war. Bryce holte tief Luft, stieß die Tür auf und sprang zur Seite.

Nichts kam aus dem dunklen Raum heraus.

Tal tastete sich vorsichtig zum Lichtschalter vor. Bryce wartete geduckt darauf, daß das Licht anging, und im gleichen Augenblick, in dem Tal es anschaltete, sprang er mit gezogenem Revolver in die Tür.

Das Staubschutztuch, mit dem sie die Leiche zugedeckt hatten, lag neben dem Tisch auf dem Boden.

Wargles Leiche war verschwunden.

Deke Coover, der an der Eingangstür Wache gestanden hatte, konnte Bryce nicht viel weiterhelfen, denn er hatte praktisch ununterbrochen mit dem Rücken zur Eingangshalle die Straße beobachtet. Jemand hätte Wargles Leiche wegschaffen können, ohne daß er etwas davon bemerkte.

»Sie haben mir gesagt, ich soll die Straße draußen beobachten, Sheriff«, sagte Deke. »Wenn Wargle keinen Krach gemacht hat, hätte er leicht allein dort herauskommen können und dabei in jeder Hand mit einer Fahne winken, und ich hätte es auch nicht gesehen.«

Die beiden Männer bei den Fahrstühlen, Kelly MacHeath und Donny Jessup, waren Mitte Zwanzig und gehörten zu den jüngeren Deputies, aber sie waren trotzdem zuverlässig und einigermaßen erfahren.

MacHeath, ein muskulöser blonder Mann mit einem Stiernacken und breiten Schultern, schüttelte den Kopf und sagte: »Durch die Tür zum Geräteraum ist die ganze Nacht niemand hineingegangen oder herausgekommen. Ausgeschlossen. Das hätten wir gesehen. Sie kennen uns doch, Sheriff. Wenn wir Wache stehen, dann passen wir auch auf. Wir sind keine Drückeberger.«

»Verdammt noch mal«, sagte Bryce. »Wargles Leiche ist verschwunden. Die ist doch nicht einfach aufgestanden und durch die Wand gegangen!«

»Durch die Tür aber auch nicht«, sagte MacHeath.

»Wargle war tot, Sir«, sagte Jessup. »Ich habe die Leiche zwar nicht selbst gesehen, aber nach allem, was ich gehört habe, war er sogar *sehr* tot, und Tote bleiben da liegen, wo man sie hinlegt.«

»Nicht unbedingt«, sagte Bryce. »Nicht in dieser Stadt. Nicht heute nacht.«

In dem Geräteraum sagte Bryce zu Tal: »Es gibt hier einfach keinen anderen Ausweg als durch die Tür.«

Sie gingen langsam in dem Raum umher und untersuchten ihn.

Der undichte Wasserhahn ließ einen Tropfen mit einem leisen *Ping* in das Metallbecken fallen.

»Der Luftschacht«, sagte Tal und deutete auf ein Gitter direkt unterhalb der Decke. »Was ist damit?«

Bryce wußte wie jeder Polizist, der Einbrüche zu bearbeiten hat, daß eine Öffnung, die groß genug ist, um den Kopf durchzulassen, bei einem normal gebauten Menschen auch den Rest des Körpers durchlassen wird. Stu Wargle war jedoch kein normal gebauter Mann gewesen.

»Stu's Bauch wäre doch steckengeblieben wie ein Kork in einer Flasche«, sagte Bryce. Trotzdem holte er sich einen Hocker, der in einer Ecke gestanden hatte, stieg darauf und sah sich den Schacht genauer an.

»Der Rost ist nicht angeschraubt, sondern nur angesteckt«, sagte er Tal. »Es wärde also theoretisch möglich, daß er von innen wieder zugezogen worden ist.«

Er zog den Rost heraus, und Tal gab ihm eine Taschenlampe hoch. Bryce leuchtete in den dunklen Schacht hinein und runzelte die Stirn. Der enge Metallschacht bog nach einer kurzen Entfernung in einem rechten Winkel ab.

Der Sheriff schaltete die Taschenlampe wieder aus, gab sie Tal hinunter und sagte: »Unmöglich. Wenn Wargle hier durchgekommen wäre, hätte er nicht größer als Sammy Davis jr. und so gelenkig wie ein Gummimensch auf dem Jahrmarkt sein müssen.«

Frank Autry kam zu Bryce Hammond, der gerade an dem großen Tisch in der Mitte der Eingangshalle saß und die telefonischen Nachrichten durchlas, die im Verlauf der Nacht eingetroffen waren.

»Sir, es gibt da etwas, was Sie über Wargle wissen sollten.«

Bryce sah auf. »Und zwar?«

»Also ... ich möchte von einem Toten nicht schlecht sprechen, aber ...«

»Keiner von uns hat ihn besonders gemocht«, sagte Bryce nüchtern. »Jeder Versuch, sein Andenken zu ehren, wäre reine Heuchelei. Wenn Sie also etwas wissen, was mir weiterhelfen könnte, Frank, dann heraus damit.«

Frank lächelte leicht. »Als ich gestern abend zusammen mit Wargle das Funkgerät in der Station auseinandergenommen habe, hat er einige widerliche Bemerkungen über Dr. Paige und Lisa gemacht.«

»Sexuelle Anzüglichkeiten?«

»Das wäre gelinde ausgedrückt.« Frank berichtete Hammond von der Unterhaltung mit Wargle.

»Mein Gott«, sagte Bryce und schüttelte den Kopf.

Frank sagte: »Vor allem, was er über das Mädchen gesagt hat, hat mich gestört. Wargle hat es halb ernst gemeint, als er sagte, er würde einen Versuch starten, wenn sich die Gelegenheit ergeben sollte. Ich glaube nicht, daß er bis zu einer Vergewaltigung gehen würde, aber er würde es fertigbringen, *sehr* aufdringlich zu werden und seine dienstliche Autorität, seine Uniform dazu benutzen würde, um sie unter Druck zu setzen. Ich glaube zwar nicht, daß sich Lisa unter Druck setzen lassen würde, weil sie dazu zu resolut ist, aber versucht hätte er es eventuell.«

Der Sheriff tippte mit einem Bleistift auf den Tisch und starrte nachdenklich in die Luft.

»Aber Lisa konnte davon nichts gewußt haben«, sagte Frank.

»Meinen Sie nicht, sie hat etwas von der Unterhaltung gehört?«

»Kein Wort.«

»Aber vielleicht hat sie aus Wargles Blicken gemerkt, was für eine Art Mann er ist.«

»Aber sie konnte es nicht *gewußt* haben, verstehen Sie? Die meisten Kinder, die so eine Geschichte erfinden wollen, hätten sich damit zufriedengegeben, zu sagen, sie seien von einem Toten gejagt worden. Auf so etwas, daß er sie auch noch belästigen wollte, wären sie doch gar nicht gekommen.«

Bryce neigte der gleichen Meinung zu. »So kompliziert denken Kinder nicht; ihre Lügen sind einfach und nicht ausgeklügelt.«

»Genau«, sagte Frank. »Meiner Ansicht nach ist ihre Geschichte gerade dadurch glaubwürdiger, daß sie erzählt hat, Wargle sei nackt gewesen und habe sie sexuell belästigen wollen. Wir möchten alle gern glauben, daß Wargles Leiche gestohlen worden ist, und daß sich Lisa das alles nur eingebildet hat, weil sie die Täter irgendwie dabei beobachten konnte, aber das haut doch hinten und vorne nicht hin. Die Wahrheit ist viel unheimlicher.«

Bryce ließ den Stift fallen und lehnte sich in seinem Stuhl zurück. »Scheiße, Mann, glauben Sie etwa an Geister? An die Untoten?«

»Nein. Für all das gibt es irgendeine ganz reale Erklärung. Nicht irgendeinen abergläubischen Kram.«

»Ich bin der gleichen Meinung«, sagte Bryce. »Aber auf der anderen Seite war Wargles Gesicht schließlich ...«

»Ich weiß. Ich habe es selbst gesehen.«

Bryce seufzte. »Wie beim Rätsel der Sphinx. Wenn wir die Lösung nicht finden, bedeutet das unseren Tod.«

In seiner Zelle in Santa Mira wachte Fletcher Kale, der Mörder seiner Frau und seines Sohnes, vor der Morgendämmerung auf. Er lag regungslos auf seiner dünnen Schaumgummimatratze und starrte zum Fenster.

Er würde nicht sein Leben im Gefängnis verbringen. Auf keinen Fall. Ihm war ein herrliches Schicksal bestimmt. Das war es, was sie alle nicht verstanden. Sie sahen nur den Fletcher Kale in seiner jetzigen Lage und erkannten dabei nicht, daß er der Fletcher Kale war, dem das Schicksal ungeheure Macht, unvorstellbare Reichtümer und allseitige Hochachtung bestimmt hatte.

Kale wußte, daß er anders war als die anderen Menschen. Er erkannte, daß alle Menschen von egoistischem Interesse angetrieben wurden. Das war in Ordnung, denn diese Eigenschaft war der Spezies angeboren. Die meisten Menschen konnten es aber nicht ertragen, dieser Wahrheit ins Gesicht zu sehen. Sie erfanden daher hochstehende Ideale wie Liebe, Freundschaft, Glaube, Wahrheit, Güte und Würde und behaupteten dann auch noch, sie glaubten daran, obwohl sie in ihrem Innern wußten, daß das alles Scheißdreck war. Sie wollten es bloß nicht zugeben und verurteilten sich damit selbst zu Versagen und Unglück.

Trottel. Mein Gott, wie er sie verachtete.

Mit seinem einzigartigen Scharfblick erkannte Kale, daß die Menschen in Wirklichkeit die gnadenloseste, gefährlichste und gemeinste Spezies auf der Erde war, und er freute sich an dieser Erkenntnis. Er war stolz darauf, dieser Rasse anzugehören.

Ich bin meiner Zeit voraus, dachte Kale. Ich bin der nächste Schritt der menschlichen Evolution. Ich bin so hoch entwickelt, daß ich Moralvorstellungen nicht mehr brauche. Deshalb schauen sie mich alle so voller Abscheu an. Nicht weil ich Joanna und Danny umgebracht habe. Sie hassen mich, weil ich besser bin als sie, weil ich die wahre Natur des Menschen vollkommener auslebe.

Er hatte keine andere Wahl gehabt, als Joanna zu töten.

Sie hatte ihm schließlich das Geld verweigert und wollte ihm damit die Zukunft zerstören.

Das mit Danny war irgendwie schade, und manchmal bedauerte es Kale sogar. Aber nur manchmal.

Außerdem war Danny sowieso ein richtiges Muttersöhnchen geworden. Joanna hatte das Kind irgendwie auf ihre Seite gebracht, so daß es eigentlich gar nicht mehr Kales Sohn war, sondern ein Fremder.

Kale erhob sich von dem Bett, legte sich auf den Fußboden und begann, Liegestütze zu drücken. Er mußte schließlich für den Augenblick bereit sein, in dem sich die Gelegenheit zur Flucht bot. Er wußte genau, wohin er dann gehen würde. Nicht nach Westen in Richtung Sacramento, denn das würden sie von ihm erwarten.

Er kannte das perfekte Versteck. Es war direkt hier im County, und sie würden nie auf die Idee kommen, ihn direkt unter ihrer Nase zu suchen. Er würde dann einige Wochen verstreichen lassen, bis Gras über die Sache gewachsen war, und *dann* würde er nach Westen gehen.

Zuerst aber würde er sich in den Bergen verstecken. Da war sein Versteck. Er hatte das im Gefühl. Die Berge. Er fühlte sich zu ihnen hingezogen.

Der Morgen dämmerte in den Bergen.

Der Wald oberhalb von Snowfield war ruhig. Sehr ruhig.

Der Fuchs stand bewegungslos auf einer Kalksteinformation an einem Hang direkt unterhalb vom Waldrand. Der Wind spielte in seinem grauen Fell. Er war zwar ein Nachtjäger, aber der Hunger zwang ihn, gegen seine Gewohnheiten zu verstoßen. Er hatte schon seit zwei Tagen keine Beute gefunden. In den Wäldern hatte er nicht einmal die Witterung von Beute aufnehmen können.

So etwas war bisher noch nie vorgekommen. Selbst im tiefsten Winter hatte er immer zumindest Beute wittern können. Alle Tiere in diesem Teil der Wälder schienen auf irgend eine Weise den Tod gefunden zu haben, aber selbst der Aasgeruch fehlte.

Nun aber, während er vorsichtig durch die Kalksteinformation lief und aufpaßte, daß er nicht in eines der Löcher stürzte, die zu den unterirdischen Höhlen führten, hatte er endlich am Waldrand eine Bewegung gesehen.

Ein Eichhörnchen. Zwei, nein, noch mehr, fünf, zehn, zwanzig. Sie saßen nebeneinander in dem Zwielicht jenseits des Waldrands. Obwohl sie nur fünf oder sechs Meter weit entfernt waren, konnte der Fuchs sie nicht riechen. Die Eichhörnchen sahen ihn direkt an, schienen aber keine Angst vor ihm zu haben.

Der Fuchs neigte seinen Kopf zur Seite. Sein Mißtrauen war stärker als sein Hunger.

Plötzlich kamen die Eichhörnchen in einer dichtgedrängten Gruppe aus dem schützenden Wald direkt auf den Fuchs zu. Sie sprangen übereinander, rollten in dem braunen, vertrockneten Gras und hielten drei oder vier Meter vor dem Fuchs entfernt abrupt an. Sie waren nun keine Eichhörnchen mehr.

Der Fuchs zuckte und zischte leise.

Die zwanzig kleinen Eichhörnchen waren nun vier große Waschbären.

Der Fuchs knurrte leise. Er stellte die Haare in seinem Nacken auf und sog die Luft ein. Er konnte die Witterung der Eichhörnchen nicht aufnehmen. Er duckte sich und spannte seine Muskeln an, aber nicht, um anzugreifen, sondern um zu fliehen. Irgend etwas stimmte hier nicht.

Alle vier Waschbären hatten sich nun auf die Hinterfüße aufgerichtet und boten dem Fuchs ihren verwundbaren Bauch. Sie beobachteten ihn.

Waschbären waren unter normalen Umständen kein Beutetier für den Fuchs. Sie waren dazu zu aggressiv und zu schnell. Trotzdem gingen sie einer Konfrontation lieber aus dem Weg und boten sich nicht so an wie die vier hier.

Wieder schnüffelte der Fuchs, und diesmal witterte er etwas. Seine Ohren legten sich abrupt an seinen Kopf, und er knurrte.

Es war nicht der Geruch von Waschbären. Es war ein Geruch, wie er ihn bisher im Wald noch nie angetroffen hatte, ein unbekannter, scharfer, unangenehmer Geruch. Leicht, aber abstoßend.

Der Fuchs spürte eine ernste Gefahr, fuhr blitzschnell

herum und rannte den Abhang hinunter. Er sprang über eine dreißig Zentimeter breite Felsspalte —

— und wurde mitten im Satz von etwas aus der Luft gerissen, das dunkel war und kalt und pulsierte. Es brach mit brutaler, erschreckender Gewalt und Schnelligkeit aus der Felsspalte.

Der Todesschrei des Fuchses war kurz und durchdringend.

Ebenso schnell, wie er gepackt worden war, wurde er in die Spalte und durch ein Loch auf ihrem Boden gezerrt, das zu klein für seinen Körper war, so daß ihm die Knochen im Leib zerbrachen.

Er war in die Erde hineingesaugt, bevor das Echo seines Schreis wieder zurückgeworfen worden war.

Die Waschbären waren verschwunden. Statt dessen ergoß sich eine Flut von Feldmäusen zum Rand der Felsspalte und sah hinab. Die Mäuse ließen sich nacheinander in die Spalte fallen und krochen durch die kleine natürliche Öffnung in die Höhle darunter.

Bald waren auch alle Mäuse verschwunden.

In den Wäldern oberhalb von Snowfield herrschte wieder Stille.

TEIL II

Phantome

Das Böse ist nicht ein abstraktes Konzept. Es lebt. Es hat eine Form. Es jagt. Es ist real.

Dr. Tom Dooley

Phantome! Jedesmal, wenn ich die Bestimmung der Menschheit auf der Welt voll zu erfassen meine und der törichten Einbildung nachhänge, ich hätte den Sinn des Lebens erfaßt ... sehe ich plötzlich Phantome in den Schatten tanzen, geheimnisvolle Phantome bei einer Gavotte, die so deutlich wie Worte sagt: »Was du weißt, ist nichts, kleines Menschlein; was du noch lernen mußt, unendlich.«

Charles Dickens

21
Der Knüller

Santa Mira, Montag — 1:02 h.

»Hallo«

»Ist dort die *Santa Mira Daily News?* Die Zeitung?«

»Mein Gott, es ist schon nach ein Uhr früh. Wir sind zu.«

»Wieso zu? Ich dachte, eine Zeitung hat nie geschlossen.«

»Hören Sie mal, das ist hier nicht die *New York Times.*«

»Aber drucken Sie denn jetzt nicht die Zeitungen von morgen?«

»Die Druckerei ist nicht hier, das ist bloß das Büro und die Verwaltung. Wollen Sie die Druckerei, oder was?«

»Äh, also, ich ... ich hätte eine Story.«

»Wenn es ein Nachruf ist, oder eine Auktion für die Armen, rufen Sie doch morgen früh nach neun Uhr an, und dann —«

»Nein, nein, das ist echt ein Knüller.«

»Rufen Sie morgen früh an.«

»Warten Sie, hören Sie doch mal zu. Ich arbeite für die Telefongesellschaft.«

»Soll das vielleicht der Knüller sein?«

»Nein, aber weil ich für die Telefongesellschaft arbeite, bin ich dahintergekommen.«

»Jetzt hören Sie mal zu, werte Dame, ich sitze hier ganz allein am Sonntag abend — nein, Montag früh — in diesem trostlosen Büro hier, bin todmüde, gereizt, und ich sage es Ihnen jetzt zum letzten Mal: rufen Sie morgen früh an.«

»Aber in Snowfield ist irgend etwas Schreckliches passiert. Was genau, weiß ich nicht, aber auf jeden Fall hat es Tote gegeben. Vielleicht waren es eine ganze Menge Tote, oder zumindest sind eine Menge Leute ernsthaft bedroht.«

»Mein Gott, ich muß noch müder sein, als ich dachte. Die Sache fängt an, mich gegen meinen Willen zu interessieren. Erzählen Sie!«

»Das ganze Telefon-Netz von Snowfield ist abgeriegelt worden. Man kann jetzt nur noch zwei Nummern dort erreichen, und bei beiden melden sich Leute vom Sheriff. Das haben sie so angeordnet, damit die Stadt abgeriegelt werden kann, bevor die Reporter dahinterkommen, daß da etwas los ist.«

»Was haben Sie getrunken, Lady?«

»Ich trinke nicht.«

»Und was haben Sie dann geraucht?«

»Hören Sie, ich weiß noch etwas mehr. Sie bekommen dort ständig Anrufe vom Sheriffs-Büro in Santa Mira, und vom Gouverneur, und von irgendeiner Militärbasis in Utah, und sie —«

San Francisco, Montag — 1:40 h.

»Hier ist Sid Sandowicz. Kann ich Ihnen helfen?«

»Ich sage den Leuten doch ständig, ich will einen Reporter vom *San Francisco Chronicle.*«

»Das bin ich.«

»Mann, schon dreimal habt ihr da aufgelegt. Was ist mit euch Arschlöchern eigentlich los?«

»Na, na, nur mal langsam!«

»Ach, Scheiße!«

»Hör mal zu, weißt du, wieviel Kinder bei der Zeitung anrufen und unsere Zeit mit irgendwelchen blöden Witzen verschwenden? Ich höre dir auch bloß deshalb zu, weil ich selbst einen Sohn in deinem Alter habe. Wenn du also wirklich etwas Interessantes weißt, dann heraus damit.«

»Woher wollen Sie wissen, daß ich ein Kind bin?«

»Weil du eine Stimme wie ein Zwölfjähriger hast.«

»Ich bin aber fünfzehn!«

»Herzlichen Glückwunsch. Können wir jetzt vielleicht zur Sache kommen?«

»Also, mein Alter ist Professor in Stanford. Er ist Virologe und Epidemiologe. Wissen Sie überhaupt, was das ist, Mann?«

»Ja. Ein Fachmann für Krankheiten. Weiter.«

»Genau. Und er hat sich bestechen lassen.«

»Wie bitte?«

»Er hat sich von den Scheiß-Militärs kaufen lassen und hängt in irgend so einem Verein für biologische Kriegsführung drin. Angeblich dient seine Forschung nur friedlichen

Zwecken, aber das ist natürlich völliger Blödsinn. Er hat seine Seele verkauft, und jetzt haben sie ihn geholt. Die Kacke ist am Dampfen, Mann.«

»Das dürfte unsere Leser kaum besonders interessieren, Kleiner.«

»Meinen Sie vielleicht, wegen so einem Scheiß rufe ich an? Ich habe einen echten Knüller. Sie haben ihn heute nacht abgeholt. Es muß da eine echte Krise geben. Mir wollten sie weismachen, er müßte geschäftlich in den Osten fliegen, aber ich habe mich hochgeschlichen und an ihrer Schlafzimmertür gelauscht, während er meiner Mutter alles erzählt hat. In Snowfield muß alles total verseucht sein. Eine Riesenkatastophe. Alle versuchen, es geheimzuhalten. Ich schätze, sie haben irgendeine biologische Waffe ausprobiert, und zwar *an unseren eigenen Leuten,* und das ist in die Hose gegangen. Oder vielleicht war es auch ein Unfall. Auf jeden Fall tut sich da unheimlich was.«

»Wie heißt du denn, Kleiner?«

»Rick Bettenby. Mein Alter heißt Wilson Bettenby.«

»In Stanford, sagtest du doch.«

»Richtig. Setzen Sie jemand darauf an?«

»Möglich, aber erst muß ich dir noch eine ganze Menge Fragen stellen.«

»Nur zu. Ich erzähle Ihnen alles, was ich weiß. Das muß an die große Glocke gehängt werden. Er soll dafür *bezahlen,* daß er sich hat bestechen lassen.«

Im Verlauf der Nacht wurden die undichten Stellen immer häufiger. In Dugway, Utah rief ein Armee-Offizier, der es eigentlich hätte besser wissen sollen, seinen heißgeliebten Bruder in New York an und erzählte ihm die ganze Geschichte, weil er gerade als Reporter bei der *Times* angefangen hatte. Ein Berater des Gouverneurs erzählte es einer Reporterin im Bett. Diese und andere Löcher im Damm ließen den zunächst spärlichen Fluß von Informationen zu einer Flut anwachsen.

Um drei Uhr früh war die Telefonzentrale des Sheriffs-Büros in Santa Mira von Anrufen überschwemmt, und als der Morgen dämmerte, wimmelte die Stadt von Reportern aller Art, und es dauerte keine zwei Stunden mehr, bis die Straßen von Übertragungswagen der Fernsehgesellschaften verstopft waren.

Die Deputies gaben ihren Versuch auf, die Menschen vor der Station von der Fahrbahn fernzuhalten, und sperrten die Straße statt dessen für den Fahrzeugverkehr. Die Straße wurde zu einem riesigen Pressezentrum, und bald hatten sich einige geschäftstüchtige Kinder eingefunden, die Süßigkeiten und Kaffee zu horrenden Preisen verkauften.

Andere Reporter durchstreiften Santa Mira und suchten Leute, die Verwandte oder Freunde in Snowfield hatten oder mit einem der dorthin geschickten Deputies verwandt waren. Wieder andere Reporter belagerten die Straßensperre von Snowfield.

Trotz all des Trubels war noch nicht die Hälfte der Presse angekommen. Viele Vertreter der Zeitungen des Ostens oder ausländischer Zeitungen waren noch unterwegs. Die Behörden versuchten zwar ihr Bestes, die Ordnung aufrechtzuerhalten, aber bis Montagnachmittag würde das Chaos ausbrechen.

22

Morgen in Snowfield

Kurz nach der Morgendämmerung kam das Funkgerät und die beiden unabhängigen Generatoren bei der Straßensperre an, die die Grenze der Quarantäne-Zone markierte. Sie wurden auf den beiden Kleinlastern, die von Highway-Polizisten gefahren wurden, zu einem Punkt auf halbem Weg nach Snowfield gebracht, wo sie später von Tal Whitman, Frank Autry und zwei anderen Deputies abgeholt wurden, um so eine Ausbreitung einer möglichen Seuche zu verhindern.

Das Funkgerät wurde in einer Ecke der Eingangshalle des Hilltop Inn aufgestellt und durch einen Funkspruch an die Zentrale in Santa Mira auf seine Funktion überprüft. Nun waren sie auch dann nicht vollständig isoliert, wenn das Telefon nicht funktionieren sollte.

Innerhalb einer Stunde war einer der Generatoren an die Straßenlaterne auf der Westseite der Skyline Road und der andere an das Hotel angeschlossen. Wenn heute nacht wieder auf geheimnisvolle Weise der Strom abgestellt werden sollte, würden sich die Generatoren automatisch einschalten, so daß es nicht länger als ein bis zwei Sekunden dunkel bleiben würde.

Bryce war davon überzeugt, daß selbst ihr unbekannter Feind sich in dieser Zeit nicht wieder ein Opfer holen könnte.

Jenny Paige begann den Morgen mit einer dürftigen Katzenwäsche, auf die ein um so üppigeres Frühstück folgte.

Dann ging sie in Begleitung von drei schwerbewaffneten Männern in ihr Haus und holte sich dort frische Kleider für sich und Lisa. Aus ihrer Praxis nahm sie das Nötigste mit, um im Hotel eine medizinische Notversorgungsstation einrichten zu können.

In ihrem Haus war es totenstill. Die Deputies sahen sich ständig nervös um und betraten jeden Raum so, als erwarteten sie hinter jeder Tür ein Fallbeil.

Als Jenny in ihrer Praxis alles eingepackt hatte, was sie brauchte, klingelte das Telefon. Sie starrten es alle entgeistert an.

Sie wußten, daß in Snowfield nur noch zwei Telefone in Betrieb waren, und beide standen im Hilltop Inn.

Das Telefon klingelte noch einmal.

Jenny hob den Hörer ab, meldete sich aber nicht.

Stille.

Sie wartete.

Nach einer Sekunde hörte sie weit entfernt den Schrei von Möwen. Das Summen eines Bienenschwarms, ein miauendes Kätzchen. Ein weinendes Kind. Wieder ein Kind, nur das es dieses Mal lachte. Ein hechelnder Hund. Eine Klapperschlange.

Bryce hatte von seinem Erlebnis am Telefon berichtet, die Geräusche hätten ihn stark beunruhigt, obwohl sie ganz alltäglich gewesen waren. Den Grund dafür hatte er nicht nennen können.

Nun verstand Jenny genau, was er meinte.

Vogelgezwitscher, Frösche quakten, eine Katze schnurrte.

Aus dem Schnurren wurde ein Fauchen, der Zornesschrei einer Katze, und daraus wurde ein kurzer, aber entsetzlicher Schmerzensschrei.

Dann eine Stimme: »Ich werde deiner appetitlichen kleinen Schwester meinen Schwanz reinschieben.«

Jenny erkannte die Stimme. Wargle. Der Tote.

»Hörst du mich?«

Sie sagte nichts.

»Und es ist mir scheißegal, in welches Loch.« Er kicherte.

Sie knallte den Hörer auf die Gabel.

Die Deputies sahen sie fragend an. Sie entschloß sich, ihnen nichts davon zu sagen, was sie gehört hatte. Sie waren sowieso schon zu nervös. »Äh ... es war niemand dran«, sagte sie.

Von Jennys Praxis gingen sie in die Apotheke, um sich mit zusätzlichen Medikamenten zu versorgen. Als sie damit fertig waren, klingelte das Telefon.

Jenny war am nächsten dran. Sie wollte es nicht beantworten, konnte aber dann doch nicht widerstehen.

Wieder war *es* in der Leitung.

Jenny wartete einen Moment, und dann sagte sie: »Hallo?«

Wargle sagte: »Ich werd's deiner Schwester so besorgen, daß sie eine Woche lang nicht laufen kann.«

Jenny legte auf. »Die Leitung ist tot«, sagte sie den Deputies. Wahrscheinlich glaubten sie ihr nicht. Sie starrten auf ihre zitternden Hände.

Bryce saß an seinem Schreibtisch im Hotel und telefonierte mit der Zentrale in Santa Mira.

Über Timothy Flyte hatten sie nichts herausbekommen können. Er wurde weder in den Vereinigten Staaten noch in Kanada gesucht, und beim FBI war sein Name unbekannt.

Über Harold Ordnay und seine Frau hatte die Polizei in San Francisco herausgefunden, daß ihnen zwei Buchläden gehörten, und zwar ein normaler und ein Antiquariat, wobei letzteres offensichtlich mehr Geld einbrachte. Die Ordnays waren in Sammlerkreisen recht bekannt und hatten einen guten Ruf. Ihre Angehörigen hatten noch nie etwas von einem Flyte gehört, und auch in dem persönlichen Adreßbuch der Ordnays hatten sie den Namen nicht gefunden. Nun bestand nur noch die Hoffnung, daß er mit den Ordnays geschäftlich zu tun hatte, aber das würde sich erst um zehn Uhr herausstellen, wenn die Buchläden aufgemacht wurden und die Polizei einen der Angestellten befragen konnte.

»Halten Sie mich weiter auf dem laufenden«, sagte Bryce dem Beamten in Santa Mira. »Wie sieht's denn bei euch aus?«

»Hier ist die Hölle los.«

»Das wird noch schlimmer werden.«

Als Bryce den Hörer auflegte, kam Jenny von ihrem Ausflug zurück. »Wo ist Lisa?«

»In der Küche«, sagte Bryce.

»Ist sie in Ordnung?«

»Klar. Schließlich sind drei große, starke, bis an die Zähne bewaffnete Männer bei ihr. Wieso? Ist etwas passiert?«

»Das erzähle ich Ihnen später.«

Bryce teilte den drei Wachen Jennys neue Aufgaben zu und half ihr dann, in einer Ecke der Halle ihre Krankenstation einzurichten.

»Wahrscheinlich ist das reine Zeitverschwendung«, sagte sie.

»Warum?«

»Bis jetzt haben wir keine Verwundeten, nur Tote. Ich glaube, *es* schlägt nur dann zu, wenn es töten will.«

»Möglich. Aber bei all den schwerbewaffneten, nervösen Männern hier würde es mich nicht überraschen, wenn jemand versehentlich verwundet würde, oder wenn sich jemand selbst in den Fuß schießen würde.«

Jenny räumte Medikamente in eine Schublade und sagte dabei: »Sowohl bei mir als auch in der Apotheke hat das Telefon geklingelt. Es war Wargle.« Sie erzählte ihm von beiden Anrufen.

»Sind Sie sicher, daß es wirklich er war?«

»Ich erinnere mich noch deutlich an seine Stimme. Eine unangenehme Stimme.«

»Aber Jenny, er war —«

»Ich weiß, ich weiß. Sein Gesicht war weggefressen, sein Gehirn war verschwunden, und sein Blut war ausgesaugt. Das macht mich noch wahnsinnig!«

»Vielleicht macht jemand seine Stimme nach?«

»Dann muß es ein Spitzenkönner sein.«

»Hat es geklungen, als wäre er —«

Bryce brach mitten im Satz ab, und er und Jenny drehten sich um, als Lisa hereingerannt kam.

Das Mädchen winkte ihnen aufgeregt zu. »Los, kommt her! In der Küche passiert etwas Unheimliches.«

Bevor Bryce sie aufhalten konnte, hatte sie sich schon herumgedreht und war wieder in die Küche gelaufen.

Verschiedene Männer wollten hinter ihr her und zogen bereits ihre Pistolen, aber Bryce forderte sie auf, dazubleiben.

Jenny war bereits hinter ihrer Schwester hergerannt. Bryce eilte ihnen nach, zog seinen Revolver und lief hinter Lisa durch die Schwingtür in die Küche.

Die drei Männer, die für die Küche eingeteilt waren — Gordy Brogan, Henry Wong und Max Dunbar —, hatten die Büchsenöffner und Küchengeräte gegen ihre Pistolen ausgetauscht, wußten aber nicht, worauf sie zielen sollten. Sie sahen Bryce verwirrt an.

»Das Wandern ist des Müllers Lust,
Das Wandern ist des Müllers Lust.«

Die Luft war erfüllt vom Gesang einer Kinderstimme. Ein kleiner Junge. Seine Stimme war klar und hell und süß.

»Das Wandern ist es Müllers Lust,
Das Waaaa-haaa-nnndern!«

»Der Abfluß«, sagte Lisa und deutete darauf.

Völlig verblüfft ging Bryce zu dem ersten Spülstein. Jenny kam direkt hinter ihm her.

Das Lied hatte sich nun geändert, aber die Stimme war die gleiche geblieben:

»Wer hat die schönsten Schäfchen?
Die hat der goldne Mond ...«

Die Kinderstimme kam direkt aus dem Abfluß, als sei sie tief in den Rohren gefangen.

»— am Himmel droben wohnt!«

Für metronomische Sekunden hörte Bryce mit atemloser Aufmerksamkeit zu. Er war sprachlos.

»Es hat ganz plötzlich angefangen«, sagte Lisa mit erhobener Stimme, um den Gesang zu übertönen.

»Wann?« fragte Bryce.

»Vor ungefähr zwei Minuten«, sagte Gordy Brogan.

»Ich stand gerade am Abfluß«, sagte Max Dunbar. Er war ein gedrungener, haariger, rauh aussehender Mann mit warmen, schüchternen, braunen Augen. »Als der Gesang losging, habe ich mir fast in die Hose gemacht vor Schrekken.«

Wieder änderte sich das Lied. Inzwischen war eine erdrückende, fast spöttische Frömmigkeit in die Stimme getreten.

»Liebster Jesu, wir sind hier,
Deinem Worte nachzuleben;
dieses Kindlein kommt zu Dir,«

»Das gefällt mir nicht«, sagte Henry Wong. »Wie ist das möglich?«

»Weil Du den Befehl gegeben,
daß man sie zu Dir hinführe,
denn das Himmelreich ist ihre.«

Nichts an dem Gesang war direkt bedrohlich, aber wie die Geräusche, die Bryce und Jenny am Telefon gehört hatten, war die zarte Kinderstimme, die aus einer so unwahrscheinlichen Quelle kam, unheimlich und bedrohlich.

»Liebster Jesu, wir sind hier,
Liebster Jesu, wir sind —«

Abrupt hörte der Gesang auf. »Gott sei Dank!« seufzte Max Dunbar erleichtert, als sei die melodische Kinderstimme unerträglich hart und unangenehm gewesen. »Die Stimme ging einem ja durch Mark und Bein!«

Nach einigen Sekunden Stille lehnte sich Bryce vor und sah in den Abfluß —

— und etwas explodierte aus dem dunklen, runden Loch.

Alle stießen einen Schrei aus. Er fluchte innerlich über

seine Unvorsichtigkeit, er taumelte zurück und zielte mit seinem Revolver auf das, was da aus dem Rohr herauskam.

Es war jedoch nur Wasser.

Ein langer, harter Strahl von besonders schmutzigem, fettigem Wasser zuckte fast bis an die Decke hoch und übersprühte alles. Der Strahl hielt nicht länger als ein oder zwei Sekunden lang an.

Einige übelriechende Tropfen spritzten Bryce ins Gesicht. Dunkle Flecken erschienen auf seinem Hemd. Das Zeug stank. Es war genau das, was man aus einer verstopften Leitung erwarten würde: Dreckwasser, schmierige Essensreste und verklebter Abfall.

Gordy holte eine Rolle Papierhandtücher, und sie wischten sich alle die Gesichter und die Kleider damit ab.

Sie waren noch damit beschäftigt, als Tal Whitman die Schwingtür aufstieß. »Bryce, wir haben gerade einen Anruf bekommen. General Copperfield und sein Team haben die Straßensperre erreicht und sind vor zwei Minuten durchgewunken worden.«

23

Das Krisen-Team

Snowfield sah in dem kristallklaren Licht des frühen Morgens frisch geschrubbt und ruhig aus. Eine leichte Brise fuhr durch die Bäume. Der Himmel war wolkenlos.

Bryce, Frank, Tal, Doc Paige und die anderen kamen aus dem Hotel heraus. Lisa stellte sich neben Tal, und sie alle sahen den Berg hinunter und warteten auf die Ankunft der B- und C-Verteidigungseinheit.

Am Fuße des Berges rührte sich nichts. Alles war noch ruhig. Offensichtlich war Copperfields Team noch weit weg.

Tal dachte darüber nach, daß er bisher trotz der allgemeinen Verschlechterung der Lage — der ständig wachsenden Kriminalität, des allgemeinen Verfalls in den Großstädten, der Zunahme der Rauschgiftsucht — deshalb noch kein Pessimist geworden war, weil er fest daran glaubte, daß die anständigen Leute, Leute wie Bryce, Frank, Doc Paige oder seine Tante Becky, es irgendwie schaffen würden, diese negative Entwicklung wieder umzukehren. Hier in Snowfield aber wurde sein Glaube an die Kraft der Anständigkeit und Verantwortlichkeit einer schweren Prüfung unterzogen. Hier schien das Böse unschlagbar.

»Hört mal!« sagte Gordy Brogan. »Das sind Motoren.«

Tal sah Bryce an. »Ich dachte, sie werden erst so gegen Mittag erwartet«, sagte er. »Sie kommen drei Stunden zu früh.«

»Die Mittagszeit war die spätmöglichste veranschlagte Ankunftszeit«, sagte Bryce. »Copperfield hat gesagt, er würde schon früher kommen, wenn er das schafft. Nach meiner Unterhaltung mit ihm habe ich den Eindruck, daß er ein harter Bursche ist und von seinen Leuten gewöhnlich genau das bekommt, was er haben will.«

»Also genau wie Sie, was?« fragte Tal.

Bryce sah ihn mit schläfrigen, schweren Augenlidern an. »Ich? Hart? Ich bin doch nichts als ein Kätzchen.«

Tal grinste. »Ein Panther ist dann auch ein Kätzchen.«

»Da kommen sie.«

Unten an der Skyline Road erschien ein großes Fahrzeug, und das Geräusch seines gequälten Motors wurde lauter.

Das Team bestand insgesamt aus drei großen Fahrzeugen. Ganz vorne kam ein riesiger, zwölf Meter langer umgebauter Wohnwagen. Er hatte keine Türen und Fenster an der Seite, und sein einziger Eingang war offensichtlich hinten. Die geschwungene Windschutzscheibe war sehr dunkel und getönt und bestand anscheinend aus viel dickerem Glas als bei gewöhnlichen Wohnwagen, denn man konnte nicht in das Fahrzeug hineinsehen. Es trug keinerlei Beschriftung oder Wappen, und es ließen keinerlei Anzeichen darauf schließen, daß es Armee-Eigentum war. Selbst das Nummernschild war zivil. Allem Anschein nach war Anonymität während des Transports ein Teil von Copperfields Programm.

Hinter dem ersten Wohnwagen kam ein zweiter, und die Nachhut wurde von einem neutralen grauen Lkw gebildet, der einen nichtssagenden Anhänger zog. Selbst die Windschutzscheiben des Lkws bestanden aus getöntem Panzerglas.

Bryce war nicht sicher, ob der Fahrer des ersten Fahrzeugs sie bemerkt hatte, stellte sich auf die Straße und winkte ihm zu.

Die Wohnwagen und der Lkw hatten offensichtlich eine schwere Last zu befördern, denn die Motoren mühten sich schwer ab, und die Fahrzeuge kamen nur langsam vorwärts. Als sie endlich das Hilltop erreichten, fuhren sie weiter, bogen an der Ecke nach rechts ab und hielten erst in der Querstraße neben dem Hotel an.

Jenny, Bryce und die anderen gingen zu dem kleinen Konvoi hin. Die Querstraßen der Skyline Road verliefen längs am Hang und waren eben, so daß die schweren Fahrzeuge hier besser zu parken waren als an der steilen Skyline Road.

Jenny stand auf dem Bürgersteig und beobachtete die hintere Tür des ersten Wohnwagens, ob endlich jemand herauskommen würde. Die drei geplagten Motoren wurden nacheinander abgeschaltet, und die gewohnte schwere Stille senkte sich wieder über Snowfield.

Jennys Stimmung war besser als zu sonst irgendeinem Zeitpunkt seit ihrer Ankunft hier. Die Spezialisten waren da. Wie die meisten Amerikaner hatte sie großes Vertrauen zu Spezialisten, zu Technologie und Naturwissenschaft. Ihr Vertrauen war wahrscheinlich sogar überdurchschnittlich groß, denn schließlich war sie selbst eine Spezialistin, eine Naturwissenschaftlerin. Jetzt würden sie bald herausbekommen, was Hilda Beck und die Liebermanns und all die anderen umgebracht hatte. Die Spezialisten waren eingetroffen. Endlich war die Kavallerie da.

Zuerst öffnete sich die Tür des Lkws und Männer sprangen heraus. Sie waren mit ihrer Bekleidung auf eine verseuchte Atmosphäre vorbereitet und trugen alle die weißen, luftdichten Plastikanzüge mit den übergroßen Sichtschirmen aus Plastik, die die NASA entwickelt hatte. Jeder Mann trug seinen eigenen Luftvorrat auf dem Rücken, und dazu noch eine aktentaschengroße Abfallbereinigungsanlage.

Eigenartigerweise dachte Jenny zunächst nicht, die Männer würden wie Astronauten aussehen, sondern ihr kamen sie eher wie Priester einer seltsamen Religion in weißen Kultgewändern vor.

Sechs Männer waren geschickt aus dem Lkw geklettert. Es kamen noch mehr nach, bis es Jenny auffiel, daß sie schwer bewaffnet waren.

Sie bezogen zwischen ihren Fahrzeugen und den Menschen auf dem Bürgersteig Stellung. Das waren keine Wissenschaftler, sondern Begleit-Truppen. Sie hoben ihre Waffen und sicherten ihre Fahrzeuge mit einer Entschlossenheit, die keine Einmischung duldete.

Zu ihrem Schock und ihrer Verwirrung sah sich Jenny in den Lauf seiner Maschinenpistole starren.

Bryce ging einen Schritt auf die Soldaten zu und sagte: »Was soll das bedeuten, verdammt noch mal?«

Der Mann, der Bryce am nächsten war und nach dem Namensschild über seiner Sichtplatte Sergeant Harker hieß, hob seine Waffe zum Himmel und gab als Warnung einen kurzen Feuerstoß ab.

Bryce blieb abrupt stehen, Tal und Frank griffen automatisch nach ihren Waffen.

»Nein!« rief Bryce. »Nicht schießen, um Gottes willen! Wir sind auf der selben Seite.«

Einer der Soldaten, ein Lieutenant Underhill, meldete sich mit blecherner Stimme durch einen kleinen Lautsprecher auf seiner Brust. »Bitte treten Sie von den Fahrzeugen zurück! Unsere erste Pflicht ist es, die Unversehrtheit der Labors zu schützen, und das werden wir um jeden Preis tun.«

»Verdammt noch mal«, sagte Bryce. »Wir wollen Ihnen doch nichts tun! Schließlich habe ich Sie ja hergerufen.«

»Bleiben Sie zurück«, beharrte Underhill.

Endlich ging auch die Hintertür des ersten Wohnwagens auf. Die vier Personen, die herauskamen, waren ebenfalls mit luftdichten Anzügen bekleidet, aber sie waren keine Soldaten. Sie bewegten sich langsam und trugen keine Waffen. Eine von ihnen war eine Frau; Jenny sah ganz kurz ein auffallend hübsches, weibliches, orientalisches Gesicht. Die

Namen auf ihren Helmen waren nicht von einer Dienstgradbezeichnung begleitet: Bettenby, Valdez, Niven, Yamaguchi. Das waren die Zivilisten, die Wissenschaftler, die bei einer Krisensituation, die mit biologischer oder chemischer Kriegsführung in Verbindung stand oder stehen könnte, ihr Privatleben hinter sich ließen und sich Copperfield zur Verfügung stellten.

Sechs Personen kamen aus dem zweiten Fahrzeug. Goldstein, Roberts, Copperfield, Houk. Die letzten beiden hatten keine Namensschilder auf ihren Anzügen. Sie blieben hinter den Bewaffneten und stellten sich zu den anderen, um sich kurz zu besprechen.

Man konnte das an ihren Lippen erkennen, die sich bewegten, obwohl aus den Lautsprechern auf ihrer Brust kein Ton herauskam. Sie standen offensichtlich über Sprechfunk miteinander in Verbindung und wollten nicht, daß die anderen etwas von dem hörten, was sie sagten.

Warum aber? fragte sich Jenny. Sie haben doch nichts vor uns zu verbergen. Oder doch?

Bevor Copperfield die Initiative ergreifen konnte, ging Bryce zu ihm hin. »General, ich verlange eine Erklärung dafür, daß wir hier mit der Waffe bedroht werden.«

»Das tut mir leid«, sagte Copperfield und drehte sich zu den Soldaten um, die mit steinernem Gesicht dastanden. »Alles klar, Männer. Kein Grund zur Unruhe. Rührt euch.«

Die Soldaten nahmen sofort mit der flüssigen Harmonie eines perfekt ausgebildeten Teams ihre Maschinenpistolen von den Schultern und ließen sie an ihrer Seite herabsinken. Dann blieben sie wieder unbeweglich stehen.

Copperfield drehte sich wieder zu Bryce um, lächelte ihm durch seine Sichtscheibe zu und sagte: »Besser so?«

»Etwas«, sagte Bryce. »Ich bestehe aber trotzdem auf einer Erklärung.«

»Das ist die normale Prozedur«, sagte der General. »Wir haben nichts gegen Sie oder Ihre Leute, Sheriff.«

»Das reicht mir nicht. Ich will eine echte Erklärung hören. Kommen Sie mir nicht mit normale Prozedur.«

»Sie brauchen mich nicht anzuschreien, Sheriff.« Copperfield berührte mit einer behandschuhten Hand den Lautsprecher auf seiner Brust. »Hier ist ein äußerst empfindliches Mikrofon eingebaut. In einer solchen Lage müssen wir davon ausgehen, daß wir eventuell von einer Menge kranker oder sterbender Menschen überwältigt werden könnten. Wir sind nicht dafür ausgerüstet, zu heilen oder auch nur zu lindern. Unsere Aufgabe ist es nur, die Art der Vergiftung herauszubekommen, damit die Opfer dann entsprechend medizinisch versorgt werden können. Sterbende oder verzweifelte Leute könnten aber vielleicht nicht verstehen, daß *wir* nichts für sie tun können, und die Labors aus Wut und Erbitterung angreifen.«

»Und Angst«, sagte Tal Whitman.

»Genau«, sagte der General, dem die Ironie entgangen war. »Nach den uns vorliegenden psychologischen Erkenntnissen ist das eine durchaus reale Möglichkeit.«

»Und wenn kranke oder sterbende Menschen Sie tatsächlich bei Ihrer Arbeit stören würden«, sagte Jenny, »würden Sie sie dann töten?«

Copperfield drehte sich zu ihr um. »Ich nehme an, Sie sind Dr. Paige.«

»Ja.«

»Nun, wenn Terroristen oder Agenten einer feindlichen Macht einen Akt biologischer oder chemischer Kriegsführung gegen eine amerikanische Siedlung begehen würden, wäre es die Aufgabe meines Teams, die verwendeten Mittel zu analysieren und mögliche Gegenmaßnahmen vorzuschlagen. Das ist eine wichtige Verantwortung, und wenn wir es zulassen würden, daß uns jemand dabei stört, so würde dadurch die Gefahr enorm vergrößert.«

»Sie würden diese Menschen dann also töten«, beharrte sie.

»Ja«, sagte er unverblümt. »Selbst anständige Leute müssen manchmal das geringere von zwei Übeln wählen.«

Jenny sah sich in Snowfield um, das auch im Sonnenschein genauso wie in der Dunkelheit der Nacht wie ein Friedhof aussah. General Copperfield hatte recht. *Alles,* was er zum Schutz seines Teams unternahm, war als Übel geringer als das, was dieser Stadt angetan worden war und noch angetan wurde.

Sie war sich selbst nicht sicher, warum sie so gereizt gewesen war. Wahrscheinlich, weil sie ihn und sein Team als Retter betrachtet hatte, mit deren Ankunft alle Fragen sofort beantwortet und alle Probleme beseitigt waren. Als sie dann feststellen mußte, daß es nicht so kommen würde, und dann sogar noch mit der Schußwaffe bedroht worden war, hatte das das Ende ihres Traums bedeutet, und dafür hatte sie dem General die Schuld gegeben.

Eine so irrationale Reaktion sah ihr gar nicht ähnlich. Ihre Nerven mußten noch angegriffener sein, als sie gedacht hatte.

Bryce begann, seine Männer dem General vorzustellen, aber Copperfield unterbrach ihn. »Ich möchte nicht unhöflich sein, Sheriff, aber für Vorstellungen haben wir einfach keine Zeit. Später. Jetzt möchte ich mir all das ansehen, wovon Sie gestern abend am Telefon gesprochen haben, und dann möchte ich mich sofort an die Autopsie eines Opfers machen.«

Er will bloß deshalb die Vorstellungen auslassen, weil es keinen Sinn hat, Freundschaft mit Leuten zu schließen, die sowieso zum Tod verurteilt sind, dachte Jenny. Wenn es sich als eine Erkrankung des Gehirns erweist und wir in den nächsten Stunden anfangen, die ersten Symptome zu zeigen und seine Labors angreifen, wird es für ihn leichter sein, uns erschießen zu lassen, wenn er uns nicht kennt.

Hör auf damit! befahl sie sich wütend. Sie sah Lisa an und dachte: Mein Gott, wenn ich schon ein Nervenbündel bin, wie muß es dir dann erst gehen, Kleine! Du hältst dich genauso tapfer wie irgend jemand sonst hier. Ich bin verdammt stolz auf dich!

»Bevor wir Sie hier herumführen«, sagte Bryce zu Copperfield, »sollten Sie zunächst einmal erfahren, was wir gestern nacht hier erlebt haben, und was mit —«

»Nein, nein«, sagte Copperfield ungeduldig. »Ich möchte hier Schritt für Schritt vorgehen. Für Berichte ist später noch viel Zeit. Auch das ist für uns normale Prozedur. Wir müssen zuerst prüfen, ob es sich hier um einen Angriff mit B- oder C-Waffen handelt, und *dann* können wir auch noch andere Möglichkeiten in Betracht ziehen.«

Bryce schickte den größten Teil seiner Leute zurück ins Hilltop und behielt nur Tal und Frank bei sich.

Jenny nahm Lisa bei der Hand und wollte ebenfalls zurück zum Hotel gehen, aber dann rief ihr Copperfield zu: »Doktor! Einen Moment, bitte. Ich möchte Sie dabeihaben. Sie waren die erste medizinisch geschulte Person, die die Leichen gesehen hat, und wenn sich ihr Zustand verändert haben sollte, würde es Ihnen wahrscheinlich zuerst auffallen.«

Jenny sah Lisa an. »Möchtest du mitkommen?«

»Noch einmal in die Bäckerei? Nein danke.« Das Mädchen schüttelte sich.

Jenny dachte an die unheimliche Kinderstimme, die aus dem Abfluß gekommen war, und sagte: »Geh nicht in die Küche, und wenn du auf die Toilette willst, bitte jemand, mitzukommen.«

»Aber Jenny, das sind doch alles Männer!«

»Das ist mir egal. Bitte doch Gordy darum. Er kann vor der Tür stehenbleiben und dir den Rücken zudrehen.«

»Mein Gott, das wäre mir aber saupeinlich.«

»Willst du vielleicht lieber allein in diese Toilette gehen?«

Ihre Schwester wurde blaß. »Niemals.«

»Gut. Bleib nahe bei den anderen. *Wirklich* nahe. Versprichst du mir das?«

»Ich verspreche es.«

Jenny dachte an die beiden Anrufe von Wargle, die sie heute morgen erhalten hatte. Sie dachte an die obszönen Drohungen, die er ausgestoßen hatte. Sie waren zwar nur die Drohungen eines Toten gewesen und damit eigentlich bedeutungslos, aber Jenny hatte trotzdem Angst.

»Paß du auch auf«, sagte Lisa.

Jenny gab ihrer Schwester einen Kuß und sagte: »Jetzt beeil dich aber, sonst holst du Gordy nicht mehr ein, bevor er um die Ecke biegt.«

Lisa rannte los und rief: »Gordy! Warten Sie auf mich!«

Der große junge Deputy blieb an der Ecke stehen und sah sich um.

Jenny sah hinter ihrer Schwester her, wie sie über den gepflasterten Bürgersteig rannte, und spürte, wie sich ihr Herz zusammenzog. Sie dachte: Was ist, wenn sie verschwunden ist, wenn ich zurückkomme? Wenn ich sie nie lebendig wiedersehe?

24
Kalter Schrecken

Die Bäckerei der Liebermanns.

Bryce, Tal, Frank und Jenny gingen in die Backstube der Liebermanns, und General Copperfield kam mit den neun Wissenschaftlern seines Teams direkt hinter ihnen her. Vier Soldaten mit Maschinenpistolen im Anschlag bildeten die Nachhut.

Die Backstube war überfüllt, und Jenny fühlte sich nicht wohl bei dem Gedanken, daß sie jetzt vielleicht angegriffen werden würden und sich hinausdrängen müßten.

Die beiden Köpfe glotzten noch unverändert durch die Sichtscheibe der Öfen, und auch das Nudelholz wurde noch von den beiden abgetrennten Händen gehalten.

Niven, einer der Leute des Generals, fotografierte die Küche aus verschiedenen Blickwinkeln, und dann machte er noch ungefähr ein Dutzend Nahaufnahmen von den Köpfen und den Händen. Das mußte erledigt werden, bevor man mit einer näheren Untersuchung begann.

Die Raumanzüge der Wissenschaftler knarrten, und ihre Stiefel scharrten laut auf dem gekachelten Boden.

»Meinen Sie noch immer, das wäre ein relativ einfacher Fall von B- oder C-Waffen-Einsatz?« fragte Bryce Copperfield.

»Schon möglich.«

»Wirklich?«

Copperfield sagte: »Phil, Sie sind doch hier der Spezialist für Nervengas. Denken Sie das gleiche wie ich?«

»Es ist noch zu früh für eine definitive Aussage«, antwortete der Mann mit dem Namensschild ›Houk‹. »Wir könnten es aber hier durchaus mit einem neuroleptischen Toxin zu tun haben. Einige Anzeichen — besonders die extreme psychopathische Gewalttätigkeit — sprechen für T-139.«

»Auf jeden Fall eine Möglichkeit«, sagte Copperfield. »Ich habe genau das gleiche gedacht, als wir hereingekommen sind.«

Während Niven weiter Bilder machte, fragte Bryce: »Was ist denn T-139?«

»Eines der wichtigsten Nervengase in dem Arsenal der Russen«, sagte der General. »Seine volle Bezeichnung lautet Timoshenko-139, nach dem Wissenschaftler, der es entwikkelt hat.«

»Eine wunderbare Art, sich unsterblich zu machen«, sagte Tal sarkastisch.

»Die meisten Nervengase verursachen innerhalb von dreißig Sekunden bis fünf Minuten nach Hautkontakt den Tod«, sagte Houk. »So human ist T-139 nicht.«

»Human!« sagte Frank Autry entsetzt.

»T-139 tötet die Menschen nicht einfach«, sagte Houk. »Das wäre tatsächlich vergleichsweise human. T-139 ist das, was die Militärstrategen ein Demoralisierungsmittel nennen.«

Copperfield sagte: »Es dringt innerhalb von zehn oder weniger Sekunden durch die Poren in den Blutkreislauf ein, wandert dann ins Gehirn und richtet dort sofort irreparable Schäden an. Das Opfer behält seine volle Kraft und ist noch ungefähr vier bis sechs Stunden lang physisch voll einsatzfähig, aber sein Gehirn wird geschädigt. Angstzustände stellen sich ein, Verlust der emotionellen Kontrollen und ein sehr ausgeprägtes Gefühl, daß die Welt sich gegen das Opfer verschworen hat. Damit ist ein unbezähmbarer Zwang verbunden, gewalttätig zu werden. T-139 verwandelt die Menschen also praktisch sechs Stunden lang in hirnlose Tötungs-Maschinen, Sheriff. Sie fallen übereinander her, und Sie können sich wohl vorstellen, wie demoralisierend sich so etwas auswirkt.«

»Allerdings«, sagte Bryce. »Und so etwas hat Dr. Paige schon gestern abend theoretisch in Betracht gezogen, eine Art mutierte Tollwut, die manche Menschen tötet, andere dagegen in rasende Wahnsinnige verwandelt.«

»T-139 ist keine Krankheit«, sagte Houk hastig. »Es ist ein Nervengas. Und wenn ich die Wahl hätte, wäre es mir lieber, das wäre tatsächlich ein Nervengas-Angriff. Nachdem sich das Gas nämlich erst einmal verteilt hat, ist die Gefahr vorüber, während eine Bedrohung durch ein biologisches Kampfmittel weit schwerer zu beschränken wäre.«

»Wenn es sich um ein Gas handelt«, sagte Copperfield, »dann hat es sich schon lange verteilt, aber kondensierte Überreste würden alles bedecken, und wir hätten die Sache sehr schnell gelöst.«

Jenny sagte: »Dr. Houk, Sie sagten, die erste Wirkungsphase dieses T-139 dauert vier bis sechs Stunden. Was kommt dann?«

»Die zweite Phase endet mit dem Tod«, sagte Houk. »Sie dauert sechs bis zwölf Stunden und beginnt mit dem Verlust der motorischen Nerven und eskaliert bis zur Lähmung der kardischen, vasomotorischen und respiratorischen Reflex-Zentren im Gehirn.«

»Mein Gott«, sagte Jenny.

Frank sagte: »Können Sie das uns Laien auch erklären?«

Jenny sagte: »Das bedeutet, daß das T-139 in der zweiten Phase über einen Zeitraum von sechs bis zwölf Stunden allmählich dem Gehirn die Fähigkeit raubt, die automatischen Funktionen des Körpers — also Atmung, Herzschlag, Erweiterung der Blutgefäße, Organfunktionen — zu kontrollieren ... Das Opfer bekommt einen unregelmäßigen Herzschlag, kann nur unter größten Schwierigkeiten atmen, und allmählich stellt jedes Organ und jede Drüse ihre Funktion ein. Zwölf Stunden mögen Ihnen vielleicht unmöglich erscheinen, aber dem Opfer werden sie wie eine Ewigkeit vorkommen. Es wird sich erbrechen, ein unkontrollierbarer Durchfall wird einsetzen, es kann das Wasser nicht mehr halten, und es wird ständig unter sehr schmerzhaften Muskelkrämpfen leiden ... und wenn nur die motorischen Nerven geschädigt sind, und der Rest des Nervensystems intakt bleibt, leidet das Opfer ununterbrochen brutale Schmerzen.«

»Sechs bis zwölf Stunden lang Höllenqualen«, sagte Houk. »Bis der Herzschlag aussetzt oder das Opfer einfach aufhört zu atmen und erstickt.«

Für lange Sekunden sagte niemand ein Wort, bis Niven

seine letzten Bilder gemacht hatte. Schließlich meldete sich Jenny wieder zu Wort. »Ich glaube noch immer nicht, daß hier ein Nervengas beteiligt war, selbst wenn dieses T-139 die Enthauptungen hier erklären könnte. Zunächst einmal hat keines der Opfer sich erbrochen oder sonstwie Anzeichen von Übelkeit gezeigt.«

»Wir könnten es mit einer Weiterentwicklung von T-139 zu tun haben, die diese Symptome nicht hervorruft, oder mit einem anderen Gas.«

»Kein Gas könnte die Motte erklären«, sagte Tal Whitman.

»Oder was Stu Wargle passiert ist«, sagte Frank.

»Die Motte?« fragte Copperfield.

»Davon wollten Sie ja nichts hören, bis Sie sich alles andere angesehen hatten«, erinnerte ihn Bryce. »Ich glaube aber, es ist jetzt an der Zeit —«

Niven sagte: »Fertig.«

»Sehr schön«, sagte Copperfield. »Wenn Sie anderen jetzt bitte völlig still bleiben würden, bis wir unsere Aufgaben hier ausgeführt haben, wären wir Ihnen sehr dankbar.«

Das Team machte sich sofort an die Arbeit. Yamaguchi und Bettenby verstauten die abgetrennten Köpfe in mit Porzellan ausgekleidete Behälter mit luftdicht verschließbaren Deckeln, während Valdez die Hände sorgfältig von dem Nudelholz löste und in einem ähnlichen Behälter verstaute. Houk nahm Proben von dem Mehl und dem Teig auf dem Tisch, um sie später auf Reste von Nervengas untersuchen zu können, und Goldstein und Roberts saugten mit einem batteriebetriebenen Staubsauger die Backöfen aus, versiegelten den Inhalt sorgfältig, beschrifteten und verpackten ihn.

Die Wissenschaftler waren alle beschäftigt, bis auf die beiden Männer, die keine Namensschilder auf ihren Helmen trugen. Die standen unbeteiligt daneben und sahen nur zu. Bryce beobachtete sie seinerseits und fragte sich, welche Funktion ihnen zukam.

Während die Wissenschaftler arbeiteten, beschrieben sie ihre Tätigkeit immer laut in einem für Bryce unverständlichen Jargon. Dabei sprachen nie zwei Personen zur gleichen

Zeit, was zusammen mit Copperfields Bitte um Ruhe darauf schließen ließ, daß eine Aufzeichnung der Prozedur angefertigt wurde. Tatsächlich bemerkte Bryce an Copperfields Gürtel ein Tonbandgerät, dessen Spulen sich bewegten und das direkt mit dem Sprechgerät des Generals in Verbindung stand.

Als die Wissenschaftler aus der Küche alles geholt hatten, was sie brauchten, sagte Copperfield: »Alles fertig, Sheriff. Wohin jetzt?«

Bryce deutete auf das Tonbandgerät. »Wollen Sie das jetzt nicht wieder abschalten?«

»Nein. Wir haben die Aufnahme in dem Augenblick angefangen, an dem wir an der Straßensperre vorbeigelassen worden sind, und wir werden das Band laufen lassen, bis wir dahintergekommen sind, was sich in dieser Stadt abgespielt hat. Wenn also etwas schiefläuft und wir alle umkommen, bevor wir die Lösung gefunden haben, wird das zweite Team über jeden Schritt informiert sein, den wir ergriffen haben. Es braucht nicht wieder ganz von vorne anzufangen, und vielleicht bekommt es sogar einen detaillierten Bericht über den Fehler, der uns das Leben gekostet hat.«

Die zweite Station war der Kunstgewerbeladen, in den Frank Autry die drei anderen Männer am Vorabend geführt hatte. Die Szene kam ihm heute fast komisch vor: all die Raumfahrer, die mit theatralisch ernsten Gesichtern hinter ihren Sichtscheiben aus Plexiglas die schmale Treppe hochstiegen, das Geräusch ihres Atems, der verstärkt aus den Lautsprechern auf ihrer Brust herauskam und irgendwie bedrohlich klang, all das hätte aus einem SF-Film der 50er Jahre stammen können.

Sein leichtes Lächeln verschwand jedoch sofort wieder, als sie in die Küche kamen und den Toten wiedersahen. Er lag noch immer in einer blauen Pyjama-Hose vor dem Kühlschrank und starrte voller Prellungen und angeschwollen mit aufgerissenen Augen ins Leere.

Wieder bat Copperfield um Ruhe, und die Wissenschaftler traten vorsichtig um die auf dem Boden verstreuten Zutaten eines Sandwichs und drängten sich um den Toten.

Nach einigen Minuten waren sie mit der ersten Untersuchung der Leiche fertig und Copperfield sagte zu Bryce: »Den nehmen wir für eine Autopsie mit.«

»Glauben Sie noch immer, daß wir es hier mit einem simplen B- und C-Angriff zu tun haben?« fragte Bryce wie schon einmal.

»Es ist durchaus möglich«, sagte der General.

»Aber schauen Sie sich doch einmal die Verfärbung und die Schwellung an«, sagte Tal.

»Das könnte eine allergische Reaktion auf Nervengas sein«, sagte Houk.

»Wenn Sie das Bein des Pyjamas hochschieben«, sagte Jenny, »werden Sie diese sogenannten Reaktionen auch auf nicht freiliegender Haut feststellen.«

»So ist es«, sagte Copperfield. »Wir haben bereits nachgesehen.«

»Wie soll denn die Haut auf ein Nervengas reagieren, mit dem sie gar nicht in Berührung gekommen ist?«

»Solche Gase gehen durch die meisten Kleider«, sagte Houk. »Sie lassen sich eigentlich nur von Plastik- oder Gummi-Bekleidung aufhalten.«

Also genau, was ihr anhabt, dachte Frank, aber wir nicht.

»Hier ist noch eine Leiche«, sagte Bryce dem General. »Möchten Sie sich die auch ansehen?«

»Auf jeden Fall.«

Als sie in das Schlafzimmer kamen, hatte Frank insgeheim die Befürchtung, die nackte, blonde Frau mit Wargle zusammen in kalter Leidenschaft im Bett vorzufinden, denn er erinnerte sich noch an Wargles Bemerkungen über sie, aber die Frau lag noch immer unverändert allein mit gespreizten Beinen auf dem verwühlten Bett, den Mund zu einem ewigen Schrei geöffnet.

Als Copperfield und sein Team mit der vorläufigen Untersuchung fertig waren, deutete Frank auf die .22 Automatik und sagte: »Meinen Sie, sie hätte damit auf eine Wolke aus Nervengas geschossen?«

»Selbstverständlich nicht«, sagte Copperfield. »Aber vielleicht hatte sie unter dem Einfluß von Gas Halluzinationen und hat auf Phantome geschossen.«

»Phantome«, sagte Frank. »So etwas muß es wohl gewesen sein. Sie hat schließlich von den zehn Schuß im Magazin achtmal getroffen, weil wir nur zwei Kugeln gefunden haben. Sie konnte damit ihren Angreifer nicht aufhalten; nicht einmal geblutet hat er. Na ja, Phantome bluten natürlich nicht, aber könnte ein Phantom auch wieder verschwinden und dabei acht Kugeln mitnehmen?«

Copperfield starrte ihn stirnrunzelnd an. Auch die Wissenschaftler machten besorgte Gesichter.

Die Soldaten runzelten nicht nur die Stirn; sie sahen sich unruhig um. Die beiden Leichen, und besonders der Gesichtsausdruck der Frau, hatten ihre Wirkung auf den General und seine Leute nicht verfehlt. Die Angst war in allen Augen deutlicher geworden. Sie wollten es zwar nicht zugeben, aber sie waren hier auf etwas gestoßen, auf das sie ihre Erfahrungen nicht vorbereitet hatten. Sie klammerten sich zwar noch an ihren vertrauten Erklärungen fest — Nervengas, Viren, Gift — aber die ersten Zweifel kamen in ihnen auf.

Nachdem Copperfields Leute die Leiche in der Küche in einen verschließbaren Plastiksack verstaut und weggebracht hatten, führte Bryce sie in den Supermarkt zu den Kühlanlagen, wo es passiert war, und berichtete ihnen, wie Jake verschwunden war. »Keine Schreie. Keinerlei Geräusche. Nur einige Sekunden lang Dunkelheit. *Einige Sekunden.* Als das Licht wieder anging, war Jake verschwunden.«

»Haben Sie überall nachgesehen?« fragte Copperfield.

»Überall.«

»Vielleicht ist er weggelaufen«, sagte Dr. Yamaguchi. »Verwunderlich wäre es nicht ...«

»Nein, nein, Jake würde nie weglaufen«, sagte Bryce. »Er war zwar nicht mein aggressivster Beamter, aber er war nicht verantwortungslos, und er würde mir nie davonlaufen. Dazu war er viel zu vorsichtig. Er neigte nicht zu impulsiven Handlungen. Wenn er außerdem wirklich so verängstigt gewesen wäre, daß er tatsächlich weglaufen wollte, hätte er einen Polizeiwagen genommen. Er wäre doch nicht zu Fuß aus der Stadt verschwunden.«

»Er hätte aber doch wohl gewußt, daß er an der Straßensperre nicht vorbeigekommen wäre«, sagte Copperfield. »Vielleicht hat er deshalb keinen Wagen genommen, sondern ist zu Fuß durch die Wälder weg.«

Jenny schüttelte den Kopf. »Ausgeschlossen, General. Das ist eine Wildnis da draußen. Deputy Johnson hätte genau gewußt, daß er sich dort bloß verlaufen und umkommen würde.«

»Würde sich außerdem ein verängstigter Mann nachts in einen fremden Wald stürzen?« sagte Bryce. »Ich glaube nicht, General. Was ich allerdings glaube, ist, daß es höchste Zeit ist, daß Sie sich anhören, was meinem anderen Deputy passiert ist.«

Bryce stand an ein Kühlgerät voller Käse und Frühstücksfleisch gelehnt und erzählte ihnen von der Motte, von dem Angriff auf Wargle und den entsetzlichen Zustand seiner Leiche, erzählte ihnen von Lisas Begegnung mit der wiederauferstandenen Leiche Wargles und der Entdeckung, daß sie verschwunden war.

Copperfield und seine Leute reagierten zuerst mit Erstaunen, dann mit Verwirrung und dann mit Angst, aber während des größten Teils seiner Geschichte starrten sie ihn mit vorsichtiger Stille an und sahen einander dann und wann wissend an.

Er schloß seinen Bericht mit der Kinderstimme ab, die Augenblicke vor Copperfields Ankunft aus dem Abfluß herausgesungen hatte und fragte dann zum dritten Mal: »Glauben Sie noch immer, daß es sich hier um einen einfachen Fall von B- und C-Waffen handelt?«

Copperfield zögerte, sah sich in dem verwüsteten Supermarkt um und begegnete schließlich Bryces Blick. »Sheriff, ich möchte Sie und alle anderen, die diese sogenannte ... äh ... Motte gesehen haben, von Dr. Roberts und Dr. Goldstein gründlich untersuchen lassen.«

»Sie glauben mir nicht.«

»Ich glaube, daß Sie wirklich ernsthaft glauben, Sie hätten all das gesehen und erlebt.«

»Arschloch«, sagte Tal.

Copperfield sagte: »Sie verstehen doch sicher, daß das für

uns klingen muß, als seien Sie verseucht und litten unter Halluzinationen.«

Bryce hatte ihre Ungläubigkeit und intellektuelle Starrheit gründlich satt. Sie hätten als Wissenschaftler eigentlich für neue Ideen und unerwartete Möglichkeiten ein offenes Ohr haben müssen, aber sie schienen statt dessen entschlossen, das vorliegende Beweismaterial ihren vorgefertigten Meinungen mit Gewalt anzupassen, um sie nicht ändern zu müssen.

»Sie glauben doch wohl nicht etwa, wir hätten alle die *gleiche* Halluzination gehabt?«

»So etwas ist nicht unbekannt«, sagte Copperfield.

Frank Autry musterte Copperfield mit finsterem Blick und sagte: »Wenn das alles aber nur Halluzinationen waren, wo ist dann Stu Wargle?«

»Vielleicht ist er zusammen mit Jake Johnson weggerannt«, sagte Roberts. »Sie haben das dann bloß in Ihre Fantasievorstellung eingebaut.«

Bryce wußte aus langer Erfahrung, daß man eine Diskussion in dem Augenblick verloren hatte, wenn man emotional wurde. Er zwang sich zu einer lässigen Haltung und sagte mit sanfter Stimme langsam: »General, nach dem, was Sie hier sagen, könnte man annehmen, daß die Abteilung des Sheriffs von Santa Mira County ausschließlich aus Feiglingen, Vollidioten und Traumtänzern besteht.«

Copperfield machte mit seinen geschützten Händen eine beschwichtigende Geste. »Nein, nein, da verstehen Sie mich ganz falsch. Bitte, Sheriff, versuchen Sie doch, uns zu verstehen. Wir sind doch bloß ehrlich zu Ihnen. Wir sagen Ihnen, wie die Situation in unseren Augen aussieht — wie sie für *jeden* aussehen würde, der über Sachkenntnis in biologischer und chemischer Kriegsführung verfügt. Halluzinationen gehören zu den Dingen, die wir bei den Überlebenden erwarten würden. Wenn Sie uns nun eine Erklärung für die Existenz einer adlergroßen Motte liefern könnten, würden wir vielleicht auch daran glauben, aber das können Sie ja nicht. Das läßt für uns nur einen einzigen vernünftigen Schluß zu — daß Sie alle unter Halluzinationen gelitten haben.«

Bryce bemerkte, daß die Soldaten ihn nun, da sie ihn für ein Opfer von Nervengas hielten, ganz anders ansahen. Ein solcher Mann war offensichtlich gefährlich. Sie hoben ihre Maschinenpistolen leicht an, zielten aber noch nicht direkt auf Bryce.

Plötzlich wurde er von einem lauten Geräusch aus dem hinteren Teil des Supermarkts erschreckt und drehte sich danach um. Aus seinen Augenwinkeln bemerkte er, daß die Soldaten eher auf ihn als das Geräusch reagierten. Als er seine Hand auf seinen Revolver gelegt hatte, hatten sie sofort ihre Maschinenpistolen gehoben.

Irgend jemand hämmerte von innen an die dicke, isolierte Tür des Kühlraums ihnen gegenüber, und auch eine Stimme war zu hören.

»Jemand ist da drinnen eingeschlossen«, sagte Copperfield.

»Ausgeschlossen«, sagte Bryce. »Die Tür geht von beiden Seiten auf.«

Abrupt verstummten die Rufe, und auch das Klopfen hörte auf. Der Griff der großen Stahltür schob sich nach oben und die Tür schwang auf, aber nur fünf Zentimeter weit, und dann blieb sie wieder stehen. Die kalte Luft aus dem Kühlraum vermischte sich mit der warmen Luft in dem Supermarkt, und leichte Nebelschwaden bildeten sich am Boden.

Obwohl in dem Raum hinter der Stahltür Licht brannte, konnte man durch den schmalen Schlitz nicht hineinsehen. Trotzdem wußte Bryce, wie es da drinnen aussah: ein kahler, kalter Raum mit Neonbeleuchtung, in dem von Schienen an der Decke große Fleischstücke herabhingen.

Plötzlich war aus dem Kühlraum ein schmerzerfülltes Stöhnen zu hören. Eine schwache, verzerrte, aber trotzdem erkenntliche Stimme rief nach Hilfe.

»Bryce? ... Tal ...? Wer ist da draußen? Frank? Gordy? Ist da jemand? Helft ... helft mir doch!«

Es war Jake Johnson.

Bryce, Jenny, Tal und Frank lauschten bewegungslos.

Copperfield sagte: »Wer das da drinnen auch ist, er braucht auf jeden Fall dringend Hilfe.«

»Bryce ... bitte ...«

»Kennen Sie ihn?« fragte Copperfield. »Er ruft doch Ihren Namen, Sheriff, nicht wahr?«

Ohne auf eine Antwort zu warten, befahl der General zwei seiner Männer — Private Pascalli und Sergeant Harker — in dem Kühlraum nachzusehen.

»Warten Sie!« sagte Bryce. »Niemand geht da hinein. Wir halten diese Kühlgeräte zwischen uns und dem Kühlraum, bis wir mehr wissen.«

»Sheriff, ich bin zwar bereit, so weit wie möglich mit Ihnen zusammenzuarbeiten, aber Sie haben keine Befehlsbefugnisse über meine Männer und mich.«

»Bryce ... ich bin's, Jake ... so helft mir doch. Ich habe mein Bein gebrochen.«

»Jake?« fragte Copperfield und sah Bryce aus zusammengekniffenen Augen merkwürdig an. »Das ist doch der Mann, der angeblich gestern abend von hier verschwunden ist?«

»Es klingt so wie er«, gab Bryce zu.

»Na bitte!« sagte Copperfield. »Also doch kein Geheimnis. Er war die ganze Zeit hier.«

Bryce sah den General wütend an. »Ich sagte Ihnen doch, daß wir überall gesucht haben. Auch in dem verdammten Kühlraum da! Er war nicht darin.«

»Na ja, jetzt ist er auf jeden Fall da«, sagte der General.

»Hallo, da draußen! Ich friere! Ich kann ... das verdammte Bein ... nicht bewegen!«

Jenny berührte Bryce am Arm. »Da stimmt doch etwas nicht.«

Copperfield sagte: »Sheriff, wir können doch nicht hier herumstehen und einen Verletzten leiden lassen.«

»Hier droht Gefahr«, sagte Bryce zu Copperfield. »Ich spüre das, und Dr. Paige und meine Männer auch.«

»Aber ich nicht«, sagte Copperfield.

»General, Sie sind einfach noch nicht lange genug in Snowfield und wissen deshalb nicht, daß man hier das völlig unerwartete erwarten muß.«

»Wie zum Beispiel Motten, die so groß wie Adler sind, was?«

Bryce schluckte seinen Ärger hinunter und sagte: »Sie wissen einfach noch nicht, daß hier nichts so ist, wie es aussieht.«

Copperfield musterte ihn skeptisch. »Erzählen Sie mir bloß keinen mystischen Kram, Sheriff.«

In dem Kühlraum begann Jake Johnson zu weinen. Sein flehentliches Gewimmer war schier unerträglich. Er klang wie ein von Schmerzen gequälter alter Mann, und nicht im geringsten gefährlich.

»Wir müssen dem Mann sofort helfen«, sagte Copperfield.

»Ich setze meine Männer nicht aufs Spiel«, sagte Bryce. »Noch nicht.«

Copperfield befahl seinen beiden Soldaten noch einmal, in dem Kühlraum nachzusehen. Obwohl er offensichtlich nicht glaubte, daß zwei gutausgebildete Soldaten mit Maschinenpistolen irgendwie in Gefahr sein könnten, wies er sie an, vorsichtig zu sein.

Harker und Pascalli gingen durch das Gatter hinter den Kühlanlagen auf den Kühlraum zu.

Tal Whitman sagte: »Da paßt einfach zu vieles nicht zusammen, verdammt noch mal. Wenn das wirklich Jake ist, warum hat er dann bis jetzt gewartet, bis er herausgekommen ist?«

»Das können wir nur dadurch herausbekommen, daß wir ihn fragen«, sagte der General. »Vielleicht war er bis jetzt bewußtlos.«

Jenny wollte noch einen Einwand vorbringen, aber Bryce sagte zu ihr: »Sparen Sie sich die Mühe.«

»Sie sind doch Ärztin«, sagte Copperfield zu ihr. »Meinen Sie wirklich, wir könnten die Hilferufe des Mannes da drinnen einfach ignorieren?«

»Natürlich nicht«, sagte sie. »Wir sollten uns aber die Zeit nehmen und uns einen *sicheren* Weg überlegen, wie wir dort hineinschauen könnten.«

»Die Zeit haben wir aber nicht«, sagte Copperfield und schüttelte den Kopf. »Wir müssen uns sofort um ihn kümmern. Hören Sie doch selbst! Er ist schwer verletzt.«

Jake stöhnte wieder schmerzerfüllt aus dem Kühlraum,

und Harker ging auf die Tür zu. Pascalli versuchte, ihm so gut es ging von der Seite Deckung zu geben.

Nun hatte Harker die Tür erreicht. Die Tür ging nach innen auf, und Harker stieß mit dem Lauf seiner Maschinenpistole dagegen und schob sie ganz auf. Jake lag nicht hinter der Tür. Er war nirgends zu sehen. Hinter dem Sergeant hingen die an die Decke gehängten Fleischstücke.

Harker zögerte kurz und sprang dann geduckt über die Schwelle, sah nach links, dann fast sofort nach rechts und schwang dabei den Lauf herum.

Auf der rechten Seite sah Harker offensichtlich etwas. Er richtete sich überrascht mit einem Ruck auf, stolperte voller Angst zurück und stieß dabei mit einer Rinderhälfte zusammen.

»*Großer Gott!*« rief Harker und gab einen kurzen Feuerstoß aus seiner Maschinenpistole ab.

Bryce zuckte zusammen. Die Schüsse donnerten überlaut.

Im gleichen Augenblick drückte etwas von innen gegen die Tür des Kühlraums und schlug sie zu.

Es hatte Harker gefangen. *Es.*

Bryce sprang über das hüfthohe Kühlgerät vor ihm und rannte zu der Tür des Kühlraums.

Wieder ein Feuerstoß. Dieses Mal war er länger, vielleicht lange genug, um das ganze Magazin zu lehren.

Pascalli war schon an der Tür und zerrte verzweifelt an dem Griff.

»Was ist? Los, holen wir ihn da raus!« sagte Bryce.

»Ich bringe die verdammte Tür nicht auf!« sagte Private Pascalli. Er sah zu jung für die Armee aus — und er hatte Angst.

In dem Kühlraum hörten die Schüsse auf und die Schreie begannen.

Pascalli zerrte verzweifelt an dem unbeweglichen Griff.

Obwohl die dicke, isolierte Tür Harkers Schreie dämpfte, waren sie sehr laut und wurden schnell immer lauter. Durch das Funksprechgerät in Pascallis Raumanzug mußten sie ohrenbetäubend gewesen sein, denn plötzlich drückte sich der Private beide Hände an den Kopf, als wolle er sich die Ohren zuhalten.

Bryce schob den Soldaten zur Seite und packte den langen Hebelgriff der Tür mit beiden Händen, aber der rührte sich nicht.

Die durchdringenden Schreie in dem Kühlraum wurden immer lauter, schriller und entsetzlicher. Was macht es bloß mit Harker da drinnen, dachte Bryce. Zieht es dem armen Schwein die Haut bei lebendigem Leib ab?

Er sah sich zu den anderen um. Tal kam im Laufschritt auf die Tür zu, der General und ein weiterer Soldat rannten durch das Gatter, und Frank war auf eine der Kühlanlagen gesprungen und behielt den Supermarkt im Auge, falls die Aufregung in dem Kühlraum nur ein Ablenkungsmanöver sein sollte. Die anderen standen in einer Gruppe zusammen.

Bryce rief: »Jenny!«

»Ja?«

»Ich brauche einen Schraubenzieher.«

»Wird erledigt.« Sie war bereits losgerannt.

Harker schrie noch immer.

Großer Gott, was für ein entsetzlicher Schrei! Wie aus einem Alptraum. Aus einem Irrenhaus. Aus der Hölle.

Allein, daß er ihn hörte, ließ Bryce in kalten Schweiß ausbrechen.

Copperfield erreichte den Kühlraum. »Lassen Sie mich an den Griff.«

»Es hat doch keinen Zweck.«

»Lassen Sie mich an den Griff!«

Bryce trat zur Seite. Der General war ein großer, muskulöser Mann. Er sah aus, als sei er stark genug, um Jahrhunderte alte Eichen auszureißen. Obwohl er fluchend seine ganze Kraft einsetzte, bewegte er den Griff auch nicht mehr als Bryce.

»Das verdammte Schloß muß kaputt sein«, sagte Copperfield keuchend.

Bryce warf einen Blick zu Tal hinüber. Er sah es zum ersten Mal, daß sein Deputy deutlich Angst hatte.

Jenny kam mit drei in buntes Plastik eingeschweißten Schraubenziehern zurück. »Ich wußte nicht, welche Größe Sie brauchen«, keuchte sie.

»Schon gut, geben Sie her«, sagte Bryce und griff nach den Werkzeugen. »Und jetzt verschwinden Sie schnellstens wieder und gehen zu den anderen zurück.«

Harkers Schreie waren inzwischen so schrill, so entsetzlich geworden, daß sie nicht mehr menschlich klangen.

Jenny ignorierte seinen Befehl und riß die Verpackung von einem Schraubenzieher ab. »Ich bin Ärztin. Ich bleibe.«

»Dem kann kein Arzt mehr helfen«, sagte Bryce und riß hektisch die Verpackung von dem dritten Schraubenzieher ab.

»Vielleicht nicht, aber wenn Sie wirklich denken würden, er hätte keine Chance mehr, würden Sie auch nicht versuchen, ihn da herauszuholen.«

»Verdammt noch mal, Jenny!«

Er machte sich Gedanken um sie, wußte aber, daß er sie nicht zum Gehen überreden konnte, wenn sie sich zum Bleiben entschlossen hatte. Er nahm ihr den dritten Schraubenzieher aus der Hand, schob General Copperfield zur Seite und sah sich die Tür an.

Die Türangeln konnte er nicht abschrauben, da die Tür nach innen aufging, aber der Griff ging durch eine große Abdeckplatte, hinter der der Schloßmechanismus saß. Bryce kauerte sich vor die Tür, schraubte die ersten Schrauben aus der Platte und ließ sie auf den Boden fallen.

Harkers Schreie verstummten. Die Stille, die folgte, war fast noch schlimmer als die Schreie selbst.

Bryce schraubte die restlichen drei Schrauben ab, zog die Abdeckplatte über den Griff ab und warf sie weg. Er sah in das Schloß hinein und stocherte mit seinem Schraubenzieher darin herum. Zackige abgebrochene Metallstücke fielen auf den Boden, und andere klapperten in den Hohlraum der Türfüllung. Das Schloß war *von innen* zerschmettert worden. Er fand den manuellen Entriegelungshebel und schob ihn mit dem Schraubenzieher zurück. Auch er schien schwer verbogen, ließ sich aber trotzdem weit genug zurückschieben, daß die Tür aufging.

Als sie langsam zurückschwang, traten alle zur Seite.

Private Pascalli zielte mit seiner Maschinenpistole darauf, und Bryce und Copperfield zogen ihre Pistolen, obwohl

Sergeant Harker schlüssig bewiesen hatte, daß solche Waffen nichts nützten.

Bryce erwartete, daß sich aus der Tür etwas auf sie stürzen würde, aber nichts rührte sich.

Als er durch die Tür in den Kühlraum hineinsah, bemerkte er, daß die Lieferantentür nach außen offenstand, obwohl sie auf jeden Fall vor zwei Minuten noch geschlossen gewesen war, als Harker seinen Vorstoß gewagt hatte.

Copperfield befahl Pascalli und Fodor, den Kühlraum zu sichern. Sie drangen schnell in ihn ein und verschwanden an beiden Seiten der Tür außer Sicht.

Einige Sekunden später kam Pascalli zurück. »Alles klar, Sir.«

Copperfield ging in den Kühlraum, und Bryce kam hinter ihm her.

Harkers Maschinenpistole lag auf dem Boden.

Sergeant Harker hing neben einem halben Rind von der Decke herab. Ein riesiger, spitzer Fleischerhaken war durch seinen Brustkorb getrieben.

Bryce drehte sich der Magen um, und er wollte sich von dem schrecklichen Bild abwenden — aber dann bemerkte er, daß es nicht wirklich Harker war, sondern nur sein Raumanzug mit dem Helm, der schlaff und leer an dem Haken hing. Das widerstandsfähige Plastikmaterial war zerrissen, und die Sichtplatte aus Plexiglas war zerbrochen und hing halb aus der stabilen Fassung heraus. Harker war aus dem Anzug herausgezogen worden, bevor *es* ihn aufgehängt hatte.

Wo aber war Harker?

Verschwunden. Auch er, einfach weg.

Pascalli und Fodor standen draußen auf der Verladerampe und sahen sich um.

»Diese furchtbaren Schreie«, sagte Jenny und stellte sich neben Bryce. »Und doch ist kein Blut auf dem Boden oder an dem Anzug.«

Tal Whitman hob eine Handvoll leerer Patronenhülsen vom Boden auf, wo sie überall verstreut waren. Das Messing blitzte in seiner offenen Handfläche. »Sehen Sie sich einmal um, General«, sagte er zu Copperfield. »Hier sind kaum Einschußlöcher zu sehen. Er muß also getroffen haben. Wieviel Schuß hat so ein großes Magazin?«

Copperfield starrte auf die Hülsen und sagte nichts.

Die beiden Soldaten kamen von der Verladerampe zurück, und Pascalli sagte: »Da draußen ist nichts von ihm zu sehen, Sir. Sollen wir auf der Straße weitersuchen?«

Bevor Copperfield antworten konnte, sagte Bryce: »General, Sergeant Harker müssen Sie abschreiben, so schmerzlich das auch sein mag. Er ist tot. Sie brauchen sich da gar nicht irgendwelchen Hoffnungen hinzugeben. Hier geht es um den Tod, nichts anderes. Nicht um Geiselnahme, Terrorismus oder Nervengas. Ich weiß zwar nicht, was da draußen ist oder wo es hergekommen ist, aber eines weiß ich: das ist der personifizierte Tod. Es geht hier ums Ganze. Die Form unseres Feindes können wir uns noch nicht vorstellen, und seine Motive werden wir vielleicht nie erfahren. Diese Motte, die Stu Wargle umgebracht hat — das war nicht einmal die wahre Erscheinungsform von diesem Ding. Ich *fühle* das. Das war wie die Wiederbelebung von Wargles Leiche in der Toilette ein Täuschungsmanöver ... eine Vorführung.«

»Ein Phantom«, sagte Tal, gebrauchte aber das Wort, das General Copperfield eingeführt hatte, in einer anderen Bedeutung.

»Genau, ein Phantom«, sagte Bryce. »Unseren wahren Feind haben wir bisher noch nicht kennengelernt. Das ist irgend etwas, das ganz einfach gern tötet. Es kann schnell und lautlos töten, wie bei Jake Johnson. Harker aber hat es langsam getötet und ihn gefoltert, damit er schreit. Das sollten wir nämlich hören. Harkers Tod war wie dieses T-139 ein Demoralisierungsmittel. Harker ist tot, und ich würde an Ihrer Stelle keine Leute mehr für die Suche nach einem Toten riskieren.«

Copperfield schwieg einen Moment und sagte dann: »Aber wir haben doch diese Stimme gehört, und das war *Ihr* Mann, Jake Johnson.«

»Nein«, sagte Bryce. »Ich glaube nicht, daß das wirklich Jake war. Sicher, er hat genau wie er geklungen, aber mir kommt langsam der Verdacht, daß wir es hier mit einem ausgezeichneten Imitator zu tun haben.«

»Imitator?« sagte Copperfield.

»Ganz richtig. All die Tiergeräusche am Telefon, die Katzen, Hunde, Vögel, Klapperschlangen, die Kinderstimmen ... das war so etwas wie eine Vorführung. Es wollte angeben und uns vorführen, was es alles kann. Jakes Stimme war auch so etwas.«

»Was wollen Sie damit sagen?« fragte Copperfield. »Ist das etwas Übernatürliches?«

»Nein, das ist durchaus real.«

»Was ist es dann? Nennen Sie mir seinen Namen!« verlangte Copperfield.

»Das *kann* ich nicht, verdammt noch mal«, sagte Bryce. »Vielleicht ist es eine natürliche Mutation, aber wer weiß, vielleicht kommt es ja auch aus irgendeinem biologischen Labor. Wissen Sie darüber etwas, General? Vielleicht ist es das Produkt einer DNS-Manipulation, eine Art moderner Frankenstein? Halten Sie mich für völlig verrückt, weil ich nur auf so eine Idee komme? Vielleicht sollten wir nicht einmal das Übernatürliche ausschließen. Ich will damit sagen, daß es alles mögliche sein könnte. Lassen Sie Ihrer Fantasie freien Lauf, General. Wir kämpfen hier gegen das Unbekannte, und das Unbekannte schließt auch all unsere Alpträume ein.«

Copperfield starrte ihn an, und dann richtete er seinen Blick auf Sergeant Harkers Anzug an dem Fleischerhaken. Er drehte sich zu seinen beiden Soldaten um: »Wir werden draußen nicht weitersuchen. Wahrscheinlich hat der Sheriff recht. Sergeant Harker ist tot, und wir können nichts mehr für ihn tun.«

Zum vierten Mal seit Copperfields Ankunft fragte Bryce: »Meinen Sie *immer noch,* wir hätten es hier mit einem einfachen Fall von B- oder C-Kampfstoffen zu tun?«

»So etwas könnte beteiligt sein«, sagte Copperfield »Wie Sie ja selbst bemerkt haben, können wir nichts ausschließen. Ein einfacher Fall ist es jedoch nicht, Sheriff. Damit hatten Sie recht, und ich möchte mich dafür entschuldigen, daß ich gemeint hatte, es seien nur Halluzinationen gewesen, die —«

»Schon gut, schon gut«, sagte Bryce.

»Haben Sie irgendwelche Theorien?« fragte Jenny.

»Bis jetzt noch nicht«, sagte Copperfield. »Ich möchte aber sofort mit der Autopsie und pathologischen Tests anfangen. Wir werden vielleicht keine Krankheit oder irgendein Nervengas finden, aber vielleicht etwas anderes, was uns weiterbringt.«

»Tun Sie das, Sir«, sagte Tal. »Ich habe nämlich so eine Ahnung, daß wir nicht mehr viel Zeit haben.«

25

Fragen

Corporal Billy Velaszquez, der zu General Copperfields Begleittruppen gehörte, stieg durch das Einstiegsloch in die Kanalisation hinunter. Obwohl er sich nicht angestrengt hatte, schnaufte er schwer. Er hatte Angst.

Was war mit Sergeant Harker passiert?

Die anderen waren mit bedrückten Gesichtern zurückgekommen. Der alte Copperfield hatte gesagt, Harker wäre tot. Er wüßte noch nicht genau, woran er gestorben wäre, aber das würden sie bald herausbekommen. So einen Scheiß konnten sie ihm nicht erzählen. Natürlich wußten sie, woran er gestorben war. Sie wollten es nur nicht sagen. Das war wieder einmal typisch für dic hohen Tiere, daß sie aus allem ein Geheimnis machen mußten.

Als er den Fuß der Leiter erreichte und mit seinen Stiefeln auf den betonierten Boden trat, machten sie ein hartes, trockenes Geräusch. Der Tunnel war zu niedrig, und er konnte nicht ganz aufrecht stehen. Er leuchtete mit seiner Taschenlampe um sich.

Grauc Betonwände. Telefon- und Stromkabel. Etwas Feuchtigkeit. Hier und dort einige Algen. Nichts sonst.

Billy trat zur Seite, um Ron Peake, der hinter ihm herkam, Platz zu machen. Er leuchtete dabei ständig überallhin und sah sich nervös um.

Warum der alte Eisenfresser Copperfield wohl so betont hatte, sie sollten sich hier unten vorsehen?

Sir, wovor sollten wir uns denn vorsehen? hatte Billy gefragt.

Copperfield hatte gesagt: *Vor allem und jedem. Ich kann es Ihnen auch nicht genau sagen, aber wenn sich dort unten auch nur eine Maus rührt, kommen Sie wieder heraus, so schnell Sie können.*

Was soll man mit so einer Antwort anfangen? Direkt unheimlich konnte einem werden!

Billy wünschte, er hätte die Möglichkeit gehabt, mit Pascalli oder Fodor zu sprechen. Sie hätten ihm erzählt, was mit Harker wirklich passiert war.

Ron Peake erreichte den Fuß der Leiter und sah Billy besorgt an, und der leuchtete mit der Taschenlampe in alle Richtungen, um ihm zu zeigen, daß er keine Angst zu haben brauchte. Ron lächelte verlegen über seine eigene Nervosität und schaltete seine eigene Taschenlampe an.

Von oben wurde ein Stromanschlußkabel durch das offene Einstiegsloch geschoben. Es führte zu den fahrbaren Labors, die direkt in der Nähe abgestellt waren. Ron nahm das Kabel an, und Billy schlurfte geduckt vor ihm her in östlicher Richtung. Die Männer oben auf der Straße führten das Kabel nach.

Der Tunnel kreuzte direkt unter der Skyline Road einen zweiten, und an dieser Kreuzung war ein Verteilerkasten, an den sie das Kabel anschließen sollten. Billy ging vorsichtig weiter, bis er den Verteilerkasten links an der Wand sah. Er schlurfte noch ein Stück weiter, um in den Tunnel unter der Skyline Road zu leuchten und sich davon zu überzeugen, daß dort niemand lauerte. Dieser Tunnel war genauso groß wie der, in dem er jetzt stand, aber er folgte dem Straßenverlauf und fiel nach unten ab.

Als Billy in die graue Röhre des Tunnels hinabsah, fiel ihm ein Horror-Comic ein, das er vor Jahren gelesen hatte. Es ging darin um einen Bankräuber, der bei einem Überfall zwei Menschen erschossen und sich auf der Flucht vor der Polizei in die Kanalisation gerettet hatte. Er hatte einen bergab verlaufenden Tunnel gewählt, weil er angenommen hatte, er würde zum Fluß führen, aber statt dessen hatte er direkt in die Hölle geführt. Genauso sah der Tunnel unter der Skyline Road vor ihm aus; wie eine Straße in die Hölle.

Billy drehte sich um, denn er überlegte sich, daß die Gegenrichtung damit eigentlich wie eine Straße in den Himmel aussehen müßte, aber das war nicht der Fall. Auch bergauf sah es aus wie eine Straße in die Hölle.

Er wendete sich davon ab und ging zu dem Verteilerkasten zurück. Ron Peake war bereits damit beschäftigt. Trotz ihrer sperrigen Schutzanzüge und des engen Raums arbeiteten die beiden mit geschickten Bewegungen und hatten das Kabel bald an das städtische Stromnetz angeschlossen. Das Team hatte zwar seinen eigenen Generator mitgebracht, aber der würde erst eingesetzt werden, wenn die praktischere Verbindung mit dem städtischen Netz zusammenbrechen sollte.

Billy meldete über das Funksprechgerät in seinem Anzug nach oben: »Der Anschluß ist fertig. Eigentlich müßten Sie oben Strom haben.«

Die Antwort kam sofort: »Haben wir auch. Und jetzt kommen Sie so schnell wie möglich wieder herauf!«

»Ja, Sir«, sagte Billy.

Dann hörte er ... etwas. Rascheln. Keuchen. Ron Peake packte Billy an den Schultern und deutete an ihm vorbei in das Tunnel unter der Skyline Road.

Billy fuhr herum, kauerte sich noch niedriger und leuchtete auf die Kreuzung, auf die Peake deutete.

Tiere strömten den Tunnel herab. Dutzende um Dutzende. Hunde, weiße, graue, schwarze, braune, rostrote, goldgelbe Hunde aller Rassen und Größen. Zum größten Teil waren es Mischlinge, aber es waren auch Beagles, Zwergpudel, große Pudel, Schäferhunde, Spaniels, zwei dänische Doggen, zwei Airdales, ein Schnauzer und ein Paar Dobermanns darunter. Auch Katzen waren da. Große, kleine, schwarze, weiße, gescheckte und gestreifte von allen Rassen. Keiner von den Hunden bellte, und keine von den Katzen miaute oder fauchte. Die einzigen Geräusche, die sie verursachten, war ihr leises Keuchen und das Scharren ihrer Krallen auf dem Beton. Die Tiere rannten mit einer seltsamen Konzentration durch den Tunnel, und keines von ihnen warf auch nur einen Blick zu der Kreuzung herüber, wo Billy und Ron Peake standen.

»Was machen die denn hier?« wollte Billy wissen. »Wie sind sie bloß hereingekommen?«

Copperfield meldete sich von oben von der Straße: »Was ist da unten los, Velaszquez?« Billy aber war von der Prozession von Tieren so verblüfft, daß er nicht sofort Anwort gab.

Nun tauchten noch andere Tiere zwischen den Hunden und Katzen auf. Eichhörnchen rannten mit, Hasen, ein grauer Fuchs, jetzt wieder Hasen, weitere Füchse, Skunks, Waschbären, Opossums, Dachse, Mäuse, Hamster und Coyoten. Alle rannten weiter, ohne einen Blick zur Seite zu werfen, rannten schnurstracks in die Hölle hinunter, schwärmten übereinander, stolperten aber nie, zögerten nicht oder schnappten nacheinander. Die merkwürdige Parade war so schnell, ununterbrochen und harmonisch wie fließendes Wasser.

»Velaszquez! Peake! Melden Sie sich!«

»Tiere«, sagte Billy dem General. »Hunde, Katzen, Waschbären, alle möglichen Tiere. Ein ganzer Strom!«

»Sir, sie rennen unter der Skyline Road direkt an unserem Tunnel vorbei«, meldete Ron Peake.

»Unter der Erde«, sagte Billy verwundert. »Es ist verrückt.«

»Rückzug, verdammt noch mal!« sagte Copperfield eindringlich. »Macht daß ihr da rauskommt, aber sofort! *Sofort!*«

Billy dachte an die Warnung, die der General ausgesprochen hatte, bevor sie in den Kanalschacht hinuntergestiegen waren: »*Wenn sich da unten auch nur eine Maus rührt, kommen Sie wieder heraus, so schnell Sie können.*«

Am Anfang war die unterirdische Tierparade verblüffend, aber nicht besonders bedrohlich gewesen. Nun war das bizarre Schauspiel plötzlich unheimlich, ja, beängstigend geworden.

Nun mischten sich auch Schlangen zwischen die Tiere. Lange schwarze Kletternattern, die ihre Köpfe vierzig oder fünfzig Zentimeter über den Boden hoben, kürzere, aber ebenso schnelle Klapperschlangen, die mit geheimnisvoller Zielstrebigkeit einem mysteriösen Ziel entgegenkrochen.

Obwohl sie sich genauso wenig um die beiden Männer kümmerten wie die anderen Tiere, reichte ihr Erscheinen aus, um Billy, der Schlangen haßte, aus seiner Trance herauszureißen. Er drehte sich um, stieß Peake in die Seite und rief: »Los, Mann, los! Raus hier! Lauf!«

Irgend etwas kreischte-schrie-brüllte.

Billys Herz klopfte wie ein Vorschlaghammer. Das Geräusch kam von der Skyline Road, aus der Straße zur Hölle. Billy traute sich nicht, sich umzusehen.

Es war weder ein menschlicher Schrei, noch der Schrei eines Tiers, aber ohne Zweifel war es der Schrei eines lebenden Wesens. Die Emotionen, die dahinter standen, waren unverwechselbar: rasende Wut, Haß, gieriger Blutdurst.

Glücklicherweise schien der bösartige Schrei noch von weither zu kommen, von weiter oben, aber er kam schnell immer näher.

Ron Peake hastete auf die Leiter zu, und Billy kam direkt hinter ihm her. Ihre Schutzanzüge hielten sie auf, so daß sie nicht schnell vorwärtskamen, obwohl sie nicht weit hatten.

Das Ding in dem Tunnel schrie wieder. Näher.

Wäre Billy ein frommer Mann gewesen und hätte regelmäßig die Kirche besucht, so hätte er vielleicht gewußt, wer einen solchen Schrei ausstoßen könnte.

Der nun schnell immer näher kam.

Billy war aber Katholik, und der moderne Katholizismus legt nicht mehr so großen Wert auf die Qualen der Hölle und ihre Bewohner, sondern beschäftigt sich mehr mit der unendlichen Gnade und Güte Gottes. Die radikalen Protestanten sahen die Hand des Teufels in allem vom Fernsehen bis zum verschlußlosen BH, und sie hätten sofort übernatürliche, satanische Kräfte mit diesem markerschütternden Schrei in Verbindung gebracht. Billy aber wußte nur, daß dieses brüllende Wesen, das da aus den Tiefen der Erde näherkam, böse war. Sehr böse.

Und es kam näher. Viel näher.

Ron Peake erreichte die Leiter, begann, hochzuklettern, ließ seine Taschenlampe fallen und machte sich nicht die Mühe, sie zu holen. Er war zu langsam, und Billy rief von unten: »Mach doch zu, du Penner!«

Peake kletterte hastig die Leiter hoch. Seine Taschenlampe leuchtete in den Tunnel hinter ihnen, aber Billy sah sich nicht um. Er starrte unverwandt nach oben ins Tageslicht. Wenn er sich jetzt umschaute und etwas Entsetzliches sah, dann würde ihn seine Kraft verlassen, und er könnte nicht weiterfliehen, und das Ding würde ihn erwischen. Mein Gott, es würde ihn erwischen.

Der Beton vibrierte wie unter dem Schritt schwerer, aber blitzschneller Füße. *Schau nicht hin, schau nicht hin!*

Billy packte die seitliche Verstrebung der Leiter und kletterte hinter Peake die Leiter hoch, so schnell der ihm das erlaubte. Nun hatte Peake das Einstiegsloch erreicht und stieg auf die Straße hinauf. Billy war die Leiter halb hochgestiegen. Er würde es schaffen. Auf jeden Fall würde er es schaffen.

Sein Schutzanzug kam ihm schwerer vor als je zuvor. Er war eine Rüstung, wog eine Tonne und zog ihn nach unten. Noch eine Stufe.

Er streckte seinen Kopf durch das Einstiegsloch. Copperfield selbst streckte eine Hand aus, um ihm herauszuhelfen.

Das Schreien hinter Billy hörte auf.

Er stieg noch eine Sprosse höher, ließ mit einer Hand die Leiter los, um die ausgestreckte Hand des Generals zu ergreifen — aber plötzlich packte ihn etwas von unten an den Beinen, bevor er die Hand erwischen konnte.

»Nein!«

Irgend etwas packte ihn, riß seine Füße von der Leiter und zerrte ihn nach unten. Schreiend — seltsamerweise hörte er sich selbst nach seiner Mutter schreien — rutschte Billy nach unten, schlug mit seinem Helm gegen die Wand und dann gegen die Leiter, verlor dabei fast das Bewußtsein, versuchte verzweifelt, eine Sprosse der Leiter zu pakken, schaffte es aber nicht, bis er schließlich in den machtvollen Griff eines unaussprechlichen Wesens fiel, das ihn zurück in Richtung Skyline Road zu zerren begann. Er wand sich, trat aus, schlug mit seinen Fäusten um sich, aber all das nutzte ihm nichts. Er wurde gnadenlos weiter in die Kanalisation hineingezerrt.

Im Licht der heruntergefallenen Taschenlampe konnte er etwas von dem Wesen sehen, das ihn gepackt hatte. Nicht viel, aber was er sah, reichte aus, um ihm die Kontrolle über seine Blase und seinen Schließmuskel verlieren zu lassen. Es war wie eine Eidechse, aber doch keine Eidechse, wie ein Insekt, aber doch kein Insekt. Es zischte und miaute und knurrte und schnappte nach seinem Schutzanzug, während es ihn weiterschleifte. Es hatte ein ungeheures Maul und Zähne — allmächtiger Gott, die Zähne! Eine Doppelreihe von rasiermesserscharfen Dornen. Es hatte Klauen und es war riesig, und es hatte rauchige, rote Augen mit schrägstehenden Pupillen, und es hatte Schuppen statt Haut, und über den Augen hatte es zwei nadelspitze Hörner, und statt der Nase hatte es eine Schnauze. Zwischen diesen tödlichen Fängen zuckte eine gespaltene Zunge hervor und züngelte wie bei einer Schlange.

Billy versuchte verzweifelt, sich festzuhalten, riß sich dabei aber nur die Handschuhe auf. Als er die kühle Luft an seinen Händen spürte, überlegte er sich, daß er jetzt wohl verseucht war, aber das spielte nun keine Rolle mehr.

Es zerrte ihn immer weiter in die Dunkelheit. Mit einem Mal hielt es an, hielt ihn fest und riß seinen Schutzanzug auf. Es hämmerte auf seiner Sichtscheibe herum und riß daran, als sei es gierig auf eine wohlschmeckende Nuß in einer harten Schale.

Es hatte nun den größten Teil seines Schutzanzugs heruntergerissen und drängte sich kalt und widerlich glatt an ihn. Es schien zu pulsieren und sich irgendwie zu *verändern*, als es ihn berührte. Billy schnappte nach Luft und weinte laut, und plötzlich fiel ihm eine Illustration in einem alten Katechismus ein. Das Bild eines Dämons. Genauso sah es aus, ganz genau. Die Hörner, die dunkle, gespaltene Zunge, die roten Augen. Ein Dämon, der aus der Hölle aufgestiegen war. Nein, das war doch verrückt, das konnte nicht sein! Während ihm diese Gedanken durch den Kopf rasten, riß ihm die Kreatur den Helm herunter, schob seine Schnauze in sein Gesicht und schnüffelte. Er fühlte, wie die Zunge um seinen Mund und seine Nase spielte. Er bemerkte einen vagen, aber unangenehmen Geruch, wie er ihm bisher noch nie begegnet war. Die Kreatur senkte den Kopf zu seinem Bauch herab, und dann spürte er, wie sich ein seltsames und grauenhaft schmerzhaftes Feuer in ihn hineinfraß; das Feuer einer Säure. Er bäumte sich verzweifelt auf, aber das nützte ihm nichts. Billy hörte sich selbst, wie er in seinem Entsetzen und seinem Schmerz laut schrie: »Es ist der Teufel! Es ist der Teufel!« und erst dann wurde ihm bewußt, daß er ununterbrochen Worte vor sich hingeschrien hatte, seit er von der Leiter herabgezerrt worden war. Nun fraß sich das flammende Feuer in ihn hinein und brannte seine Lungen zu Asche und löste seine Stimmbänder auf und er konnte nichts mehr sagen.

Seine Frage war ihm beantwortet worden.

Er wußte, was mit Sergeant Harker passiert war.

Galen Copperfield war ein Freund der freien Natur und wußte eine Menge über die Tierwelt Nordamerikas. Eines der Tiere, die er am interessantesten fand, war die Falltür-Spinne. Sie baute sich eine tiefe, runde Grube im Boden und verschloß sie mit einer Falltür an einer Angel. Diese Falltür war perfekt dem Rest des Bodens angepaßt, und wenn andere Insekten ahnungslos darüberliefen, wurden sie abrupt in die Grube herabgezerrt und verschlungen. Es war erschreckend und faszinierend, wie schnell das geschah. Im einen Augenblick stand das Opfer noch auf der Falltür, und im nächsten war es verschwunden, als sei es nie dagewesen.

Corporal Velaszquez war so plötzlich verschwunden, als sei er auf eine solche Falltür getreten.

Verschwunden.

Copperfields Leute waren schon wegen Harkers Verschwinden nervös gewesen, und das unheimliche Geheul, das aufgehört hatte, kurz bevor Velaszquez heruntergezerrt worden war, hatte ihnen Angst gemacht. Als der Corporal geholt wurde, waren sie alle zurück über die Straße gestolpert, weil sie fürchteten, etwas würde sich aus der Kanalisation auf sie stürzen.

Copperfield, der gerade nach Velaszquez greifen wollte, als *es* ihn holte, sprang zurück und blieb dann unentschlossen stehen. Das sah ihm nicht ähnlich. Er hatte bisher in einer Krise noch nie Unentschlossenheit gezeigt.

Er entschloß sich, niemand hinter Velaszquez herzuschikken, weil das zweifellos Selbstmord gewesen wäre. Aber diese entsetzlichen Schreie!

Zwischen den Schreien waren einzelne Worte zu hören. Der Corporal machte den verzweifelten Versuch, denen über der Erde — und vielleicht sich selbst — mitzuteilen, was er sah.

»... Eidechse ...«

»... Käfer ...«

»Drache ... prähistorisches ...«

»... Dämon ...«

Und ganz zum Schluß, mit all den Schmerzen und der seelischen Not in der Stimme: »Es ist der Teufel! Es ist der Teufel!«

Danach kam nur noch Stille, und Copperfield schob den Kanaldeckel wieder auf die Öffnung. Wegen des Stromkabels schloß er nicht mehr ganz dicht, aber das Loch war abgedeckt. Der General postierte zwei Mann auf den Bürgersteig daneben und wies sie an, auf alles zu schießen, was herauskam.

Da Harker seine Schußwaffe nichts genutzt hatte, stellte Copperfield mit einigen anderen Leuten Molotov-Cocktails her. Sie holten sich leere Flaschen aus dem Getränke-Laden, füllten zuerst Seifenpulver und dann Benzin hinein, und dann verschlossen sie sie mit zusammengedrehten Lappen.

Ob Feuer helfen würde, wo alles andere versagt hatte?

Was war Harker und Velaszquez geschehen?

Was wird mit mir geschehen? fragte sich Copperfield.

Das erste der beiden fahrbaren Labors hatte mehr als drei Millionen Dollar gekostet, aber es war jeden Penny davon wert.

Das Labor war ein Wunder der Miniaturisierungskunst. Allein der Computer, der nicht größer als zwei Koffer war, konnte komplizierte medizinische Analysen durchführen und war höher entwickelt als die meisten Computer in den Pathologie-Labors der größeren Universitätskliniken. Auch die diagnostische Ausrüstung mit ihren Zentrifugen, ihrem Elektronen-Mikroskop und einer Gefrieranlage stand solchen Labors nicht nach.

Im Augenblick lag auf dem zusammenklappbaren Seziertisch hinter der Fahrerkabine die Leiche von Gary Wechlas, des Toten vor dem Kühlschrank. Seine blaue Pyjama-Hose war weggeschnitten und für eine spätere Untersuchung zur Seite gelegt worden.

Dr. Seth Goldstein, einer der drei führenden forensischen Mediziner der Westküste, würde die Autopsie durchführen. Er stand mit Dr. Daryl Roberts auf einer Seite des Tisches, und Copperfield stand auf der anderen. Über ihnen nahm eine Video-Kamera die gesamte Prozedur auf.

Goldstein begann zunächst mit einer detaillierten Beschreibung der Leiche, was, wie bei einer normalen Autopsie auch, auf Band aufgenommen wurde. Er konnte keine äußere Verletzung an der Leiche finden.

Er zögerte kurz, da er nicht recht wußte, wo er anfangen sollte. Unter normalen Umständen hatte er schon vor Beginn der Autopsie eine recht genaue Vorstellung von der Todesursache. War der Verstorbene einer Krankheit erlegen, so hatte er gewöhnlich das Krankenblatt des Hospitals zur Hand. War ein Unfall die Todesursache, waren sichtbare Verletzungen da. Hier aber gab der Zustand der Leiche mehr Anlaß zu Fragen, als er beantwortete.

Als spürte er die Gedanken des Arztes, sagte Copperfield: »Sie müssen einfach etwas herausbekommen, Doktor. Sehr wahrscheinlich hängt unser Leben davon ab.«

Viele von den diagnostischen Geräten in dem ersten Wohnwagen waren in dem zweiten auch vorhanden. Er hatte keinen Seziertisch, dafür aber drei Computerausgänge statt zwei, sowie verschiedene andere Geräte, die in dem ersten Wohnwagen nicht vorhanden waren.

Dr. Enrico Valdez arbeitete zusammen mit Houk und Niven am Computer an der Analyse der verschiedenen Proben, die sie aus Geschäften und Privathäusern an der Skyline Road entnommen hatten. Sie suchten nach Spuren von Nervengas oder anderer chemischer Substanzen, hatten aber bisher überhaupt noch nichts Außergewöhnliches gefunden.

Dr. Valdez glaubte inzwischen auch nicht mehr, daß sich ein Nervengas oder eine Krankheit als verantwortlich erweisen würde. Langsam kam ihm der Verdacht, daß die Angelegenheit hier in Isleys und Arkhams Zuständigkeitsbereich fallen könnte. Sie waren die beiden, die keine Namensschilder auf ihren Schutzanzügen trugen. Als Dr. Valdez ihnen in Sacramento vorgestellt worden war und erfahren hatte, was ihr Forschungsgebiet war, hätte er fast gelacht. Er hatte es im Stillen für eine Verschwendung von Steuergeldern gehalten, aber jetzt war er nicht mehr so sicher.

Auch Dr. Sara Yamaguchi war in dem zweiten Wohnwagen beschäftigt.

Sie präparierte Bakterien-Kulturen. Mit einer Blutprobe vom Körper von Gary Wechlas infizierte sie methodisch eine Reihe von verschiedenen Nährlösungen, in denen Bakterien gewöhnlich gedeihen.

Sara Yamaguchi war eine Genetikerin, die seit elf Jahren in der DNS-Forschung arbeitete. Falls es sich herausstellen sollte, daß ein von Menschen hergestellter Mikroorganismus für die Zustände in Snowfield verantwortlich war, würde sie eine zentrale Rolle bei der Untersuchung spielen.

Wie Dr. Valdez hatte sie sich schon überlegt, ob Isley und Arkham möglicherweise wichtiger werden könnten, als sie gedacht hatte. Noch am Morgen war ihr das Sachgebiet der beiden so exotisch vorgekommen wie Voodoo, aber nach den Ereignissen seit ihrer Ankunft in Snowfield waren ihre Überzeugungen ins Wanken geraten.

Dr. Wilson Bettenby, der Leiter der zivilen Wissenschaftler-Abteilung der B-und C-Waffen-Abwehreinheit für die Westküste, saß zwei Sitze neben Dr. Valdez an einem Computerausgang.

Er führte mit verschiedenen Wasserproben Analyse-Programme durch. Die Proben wurden in einen Prozessor geschoben, der das Wasser destillierte, das Destillat speicherte und mit den herausgefilterten Substanzen spektrographische Analysen und andere Tests durchführte. Er suchte nicht nach Mikroorganismen; dafür wäre eine andere Prozedur nötig gewesen. Diese Maschine identifizierte und quantifizierte nur alle Mineralien und chemischen Elemente in dem Wasser.

Mit einer Ausnahme waren die Proben aus verschiedenen Wasserhähnen in Küchen und Bädern an der Vale Lane entnommen worden. Sie enthielten keine gefährlichen chemischen Substanzen.

Eine Wasserprobe war am Vorabend von Deputy Autry vom Küchenboden in der Wohnung in der Vale Lane entnommen worden. Nach den Angaben von Sheriff Hammond waren in verschiedenen Häusern Wasserpfützen und nasse Teppichböden gefunden worden, aber die waren im Verlauf der Nacht verdunstet beziehungsweise mehr oder weniger ausgetrocknet, so daß man hier keine Probe mehr entnehmen konnte.

Er schob die von dem Deputy genommene Probe in den Prozessor.

Nach wenigen Minuten lieferte der Computer die Analyse. Das Wasser enthielt außer seinen beiden Bestandteilen Wasserstoff und Sauerstoff keinerlei Elemente oder Chemikalien irgendwelcher Art, war also chemisch rein. Autrys Probe konnte nicht aus der städtischen Wasserversorgung stammen, denn es enthielt weder Chlor noch Fluor, und aus einer Flasche konnte es auch nicht kommen, denn dann hätte es Spurenelemente enthalten. Selbst wenn in der Küche eine Wasserbereinigungsanlage eingebaut gewesen wäre, hätten sich noch Spuren von Mineralien nachweisen lassen müssen. Autrys Probe war reinstes, laborgeeignetes, destilliertes und mehrfach gefiltertes Wasser.

Wie kam das auf den Küchenboden?

War die Lache in dem Getränkeladen auch solches Wasser?

Woher hatte jemand so reines Wasser in solchen Mengen?

Merkwürdig.

Jenny, Bryce und Lisa saßen an einem Ecktisch in dem Speiseraum des Hilltop Inn. Major Isley und Captain Arkham, die beiden, die keine Namen auf den Helmen trugen, saßen ihnen gegenüber. Sie hatten ihnen erzählt, was mit Corporal Velaszquez passiert war, und sie hatten ein Tonbandgerät mitgebracht, das nun vor ihnen auf dem Tisch stand.

»Ich vermag immer noch nicht einzusehen, warum das nicht noch warten kann«, sagte Bryce.

»Es dauert nicht lange«, sagte Major Isley.

»Wir haben eine Menge Arbeit vor uns«, sagte Bryce. »Wir müssen alle Häuser durchsuchen, und wir können nur bei Tageslicht arbeiten. Nachts schicke ich niemanden mehr los.«

Major Isley sagte: »Nur ein paar Fragen.«

Arkham schaltete das Tonbandgerät ein.

»Fangen wir mit Ihnen an, Sheriff«, sagte Major Isley. »Haben Sie in den letzten 48 Stunden vor diesen Ereignissen irgendwelche Berichte über Stromausfälle oder Störungen im Telefonnetz erhalten?«

»Soviel ich weiß, nicht«, sagte Bryce.

»Haben Sie Berichte über irgendwelche Explosionen oder andere Laute und unerklärliche Geräusche erhalten?«

»Nein. Nichts dergleichen.«

Jenny fragte sich, was all diese Fragen sollten.

Isley zögerte und sagte: »Irgendwelche Berichte über ungewöhnliche Flugzeuge in der Gegend?«

»Nein.«

Lisa mischte sich ein. »Sie beide gehören doch regulär nicht zu General Copperfields Team, oder? Deshalb haben Sie keine Namensschilder auf den Helmen.«

Bryce sagte: »Außerdem passen Ihre Schutzanzüge nicht so genau wie bei den anderen.«

»Sehr aufmerksam von Ihnen«, sagte Isley. »Wir wollten es Ihnen nicht gleich sagen, wonach wir suchen, weil wir dann wahrscheinlich ehrlichere Antworten bekommen würden. Wir kommen von der Air Force und gehören zum Projekt *Skywatch*. Das ist zwar keine geheime Organisation, aber wir bemühen uns, nicht zu sehr an die Öffentlichkeit zu treten.«

»*Skywatch?* Sie beobachten den Himmel?« Lisa strahlte förmlich. »Reden Sie von UFOs? Fliegende Untertassen?«

Jenny sah, wie Isley bei den letzten Worten leicht zusammenzuckte. »Wir fahren nicht in der Gegend herum und überprüfen jeden Spinner, der kleine, grüne Männchen vom Mars gesehen hat«, sagte er. »Erstens einmal fehlen uns dafür die Mittel. Unsere Aufgabe ist es, die wissenschaftlichen, sozialen und militärischen Aspekte einer ersten Begegnung der Menschheit mit außerirdischen Intelligenzen zu planen. Eigentlich sind wir nicht mehr als ein Planungsstab.«

Bryce schüttelte den Kopf. »Hier in der Gegend hat keiner irgendwelche fliegenden Untertassen gemeldet.«

»Genau das ist es, was Major Isley gemeint hat«, sagte Arkham. »Nach unseren Überlegungen könnte eine solche Begegnung so bizarr beginnen, daß wir sie gar nicht als solche erkennen. Wir gehen allgemein von der Vorstellung aus, daß ein Raumschiff vom Himmel herunterkommt, aber so muß es ja nicht unbedingt sein. Wenn wir vielleicht auf *wirklich* fremde Intelligenzen stoßen, könnte sich ihr Konzept von einem Raumschiff so von unserem unterscheiden, daß wir ihr Fahrzeug gar nicht als Raumschiff erkennen. Wir untersuchen deshalb auch solche merkwürdigen Phänomene, die auf den ersten Blick nichts mit einem UFO zu tun zu haben scheinen. Wir haben zum Beispiel im letzten Frühjahr in Vermont einen extrem aktiven Poltergeist überprüft —«

»Ist denn ein Poltergeist nicht eine übernatürliche Erscheinung?« fragte Bryce. »Was kann denn ein Geist mit Ihrem Interessengebiet zu tun haben?«

»Nichts«, sagte Isley. »Wir glauben nicht an Geister. Wir dachten aber, es könnte sich da um einen fehlgeschlagenen telepathischen Kommunikationsversuch handeln.«

»Und welche Entscheidung haben Sie dann über diesen Poltergeist in Vermont getroffen?« fragte Jenny.

»Entscheidung? Gar keine. Wir fanden das bloß ... interessant.«

Jenny sah zu Lisa und bemerkte, daß sie ihre Augen weit geöffnet hatte. Monster aus dem Weltraum, das war eine Bedrohung, auf die sie durch Filme und Bücher und Fernsehen gründlich vorbereitet war. Die Morde in Snowfield wurden dadurch nicht weniger schrecklich, aber zumindest war es eine *bekannte* Bedrohung, und die war dem Unbekannten weit vorzuziehen. Jenny bezweifelte es zwar sehr, daß das hier der erste Kontakt der Menschheit mit Wesen von anderen Sternen war, aber Lisa schien nur zu gern bereit, daran zu glauben.

»Und was ist mit Snowfield?« fragte das Mädchen. »Steckt so etwas dahinter? Ist hier etwas von — von dort oben gelandet?«

Arkham sah Isley beunruhigt an. Isley räusperte sich, was durch den Lautsprecher auf seiner Brust mechanisch und rauh klang. »Äh, es ist noch viel zu früh, um darüber ein Urteil abgeben zu können. Wir halten es jedoch für möglich, daß es bei einem solchen ersten Kontakt zu einer unerklärlichen Verseuchung kommen könnte. Deshalb wurden wir auch von General Copperfield sofort über den unerklärlichen Ausbruch einer unbekannten Krankheit informiert, und deshalb sind wir hier.«

»Wenn das hier aber tatsächlich ein außerirdisches Wesen ist«, sagte Bryce, der das offensichtlich nicht zu glauben schien, »dann kommt es mir für ein Wesen mit ›überlegener‹ Intelligenz aber verdammt brutal vor.«

»Das hatte ich mir auch schon überlegt«, sagte Jenny.

Isley zog die Augenbrauen hoch. »Es gibt keinerlei Garantie dafür, daß ein Wesen von überlegener Intelligenz pazifistisch und wohlwollend ist. Das ist ein weit verbreitetes Vorurteil, muß aber keineswegs so sein. Die Menschen sind schließlich erheblich weiter entwickelt als die Gorillas, aber trotzdem sind wir als Spezies weit aggressiver.«

»Vielleicht werden wir eines Tages eine wohlwollende außerirdische Rasse kennenlernen, die in vollständiger Harmonie mit den Artgenossen und anderen Rassen lebt und uns beibringen wird, wie wir in Frieden leben können«, sagte Arkham. »Vielleicht wird sie uns das Wissen und die Technologie schenken, mit der wir unsere Probleme hier auf der Erde lösen und die Sterne erreichen können.«

»Vielleicht. Wir können die Alternative aber nicht ausschließen«, sagte Arkham grimmig.

26
London, England

Als es in Snowfield Montag Vormittag elf Uhr war, war es in London sieben Uhr abends.

Ein trüber, verregneter Tag war in einen trüben, verregneten Abend gemündet. Professor Timothy Flyte stand in seinem kleinen Zwei-Zimmer-Apartment in der winzigen Küche und machte sich ein Sandwich. Nach dem üppigen Sektfrühstück auf Burt Sandlers Kosten hatte er das Mittagessen ausgelassen.

Er hatte heute zwei Stunden gegeben, eine in Hieroglyphen-Analyse und eine in Latein. Nach dem schweren Frühstück war er in beiden fast eingeschlafen, aber damit hatten sich seine Schüler bei den niedrigen Preisen, die sie bezahlten, eben abfinden müssen.

Während er eine dünne Scheibe gekochten Schinken und eine Scheibe Käse auf das mit Senf beschmierte Brot legte, hörte er draußen im Gang das Telefon klingeln. Er glaubte nicht, daß es für ihn war, denn er bekam nur wenig Anrufe.

Sekunden später klopfte es jedoch an seine Tür, und der junge Inder, der nebenan wohnte, rief ihn ans Telefon und sagte, ein gewisser Sandler rufe ihn an.

Sandler? Burt Sandler?

Im Verlauf des Frühstücks waren sie übereingekommen, daß er eine völlig neue, popularisierte Version von *Der Alte Feind* schreiben solle. Er hatte solche Angebote in der Vergangenheit zwar schon mehrfach abgelehnt, aber nun hatte ihn seine jahrelange Geldknappheit seine Prinzipien vergessen lassen. Sandler hatte sich zu einer Vorauszahlung von 15000 Dollar bereiterklärt, was an ein Wunder grenzte. Während der Professor die schmale Treppe zum Telefon hinunterging, kam ihm der Verdacht, Sandler hätte es sich vielleicht anders überlegt. Sein Herz begann fast schmerzhaft heftig zu klopfen.

Flyte nahm den Hörer auf. »Hallo?«

»Mein Gott, haben Sie die Abendzeitung nicht gelesen?« fragte Sandler mit schriller, fast hysterischer Stimme.

Flyte fragte sich, ob Sandler vielleicht betrunken war. Was sollte die Frage denn?

Bevor der Professor antworten konnte, sprach Sandler aufgeregt weiter: »Ich glaube, es ist passiert. Es ist tatsächlich passiert, Dr. Flyte. Es steht in der Zeitung. Sie meldet zwar noch nicht viele Details, aber es sieht ganz danach aus.«

Professor Flyte verlor langsam die Geduld. »Wenn Sie vielleicht etwas genauer werden könnten, Mr. Sandler?«

»Der Alte Feind, Dr. Flyte. Eines von diesen Wesen hat wieder zugeschlagen. Gestern in einer Stadt in Kalifornien. Die meisten Bewohner sind spurlos verschwunden, einige sind tot. Eine ganze Stadt. Verschwunden.«

»Gott sei ihnen gnädig«, sagte Flyte. Er war sprachlos. Neben dem Telefon stand ein Stuhl. Plötzlich brauchte er ihn.

»Ich habe einen Freund bei Associated Press hier in London, und er hat mir einige Details erzählt, die noch nicht in den Zeitungen stehen«, sagte Sandler. »Anscheinend hat eines der Opfer Ihr Buch gelesen. Als der Angriff kam, hat er sich in sein Bad eingeschlossen. Es hat ihn zwar trotzdem erwischt, aber vorher hat er noch Ihren Namen und den Titel Ihres Buches auf den Badezimmerspiegel geschrieben. Die Leute in Kalifornien haben keine Ahnung, was passiert ist. Sie wissen nicht einmal, daß *Der Alte Feind* ein Buchtitel ist und halten es möglicherweise für biologische oder chemische Kriegsführung. Los, im Auto erzähle ich weiter.«

»Auto?« fragte Flyte.

»Ich hole Sie gleich mit einem Auto ab. Sie haben doch wohl einen Reisepaß?«

»Äh, ja, aber —«

»Wir fliegen nach Kalifornien. Ich habe schon einen Platz in der Maschine heute abend für Sie reservieren lassen.«

»Aber das kann ich mir doch gar nicht leisten —«

»Das bezahlt der Verlag, machen Sie sich da keine Sorgen. Sie schreiben jetzt nicht mehr eine Neufassung von *Der Alte Feind,* sondern einen sachkundigen, fundierten Bericht über die Ereignisse in Kalifornien. Verstehen Sie? Tolle Idee, was?«

»Halten Sie das denn für richtig?« fragte Flyte besorgt. »Würde das nicht so aussehen, als wollte ich aus einer schrecklichen Tragödie Kapital schlagen?«

Sandler reagierte mit einer gewissen Ungeduld auf die Bedenken des Professors. »Na ja, das mag ja sein. Über den Aspekt habe ich noch nicht nachgedacht, aber wenn Sie mit Ihrer Sachkenntnis das Buch nicht schreiben, macht es jemand anders, der dann bestimmt Ihre Theorien verzerrt wiedergibt. Nein, nein, das müssen Sie schon machen.«

»Meinen Sie wirklich ...«

»Aber sicher. Packen Sie Ihren Koffer. In einer halben Stunde bin ich bei Ihnen.«

Während das Taxi mit halsbrecherischer Geschwindigkeit zum Flughafen raste, gab Sandler noch die letzten Anweisungen. »In New York legen Sie einen kurzen Aufenthalt ein. Sie werden von einem unserer Leute abgeholt, aber die Pressekonferenz halten wir erst in San Francisco ab.«

»Könnte ich nicht in aller Stille nach Santa Mira fliegen und mich dort mit den Behörden in Verbindung setzen?« fragte Flyte unglücklich.

Diese Idee entsetzte Sandler offensichtlich. »Nein, nein, ausgeschlossen. Die Pressekonferenz brauchen wir unbedingt. Sie sind schließlich der einzige, der die Antwort weiß, Dr. Flyte, und das müssen wir allen klarmachen. Wir müssen die Werbetrommel für Ihr nächstes Buch rühren, bevor sich Norman Mailer die Sache unter den Nagel reißt.«

»Ich habe mit dem Buch doch noch nicht einmal angefangen.«

»Mein Gott, wem sagen Sie das! Und bis wir es herausbringen, werden wir uns vor Vorbestellungen nicht retten können!«

Das Taxi raste mit quietschenden Reifen um die Ecke.

»Ein Agent von uns holt Sie in San Francisco vom Flughafen ab«, sagte Sandler weiter. »Irgendwie müssen wir Sie von da nach Santa Mira schaffen. Vielleicht am besten mit einem Hubschrauber.«

»Hubschrauber?« fragte Flyte erstaunt zurück.

Das Taxi sauste durch eine Pfütze und schleuderte eine Fontäne in die Luft.

Burt Sandler, der seit Beginn der Fahrt ununterbrochen geredet hatte, war noch immer nicht fertig. »Eines noch. Bei der Pressekonferenz müssen Sie auch von den Fällen erzählen, von denen Sie mir auch berichtet haben. Vor allem aber müssen Sie ihnen Fälle auftischen, die in den Vereinigten Staaten passiert sind — auch wenn es schon vor der Gründung der Vereinigten Staaten war. Ist nicht die erste englische Kolonie in Amerika spurlos verschwunden?«

»Doch, die Kolonie auf der Roanoke-Insel. Als 1590 eine britische Expedition unter Führung von Sir Walter Raleigh zu der Kolonie zurückkam, waren die Siedler ohne Ausnahme verschwunden. 120 Menschen sind spurlos verschwunden. Über ihr Schicksal gibt es zahllose Theorien, aber nach der populärsten sind sie den Croatoanern zum Opfer gefallen, denn der Name dieses Stammes war von den Kolonisten hastig in einen Baum geschnitten worden. Die Croatoaner aber wußten angeblich nichts von den Siedlern, und sie waren ein sehr friedlicher Stamm. Außerdem fanden sich in der Siedlung keinerlei Anzeichen von Gewaltanwendung, und es sind weder Leichen noch irgendwelche Knochen gefunden worden. Gräber auch nicht. Wie Sie sehen, wirft also die am meisten akzeptierte Theorie mehr Fragen auf, als sie beantwortet.

Nach meiner Theorie nun haben die Siedler den Namen dieses Indianerstammes deshalb in den Baum geschnitten, weil seine Angehörigen wußten, was mit den Siedlern geschehen ist. Nach Berichten von britischen Forschern, die mit Croatoanern gesprochen haben, hatten die tatsächlich eine Vorstellung davon, was passiert war, oder sie glaubten es zumindest. Nach Berichten dieser Indianer sind gleichzeitig mit den Siedlern auch große Mengen von Tieren aus der Wildnis verschwunden, in denen sie jagten. Die Indianer brachten das mit übernatürlichen Wesen in Verbindung, vor denen sie eine ungeheure abergläubische Angst hatten. Die Weißen interessierten sich leider damals nicht für die indianischen Religionen und haben deshalb nicht mehr in dieser Richtung weitergefragt. Ich habe mich aber selbst mit den religiösen Überzeugungen der Croatoaner befaßt — was übrigens nicht leicht war, weil dieser Stamm schon sehr lange ausgestorben ist —, und es hat sich herausgestellt, daß sie unter anderem an einen bösen Geist geglaubt haben, der der Ursprung von allem Bösen ist und den man vielleicht mit dem christlichen Satan vergleichen könnte. Den indianischen Namen dieses Geistes weiß ich nicht mehr, aber grob übersetzt lautete er: ›Er, der alles sein kann, aber nichts ist.‹«

»Mein Gott«, sagte Sandler. »Das paßt doch genau auf den Alten Feind.«

»Manchmal verstecken sich hinter religiösen Überzeugungen auch Wahrheiten. Die Croatoaner glaubten, die Siedler seien von diesem Wesen geholt worden. Man kann also nicht mit Bestimmtheit sagen, ob der Alte Feind diese Siedler geholt hat oder nicht, aber meiner Ansicht nach sprechen genug Indizien für die Möglichkeit, um sie ernsthaft in Erwägung ziehen zu können.«

»Fantastisch!« sagte Sandler. »Genau so müssen Sie das den Reportern bei der Pressekonferenz erzählen!«

Das Taxi bremste quietschend vor dem Flughafengebäude ab. Sandler drückte dem Fahrer einige Fünf-Pfund-Noten in die Hand und sagte: »Dr. Flyte, jetzt müssen wir Sie aber in das Flugzeug schaffen.«

Von seinem Fensterplatz aus sah Timothy Flyte die Lichter der Stadt unter sich verschwinden. Das Flugzeug stieg nach oben, durchstieß die Wolkendecke, und bald war die Nacht von dem unheimlichen Licht des Mondes erfüllt, das von den unruhigen Wolken reflektiert wurde.

Als das Warnsignal erlosch, löste Flyte seinen Gurt, konnte sich aber noch nicht entspannen. Seine Gedanken rasten.

Als die Stewardeß mit dem Getränkewagen kam, bat er sie um einen Scotch.

Die Spannung, die ihn gepackt hatte, war nicht unangenehm. Nur zu gern begann er eine neue Phase seiner Existenz. Er riskierte es zwar, wegen seiner Theorien wieder verspottet und ausgelacht zu werden, aber vielleicht konnte er sie ja auch beweisen. Er leerte seinen Scotch, und als die Stewardeß wieder vorbeikam, bestellte er noch einen, nippte langsam daran und entspannte sich.

27
Flucht

Durch das vergitterte Fenster seiner Arrestzelle hatte Fletcher Kale einen guten Blick auf die Straße. Er sah den ganzen Morgen die Reporter ankommen. Es mußte etwas wirklich Großes passiert sein.

Die anderen Häftlinge gaben sich Neuigkeiten von Zelle zu Zelle weiter, aber an Kale wollte niemand etwas weitergeben. Sie haßten ihn, und oft nannten sie ihn Kinderschlächter. Auch in einem Gefängnis gab es soziale Abstufungen, und niemand stand tiefer als ein Kindermörder. Eigentlich war es fast komisch. Selbst die brutalsten Verbrecher verspürten Bedürfnis, sich irgend jemandem gegenüber moralisch überlegen zu fühlen, und so verfolgten und verspotteten sie gnadenlos jeden, der einem Kind etwas getan hatte, und kamen sich im Vergleich dazu wie Priester oder Bischöfe vor.

Idioten. Kale verachtete sie. Er würde ihnen nicht die Genugtuung geben und sie um etwas bitten, sondern streckte sich auf seiner Liege aus und träumte von seiner herrlichen Zukunft: Ruhm, Reichtum, Macht ...

Als sie ihn um halb zwölf zur offiziellen Verlesung der Anklageschrift holen kamen, lag er noch immer auf dem Bett. Der Deputy, der ihn abholte — ein grauhaariger Mann mit einem Spitzbauch —, kam in die Zelle und legte Kale die Handschellen an.

»Wir sind heute etwas knapp«, sagte er zu Kale. »Deshalb komme ich allein. Glauben Sie aber deshalb bloß nicht, Sie könnten abhauen. Sie sind gefesselt, ich habe eine Pistole, und nichts würde mir mehr Spaß machen, als Ihnen damit eine zu verbraten.«

In seinen Augen stand deutlich der Abscheu geschrieben.

Endlich wurde die Möglichkeit, daß er den Rest seines Lebens hinter Gittern verbringen könnte, für Kale real. Zu seiner eigenen Überraschung begann er zu weinen, als er aus der Zelle herausgeführt wurde.

Die anderen Gefangenen lachten schadenfroh und nannten ihn eine Heulsuse. Der Deputy mit dem Spitzbauch versetzte Kale einen Stoß und sagte: »Na los, vorwärts!«

Als sie in dem kleinen Fahrstuhl nach unten fuhren, erkannte er, daß der Deputy sich von ihm nicht mehr bedroht fühlte. Er betrachtete ihn nicht mehr als Gefahr. Kales emotioneller Zusammenbruch ekelte ihn an, und er stieß ihn ständig mit seinem Knüppel weiter, auch wenn das nicht nötig war.

Nach einiger Zeit war auch in Kale eine Veränderung eingetreten. Er weinte zwar noch immer still vor sich hin, aber seine Tränen waren nicht mehr echt, und er zitterte nun vor Erregung und nicht mehr vor Verzweiflung.

Sie kamen wieder an einer Wache vorbei. Der Deputy zeigte einem anderen Deputy, der ihn Joe nannte, seine Papiere. Kale wendete sein Gesicht vor ihm ab, als schämte er sich. Er weinte weiter.

Dann waren er und Joe draußen und gingen über einen großen Parkplatz, auf dem eine Reihe von Polizeiwagen abgestellt war. Es war ein warmer, sonniger Tag.

Kale tat noch immer so, als würde er weinen und als würden ihm die Knie weich. Er hielt seinen Kopf gesenkt und seine Schultern hochgezogen und ging mit schlurfenden, mutlosen Schritten, als sei er völlig gebrochen.

Bis auf ihn und den Deputy war der Parkplatz leer. Nur die beiden, ganz allein. Perfekt.

Bis zu dem Polizeiwagen wartete Kale auf den richtigen Moment. Eine Weile dachte er schon, er würde nicht kommen.

Dann aber stieß ihn Joe gegen einen Wagen und drehte sich halb zur Seite, um die Tür aufzuschließen — und da schlug Kale zu. Er warf sich auf den Deputy, als er sich vorbeugte, um den Schlüssel ins Schlüsselloch zu stecken. Der Deputy schnappte nach Luft und schwang eine Faust nach ihm. Zu spät. Kale duckte den Schlag ab, schnellte hoch und drückte Joe gegen den Wagen. Der Deputy wurde blaß vor Schmerz, als sich ihm der Türgriff mit voller Wucht gegen die Wirbelsäule rammte. Der Schlüsselring flog ihm aus der Hand, und während er noch in der Luft war, griff Joe mit der gleichen Hand nach seiner Pistole.

Kale wußte, daß er ihm mit seinen gefesselten Händen die Pistole nicht abnehmen konnte. Wenn es dem Deputy gelang, sie zu ziehen, war der Kampf vorbei.

Also sprang Kale dem Mann an die Kehle und packte ihn mit den Zähnen. Er biß fest zu, fühlte Blut spritzen, biß wieder zu, schob seinen Mund tiefer in die Wunde wie ein dressierter Hund, biß wieder zu, und der Deputy schrie auf, aber es war nur ein schwaches Blubbern, das niemand hätte hören können, und dann fiel die Pistole aus dem Halfter auf den Boden, beide Männer stürzten hin. Kale war oben, und als der Deputy wieder zu schreien versuchte, riß Kale das Knie hoch, und immer weiter pulsierte das Blut aus der zerrissenen Kehle.

»Du Hund«, sagte Kale.

Der Blick des Deputys erstarrte. Das Blut hörte auf zu spritzen. Es war vorbei.

Noch nie hatte sich Kale so stark gefühlt, so *lebendig.*

Er sah sich auf dem Parkplatz um. Noch immer niemand zu sehen. Er holte sich die Schlüssel, probierte so lange, bis er den richtigen gefunden hatte, schloß die Handschellen auf und warf sie unter den nächsten Wagen. Auch die Leiche des Deputys rollte er unter ein Auto und außer Sicht.

Er wischte sich mit einem Ärmel sein Gesicht ab. Sein Hemd war voller Blutflecken, aber daran war ebensowenig zu ändern wie an der Tatsache, daß er weite, blaue, schlechtsitzende Anstaltskleidung aus grobem Tuch und Leinenschuhe trug.

Er kam sich auffällig vor, während er an dem Zaun entlangeilte und den Parkplatz durch das offene Tor verließ. Er überquerte die Seitenstraße und ging auf einen anderen Parkplatz hinter einem großen, zweistöckigen Apartment-Haus. Er sah zu all den Fenstern hoch und hoffte, daß gerade niemand heraussah.

Auf dem Parkplatz standen vielleicht zwanzig Autos. Bei

einem gelben Datsun steckten die Schlüssel im Zündschloß. Er setzte sich hinter das Steuer, warf die Tür zu und seufzte erleichtert auf. Er war außer Sicht und hatte ein Transportmittel.

Auf der Ablage stand eine Schachtel Kleenex-Tücher. Mit ihrer Hilfe und etwas Spucke machte er sein Gesicht sauber. Nachdem er das Blut abgewischt hatte, betrachtete er sich selbst im Rückspiegel — und grinste.

28
Bestandsaufnahme

Während General Copperfields Team die Autopsie durchführte und mit den Tests im Labor begann, teilte Bryce Hammond seine Leute in zwei Suchtrupps auf und begann, die Häuser der kleinen Stadt einzeln zu untersuchen. Frank Autry führte den ersten Trupp an, und Major Isley ging als Beobachter mit. Captain Arkham schloß sich Hammonds Gruppe an. Die beiden Trupps waren nie mehr als ein Gebäude weit voneinander entfernt und blieben über Walkie-Talkie miteinander in Verbindung.

Jenny begleitete Bryce. Sie kannte die Bewohner von Snowfield und würde daher wahrscheinlich irgendwelche Leichen identifizieren können, die sie fanden. Außerdem wußte sie in den meisten Fällen, wieviele Bewohner ein Haus jeweils gehabt hatte, was ihnen dabei helfen würde, eine Liste der Vermißten zusammenzustellen.

Sie machte sich Gedanken darüber, daß sie Lisa eventuell wieder schrecklichen Bildern aussetzen würde, aber sie konnte es nicht ablehnen, sich an der Durchsuchung zu beteiligen, und ihre Schwester im Hilltop zurücklassen konnte sie auch nicht. Nicht, nachdem Harker und Velaszquez ein so schreckliches Schicksal hatten erleiden müssen. Lisa wurde jedoch gut mit der Spannung der Suche von Haus zu Haus fertig. Sie wollte sich noch immer Jenny beweisen, und Jenny wurde immer stolzer auf sie.

Eine Weile fanden sie keine Leichen. Die ersten Häuser und Geschäfte, die sie durchsuchten, waren leer. In manchen Häusern war der Tisch fürs Sonntagsessen gedeckt oder Badewannen waren mit inzwischen kaltgewordenem Wasser gefüllt. Manchmal lief noch ein Fernsehprogramm ohne Publikum ab.

In einer Küche entdeckten sie das Sonntagsessen auf dem Elektroherd. Das Essen in den drei Töpfen hatte schon so lange gekocht, daß jegliches Wasser daraus verdunstet war. Die Überreste waren trocken, hart, blasig und unidentifizierbar. Die Edelstahltöpfe waren ruiniert und hatten sich innen und außen blauschwarz verfärbt. Die Plastikgriffe waren weich geworden und zum Teil geschmolzen. In dem gesamten Haus war der beißendste, widerlichste Gestank verbreitet, den Jenny je erlebt hatte.

Bryce schaltete die Platten ab. »Es ist geradezu ein Wunder, daß nicht das ganze Haus abgebrannt ist.«

»Wenn es ein Gasherd gewesen wäre, wäre es wahrscheinlich so gekommen«, sagte Jenny.

Als sie wieder draußen waren, holten alle außer Major Arkham mit seinem Schutzanzug, der das nicht nötig hatte, tief Luft und genossen die frische Bergluft, um sich von dem ekelerregenden Gestank in dem Haus zu befreien.

In dem Haus nebenan fanden sie die erste Leiche des Tages. Es war John Farley, dem ein Lokal gehört hatte. Zu Lebzeiten war er ein auffälliger Mann in den vierziger Jahren mit graumeliertem Haar, einer großen Nase und einem großen Mund mit einem ansteckenden Lachen gewesen. Nun war er verfärbt und aufgeschwollen, seine Augen traten aus den Höhlen und seine Kleider platzten wegen der Schwellung aus den Nähten.

Farley saß in seiner großen Küche am Frühstückstisch. Vor ihm stand ein Teller mit Ravioli und Hackfleischbällchen und ein Glas Rotwein. Neben dem Teller lag ein aufgeschlagenes Magazin. Farley saß aufrecht auf seinem Stuhl. Eine Hand lag mit der Handfläche nach oben auf seinem Schoß. Sein anderer Arm lag auf dem Tisch, und in der Hand hielt er ein Stück Brot. Farleys Mund stand halb offen, und mit seinen Zähnen hatte er ein Stückchen Brot gepackt. Er war beim Kauen gestorben, und seine Backenmuskeln waren noch nicht entspannt.

»Mein Gott«, sagte Tal. »Er hat nicht einmal Zeit gehabt, das Brot auszuspucken oder zu verschlucken. Er muß sofort tot gewesen sein.«

»Und er hat vorher nichts von seinem Angreifer bemerkt«, sagte Bryce. »Schaut euch sein Gesicht an. Er zeigt keinen entsetzten oder überraschten Ausdruck wie die anderen.«

Jenny starrte die Backenmuskeln des Mannes an und sagte: »Ich verstehe bloß nicht, warum sich beim Tod die Muskeln nicht entspannen. Es ist einfach unheimlich.«

In der Kirche strömte das Sonnenlicht durch die hauptsächlich blau- und grüngefärbten bunten Glasfenster auf das polierte Holzgestühl und an die Wände.

Als wäre man unter Wasser, dachte Gordy Brogan, als er Frank Autry durch das eigenartig und schön beleuchtete Mittelschiff folgte. Direkt hinter der Vorhalle fiel ein rotgefärbter Lichtstrahl auf das weiße Marmorbecken und färbte das Weihwasser darin rot wie das Blut Christi. Gordy war der einzige Katholik von den fünf Männern des Suchtrupps. Er befeuchtete zwei Finger in dem Weihwasser, bekreuzigte sich und kniete kurz nieder.

In der Kirche herrschte eine feierliche Stille. Niemand saß auf den Stühlen, und zunächst sah es so aus, als sei die Kirche leer. In der Luft hing ein leichter Duft von Weihrauch.

Dann aber sah Gordy genauer zum Altar hin und schnappte nach Luft.

Auch Frank sah es. »Oh, mein Gott!«

Der Altarraum war schattiger als der Rest der Kirche, und deshalb hatten sie das scheußliche Sakrileg über dem Altar nicht sofort bemerkt. Die Altarkerzen waren ganz heruntergebrannt und ausgegangen.

Als die Männer des Suchtrupps jedoch vorsichtig durch den Mittelgang zum Altar gingen, konnten sie das lebensgroße Kruzifix hinter dem Altar deutlicher sehen. Es war ein Holzkreuz mit einer schönen, handbemalten und glasierten Gipsfigur Christi daran. Im Augenblick aber wurde ein großer Teil davon von einem anderen Körper verdeckt, der davor hing. Es war der Priester in seinem Ornat; er war an das Kreuz genagelt.

Zwei Chorknaben knieten vor dem Altar auf dem Boden. Sie waren tot, verfärbt und aufgeschwollen.

Das Fleisch des Priesters hatte begonnen, sich dunkler zu verfärben und andere Verwesungsmerkmale zu zeigen. Der Körper war nicht in dem gleichen bizarren Zustand wie alle anderen, die sie bisher gefunden hatten, sondern seine Verfärbung war so, wie man das bei einem einen Tag alten Leichnam erwarten würde.

Frank Autry, Major Isley und die beiden anderen Deputies gingen weiter durch das Tor in der Absperrung des Altarraums.

Gordy war dazu nicht in der Lage. Er war zu erschüttert und mußte sich hinsetzen, um nicht zusammenzubrechen.

Nachdem Frank den Altarraum untersucht und einen Blick in die Sakristei geworfen hatte, rief er über sein Sprechfunkgerät Bryce in dem Haus nebenan an. »Sheriff, wir haben drei in der Kirche gefunden. Wir brauchen Doc Paige, um sie zu identifizieren. Es ist aber besonders grauenhaft, und Sie lassen deshalb besser Lisa mit ein paar von Ihren Leuten draußen.«

»Wir sind in zwei Minuten da«, sagte der Sheriff.

Frank kam aus dem Altarraum zurück und setzte sich neben Gordy. Er hielt in einer Hand das Funkgerät und in der anderen seine Pistole. »Sind Sie Katholik?«

»Ja.«

»Tut mir leid für Sie, daß Sie das sehen mußten.«

»Ich komme schon wieder darüber weg«, sagte Gordy. »Für Sie ist es auch nicht leichter, weil Sie kein Katholik sind.«

»Kennen Sie den Priester?«

»Ich glaube, er heißt Pater Callahan. Ich habe die Kirche hier allerdings nicht besucht, sondern die in Santa Mira.«

Frank legte das Walkie-Talkie ab und kratzte sich am Kinn. »Nach allen anderen Anzeichen, die wir gefunden haben, sieht es so aus, als sei der Angriff gestern abend kurz vor der Ankunft von Dr. Paige und Lisa gekommen. Jetzt aber das ... Wenn die drei morgens während der Messe gestorben sind —«

»Wahrscheinlich war es während der Vesper«, sagte Gordy.

»Vesper?«

»Das ist ein Abendgottesdienst.«

»Ach so. Dann paßt es zeitlich zu den anderen Fällen.« Er sah sich in der Kirche um. »Was ist aber mit der Gemeinde passiert? Warum sind nur noch die beiden Chorknaben und der Priester da?«

»Na ja, zur Vesper kommen in der Regel nicht allzuviele Leute«, sagte Gordy. »Wahrscheinlich waren nicht mehr als drei oder vier da. Die hat *es* aber geholt.«

»Warum nicht alle?« fragte Frank.

»Um uns auszulachen und zu verspotten. Um uns die Hoffnung zu rauben«, sagte Gordy verzweifelt.

Frank starrte ihn wortlos an.

Gordy sagte: »Vielleicht haben einige von uns darauf gezählt, daß Gott uns lebend hier herausbringen würde. Wahrscheinlich die meisten. Ich auf jeden Fall habe sehr viel gebetet, seit wir hier angekommen sind. Das hat es genau gewußt, und damit will es uns zeigen, daß Gott uns auch nicht helfen kann. Zumindest sollen wir das glauben. Das ist doch seine Art, in uns Zweifel an Gott zu säen. Das war doch schon immer so.«

Frank sagte: »Das klingt, als wüßten Sie ganz genau, womit wir es hier zu tun haben.«

»Vielleicht«, sagte Gordy. Er starrte zu dem gekreuzigten Priester hinauf und drehte sich dann wieder zu Frank um. »Wissen Sie es denn nicht? Wissen Sie es wirklich nicht, Frank?«

Nachdem sie in der Kirche fertig waren, bogen sie um die nächste Ecke und fanden die beiden verunglückten Autos.

Ein Cadillac war vor der Kirche über den Rasen gefahren, hatte unterwegs das Gebüsch umgepflügt und war mit dem Eckpfosten des Vorbaus vor dem Nachbarhaus zusammengestoßen. Der Pfosten war fast durchgebrochen, und der Vorbau hing herunter.

Tal Whitman sah durch ein Seitenfenster des Cadillacs. »Da sitzt eine Frau hinter dem Steuer.«

»Tot?« fragte Bryce.

»Ja. Aber nicht wegen dem Unfall.«

Sie versuchten, das Auto aufzumachen, aber alle vier Türen waren von innen verriegelt. Trotzdem war die Frau hinter dem Steuer — Edna Gower; Jenny kannte sie — wie die anderen Leichen verfärbt und aufgeschwollen. Ein Entsetzensschrei war auf ihrem verzerrten Gesicht eingefroren.

»Wie ist es bloß in das Auto hineingekommen?« überlegte sich Tal.

»Erinnern Sie sich noch an das verschlossene Bad in der Candleglow Inn?« sagte Bryce.

»Und das verbarrikadierte Zimmer der Oxleys«, sagte Jenny.

»Fast wäre das ein Argument für die Nervengas-Theorie des Generals«, sagte Captain Arkham, griff sich aber dann sicherheitshalber einen kleinen Geigerzähler vom Gürtel und überprüfte den Cadillac. Es war jedoch nicht radioaktive Strahlung, die die Frau in dem Auto umgebracht hatte.

Das zweite Auto, einen halben Block weit entfernt, war ein perlweißer Lynx. Auf der Straße hinter ihm waren schwarze Bremsspuren zu sehen. Der Lynx stand schräg über die Straße und war mit einem gelben Lieferwagen zusammengestoßen. Der Schaden war aber nicht groß, weil der Lynx offensichtlich schon vor dem Zusammenprall praktisch zum Stehen gekommen war.

Der Fahrer war ein Mann in den mittleren Jahren mit einem buschigen Schnurrbart in abgeschnittenen Jeans und einem T-Shirt. Jenny kannte auch ihn. Es war der freundliche, entgegenkommende Marty Sussman, der seit sechs Jahren in der Stadtverwaltung gearbeitet hatte. Auch bei ihm hatte die Todesursache offensichtlich nichts mit dem Unfall zu tun.

Wie bei dem Cadillac waren auch bei dem Lynx die Türen von innen verriegelt und die Fenster ganz hochgerollt.

»Es sieht so aus, als hätten sie beide versucht, vor etwas zu fliehen«, sagte Jenny.

»Vielleicht«, sagte Tal. »Vielleicht waren sie aber auch

bloß so unterwegs, als der Angriff kam. Wenn sie tatsächlich versucht haben, vor etwas zu fliehen, hat sie das auf jeden Fall voll von der Straße abgedrängt.«

»Sonntag war ein warmer Tag. Warm, aber nicht *zu* warm«, sagte Bryce. »Nicht so heiß, daß man die Fenster schließen und die Klima-Anlage anschalten würde. An so einem Tag würden die meisten Leute die Fenster offenlassen und die frische Luft genießen. Ich meine deshalb, daß sie etwas zum Anhalten gezwungen hat. Sie haben dann die Fenster hochgekurbelt und die Türen verriegelt, um etwas daran zu hindern, in das Auto einzudringen.«

»Aber es hat sie trotzdem erwischt«, sagte Jenny.

Es.

Ned und Sue Marie Bischoff hatten ein herrliches Haus im Tudor-Stil, das auf einem großen Grundstück zwischen hohen Kiefern stand. Sie hatten zwei Jungen, den achtjährigen Lee und den sechsjährigen Terry.

Ned war ein erfolgreicher Maler, aber trotz seines Erfolgs und seinen jungen Jahren — er war erst 32 —, war er ein Patient Jennys gewesen. Er hatte an einem Magengeschwür gelitten.

Jetzt litt er nicht mehr daran. Er lag in seinem Atelier tot vor seiner Staffelei.

Sue Marie war in der Küche. Wie Jennys Haushälterin Hilda Beck und viele andere Frauen in der Stadt war sie gestorben, während sie das Abendessen vorbereitet hatte. Sie war eine hübsche Frau gewesen. Jetzt nicht mehr.

Die beiden Jungen fanden sie in einem der Schlafzimmer. Der jüngere Terry war hinter Lee, der anscheinend den mutigen Versuch unternommen hatte, seinen kleinen Bruder zu beschützen. Die beiden Jungen starrten mit hervorquellenden Augen in das Zimmer, und Lee hatte noch immer seine dünnen Arme schützend in die Luft erhoben, als wolle er Schläge abwehren.

Bryce kniete sich vor die Kinder hin und legte Lee eine zitternde Hand an die Wange, als wolle er es nicht glauben, daß das Kind wirklich tot war. Die Tränen liefen ihm über das Gesicht.

»Das sind die beiden Kinder der Bischoffs«, sagte Jenny mit gebrochener Stimme. »Damit wäre die Familie komplett.« Sie versuchte, sich daran zu erinnern, wie alt der Sohn des Sheriffs war, der in diesem Augenblick in tiefem Koma im Krankenhaus von Santa Mira lag. Sicher, er war völlig teilnahmslos, aber das war immer noch besser als so etwas wie hier. Alles war besser als das.

Schließlich trocknete Bryce seine Tränen. Er spürte den Zorn in sich hochsteigen. »Dafür wird es bezahlen«, sagte er. »Wer oder was das auch war, dafür wird es bezahlen.«

»Was ist aber, wenn das nichts Menschliches war, das sie getötet hat«, sagte sie. »Auch die Natur kennt das Böse. Denken Sie nur an die sinnlose Zerstörung, die ein Erdbeben anrichtet, oder an das Leid, das eine Krebskrankheit bringt. Das hier könnte ebenso unangreifbar sein. Was dann?«

»Wer oder was das auch war, dafür muß es bezahlen«, wiederholte er hartnäckig. »Ich werde es aufhalten, das schwöre ich!«

Frank Autrys Gruppe durchsuchte nach der Kirche drei leere Häuser, bis sie im vierten die Leiche von Wendell Hulbertson fanden. Er war Lehrer in Santa Mira, wohnte aber hier in den Bergen in einem Haus, das er von seiner Mutter geerbt hatte. Er war nicht verfärbt und aufgeschwollen wie die anderen, denn er hatte sich selbst das Leben genommen. Er hatte sich in eine Ecke seines Schlafzimmers zurückgezogen, den Lauf seiner .32 Automatik in den Mund gesteckt und den Abzug durchgezogen. Offensichtlich hatte er das dem vorgezogen, was *es* ihm antun wollte.

Nach dem Haus der Bischoffs fand Bryce mit seiner Gruppe erst wieder im fünften Haus ein älteres Ehepaar in einem Bad, in das die beiden sich eingeschlossen hatten, um sich vor ihrem Mörder zu verstecken. Sie lag in der Wanne, und er lag zusammengesunken auf dem Boden.

»Sie waren Patienten von mir«, sagte Jenny. »Nick und Melina Papandrakis.«

Bryce notierte ihre Namen auf der Liste der Opfer. Wie

Harold Ordnay hatte auch Nick Papandrakis versucht, eine Nachricht zu hinterlassen, die Aufschluß über den Mörder geben würde. Er hatte ein Fläschchen Jod aus dem Medikamentenschrank geholt und damit auf die Wand geschrieben. Er hatte nicht einmal genug Zeit gehabt, ein einziges Wort zu beenden. An der Wand standen nur zwei Buchstaben und ein Teil eines dritten:

PRC

»Hat vielleicht jemand eine Idee, was er schreiben wollte?« fragte Bryce.

Sie kamen alle nacheinander in das Bad und sahen sich die orangefarbigen Buchstaben an, aber keinem fiel etwas ein.

Im Haus nebenan war der Küchenboden mit Kugeln bedeckt. Nicht ganze Patronen, sondern nur Dutzende von Bleikugeln ohne Hülsen.

Es lagen keine ausgeworfenen Hülsen herum, und deshalb war wahrscheinlich hier nicht geschossen worden. Es roch auch nicht nach Pulverdampf, und in den Wänden und Schränken waren keine Einschußlöcher zu sehen.

Die Geschosse lagen auf dem Boden, als seien sie wie durch Zauberei herabgeregnet. Frank Autry hob eine Handvoll von den grauen Metallklumpen auf. Er war zwar kein Ballistik-Experte, aber da merkwürdigerweise keine der Kugeln beschädigt oder schwer deformiert war, konnte er ohne Schwierigkeiten feststellen, daß sie aus einer Vielzahl verschiedener Waffen stammten. Zahlenmäßig am häufigsten waren die Stahlmantelgeschosse von dem Kaliber, wie es zu den Maschinenpistolen von General Copperfields Team paßte.

Waren das die Kugeln aus Sergeant Harkers Maschinenpistole? fragte sich Frank. Waren das die Kugeln, die er in dem Kühlraum auf seinen Angreifer abgeschossen hatte?

Er runzelte verwirrt die Stirn.

Er ließ sie wieder auf den Boden fallen. Er hob andere auf und sah sie sich an. Alle möglichen Kaliber und sogar

Schrot waren vertreten. Besonders genau betrachtete er eine .45er-Kugel. Das war genau das Kaliber seines eigenes Revolvers.

Gordy Brogan kauerte sich neben ihm hin. Frank sah ihn nicht an, sondern starrte weiter die Kugel an. Ihm war ein unheimlicher Gedanke gekommen.

Gordy hob einige Kugeln vom Küchenboden auf. »Sie sind überhaupt nicht deformiert.«

Frank nickte.

»Irgend etwas *müssen* sie ja getroffen haben«, sagte Gordy. »Also müßten sie auch deformiert sein. Zumindest ein bißchen.« Er machte eine Pause und sagte dann weiter: »Hey, Sie sind ja meilenweit weg. Worüber denken Sie denn nach?«

»Ich denke an Paul Henderson.« Frank hielt Gordy die .45er-Kugel vor das Gesicht. »Von der Sorte hat Paul gestern abend in der Station drei abgeschossen.«

»Auf seinen Mörder.«

»Höchstwahrscheinlich.«

»Und weiter?«

»Ich habe die verrückte Idee, daß sich bei einem ballistischen Test mit dieser Kugel hier herausstellen würde, daß sie aus Pauls Revolver stammt.«

Gordy sah in blinzelnd an.

»Außerdem glaube ich«, sagte Frank, »daß wir davon noch genau zwei weitere finden würden, wenn wir uns die Kugeln da auf dem Boden genauer anschauen würden. Noch zwei mit genau den gleichen Markierungen.«

»Meinen ... meinen Sie die gleichen, die Paul gestern abend abgefeuert hatte?«

»Genau?«

»Aber wie sollen die denn hierhergekommen sein?«

Frank gab keine Antwort, sondern stand auf und drückte auf den Sprechknopf seines Funkgeräts. »Sheriff? Ich glaube, Sie sollten besser einmal herkommen und sich anschauen, was wir hier gefunden haben.«

»Wieder Leichen?«

»Nein, Sir. Es ... äh ... ist äußerst eigenartig.«

»Ich komme sofort.«

Erst dann sagte Gordy zu Frank: »Ich glaube, *es* war innerhalb der letzten beiden Stunden in diesem Raum und hat alle Kugeln abgestoßen, die es bisher eingefangen hat, als würde es Wasser vom Pelz schütteln.«

29

Auf der Flucht

Während Fletcher Kale mit seinem gestohlenen Datsun durch Santa Mira fuhr, hörte er im Radio von Snowfield.

Obwohl der Rest des Landes von der Nachricht gefesselt gewesen war, interessierte sie Fletcher Kale nur wenig. Er machte sich nie sonderlich viel Gedanken über die Tragödien anderer Leute. Er streckte eine Hand aus, um das Radio abzuschalten, weil er es schon satt hatte, darüber zu hören, wo er doch selbst so viele Probleme hatte, als er einen Namen hörte, der ihm verriet, daß das Geheimnis von Snowfield doch etwas mit ihm zu tun hatte. Jake Johnson. Jake Johnson war einer der Deputies, die gestern abend mit nach Snowfield gefahren waren. Nun wurde er wie all die anderen vermißt, und man hielt ihn allgemein für tot.

Jake Johnson …

Vor einem Jahr hatte Kale Johnson eine stabil gebaute Holzhütte zusammen mit fünf Morgen Land in den Bergen verkauft. Angeblich war Johnson ein begeisterter Jäger und wollte die Hütte für diesen Zweck benutzen. Nach einer Reihe von Andeutungen aber, die dem Deputy herausgerutscht waren, war Kale dahintergekommen, daß Johnson auch zu den Spinnern gehörte, die das Ende der Welt befürchteten und nach irgendwelchen sicheren Zufluchtsorten suchten.

Für diesen Zweck lag die Hütte tatsächlich abgelegen genug. Sie stand auf dem von Snowfield abgewendeten Hang des Snowtop, des Berges in der Nähe, und war nur mit einem Fahrzeug mit Allradantrieb zu erreichen; das letzte Stück mußte man sogar zu Fuß gehen.

Zwei Monate, nachdem Jake die Hütte und das Grundstück gekauft hatte, hatte ihr Kale eines Morgens einen Besuch abgestattet, als Jake Dienst in Santa Mira hatte. Er hatte die Hütte zwar unverändert vorgefunden, aber dann hatte er entdeckt, daß Jake eine der Kalksteinhöhlen auf seinem Grundstück für seine Zwecke ausbaute. Sie hatte sich nach einem langen, schmalen Gang zu einem ersten großen Raum verbreitert, in der Johnson Milchpulver, getrocknete Früchte, Gemüse, Suppe, pulverisierte Eier, Honig und Getreide in luftdicht verschlossenen Dosen gestapelt hatte. Außerdem war da noch ein Lager vorbereitet, eine Luftmatratze war da, und noch vieles mehr. Jake war fleißig gewesen.

Die erste Kammer führte in eine zweite. In ihr war ein natürliches Loch im Boden, das ungefähr 25 Zentimeter Durchmesser hatte und aus dem merkwürdige Geräusche aufstiegen. Flüstern. Bedrohliches Gelächter. Fast hätte sich Kale schon umgedreht und wäre weggelaufen, als es ihm klarwurde, daß er nichts bedrohlicheres hörte als laufendes Wasser. Ein unterirdischer Fluß. Jake Johnson hatte einen Schlauch hineingehängt und ihn mit einer Handpumpe verbunden. Fließendes Wasser. Eine komfortable Behausung.

Kale war für sich zu dem Entschluß gekommen, daß der Mann nicht einfach vorsichtig war. Das war eher eine Besessenheit.

Als Kale wieder zwei Monate später noch einmal zurückkehrte, fand er den Eingang zu der Höhle nur unter größten Bemühungen wieder. Johnson hatte ihn hinter einer Mauer von Gestrüpp getarnt. Kale drängte sich durch das Gebüsch und paßte auf, dabei keine Spuren zu hinterlassen. Als er wie beim ersten Mal dem tunnelartigen Höhleneingang folgte, stand er plötzlich vor einer Wand. Er wußte, daß eigentlich nach der nächsten Biegung die erste große Kammer hätte kommen müssen, aber statt dessen stand er vor einer Kalkwand, die sich auf den ersten Blick nicht von der Höhlenwand unterschied und den Zugang zu dem Rest der Höhle versperrte. Nach längerem Suchen kam er dahinter, daß die scheinbare Felswand nur eine geschickt getarnte Tür war, die Johnson in einer schmalen Stelle des Gangs angebracht hatte. Sie war mit Kunstharz bestrichen und der Struktur des Felsens täuschend ähnlich nachgeahmt.

An diesem Tag im August, als Kale dastand und diese Tür bewunderte, entschloß er sich, diesen Zufluchtsort selbst zu benutzen, falls es nötig werden sollte. Vielleicht hatten die Warner ja recht und irgendwelche Idioten würden tatsächlich eines Tages versuchen, die Welt in die Luft zu sprengen. Wenn diese Gefahr drohen sollte, würde sich Kale als erster hierher zurückziehen, und wenn Johnson durch seine geschickt getarnte Tür kam, würde Kale ihn einfach umlegen.

Der Gedanke gefiel ihm. Er kam sich schlau dabei vor. Überlegen.

Dreizehn Monate später hatte er zu seinem Erstaunen und Entsetzen das Ende der Welt kommen sehen. Das Ende *seiner* Welt. Als sie ihn eingesperrt und des Mordes angeklagt hatten, hatte er gewußt, daß es für ihn nur ein Ziel geben konnte, falls ihm je die Flucht gelingen sollte: die Berge, diese Höhle. Hier konnte er es wochenlang aushalten, bis die Polizei ihn im County Santa Mira nicht mehr suchte.

Besten Dank, Jake Johnson.

Jake Johnson ...

Nun saß Kale in seinem gestohlenen Datsun, das Gefängnis lag erst Minuten hinter ihm, und er hörte den Namen Jake Johnson im Radio. Er hörte zu und begann zu lächeln. Das Schicksal war auf seiner Seite.

Nach der Flucht war sein größtes Problem, wie er die Gefängniskleider loswerden und sich richtig für die Berge ausrüsten konnte. Er war sich nicht ganz sicher gewesen, wie er das schaffen könnte. Sobald er aber hörte, daß Johnson tot oder zumindest außer Gefecht gesetzt war, war dieses Problem gelöst, denn nun würde er direkt zu Johnsons Haus fahren. Der Deputy war alleinstehend, und fürs erste würde ihm sein Haus einen sicheren Zufluchtsort bieten. Johnson hatte zwar nicht genau die gleiche Größe wie Kale, aber die beiden waren sich von ihrem Körperbau doch ähnlich genug, daß Kale seine Anstaltskleidung gegen etwas aus Johnsons Kleiderschrank austauschen konnte.

Und Schußwaffen. Vorsichtig, wie Johnson war, hatte er ganz sicher ein kleines Arsenal in seinem Haus versteckt.

Der Deputy bewohnte das einstöckige Haus, das er von seinem Vater, Big Ralph Johnson, geerbt hatte. Es war keine

Prachtvilla, denn der alte Johnson war schlau genug gewesen, seine Bestechungsgelder nicht auffällig anzulegen. Eine Bruchbude war es jedoch auch nicht, und die Inneneinrichtung des Hauses war luxuriöser, als man das von außen hätte annehmen können. Kale war während der Verkaufsverhandlungen für das Grundstück in den Bergen zweimal bei Johnson gewesen und fand sein Haus ohne Schwierigkeiten wieder.

Er fuhr mit dem Datsun in die Einfahrt hinein und stellte den Motor ab. Er hoffte, daß ihn niemand von den Nachbarn beobachtete.

Er ging um das Haus herum zum Hintereingang in die Küche, schlug ein Fenster ein und war im Haus. Er ging direkt in die Garage. Sie war groß genug für zwei Wagen, aber nur ein großer Jeep mit Allradantrieb stand darin. Er hatte gewußt, daß Johnson einen solchen Jeep hatte und freute sich darüber, ihn vorzufinden. Er öffnete die Garagentür, fuhr den gestohlenen Datsun hinein und schloß die Tür sofort wieder. Nun, da dieses Auto von der Straße aus nicht mehr zu sehen war, fühlte er sich sicherer.

Im großen Schlafzimmer durchstöberte er Johnsons Schrank und fand ein paar kräftige Wanderstiefel, die ihm nur eine halbe Nummer zu groß waren. Johnson war ungefähr fünf Zentimeter kleiner als Kale, und deshalb paßten die Hosen nicht richtig, aber wenn man sie in die Stiefel steckte, fiel das nicht mehr auf. Die Hosen waren für Kale außerdem zu weit, aber das ließ sich mit einem Gürtel korrigieren.

Als er die Kleider gewechselt hatte, musterte er sich in dem großen Spiegel. »Gut siehst du aus!« sagte er seinem Spiegelbild.

Dann ging er durch das Haus und sah sich nach den Waffen um, konnte aber keine finden. Auch gut. Dann mußte er das Haus eben auseinandernehmen. Irgendwo mußten die Waffen ja sein.

Zuerst räumte er den großen Kleiderschrank aus, und als er darin nichts fand, riß er den Teppichboden ab, um nach Falltüren darunter zu suchen. Nichts.

Eine halbe Stunde später schwitzte er zwar, war aber

nicht müde. Er sah sich die Zerstörung an, die er in dem Haus angerichtet hatte, und freute sich daran. Es sah aus, als habe eine Bombe eingeschlagen.

Er suchte weiter, denn die Waffen wollte er unbedingt haben. Außerdem machte es ihm Spaß.

30

Einige Antworten / Weitere Fragen

Das Haus war außergewöhnlich ordentlich und sauber, aber die starre Farbengebung machte Bryce nervös. Alles war entweder grün oder gelb. *Alles.* Die Teppichböden waren grün, und die Wände blaßgelb. Das Sofa war mit gelben Blumen auf grünem Untergrund bedruckt, und die Farben waren so grell, daß man unwillkürlich nach einer Sonnenbrille greifen wollte. Die beiden Polstersessel waren smaragdgrün, und die beiden Bilder an der Wand zeigten gelbe Blumen auf einem grünen Feld. Selbst die Vorhänge waren gelb.

Von den Bewohnern, nach den Angaben Jennys Mr. und Mrs. Lange, ihre drei Kinder und Mrs. Langes siebzigjährige Großmutter, war keine Spur zu entdecken. Bryce war froh darüber, denn in dieser geradezu manischen Fröhlichkeit hätte eine verfärbte und angeschwollene Leiche ganz besonders grotesk ausgesehen.

Aus der ebenfalls grün und gelb gestrichenen Küche meldete sich Tal: »Das hier sollten Sie sich ansehen, Chef.«

Bryce, Jenny und Captain Arkham gingen zu Tal, aber die beiden anderen Deputies blieben mit Lisa an der Tür stehen. Man wußte schließlich nicht, was sich in diesem Alptraum in einem Küchenabfluß finden würde. Vielleicht wieder ein abgeschnittener Kopf, oder zwei Hände. Vielleicht aber auch etwas Schlimmeres.

Es war jedoch nichts Schlimmeres. Es war nur merkwürdig.

»Ein regelrechter Juwelierladen«, sagte Tal.

Die Doppelspüle war mit Schmuck angefüllt. Hauptsächlich Uhren und Ringe. Da lagen sowohl Männer- als auch Frauenuhren: Timex, Seiko, Bulova, sogar eine Rolex, manche mit dehnbaren Metallarmbändern, manche ganz ohne Armbänder. Keine hatte ein Armband aus Leder oder Plastik. Weiter lagen da alle Arten von Ringen sowie andere Schmuckstücke. Billiger Modeschmuck war ebenso vertreten wie teure Stücke. Bryce schob seine Hände in den Schmuck wie ein Pirat im Kino, und er sah noch andere Arten von Schmuck: Ohrringe, Armbänder, lose Perlen, die irgendwo herausgefallen waren, Goldketten, Anhänger …

»Das kann doch unmöglich alles den Langes gehört haben«, sagte Tal.

»Warten Sie mal«, sagte Jenny und nahm eine Uhr an sich.

»Erkennen Sie die wieder?« fragte Bryce.

»Ja, eine Cartier«, sagte Jenny. »Nicht das klassische Modell mit römischen Ziffern. Die hier hat keine Ziffern und ein schwarzes Ziffernblatt. Sylvia Kanarsky hat sie ihrem Mann zum fünften Hochzeitstag geschenkt.«

Bryce runzelte die Stirn. »Woher kenne ich den Namen bloß?«

»Ihnen gehört das Candleglow Inn«, sagte Jenny.

»Ach richtig, Ihre Freunde.«

»Sie gehören auch zu den Vermißten«, sagte Tal.

»Dan hat diese Uhr geliebt«, sagte Jenny. »Als Silvia sie ihm gekauft hat, ging das Lokal noch nicht richtig, und die Uhr, die damals 350 Dollar gekostet hat, war für sie eine unheimliche Extravaganz. Inzwischen ist sie natürlich erheblich viel mehr wert. Dan hat immer im Scherz darüber gesagt, daß sie die beste Investition gewesen sei, die sie jemals gemacht haben.«

Bryce sah auf den Schmuck in dem Abfluß herunter. »Das gehört also wahrscheinlich den Bewohnern von Snowfield.«

»Den Vermißten zumindest«, sagte Tal. »Die Opfer, die wir gefunden haben, haben ihren Schmuck noch angehabt.«

»Sie haben recht«, nickte Bryce. »Den anderen ist also wahrscheinlich ihr Schmuck abgenommen worden, bevor sie … na, irgendwohin geschafft worden sind.«

»Wenn das Diebe gewesen wären, hätten sie ihre Beute

nicht einfach so herumliegen lassen«, sagte Tal. »Sie hätten sie mitgenommen.«

»Und warum liegt das Zeug dann hier herum?« fragte Bryce.

»Keinen Schimmer«, sagte Jenny. Auch Tal zuckte die Achseln.

In dem Abfluß blitzte und blinkte der Schmuck.

Möwenschreie. Hundegebell.

Galen Copperfield sah von seinem Computer-Ausgang auf. Er war müde, alle Muskeln taten ihm weh, und er fühlte sich verschwitzt in seinem Schutzanzug. Einen Moment lang war er sich nicht sicher, ob er wirklich etwas gehört hatte.

Dann fauchte eine Katze. Ein Pferd wieherte.

Der General sah sich unsicher mit gerunzelter Stirn in dem Labor um. Auch die anderen hörten es und sahen sich beunruhigt an.

Roberts sagte: »Das kommt durch die Sprechfunkgeräte in unserem Schutzanzug.«

»Richtig«, sagte Dr. Bettenby vom anderen Labor aus. »Wir hören es hier auch.«

»Also schön«, sagte Copperfield, »dann soll es uns eben seine Tricks vorführen. Wenn Sie miteinander sprechen wollen, können Sie ja die Außenlautsprecher benutzen.«

Die Bienen, die zu hören gewesen waren, verstummten abrupt.

Ein Kind von unbestimmbarem Geschlecht begann, sehr leise in weiter Entfernung zu singen.

Liebster Jesu, wir sind hier,
Deinem Worte nachzuleben;
Dieses Kindlein kommt zu Dir,
Weil du den Befehl gegeben,
Daß man sie zu Dir hinführe …

Die Stimme war süß und melodisch. Trotzdem ließ sie den Zuhörern das Blut in den Adern gerinnen.

Copperfield hatte so etwas noch nie gehört. Obwohl es zweifellos die zarte und zerbrechliche Stimme eines Kindes war, klang etwas in ihr mit, das in einer Kinderstimme eigentlich keinen Platz hatte. Das war keine unschuldige Stimme. Wissen war es vielleicht, das da mitklang. Ja, Wissen um zu viele schreckliche Dinge. Drohung. Haß. Verachtung. An der Oberfläche war davon nichts zu hören, aber unter der Oberfläche war es da, pulsierend und düster und unheimlich.

»Dr. Paige und der Sheriff haben uns von diesem Phänomen erzählt«, sagte Goldstein. »Sie haben es am Telefon und aus dem Spülstein gehört. Wir haben ihnen nicht geglaubt, weil es zu lächerlich klang.«

»Jetzt klingt es aber nicht mehr lächerlich«, sagte Roberts.

»Nein«, sagte Goldstein. Trotz seines schweren Schutzanzugs war es deutlich zu sehen, daß er zitterte.

»Es funkt uns über Velaszquez' Schutzanzug an«, sagte Roberts.

Die Kinderstimme hörte auf zu singen und sagte flüsternd: *»Ihr sagt jetzt besser eure Gebete. Sagt alle eure Gebete. Vergeßt eure Gebete nicht.«* Die Stimme kicherte.

Sie warteten darauf, wie es weitergehen würde. Es folgte nur Stille.

»Ich glaube, es will uns bedrohen«, sagte Roberts.

»Verdammt, hören Sie mit solchem Gerede auf«, sagte Copperfield. »Eine Panik würde uns auch nicht weiterbringen.«

»Haben Sie bemerkt, daß wir jetzt auch *es* sagen?« fragte Goldstein.

Copperfield und Roberts sahen ihn und sich an, sagten aber nichts.

»Wir sagen auf die gleiche Art *es* wie Dr. Paige und der Sheriff und die Deputies auch. Heißt das, daß wir ... jetzt genauso darüber denken wie sie?«

In Gedanken konnte Copperfield noch immer die menschliche, aber doch nicht menschliche Kinderstimme hören. *Es.*

»Lassen wir das jetzt«, sagte er mürrisch. »Wir haben eine Menge Arbeit.« Er drehte sich wieder zu dem Computer um, konnte sich aber nur unter Schwierigkeiten konzentrieren.

Es.

Am Nachmittag um halb fünf blies Bryce die Suchaktion ab. Es würde zwar noch zwei Stunden lang hell bleiben, aber alle waren todmüde. Die ständige Spannung war ebenso anstrengend wie schwere körperliche Arbeit. Außerdem hatte sich herausgestellt, daß sie mit der Aufgabe einfach überfordert waren. Wenn sie in diesem Tempo weitermachten, würden sie zwei Wochen brauchen, um Snowfield zu durchsuchen.

In der letzten Nacht hatte Bryce noch nicht gewollt, daß die Nationalgarde durch die Stadt trampelte, aber nun dachte er anders. Sobald Copperfield und sein Team mit Bestimmtheit sagen konnte, daß es sich hier nicht um eine Seuche oder einen Angriff mit biologischen Kampfmitteln handelte, würde er die Nationalgarde als Unterstützung kommen lassen.

Ursprünglich hatte er von der Lage in Snowfield so gut wie nichts gewußt und wollte daher nichts von seinen Kompetenzen abgeben, aber nun wurde die Verantwortung von Stunde zu Stunde schwerer, und er hätte nur zu gern einen Teil davon auf andere Schultern abgewälzt. Er rief daher um halb fünf beim Gouverneur an und vereinbarte mit Jack Retlock, daß die Nationalgarde in Alarmbereitschaft versetzt werden sollte und auf grünes Licht von Copperfield hin sofort hergeschickt werden würde.

Er hatte kaum aufgelegt, als Charlie Mercer von Santa Mira aus anrief und von der Flucht Fletcher Kales berichtete.

Bryce war wütend. Charlie ließ ihn eine Weile toben, und als er sich wieder einigermaßen beruhigt hatte, meldete er weiter: »Es kommt noch schlimmer. Er hat Joe Fermont getötet.«

»Mein Gott, auch das noch«, sagte Bryce. »Habt ihr es Mary schon gesagt?«

»Sicher. Ich war selbst bei ihr.«

»Wie hat sie es aufgenommen?«

»Schlecht. Sie waren 26 Jahre verheiratet.«

Wieder ein Toter. Überall Tod.

»Wie weit seid ihr mit der Fahndung nach Kale?« fragte Bryce.

»Wir glauben, er hat sich von einem benachbarten Parkplatz ein Auto geholt. Ein Datsun ist von dort aus gestohlen gemeldet worden. Wir haben zwar sofort Straßensperren aufgestellt, aber wir schätzen, daß er mindestens eine Stunde Vorsprung hatte.«

»Der ist lange weg.«

»Wahrscheinlich. Wenn wir das Schwein bis sieben Uhr nicht erwischen, blase ich die Straßensperren ab, weil wir sowieso knapp mit Leuten sind.«

»Wie Sie meinen«, sagte Bryce müde. »Gibt es irgend etwas Neues über die Nachricht, die uns Harold Ordnay auf dem Spiegel hinterlassen hat?«

»Da hat sich endlich etwas getan. Nach den Angaben des Geschäftsführers des Antiquariats in San Francisco ist Timothy Flyte ein Autor. Raten Sie mal, wie das Buch heißt, das er geschrieben hat?«

»Mein Gott, woher soll ich denn ... Ach so, natürlich. *Der Alte Feind.*«

»Ganz genau«, sagte Charlie Mercer.

»Worum geht es in dem Buch?«

»Das ist das Interessanteste dabei. Der Geschäftsführer meint, es geht darin um rätselhafte Massenverschwindungen im Lauf der Geschichte.«

Einen Moment lang war Bryce sprachlos. Dann aber sagte er: »Im Ernst? Meinen Sie, sowas ist schon öfters vorgekommen? Warum habe ich dann davon noch nie etwas gehört?«

»Der Typ sagte etwas von einer rätselhaften Emigration aus Maya-Städten —«

Dunkel rührte sich etwas in Bryces Gedächtnis. Davon hatte er schon einmal gelesen. Verlassene Maya-Städte.

»— und von der Kolonie von Roanoke. Das war die erste englische Siedlung in Amerika«, sagte Charlie.

»Davon habe ich schon in den Schulbüchern gelesen.«

»Nun, dieser Flyte hat offensichtlich eine Theorie entwikkelt, die diese rätselhaften Ereignisse erklären würde.«

»Und was ist das für eine Theorie?«

»Keine Ahnung. Ich habe noch niemanden auftreiben können, der das Buch gelesen hat. Es ist offensichtlich in diesem Land hier nie gedruckt worden, und auch in England nur in sehr niedriger Auflage. Das Buch ist eine Rarität.«

»Mein Gott, Charlie, ich *muß* an ein Exemplar dieses Buches kommen, aber unbedingt.«

»Ich arbeite daran«, sagte Charlie. »Vielleicht werden Sie das Buch aber gar nicht brauchen und können sich die Geschichte direkt aus berufenem Mund anhören. Flyte ist im Augenblick aus London hierher unterwegs.«

Jenny saß Bryce gegenüber in der Eingangshalle des Hilltop und sah Bryce völlig verblüfft mit offenem Mund an. »Er ist von London hierher unterwegs? Jetzt schon? Sie meinen, er hat *gewußt,* was hier passieren würde?«

»Wahrscheinlich nicht«, sagte Bryce. »Wahrscheinlich hat er aber in dem Augenblick, als er in den Nachrichten davon gehört hat, gewußt, daß das ein Fall ist, der zu seiner Theorie paßt.«

Tal, der vor dem Schreibtisch stand, fragte: »Wann wird er denn erwartet?«

»Er kommt kurz nach Mitternacht in San Francisco an. Sein Verleger hier in den USA will am Flughafen eine Pressekonferenz mit ihm abhalten. Danach kommt er direkt nach Santa Mira.«

»Sein Verleger hier?« sagte Frank Autry. »Ich dachte, Sie hätten gesagt, sein Buch sei hier nie erschienen?«

»Ist es auch nicht«, sagte Bryce. »Er schreibt offensichtlich gerade ein neues.«

»Über Snowfield?« fragte Jenny.

»Ich weiß es nicht. Vielleicht. Wahrscheinlich.«

»Mein Gott, das ist aber schnelle Arbeit«, sagte Jenny stirnrunzelnd. »Weniger als einen Tag, nachdem es passiert ist, hat er schon einen Vertrag, darüber zu schreiben.«

»Ich wünschte nur, er würde noch schneller arbeiten und wäre jetzt schon hier.«

Tal sagte: »Ich glaube, unser Doc meint damit, dieser Flyte könnte nur ein Geschäftemacher sein, der aus der Sache Kapital schlagen will.«

»Genau«, sagte Jenny.

»Schon möglich«, gab Bryce zu. »Vergessen Sie aber nicht, daß Ordnay Flytes Namen auf den Spiegel geschrieben hat. In gewisser Beziehung ist Ordnay unser einziger Zeuge, und aus seiner Nachricht können wir schließen, daß das, was hier passiert ist, sehr eng mit dem in Verbindung steht, worüber Flyte in seinem Buch schreibt.«

»Verdammt«, sagte Frank. »Wenn Flyte wirklich über irgendwelche Informationen verfügt, die uns helfen könnten, dann hätte er sofort anrufen sollen, statt uns hier warten zu lassen.«

»Allerdings«, sagte Tal. »Bis Mitternacht sind wir vielleicht schon alle tot. Er hätte uns sagen sollen, was wir machen können.«

»Genau darum geht es«, sagte Bryce.

»Wie meinen Sie das?«

Bryce seufzte. »Nun, ich habe das Gefühl, Flyte *hätte* uns angerufen, wenn er gewußt hätte, wie wir uns schützen könnten. Ich glaube, er weiß zwar, was das ist, aber er hat auch nicht die leiseste Ahnung, was wir dagegen tun könnten.«

Jenny und Bryce saßen in der Einsatz-Zentrale und unterhielten sich über die Entdeckungen des Tages. Sie versuchten, der höhnischen Kreuzigung des Priesters, den Kugeln auf dem Küchenboden und den Leichen in den von innen verriegelten Autos einen Sinn abzugewinnen.

Lisa saß in der Nähe. Allem Anschein nach war sie völlig in ein Kreuzworträtsel vertieft, aber plötzlich sah sie auf und sagte: »Ich weiß, warum der Schmuck in dem Spülstein lag.«

Jenny und Bryce sahen sie erwartungsvoll an.

»Erstens«, sagte das Mädchen und lehnte sich in ihrem Stuhl vor, »muß man davon ausgehen, daß die Vermißten alle tot sind. Das sind sie nämlich. Tot. Daran besteht kein Zweifel.«

»Ich finde doch, daß daran noch ein gewisser Zweifel besteht, Liebling«, sagte Jenny.

»Sie sind tot«, sagte Lisa leise. »Ich weiß es, und ihr wißt es auch.« Ihre leuchtend grünen Augen glänzten, als habe sie Fieber. »Es hat sie geholt, und dann hat es sie aufgefressen.«

»Und wie soll damit der Schmuck erklärt werden?« fragte Bryce.

»Na ja«, sagte Lisa. »Erst hat es die Leute alle gefressen, und dann … und dann hat es den Schmuck wieder ausgespuckt, wie wir einen Kirschkern ausspucken würden.«

Dr. Sara Yamaguchi kam in das Hilltop herein, beantwortete an der Tür kurz die Frage einer Wache und ging dann zu Jenny und Bryce hinüber. Sie trug zwar noch den Schutzanzug, hatte den Helm aber abgesetzt, und auch die Tanks mit komprimierter Luft und die Luftbereinigungsanlage waren nicht mehr auf ihrem Rücken.

Jenny und Bryce standen auf, um sie zu begrüßen, und Jenny sagte: »Ist die Quarantäne denn schon aufgehoben?«

»Schon? Ich habe das Gefühl, ich hätte *Jahre* in diesem Anzug gesteckt.« Sie klang anders als über die Sprechanlage, und ihre Stimme war noch zarter als sie selbst. »Es ist ein herrliches Gefühl, wieder frische Luft atmen zu können.«

»Sie haben doch Bakterien-Kulturen angelegt, oder?«

»Ich habe damit angefangen.«

»Dauert es denn nicht 48 Stunden, bis Sie die Ergebnisse bekommen?«

»Doch. Wir sind aber zu dem Entschluß gekommen, daß es sinnlos wäre, noch so lange zu warten. Mit den Kulturen werden wir keine Bakterien bekommen, weder gutartige noch irgendwelche anderen.«

Jenny konnte diese eigenartige Aussage nicht recht verstehen, aber bevor sie nachfragen konnte, sagte die Genetikerin:

»Außerdem hat unser Computer gesagt, es sei sicher. Er hat alle Daten aus den Autopsien und den anderen Tests verarbeitet und ist zu dem Ergebnis gekommen, die Chance, daß all das hier eine biologische Erklärung hätte, sei Null Komma Null.«

»Und sie vertrauen einer Computeranalyse so sehr, daß sie die Luft hier ungefiltert atmen«, sagte Bryce. Er war offensichtlich überrascht davon.

»Der Computer hat sich in über achthundert Probeläufen nie geirrt.«

»Das ist aber hier kein Probelauf«, sagte Jenny.

»Da haben Sie recht, aber nach allem, was wir bisher herausgefunden haben ...« Die Genetikerin zuckte die Achseln und reichte Jenny einen Stapel grünen Papiers. »Hier. Das sind die Ergebnisse. General Copperfield dachte, Sie würden sie sich vielleicht gern ansehen. Wenn Sie irgendwelche Fragen haben, erkläre ich Sie ihnen gern. Zunächst aber möchte ich erst einmal den Anzug hier loswerden. Kann ich mich vielleicht irgendwo waschen? Es juckt mich überall.« Sie lächelte und kratzte sich am Hals. Ihre behandschuhten Finger hinterließen leichte rote Streifen auf ihrer porzellanglatten Haut.

Jenny sagte: »Wir haben in einer Ecke der Küche ein Waschbecken aufgestellt und Seife und Handtücker danebengelegt. Ein Bad ist es zwar nicht, aber wir dachten, wir sollten lieber etwas von unserem Schamgefühl aufgeben, wenn wir dann nicht mehr allein zu sein brauchen.«

Dr. Yamaguchi nickte. »Ganz meine Meinung. Wo finde ich dieses Waschbecken, bitte?«

Lisa warf ihr Kreuzworträtsel zur Seite und sprang auf. »Ich zeige es Ihnen. Und außerdem passe ich auf, daß die Männer, die in der Küche zu tun haben, Ihnen den Rücken zudrehen und keine neugierigen Blicke riskieren.«

Bei dem grünen Papier handelte es sich um Computer-Drucke, die am Rand zusammengeheftet waren.

Jenny durchblätterte den ersten Teil, und Bryce sah ihr dabei über die Schulter. Es handelte sich um Goldsteins Notizen nach der Autopsie. Er hatte Anzeichen für eine mögliche Erstickung sowie deutlichere Anzeichen für eine allergische Reaktion gefunden, konnte aber keine konkrete Todesursache nennen.

Der zweite Teil war der Bericht über die ersten Pathologie-Tests. Mit einer langen Reihe von Versuchen sollten auch die kleinsten Mikro-Organismen aufgespürt werden. Man hatte nach Bakterien gesucht, die in dem Leichnam lebten, und war zu einem verblüffenden Ergebnis gekommen.

Jenny sah sich die Computerbögen an und dachte an Dr. Yamaguchis Worte, sie hätten *weder gutartige noch irgendwelche anderen* Bakterien gefunden.

»Komisch«, sagte Jenny.

»Ich kann mit dem, was da steht, nicht das geringste anfangen«, sagte Bryce. »Wenn Sie mir das vielleicht übersetzen könnten?«

»Also, normalerweise wimmelt eine Leiche nur so von Bakterien«, sagte Jenny. »In der Leiche von Gary Wechlas ist aber nicht das geringste in der Richtung gefunden worden. Nicht einmal Koli-Bakterien, und die hat jedermann im Darm. Sie, ich, jeder. Bei der Untersuchung haben sie zwar massenhaft tote Koli-Bakterien gefunden, aber keine lebenden. In Wechlas Leiche ist keine einzige lebende Bakterie mehr.«

»Und was bedeutet das für uns?« fragte Bryce. »Die Leiche verwest also nicht so, wie sie das sollte, oder?«

»Sie verwest überhaupt nicht. Es ist aber nicht nur das. Der Grund dafür ist, daß der Leiche eine Riesendosis eines Sterilisierungs- und Stabilisierungsmittels injiziert worden ist, Bryce. Die Leiche ist mit einem äußerst wirksamen Präservierungsmittel behandelt worden.«

Lisa brachte ein Tablett mit vier Tassen Kaffee zu dem Tisch von Dr. Yamaguchi, Jenny und Bryce und setzte sich auch dazu. Draußen lag die Straße im rotgoldenen Licht der Nachmittags-Sonne.

In einer Stunde ist es wieder dunkel, dachte Jenny. Dann werden wir wieder eine lange Nacht durchstehen müssen. Sara Yamaguchi war inzwischen mit hellbraunen Cordhosen und einer gelben Bluse bekleidet. Ihr langes, seidiges, tiefschwarzes Haar fiel ihr über die Schultern herab. »Wahrscheinlich haben Sie alle schon genug Tierfilme im Fernsehen gesehen«, sagte sie gerade, »um zu wissen, daß manche Spinnen- und Wespenarten ihren Opfern Präservierungsmittel injizieren, um sie für späteren Verzehr oder für ihre Jungen aufheben zu können. Das Präservierungsmittel, das sich in Mr. Wechlas' Gewebe findet, hat damit eine Ähnlichkeit, ist aber weit stärker und komplizierter aufgebaut.«

Jenny dachte an die riesige Motte, die Stu Wargle angegriffen und getötet hatte. Sie war jedoch nicht das Wesen, das ganz Snowfield geleert hatte. Auf keinen Fall. Selbst wenn Hunderte von diesen Kreaturen irgendwo gelauert hätten, hätten sie nicht alle erwischt. Eine Motte von dieser Größe wäre niemals in die verschlossenen Autos und Häuser oder in ein verbarrikadiertes Zimmer hineingekommen. Da draußen war noch etwas anderes.

»Wollen Sie damit sagen, daß ein Insekt all die Menschen getötet hat?« fragte Bryce die Wissenschaftlerin.

»Die uns vorliegenden Indizien sprechen nicht dafür. Ein Insekt hätte das Präservierungsmittel mit einem Stachel injiziert. Es wäre also auf jeden Fall ein Einstich da, was aber nicht der Fall ist. Seth Goldstein hat jeden Quadratzentimeter der Leiche mit einem Vergrößerungsglas untersucht, und zwar buchstäblich. Er hat sogar die Körperbehaarung mit einem chemischen Mittel entfernt, damit ihm auf keinen Fall etwas entgeht. Es ist keinerlei Verletzung der Haut gefunden worden. Wir haben schon gedacht, wir hätten uns getäuscht, und deshalb ist noch eine zweite Autopsie mit der Leiche von Karen Oxley durchgeführt worden. Das Ergebnis war das gleiche.« Sie unterbrach sich kurz, lehnte sich zum Fenster hinüber und sah die Straße hinauf nach General Copperfield und den anderen. Als sie sich wieder zum Tisch umdrehte, sagte sie: »Wir haben die gleichen bizarren Untersuchungsergebnisse erhalten. In der Leiche waren keinerlei lebende Bakterien, die Verwesung ist auf nicht natürliche Weise aufgehalten worden, und das Gewebe war mit einem Präseriverungsmittel getränkt.«

Bryce fragte: »Wenn es aber nicht injiziert worden ist, wie ist es dann in den Körper gekommen?«

»Wir vermuten, daß es extrem leicht absorbierbar ist, durch Hautkontakt in den Körper eindringt und sich innerhalb von Sekunden durch das gesamte Gewebe verteilt.«

Jenny sagte: »Könnte es vielleicht doch ein Nervengas sein? Es wäre doch möglich, daß der Präservierungs-Effekt nur eine Nebenwirkung ist.«

»Nein«, sagte Sara Yamaguchi. »In den Kleidern der Opfer finden sich keinerlei Spuren, und das wäre absolut zwangsläufig der Fall, wenn es sich um Nervengas handeln würde. Außerdem hat die fragliche Substanz zwar eine toxische Wirkung, aber nach der chemischen Analyse ist sie nicht primär ein Toxin, sondern ein Konservierungsmittel.«

»War sie denn nicht die Todesursache?« fragte Bryce.

»Sie hat dazu beigetragen, aber wir können noch keine Aussage über die konkrete Todesursache machen. Zum Teil ist sie sicherlich die toxische Wirkung des Konservierungsmittels, aber andere Anzeichen bringen uns zu der Überzeugung, daß auch Sauerstoffmangel zum Tod beigetragen hat.«

»Aber das ist doch ausgeschlossen«, sagte Lisa. »Bei Sauerstoffmangel dauert es doch Minuten, bis jemand tot ist, aber die Leute hier sind *schnell* gestorben, innerhalb von Sekunden.«

»Außerdem haben wir bisher nirgends Anzeichen für einen Kampf gefunden«, sagte Jenny. »Wenn jemand erstickt wird, wehrt er sich in der Regel und tritt um sich —«

»Ganz richtig«, sagte die Genetikerin und nickte. »Es ergibt einfach keinen Sinn.«

»Warum sind die Körper so angeschwollen?« fragte Bryce.

»Das haben wir für eine toxische Reaktion auf das Präservierungsmittel gehalten.«

»Die Prellung auch?«

»Nein. Da ... da liegt die Sache anders.«

»Inwiefern?«

Sara antwortete nicht sofort, sondern starrte mit gerunzelter Stirn auf ihren Kaffee herab. Schließlich sagte sie: »Nach der Beschaffenheit der Haut und des subkutanen Gewebes zu urteilen, sind die Prellungen ohne jeden Zweifel *von außen* verursacht worden. Es waren also klassische Prellungen, die mit der Schwellung oder einer anderen allergischen Reaktion nichts zu tun hatten. Allem Anschein nach sind die Opfer wiederholt von heftigen Schlägen getroffen worden, und das ist einfach verrückt, denn bei so heftigen Schlägen hätten wir logischerweise auch Frakturen finden müssen, oder zumindest eine einzige, aber das ist nicht der Fall. Noch etwas ist verrückt: Die Prellungen sind am ganzen Körper ganz genau gleich stark. Das Gewebe ist an den

Schenkeln, den Händen, auf der Brust, einfach überall gleichstark beschädigt, und das ist einfach unmöglich.«

»Wieso?« fragte Bryce.

Jenny gab ihm die Antwort. »Wenn jemand mit einem schweren Instrument geschlagen wird, sind die Prellungen zwangsläufig an manchen Stellen des Körpers stärker als an anderen. Es wäre unmöglich, jeden Quadratzentimeter des Körpers mit Schlägen zu treffen, die dazu noch mit genau der gleichen Wucht aus genau dem gleichen Winkel geführt werden müßten.«

»Außerdem«, sagte Sara, »sind auch an Stellen Prellungen vorhanden, die ein Schlag niemals treffen würde, wie zum Beispiel unter der Achselhöhle, zwischen den Hinterbacken oder an den Fußsohlen, und das, obwohl Mrs. Oxley Schuhe anhatte.«

»Das läßt doch nur einen Schluß zu«, sagte Jenny. »Die Kompression des Gewebes, die die Prellungen zur Folge hatte, ist durch etwas anderes als Schläge auf den Körper verursacht worden.«

»Was zum Beispiel?« fragte Bryce.

»Ich habe keine Ahnung.«

»Und sie sind schnell gestorben«, erinnerte Lisa sie alle.

Bryce sagte: »Dr. Yamaguchi, was ist Ihre Meinung? Ich meine damit nicht Ihr sachkundiges Urteil. Ganz persönlich und nicht formell, was ist Ihrer Ansicht nach hier los? Haben Sie irgendwelche Theorien?«

Sie drehte sich zu ihm um und schüttelte den Kopf. »Nein, ich fürchte, ich habe keine Theorie. Nur eines vielleicht ...«

»Ja?«

»Ich ... ich glaube jetzt, es war von Isley und Arkham eine kluge Entscheidung, mitzukommen.«

Jenny stand der Möglichkeit einer extraterrestrischen Invasion noch immer mit Skepsis gegenüber, aber Lisa war weiterhin davon gefesselt und fragte: »Glauben Sie wirklich, es kommt von einer anderen Welt?«

»Vielleicht gibt es auch noch andere Möglichkeiten«, sagte Sara. »Aber ich wüßte im Augenblick beim besten Willen keine zu nennen.« Sie sah auf die Uhr, rutschte ungeduldig auf ihrem Stuhl herum und sagte schließlich: »Wo bleiben sie denn nur?« Sie sah wieder aus dem Fenster heraus.

Die Bäume draußen standen bewegungslos. Die Stadt war totenstill.

»Sagten Sie nicht, sie wollten die Schutzanzüge wegpakken?«

»Schon, aber das dürfte doch nicht so lange dauern.«

»Wenn etwas passiert wäre, hätten wir Schüsse gehört.«

»Oder Explosionen«, sagte Jenny. »Sie haben doch Molotow-Cocktails gemacht.«

»Sie hätten schon vor mindestens fünf oder zehn Minuten hier sein müssen«, beharrte die Genetikerin.

Jenny dachte an die unglaubliche Lautlosigkeit, mit der *es* Jake Johnson geholt hatte.

Bryce zögerte und schob dann seinen Stuhl zurück. »Es kann ja wohl nichts schaden, wenn ich mit ein paar Männern rübergehe und nachsehe.«

Sara Yamaguchi wendete sich abrupt vom Fenster ab. »Irgend etwas ist passiert.«

»Nein, nein, wahrscheinlich nicht«, sagte Bryce.

»Sie spüren es doch auch«, sagte Sara. »Ich merke das. Mein Gott.«

»Machen Sie sich keine Gedanken«, sagte Bryce ruhig. Seine Augen blieben jedoch nicht so ruhig wie seine Stimme. Jenny hatte im Verlauf der letzten vierundzwanzig Stunden den Ausdruck in diesen verschleierten Augen erkennen gelernt, und nun stand Spannung und eine eiskalte Furcht in ihnen.

Sie alle wollten es nicht wahrhaben, aber sie *wußten* es.

Der Schrecken hatte wieder begonnen.

Bryce suchte sich Tal, Frank und Gordy als Begleitung zum Laborwagen aus.

»Jenny sagte: »Ich komme auch mit.«

Die beiden hatten eine wichtige und seltene Verbindung miteinander hergestellt. Er fühlte sich wohl bei ihr, und er glaubte, daß es ihr genauso ging. Doch er wollte sie nicht verlieren und sagte deshalb: »Es wäre mir lieber, wenn Sie hierbleiben würden.«

»Ich bin Ärztin«, sagte Jenny, als sei das nicht nur ein Beruf, sondern ein Schutzschild, das jeden Schaden von ihr fernhalten würde.

»Das ist hier eine regelrechte Festung«, sagte er. »Hier ist es sicherer.«

»Es ist nirgends sicher.«

»Ich habe nicht gesagt ›sicher‹, sondern *sicherer.*«

»Vielleicht brauchen sie eine Ärztin.«

»Wenn sie angegriffen worden sind, sind sie entweder verschwunden oder tot. Verletzte hat es bisher noch nie gegeben, oder?«

»Vielleicht dieses Mal.« Sie drehte sich zu Lisa um. »Hol meine Tasche, Liebling.«

Das Mädchen rannte zu der behelfsmäßigen Krankenstation.

»*Sie* bleibt aber auf jeden Fall hier«, sagte Bryce.

»Nein«, sagte Jenny. »Sie bleibt bei mir.«

Bryce wußte offensichtlich nicht mehr weiter und sagte: »Hören Sie mal, Jenny, es herrscht hier praktisch der Ausnahmezustand. Ich kann Ihnen *befehlen,* hierzubleiben.«

»So? Und wie wollen Sie den Befehl durchsetzen? Mit der Pistole?« fragte sie, blieb dabei aber freundlich.

Bryce sah Jenny an und dachte: Ich kann dich nicht beschützen. Verstehst du das denn nicht? Bleib hier, wo die Fenster verschlossen und die Türen bewacht sind. Verlaß dich nicht darauf, daß ich dich beschützen werde, denn ich werde dich enttäuschen. Genauso, wie ich Ellen enttäuscht habe, und ... und Timmy.

»Also los«, sagte Jenny.

Bryce war sich seiner Machtlosigkeit schmerzhaft bewußt, als er sie aus dem Hotel heraus und auf die Straßenecke zuführte — hinter der *es* lauern konnte. Tal führte zusammen mit Bryce die Prozession an, Frank und Gordy bildeten die Nachhut, und zwischen ihnen waren Jenny, Sara Yamaguchi und Lisa.

Langsam wurde es kühl, und in dem Tal unterhalb von Snowfield hatte sich ein leichter Nebel gebildet. In weniger als einer Dreiviertelstunde würde es dunkel werden.

Die Straße schien noch bedrohlicher still als am Vorabend.

Ihre Schritte hallten, als durchquerten sie eine riesige Kirche.

Sie gingen vorsichtig um die Kurve.

Drei Schutzanzüge lagen leer und unordentlich mitten auf der Straße, und ein weiterer halb auf dem Bürgersteig. Zwei der Helme waren gesprungen. Maschinenpistolen waren überall verstreut, und am Straßenrand waren Molotow-Cocktails aufgereiht.

Die hintere Tür des Lkws stand offen. Drinnen lagen weitere Schutzanzüge und Maschinenpistolen. Von Menschen war keine Spur zu sehen.

Bryce rief: »General? General Copperfield?«

Grabesstille.

»Seth!« rief Sara Yamaguchi. »Will? Will Bettenby? Galen? Gebt doch Antwort bitte!«

Nichts. Niemand.

Jenny sagte: »Nicht einen einzigen Schuß konnten sie abgeben.«

Tal sagte: »Oder schreien. Die Wachen an der Eingangstür im Hotel hätten es auf jeden Fall gehört, auch wenn sie nur geschrien hätten.«

Die hinteren Türen des Labors standen offen. Bryce hatte das Gefühl, daß sie in dem Labor etwas erwartete. Am liebsten hätte er sich umgedreht und wäre weggelaufen, aber das hätte sicher eine Panik ausgelöst.

Sara ging als erste auf das Labor zu.

Als Bryce sie aufhielt, protestierte sie ärgerlich: »Aber das sind meine Freunde, verdammt noch mal!«

»Ich weiß«, sagte Bryce. »Lassen Sie aber zuerst mich hineinsehen.« Einen Moment lang war er vor Angst wie gelähmt und konnte kein Glied rühren, aber dann ging er doch los.

31
Computerspiele

Bryce hatte seinen Dienstrevolver gezogen und gespannt. Er packte die Tür mit seiner freien Hand, riß sie auf, sprang zugleich zurück und zielte in den Wagen hinein.

Er war leer. Zwei Schutzanzüge lagen zerknittert auf dem Boden, und ein dritter war über einen Drehstuhl vor einem Computerausgang gehängt.

Als Bryce mit klopfendem Herz die Tür zu dem dritten Labor aufriß, fand er auch es leer. Zwei Schutzanzüge. Sonst nichts.

In dem Augenblick, in dem er seinen Kopf hereinstreckte, gingen alle Lampen an der Decke aus, und er schreckte vor der plötzlichen Dunkelheit zurück. Eine Sekunde später ging das Licht wieder an. Es kam jedoch nicht von der Dekke, sondern leuchtete ungewohnt grünlich, und es dauerte eine kurze Zeit, bis er merkte, daß es von den drei Sichtschirmen des Computers kam, die alle zur gleichen Zeit angegangen waren. Nun gingen sie wieder aus, dann wieder an, flackerten kurz und blieben dann ganz an und warfen ein unheimliches Licht in das Labor.

»Ich gehe hinein«, sagte Bryce.

Die anderen protestierten, aber er war schon die Treppe hochgesprungen und stand im Labor. Er ging zu dem ersten Video-Schirm, auf dem fünf Worte hellgrün vor dem dunkelgrünen Hintergrund standen:

LIEBSTER JESU, WIR SIND HIER.

Bryce sah zu den beiden anderen Schirmen hinüber. Sie trugen die gleichen Worte. Ein kurzes Flackern, und nun stand etwas anderes da:

DEINEM WORTE NACHZULEBEN.

Bryce runzelte die Stirn. Was war denn das für ein Programm? Das war doch das Lied, das aus dem Ablauf gekommen war.

IN DER BIBEL STEHT NUR SCHEISSE, teilte ihm der Computer mit.

Flackern.

JESUS VÖGELT HUNDE.

Diese letzten drei Worte blieben einige Sekunden lang auf dem Schirm. Bryce hatte den Eindruck, als sei das Licht, das aus dem Sichtschirm fiel, kalt. So, wie ein Kamin ein warmes Licht ausstrahlt, strahlte dieses Licht eine Kälte aus, die ihn durchbohrte. Das da war kein normales Programm, und ganz sicher war es nicht von General Copperfield oder seinen Leuten eingespeist worden.

Flackern.

JESUS IST TOT. GOTT IST TOT.

Flackern.

ICH LEBE.

Flackern.

WIE WÄR'S MIT EINEM RATESPIEL?

Bryce sah auf den Schirm und spürte, wie eine primitive, abergläubische Angst in ihm aufstieg. Ganz tief, fast in seinem Unterbewußtsein, fühlte er, daß er hier in der Gegenwart von etwas war, das böse war… und vertraut? Wie aber konnte es vertraut sein. Er wußte schließlich noch nicht einmal, was *es* war. Vielleicht wußte er es aber auch. Tief in seinem Innern, instinktiv. Wenn es ihm nur gelingen könnte, Zugang zu seiner rassischen Erinnerung zu bekommen, so würde er dort vielleicht die Wahrheit über dieses Wesen erfahren, das die Bewohner von Snowfield überwältigt und abgeschlachtet hatte.

Flackern.

SHERIFF HAMMOND, WOLLEN SIE EIN RATESPIEL MIT MIR MACHEN?

Die Verwendung seines Namens erschreckte ihn. Dann aber folgte eine noch größere und beunruhigendere Überraschung:

ELLEN

Der Name seiner toten Frau brannte auf dem Schirm. Jeder Muskel in seinem Körper spannte sich an, und er wartete darauf, daß noch etwas auf dem Schirm erscheinen würde, aber für lange Sekunden stand da nur dieser kostbare Name, und er konnte seinen Blick nicht davon losreißen, und dann —

ELLEN FAULT.

Er bekam keine Luft. Wie konnte es etwas über Ellen wissen?

Flackern.

ELLEN IST FUTTER FÜR DIE WÜRMER.

Was war das denn bloß? Was hatte das zu bedeuten?

TIMMY WIRD STERBEN.

Die Prophezeiung glühte grün auf grün.

Er schnappte nach Luft und sagte leise »Nein!«. Während des letzten Jahres hatte er oft gedacht, es wäre für Timmy besser, wenn er sterben würde. Noch gestern hatte er gesagt, ein schneller Tod wäre für seinen Sohn ein Segen. Aber jetzt nicht mehr. Snowfield hatte ihm beigebracht, daß nichts schlimmer als der Tod ist. In den Armen des Todes gab es keine Hoffnung mehr, aber solange er lebte, konnte man auch noch auf Heilung hoffen. Schließlich hatten die Ärzte gesagt, sein Gehirn sei nicht beschädigt, und wenn er jemals aus seinem unnatürlichen Schlaf aufwachen sollte, hatte er eine gute Chance, wieder ganz gesund zu werden. Deshalb sagte Bryce nun »Nein!« zu dem Computer.

TIMMY WIRD FAULEN. ELLEN FAULT. ELLEN VERFAULT IN DER HÖLLE.

»Wer *bist* du?« fragte Bryce und kam sich sofort albern vor, weil er zu dem Computer wie zu einem normalen Menschen gesprochen hatte. Wenn er ihm eine Frage stellen wollte, mußte er sie eingeben.

WIE WÄR'S MIT EINER KLEINEN UNTERHALTUNG?

Bryce wendete sich von dem Terminal ab, ging zur Tür hinaus und rief den anderen zu: »Dr. Yamaguchi, ich brauche hier Ihre Hilfe.« Er versuchte dabei, sich nichts von seiner Nervosität anmerken zu lassen.

Tal, Jenny, Lisa und Sara Yamaguchi kamen in das Labor. Frank und Gordy blieben draußen stehen und beobachteten nervös die Straße.

Bryce zeigte Sara die Video-Schirme.

WIE WÄR'S MIT EINER KLEINEN UNTERHALTUNG?

Als er ihnen erzählte, was er bisher auf den Schirmen gesehen hatte, unterbrach ihn Sara und sagte: »Aber das ist doch unmöglich. Dieser Computer hat keine Programmierung und kein Vokabular, das es ihm ermöglichen würde —«

»Etwas hat den Computer unter Kontrolle«, sagte er.
»Unter Kontrolle? Wie denn?« fragte Sara stirnrunzelnd.
»Ich weiß es nicht.«
»Und wer soll das sein?«
»Nicht *wer*«, sagte Jenny und legte einen Arm um ihre Schwester. »Ich würde eher fragen *was*.«
»So ist es«, sagte Tal. »Dieses Ding, das all die Leute umgebracht hat, das hat die Kontrolle über den Computer übernommen.«
Die Genetikerin war offensichtlich noch skeptisch, setzte sich aber an den Computer und sagte: »Ich lasse es auf jeden Fall ausdrucken, falls wir tatsächlich etwas bekommen sollten.« Sie gab ihren Zugangs-Code ein und tippte eine Frage.
IST DA JEMAND?
Das automatische Schreibgerät ratterte los und lieferte sofort die Antwort: JA.
WER BIST DU?
ZAHLLOS.
»Was soll das bedeuten?« fragte Tal.
»Ich weiß es auch nicht«, sagte die Genetikerin, erhielt aber auf die gleiche Frage die gleiche rätselhafte Antwort. ZAHLLOS.
»Fragen Sie nach seinem Namen«, sagte Bryce.
HAST DU EINEN NAMEN?
JA.
WIE IST DEIN NAME?
VIELE.
NENNE EINEN DEINER NAMEN.
CHAOS.
WELCHE NAMEN HAST DU SONST NOCH?
DU LANGWEILST MICH, BLÖDE FOTZE. EINE ANDERE FRAGE!
Deutlich erschreckt sah die Genetikerin Bryce an: »*Das* ist auf jeden Fall nicht in den Computer programmiert worden.«
Lisa sagte: »Fragen Sie es nicht, *wer*, sondern *was* es ist.«
»Genau«, sagte Tal. »Lassen Sie sich eine physische Beschreibung geben.«

Nach einer kurzen Überlegung tippte die Genetikerin: GIB UNS EINE PHYSISCHE BESCHREIBUNG.

ICH LEBE.

LIEFERE EINE SPEZIFISCHE BESCHREIBUNG.

ICH BIN VON NATUR AUS UNSPEZIFISCH.

BIST DU EIN MENSCH?

AUCH DIESE MÖGLICHKEIT STEHT MIR OFFEN.

»Es spielt doch bloß mit uns«, sagte Jenny.

Bryce fuhr sich mit einer Hand über das Gesicht und sagte: »Fragen Sie es nach General Copperfield.«

WO IST GALEN COPPERFIELD?

TOT.

WO IST SEINE LEICHE?

VERSCHWUNDEN.

WOHIN?

DU LANGWEILST MICH.

WO SIND DIE ANDEREN, DIE BEI GALEN COPPERFIELD WAREN?

TOT.

HAST DU SIE GETÖTET?

JA.

WARUM?

IHR.

UNKLAR. DEUTLICHER.

IHR SEID ALLE TOT.

Bryce sah, daß der Frau die Hand zitterte. Trotzdem flog sie geschickt und genau über die Tastatur: WARUM WILLST DU UNS TÖTEN?

DAFÜR SEID IHR DA.

SOLL DAS HEISSEN, DASS WIR NUR DA SIND, UM GETÖTET ZU WERDEN?

JA. IHR SEID VIEH. IHR SEID SCHWEINE. IHR SEID WERTLOS.

WAS IST DEIN NAME?

LEERE.

UNKLAR. DEUTLICHER.

NICHTS.

UNKLAR. DEUTLICHER. WAS IST DEIN NAME?

MILLIONEN.

UNKLAR. DEUTLICHER.

MEIN SCHWANZ IST DEUTLICHER. DU LANGWEILST MICH, SCHLAMPE.

Sara wurde rot und sagte: »Das ist einfach Wahnsinn!«

Der Schirm wurde leer. Dann: WANN KOMMT ER?

UNKLAR. DEUTLICHER.

WANN KOMMT DER EXORZIST?

»Mein Gott«, sagte Tal. »Was soll *das* denn jetzt?«

Sara tippte: UNKLAR. DEUTLICHER.

TIMOTHY FLYTE.

»Jetzt werd' ich aber verrückt!« sagte Jenny.

»Es kennt also diesen Flyte«, sagte Tal. »Aber wie? Und hat es Angst vor ihm oder was?«

HAST DU ANGST VOR FLYTE?

BLÖDE SCHLAMPE.

HAST DU ANGST VOR FLYTE? tippte sie unbeirrt.

ICH HABE VOR NICHTS ANGST.

INTERESSIERT DICH FLYTE?

ICH HABE ENTDECKT, DASS ER ES WEISS.

WAS WEISS ER?

ER WEISS, DASS ES MICH GIBT.

WEISS ER, WAS DU BIST?

JA. ICH WILL IHN HIER HABEN.

WARUM WILLST DU IHN HIER HABEN?

ER IST MEIN MATTHÄUS.

UNKLAR. DEUTLICHER.

ER IST MEIN MATTHÄUS, MARKUS, LUCAS UND JOHANNES.

Sara runzelte die Stirn und sah zu Bryce herüber. Dann flogen ihre Finger wieder über die Tasten. HEISST DAS, ER IST DEIN APOSTEL?

NEIN. ER IST MEIN BIOGRAF. ER SCHILDERT MEIN WERK. ER SOLL HERKOMMEN.

WILLST DU IHN AUCH TÖTEN?

NEIN. ICH SICHERE IHM FREIES GELEIT ZU.

UNKLAR. DEUTLICHER.

IHR WERDET ALLE STERBEN. ABER FLYTE DARF AM LEBEN BLEIBEN. DAS MÜSST IHR IHM SAGEN. WENN ER DAS NICHT WEISS, WIRD ER NICHT HERKOMMEN.

Saras Hände zitterten stärker denn je. Sie vertippte sich, mußte ihre Frage löschen und neu eingeben. WENN WIR FLYTE HERBRINGEN, WIRST DU UNS DANN LEBEN LASSEN?

IHR SEID MEIN.

WIRST DU UNS LEBEN LASSEN?

NEIN!

Bisher war Lisa für ihr Alter unverhältnismäßig tapfer gewesen. Als sie aber auf dem Video-Schirm so unverblümt ihr Schicksal ausgedruckt sah, war es zuviel für sie, und sie fing leise an zu weinen.

WOHER KOMMST DU?

AUS URALTER ZEIT.

UNKLAR. DEUTLICHER.

DU LANGWEILST MICH, SCHLAMPE.

BIST DU EXTRATERRESTRISCH?

NEIN.

»Damit wäre die Sache für Isley und Arkham geklärt«, sagte Bryce, überlegte sich aber erst dann, daß die beiden schon tot waren.

Sara kehrte noch einmal zu einer Frage zurück, die sie schon einmal gestellt hatte. WAS BIST DU?

DU LANGWEILST MICH.

WAS BIST DU?

DUMMES FLITTCHEN.

WAS BIST DU?

VERPISS DICH.

WAS BIST DU? tippte sie noch einmal und drückte dabei die Tasten so heftig herunter, daß Bryce schon dachte, sie würde sie zerbrechen. Anscheinend war ihr Zorn inzwischen größer als ihre Angst geworden.

ICH BIN GLASYALABOLAS.

UNKLAR. DEUTLICHER.

DAS IST MEIN NAME. ICH BIN DER GEFLÜGELTE MIT DEN ZÄHNEN EINES HUNDES. SCHAUM STEHT MIR VOR DEM MUND. ICH BIN FÜR ALLE EWIGKEIT DAZU VERDAMMT, DASS MIR SCHAUM VOR DEM MUND STEHT.

Bryce starrt den Schirm verständnislos an. War das ernst

gemeint? Ein Geflügelter mit Hundezähnen? Doch bestimmt nicht. Es spielte sicher wieder mit ihnen und hatte seinen Spaß. Was war an der ganzen Sache aber so spaßig?

Der Schirm wurde leer. Eine Pause. Dann aber erschienen neue Worte, obwohl Sara keine Frage gestellt hatte.

ICH BIN HABORYM. ICH BIN DER MANN MIT DREI KÖPFEN — EINER VON EINEM MENSCHEN, EINER VON EINER KATZE, UND EINER VON EINER SCHLANGE.

»Was soll denn der Scheiß da?« fragte Tal frustriert.

Die Luft war inzwischen deutlich kälter geworden. Das ist nur der Wind, sagte sich Bryce. Nur der Wind in der Tür, der die Kühle des Abends hereinweht.

ICH BIN RANTAN. ICH BIN PALLANTRE. ICH BIN AMLUTIAS, ALFINA, ERYN, FUARD, BELIAL, OMGORMA, NEBIROS, ELIGOR UND VIELE ANDERE.

Die seltsamen Namen glühten einen Moment lang auf allen drei Schirmen, und dann verschwanden sie wieder.

ICH BIN ALLE, UND ICH BIN KEINER. ICH BIN ALLES.

Die drei Video-Schirme leuchteten noch einen Moment leer und grün, und dann gingen sie aus, und die Deckenbeleuchtung ging wieder an.

»Wir danken Ihnen für dieses Gespräch«, sagte Jenny.

Belial. Das war einer der Namen, den es sich gegeben hatte.

Bryce war zwar kein zutiefst religiöser Mann, aber er war belesen genug, um zu wissen, daß Belial entweder ein anderer Name des Satans oder der Name einer der drei gefallenen Engel war. Was genau, wußte er nicht sicher.

Er ging deshalb zu Gordy Brogan, der ein frommer Katholik und der religiöseste von ihnen allen war. Sie standen auf dem Bürgersteig, und Gordy las sich die Namen durch.

»Hier«, sagte Gordy. »Dieser Name. Baal.« Er deutete auf den grünen Computerdruck. »Ich weiß nicht genau, wo ich den Namen schon einmal gesehen habe. Es war nicht in der Kirche oder im Katechismus. Vielleicht in einem Buch.«

Bryce bemerkte, daß Gordy mit einem seltsamen Tonfall und Rhythmus sprach. Es war mehr als Nervosität. Manche

Worte sagte er viel zu langsam, während er andere fast frenetisch schnell aussprach.

»In einem Buch?« fragte Bryce. »In der Bibel vielleicht?«

»Nein, ich glaube nicht. Leider lese ich nicht in der Bibel. Nein, das war in einem gewöhnlichen Buch, aber ich kann mich nicht mehr daran erinnern, in welchem.«

»Und wer ist dieser Baal?«

»Ich glaube, das soll ein sehr machtvoller Dämon sein«, sagte Gordy. Mit seiner Stimme war irgend etwas nicht in Ordnung, nein, *er* war nicht in Ordnung.

»Und die anderen Namen?« fragte Bryce.

»Die sagen mir nichts.«

»Ich dachte, das wären auch Namen von Dämonen.«

»Wissen Sie, die Kirche droht nicht mehr so mit der Hölle und dem Teufel wie früher. Vielleicht ist das ein Fehler«, sagte er mit seiner veränderten Stimme. »Doch, das ist ein Fehler. Weil ich nämlich glaube, daß Sie recht haben. Das sind die Namen von Dämonen.«

Jenny seufzte müde. »Dann hat es wieder eines seiner Spielchen mit uns getrieben.«

Gordy schüttelte heftig den Kopf. »Nein, das war kein Spiel. Das war die reine Wahrheit.«

Bryce runzelte die Stirn. »Gordy, Sie glauben doch nicht etwa, daß das wirklich ein Dämon oder der Satan oder sonst etwas in der Richtung ist, oder?«

»Das ist doch alles Unsinn«, sagte Sara Yamaguchi.

»Und wie erklären Sie dann den gekreuzigten Priester?« fragte Gordy mit fiebernden Augen. In ihnen stand nicht nur Angst. Das waren die Augen eines Mannes in geistiger Not, vielleicht sogar Agonie.

Ich hätte das eher kommen sehen müssen, warf sich Bryce vor.

Gordy sprach mit leiser, aber intensiver Stimme weiter: »Ich glaube, die Zeit ist gekommen. Das Ende. Der jüngste Tag. Genau so, wie es in der Bibel steht. Das habe ich nie geglaubt. An alles, was die Kirche lehrt, habe ich geglaubt, nur nicht, daß es einen Tag des Gerichts geben könnte. Ich habe immer gemeint, das geht alles einfach so weiter. Aber jetzt ist er gekommen, und zwar nicht nur für uns in Snowfield, sondern für alle Menschen. Deshalb habe ich mich gefragt, welches Urteil über mich gesprochen werden würde, und ich habe Angst. Ich besitze nämlich eine besondere Gabe Gottes, ein ganz besonderes Geschenk, und ich habe es weggeworfen. Mir ist die Gabe des heiligen Franziskus verliehen worden. Ich habe mich schon immer gut mit Tieren verstanden. Doch, das ist wahr. Kein Hund bellt mich an, keine Katze kratzt mich. Mir fressen wilde Eichhörnchen aus der Hand. Meine Eltern wollten, daß ich diese Gabe nütze und Tierarzt werde, aber ich habe auf die Gabe Gottes gespuckt und bin Polizist geworden, habe das Schwert aufgenommen, und deshalb habe ich jetzt Angst.«

Bryce wußte nicht, was er zu Gordy sagen sollte. Seine eingebildete Sünde war so weit weg von dem wahren Bösen, daß es schon fast lächerlich war.

»Timothy Flyte ist ein Wissenschaftler und kein Theologe«, sagte Jenny mit bestimmter Stimme. »Wenn Flyte eine Erklärung für die Ereignisse hat, dann ist es eine wissenschaftliche und bestimmt keine theologische.«

Gordy hörte nicht auf sie. Tränen liefen ihm über das Gesicht. Seine Augen sahen glasig aus. Er warf den Kopf zurück und starrte in den Himmel, sah dabei offensichtlich aber nicht den Sonnenuntergang, sondern eine himmlische Straße, auf der Gott mit seinen Heerscharen herabstieg, um Gericht zu halten.

In seinem Zustand konnte man ihm keine geladene Pistole anvertrauen. Bryce zog Gordy die Pistole aus dem Halfter und nahm sie an sich. Der Deputy registrierte es nicht einmal.

Bryce bemerkte, daß Gordys bizarre Ausführungen Lisa schwer erschüttert hatten. »Es wird alles wieder gut«, sagte er zu ihr. »Das ist natürlich nicht das Ende der Welt. Gordy ist nur ein bißchen ... na, sagen wir durcheinander. Wir kommen hier schon durch. Glaubst du mir das, Lisa? Bleib nur noch ein bißchen so tapfer wie bisher. Meinst du, das schaffst du?«

Sie antwortete ihm nicht sofort, aber dann raffte sie ihre letzten Reserven zusammen und nickte. Sie rang sich sogar ein schwaches, unsicheres Lächeln ab.

»Du bist wirklich ein tolles Mädchen«, sagte er. »Ganz ähnlich wie deine Schwester.«

Lisa sah kurz zu Jenny hinüber und richtete dann ihren Blick wieder auf Bryce. »Sie sind aber auch ein toller Sheriff«, sagte sie.

Es war ihm peinlich, daß sie ihm so fraglos ihr Vertrauen schenkte, denn er hatte das nicht verdient.

Ich habe dich angelogen, dachte er. Der Tod ist noch immer hier. Er wird wieder zuschlagen. Vielleicht jetzt, vielleicht erst später.

Er konnte das nicht gewußt haben, aber einer von ihnen würde in einer Minute sterben.

32
Schicksal

In Santa Mira verbrachte Fletcher Kale den größten Teil des Montagnachmittags damit, methodisch Jake Johnsons Haus Zimmer für Zimmer zu zerstören.

In der Speisekammer hinter der Küche hatte er endlich Jake Johnsons Versteck gefunden. Es war nicht auf den Regalen, denn die waren mit genug Vorräten für ein Jahr oder mehr vollgestellt, oder auf dem Boden, wo die Mehl- und Zuckersäcke standen. Nein, der wahre Schatz war unter dem Linoleum und den Bodenbrettern in einem Geheimfach versteckt.

In diesem Geheimfach hatte Johnson eine sorgfältig ausgesuchte Auswahl von Schußwaffen versteckt. Sie waren einzeln in wasserdichte Plastikfolien eingeschlagen, und Kale wickelte sie aus und hatte ein Gefühl wie an Weihnachten dabei. Da war ein Paar Smith & Wesson Combat Magnum, vielleicht die stärkste und beste Faustfeuerwaffe der Welt. Mit .357er Munition geladen war sie die tödlichste Pistole, die ein Mann tragen konnte, und ihre Wucht reichte aus, um einen Grisly zu stoppen, und mit der leichteren .38er Patrone war sie eine sehr genaue Pistole für Kleinwild. Weiter war da noch ein Schrotgewehr, zwei Jagdgewehre, eine

M-1 und ein HK 91 Sturmgewehr von Heckler und Koch mit acht Magazinen à dreißig Schuß, die bereits gefüllt waren, und zusätzlich dazu noch zweitausend Schuß Munition dafür.

Fast eine Stunde lang untersuchte Kale die Waffen und spielte mit ihnen. Wenn die Polizei ihn auf dem Weg in die Berge erwischen sollte, würde ihnen das leid tun.

In dem Loch unter dem Speisekammerboden fand er auch Geld. Eine ganze Menge Geld sogar. Die Scheine waren zu Bündeln zusammengerollt und in fünf großen Einmachgläsern verstaut.

Er trug die Gläser in die Küche, stellte sei auf den Tisch, holte sich eine Dose Pepsi aus dem Kühlschrank, weil er kein Bier gefunden hatte, und setzte sich an den Küchentisch, um das Geld zu zählen. $ 63440.

Es bedeutete eine gewisse Ironie, daß er dieses versteckte Geld jetzt fand, denn wenn er es schon früher gehabt hätte, hätte er in der letzten Woche Joanna und Danny nicht umzubringen brauchen. Das war mehr, als er gebraucht hätte, um sich aus seinen Schwierigkeiten mit High County Investments herauszubringen.

Er hatte vor anderthalb Jahren alles darin investiert, was er hatte, aber das war nötig gewesen, wenn er in das Geschäft einsteigen wollte, das einen ungeheuren Gewinn versprach. Allem Anschein nach war das die goldene Gelegenheit gewesen, die, wie er wußte, vom Schicksal für ihn bestimmt war.

Es hatte sich jedoch alles anders entwickelt, als er vorausgesehen hatte. Jeder der Beteiligten an dem Projekt hatte sich verpflichtet, sich anteilsmäßig an etwaigen Folgekosten zu beteiligen. Sollte er dazu nicht in der Lage sein, so war damit auch sein ursprünglich investiertes Kapital verloren. Im Lauf der Zeit entwickelte das Projekt einen geradezu abenteuerlichen Geldhunger.

Als die erste Nachforderung von $ 35000 kam, hatte er seiner Frau mit größter Mühe die Zustimmung abgerungen, das Haus mit einer Hypothek zu belasten. Sie war von Anfang an gegen das Projekt gewesen und hatte gesagt, es sei eine Nummer zu groß für ihn. Nun machte sie ihm zwar keine offenen Vorwürfe oder sagte ihm mit ihren Blicken ›das habe ich dir gleich gesagt‹, weil sie dazu zu schlau war, aber natürlich hatte sie sich insgeheim an seiner Verzweiflung gefreut. Sie und all die anderen, die ihm den Erfolg nicht gönnen wollten. Wenn High County Investments erst einmal das große Geld brachte, würde er es ihnen schon zeigen. Vor allem aber Joanna würde dann büßen müssen.

Dann aber wurde von den an dem Geschäft beteiligten Partnern noch einmal $ 40000 verlangt. Er hätte auch die noch bezahlen können, wenn Joanna ihm den Erfolg wirklich gegönnt hätte. Sie hätte das Geld aus dem Fond nehmen können, den Joannas Großmutter für Danny als ihren einzigen Urenkel eingerichtet hatte. Das aber hatte Joanna abgelehnt. »Was ist denn, wenn du *noch einmal* zahlen sollst? Dann verlierst du alles, Fletch, einfach alles, und Dannys Fond ist auch weg.« Er hatte versucht, ihr klarzumachen, daß es dieses Mal auf jeden Fall die letzte Zahlung war und daß das Geld jetzt sehr bald einrollen müsse, aber sie wollte nicht auf ihn hören. In Wirklichkeit hatte sie ihm nur den Erfolg nicht gegönnt und wollte ihn ruinieren.

Damit blieb ihm keine andere Wahl, als sie und Danny umzubringen. Nach den Bestimmungen zu dem Fond würde er aufgelöst und das Geld an Joanna überwiesen werden, wenn Danny vor seinem 21. Geburtstag sterben sollte, und Joanna hatte in ihrem Testament ihren gesamten Besitz an ihren Mann vermacht. Wenn er sie also beide aus dem Weg räumte, bekam er den Fond in die Hand, und dazu noch $ 20000 aus Joannas Lebensversicherung.

Die Schlampe hatte ihm keine andere Wahl gelassen. Es war also nicht seine Schuld, daß sie tot war.

Er dachte an den Ausdruck auf ihrem Gesicht, als sie die Leiche des Jungen gesehen hatte — und die Pistole in seiner Hand, und er lächelte. Er sah auf das Geld herab, das er vor sich auf dem Küchentisch aufgestapelt hatte, und sein Lächeln wurde noch breiter.

Noch vor wenigen Stunden hatte er ohne einen Penny in der Tasche unter Mordanklage im Gefängnis gesessen, und vor ihm hatte allem Anschein nur eine lebenslängliche Haftstrafe gelegen. Die meisten Menschen wären in einer solchen Lage vor Verzweiflung erstarrt. Fletcher Kale aber hatte sich nicht geschlagen gegeben, weil er gewußt hatte, daß das Schicksal Großes mit ihm vorhatte. Nun lag der Beweis vor ihm. In unglaublich kurzer Zeit hatte er sich befreit, verfügte über ein Versteck, Transportmittel, Waffen und vor allem über $ 63440.

Endlich hatte es begonnen. Sein spezielles Schicksal entfaltete sich.

33

Phantome

Bryce sagte: »Wir sollten uns besser wieder ins Hotel zurückziehen.« In einer Viertelstunde würde die Nacht die Stadt wieder in ihren Besitz nehmen. Jetzt schon drängten sich die Schatten aus ihren Ecken, wo sie sich den Tag über versteckt hatten.

Sie ließen das Labor hinter sich, in dem *es* zum erstenmal mit ihnen in Verbindung getreten war, und gingen auf die Straßenecke zu, als die Straßenlaternen aufleuchteten. Im gleichen Augenblick hörten sie hinter sich ein Winseln und dann ein Bellen. Die gesamte Gruppe blieb wie angewurzelt stehen und drehte sich um.

Hinter ihnen humpelte ein Hund an den Laborwagen vorbei und versuchte, sie einzuholen. Es war ein Airedale. Anscheinend war sein linkes Vorderbein gebrochen. Seine Zunge baumelte ihm zum Maul heraus, sein Pelz war stumpf und verfilzt, und er machte allgemein einen angegriffenen Eindruck. Er kam noch einen Schritt auf sie zu, stockte, um sein verwundetes Bein abzulecken, und winselte erbärmlich.

Bryce war von dem plötzlichen Erscheinen des Hundes wie elektrisiert. Er war der erste Überlebende, den sie gefunden hatten. Er war zwar nicht in besonders guter Verfassung, aber er *lebte* noch.

Warum aber lebte er noch? Was hatte er Besonderes an

sich, das ihn gerettet hatte, während alle anderen zugrundegegangen waren?

Wenn sie die Antwort auf diese Frage finden könnten, könnte das vielleicht auch ihnen die Rettung bringen.

Gordy reagierte als erster.

Der Anblick des verwundeten Airedales berührte ihn tiefer als alle anderen. Er konnte es nicht ertragen, ein Tier Schmerzen leiden zu sehen. Lieber litt er selbst. Sein Herz begann, schneller zu schlagen. Gott hatte ihm ein Zeichen geschickt, daß er ihm noch eine Chance bot, seine Begabung zu nutzen. Wenn er diesem Hund nicht half, war ihm die ewige Verdammnis sicher. Es gab keinerlei Zweifel daran, was er jetzt tun mußte. Er eilte auf den Airedale zu, der ungefähr sechs Meter weit weg war.

Jenny war zunächst von dem Hund völlig verblüfft, und dann stieg eine ungeheure Freude in ihr hoch. Das Leben hatte doch über den Tod triumphiert. *Es* hatte doch nicht jedes Lebewesen in Snowfield erwischt. Dieser Hund, der sich nun müde hinsetzte, als Gordy auf ihn zukam, hatte überlebt, und das bedeutete, daß sie selbst es vielleicht auch schaffen könnten, lebend aus dieser Stadt herauszukommen —

— und dann fiel ihr die Motte ein.

Auch die Motte war ein lebendes Wesen gewesen, hatte ihnen aber nichts Gutes gebracht.

Der Hund, der am Rand des Schattens auf dem Bürgersteig lag, legte nun seinen Kopf auf den Boden und bettelte winselnd darum, gestreichelt zu werden.

Gordy ging leicht niedergebückt auf ihn zu und sprach liebevoll und beruhigend auf ihn ein. »Nur keine Angst, mein Kleiner. Braver Hund. Das kriegen wir alles wieder hin. Nur ruhig …«

Das Entsetzen stieg in Jenny hoch. Sie öffnete ihren Mund, um zu schreien, aber andere waren schneller als sie.

»Gordy, *nicht*!« rief Lisa.

»Zurück!« schrie Bryce zusammen mit Frank Autry.

Tal brüllte: »Bleiben Sie weg davon, Gordy!«

Gordy aber schien sie nicht zu hören.

Als Gordy näherkam, hob der Hund seinen Kopf vom

Boden und gab leise, einschmeichelnde Geräusche von sich. Es war ein kräftiges Tier. Wenn sein Bein geheilt und sein Fell gewaschen und gebürstet war, würde er ein schöner Hund werden.

Gordy streckte eine Hand aus und streichelte den Hund. Der arme Kerl war kalt, unglaublich kalt, und leicht feucht.

»Komm her, mein guter Hund«, sagte Gordy.

Der Hund roch auch eigenartig. Scharf. Eigentlich ekelerregend. Gordy hatte so etwas noch nie gerochen.

»Wo hast du dich nur herumgetrieben?« fragte er den Hund. »In was für einem Dreck hast du dich denn gewälzt?«

Gordy hörte die anderen hinter sich rufen, aber er war zu sehr mit dem Airedale beschäftigt, um auf sie zu hören. Er legte beide Arme um den Hund, drückte ihn vorsichtig an seine Brust und hob ihn hoch. Seine verwundete Pfote baumelte herab.

Er hatte es noch nie mit einem Tier zu tun gehabt, das so kalt war. Es kam nicht nur davon, daß sein Pelz feucht und deshalb kalt war; auch unterhalb des Fells schien keine Wärme zu existieren.

Er leckte Gordy die Hand ab. Die Zunge war eiskalt.

Frank hatte aufgehört zu rufen und sah nur noch atemlos zu. Gordy hatte den Köter aufgehoben und streichelte ihn jetzt. Es war nichts Schreckliches passiert, und vielleicht war es doch ein ganz normaler Hund, der —

Dann.

Der Hund leckte Gordys Hand ab, und ein eigenartiger Ausdruck trat in das Gesicht des Deputys, und dann begann der Hund, sich ... zu verwandeln.

Es war so, als würde ein Plastilinklumpen unter den Händen eines unsichtbaren Bildhauers schnell seine Gestalt verändern. Das verfilzte Haar schien zu schmelzen und die Farbe zu ändern, und dann veränderte sich auch seine Textur, bis es eher wie grünliche Schuppen aussah, und dann sank der Kopf in den Rumpf zurück, der inzwischen eigentlich kein Rumpf mehr war, sondern nur noch ein formloser Klumpen, der sich zuckend verformte, und dann wurden die Beine kürzer und dicker. All das dauerte nicht länger als fünf oder sechs Sekunden, und dann —

Gordy starrte entsetzt auf das Ding, das er in den Armen hielt.

Ein Eidechsenkopf mit bösartigen, gelben Augen begann sich aus der formlosen Masse zu bilden, zu der der Hund geworden war. Das Maul der Eidechse erschien in dem Pudding-ähnlichen Gewebe, eine gespaltene Zunge zuckte vor, und eine Menge spitzer, kleiner Zähne wurde sichtbar.

Gordy versuchte, das Ding hinzuwerfen, aber es klebte an ihm fest, großer Gott, es klebte an ihm fest wie Gift, und nun hatte es sich um seine Hände und Arme herumgeformt, so daß sie nun *in* dem Wesen waren.

Dann war es nicht mehr kalt, sondern plötzlich warm, und dann heiß. Furchtbar heiß.

Noch bevor die Eidechse ganz aus der zuckenden Gewebemasse aufgestiegen war, begann sie sich wieder aufzulösen, und ein neues Tier entstand, ein Fuchs, aber auch der verschwand, bevor er ganz ausgebildet war, und dann waren es Eichhörnchen, zwei Eichhörnchen, die wie siamesische Zwillinge zusammengewachsen waren, sich aber schnell trennten, und

Gordy begann zu schreien. Er schüttelte heftig seine Arme und versuchte, das Wesen abzuschütteln. Es brannte inzwischen wie Feuer an seinen Armen und Schultern.

Er schrie und schluchzte und stolperte einen Schritt vor, schüttelte wieder seine Arme und versuchte, seine Hände auseinanderzuzerren, aber das Ding klammerte sich weiter an ihm fest.

Die halb ausgeformten Eichhörnchen zerschmolzen wieder, und kurz erschien eine Katze, aber dann war auch die wieder weg, und etwas anderes stieg auf, großer Gott, nein, nur das nicht, ein ungeheuerliches Insekt, groß wie der Airedale, mit sieben oder acht Augen auf seinem widerlichen Kopf und eine Menge spinnendürrer Beine und —

Der Schmerz durchfloß ihn wie Lawa. Er stolperte zur Seite, fiel auf die Knie und dann auf die Seite. Er trat in seiner Qual wild um sich und wand sich auf dem Bürgersteig.

Sara Yamaguchi konnte nur ungläubig starren. Die Kreatur, die Gordy angriff, schien seine DNS-Struktur völlig unter Kontrolle zu haben und sein Aussehen beliebig und mit verblüffender Schnelligkeit ändern zu können.

Eine solche Kreatur konnte es einfach nicht geben. Eigentlich sollte sie es wissen, denn sie war Biologin und Genetikerin. Unmöglich. Trotzdem war sie da.

Das spinnenähnliche Gebilde löste sich wieder auf, und eine neue Phantom-Gestalt trat an ihre Stelle. Das Wesen schien in seiner natürlichen Gestalt nichts als eine formlose, gallertartige Masse zu sein, grau und rostrot gefleckt, wie eine Kreuzung zwischen einer riesigen Amöbe und einem ekelhaften Schimmelpilz. Das Gewebe floß an Gordys Armen hoch —

— und plötzlich streckte er eine Hand aus der schleimigen Masse heraus. Es war jedoch keine Hand mehr, sondern nur noch Knochen. Skelettierte Knochen, weiß abgefressen, ohne eine Spur von Fleisch darauf.

Sie würgte, drehte sich um und übergab sich in den Rinnstein.

Jenny riß Lisa zwei Schritte von dem Ding weg, mit dem Gordy kämpfte. Das Mädchen schrie ununterbrochen.

Der Schleim floß um die Knochenhand und umgab sie mit einem Handschuh aus pulsierendem Gewebe. Auch die Knochen wurden aufgelöst, und der Handschuh zog sich zu einem Ball zusammen und verschwand in dem Organismus. Er wogte und zuckte ständig, bildete hier einen Auswuchs, dort eine Einbuchtung, die sofort wieder verschwand und einer anderen Form Platz machte, als bedeute schon ein kurzer Stillstand Tod. Er zog sich an Gordys Armen hoch, während er sich verzweifelt dagegen wehrte, und hinterließ nichts, gar nichts, keine Stümpfe, keine Knochen, nichts; alles wurde von ihm verschlungen. Es begann nun, sich auch auf seine Brust auszubreiten, und wohin es auch floß, verschwand Gordy einfach, als würde er langsam in einem Säurefaß aufgelöst.

Lisa riß ihren Blick von dem Sterbenden los und klammerte sich schluchzend an Jenny fest.

Gordys Schreie waren unerträglich.

Tal hielt seinen Revolver bereits in der Hand. Er hastete auf Gordy zu.

Bryce hielt ihn auf. »Sind Sie verrückt, Tal? Wir können ihm doch nicht helfen.«

»Wir können ihn aus seiner Qual erlösen.«

Gordys Schreie wurden immer gequälter, und nun schrie er zu Jesus um Hilfe, trommelte mit den Fersen auf dem Boden, bäumte sich auf und versuchte, sich von der Last seines entsetzlichen Angreifers zu befreien.

Bryce zuckte zusammen. »Also gut. Schnell.«

Sie gingen beide vorsichtig auf den tobenden, sterbenden Deputy zu und eröffneten das Feuer. Verschiedene Schüsse trafen ihn, und die Schreie hörten auf. Sie zogen sich hastig wieder zurück.

Sie machten keinen Versuch, auch Gordys Angreifer zu töten. Sie wußten, daß Kugeln gegen dieses Wesen nichts ausrichten konnten, und langsam verstanden sie auch, warum nicht. Geschosse töten, indem sie lebenswichtige Organe oder Blutgefäße zerstören. Nach allem, was sie sehen konnten, hatte dieses Wesen weder Organe, noch einen Blutkreislauf oder ein Skelett. Es schien eine Masse von undifferenziertem, aber hochentwickeltem Protoplasma zu sein. Eine Kugel würde es durchbohren, aber das verblüffend formlose Fleisch würde einfach in den Schußkanal fließen und die Wunde in Sekunden heilen.

Das Wesen begann nun, Gordy schneller in einer lautlosen Raserei zu verschlingen, und innerhalb von Sekunden war von ihm keine Spur mehr zu sehen. Nur noch der Verwandler war übrig, weit größer als der Hund, denn nun hatte er ja noch Gordys Substanz in sich aufgenommen.

Tal und Bryce gingen zu den anderen zurück, aber sie flohen nicht ins Hotel, sondern beobachteten wie gebannt das amöbenhafte Wesen auf dem Bürgersteig.

Es nahm wieder eine neue Form an und wurde zu einem riesigen, bedrohlichen Wolf, der seinen Kopf zurückwarf und den Himmel anheulte.

Dann durchliefen Wellen sein Gesicht, und Tal erkannte, daß er menschliche Züge anzunehmen begann. Aus den

Wolfsaugen wurden Menschenaugen, und ein Teil eines menschlichen Kinns bildete sich. Gordys Augen? Gordys Kinn? Die Menschenähnlichkeit hielt sich nur eine Sekunde, und dann floß das Gesicht wieder in die Wolfsform.

Werwolf, dachte Tal.

Für einen Augenblick stand er da, stand *es* da, und fletschte seine scharfen und riesigen Zähne, viel größer als sie ein Wolf auf der Erde jemals besessen hatte, und seine Augen glühten schmutzigrot wie der Sonnenuntergang auf.

Es wird gleich angreifen, dachte Tal. Er schoß auf das Wesen. Die Kugeln drangen ein, hinterließen aber keine sichtbaren Wunden und verursachten offensichtlich auch keine Schmerzen.

Der Wolf wendete sich mit einer Art kühler Gleichgültigkeit für die Schüsse von Tal ab und trabte auf den offenen Kanaleinstieg zu, in dem das Stromkabel des fahrbaren Labors verschwand.

Plötzlich stieg etwas aus diesem Kanal auf, schaffte sich mit ungeheurer Kraft Weg, eine dunkle, pulsierende Masse, die aus einer gallertartigen Substanz bestand und in einer Säule, die fast so groß war wie der Einstieg, in die Luft aufstieg, höher und immer höher: vier Fuß, sechs Fuß, acht ...

Etwas stieß Tal gegen den Rücken. Er zuckte zusammen, versuchte, sich umzudrehen und bemerkte, daß er lediglich mit der Mauer des Hotels zusammengestoßen war. Er hatte es selbst nicht bemerkt, daß er sich immer weiter vor dem aufragenden Wesen zurückgezogen hatte.

Er sah nun, daß die pulsierende Säule wieder ein Stück Protoplasma wie der Airedale war, der sich zu einem Wolf verändert hatte; es war nur erheblich größer. Riesig war es. Tal fragte sich, wieviel davon wohl noch unter der Straße verborgen war, und er hatte eine Ahnung, daß es die gesamte Kanalisation füllte und daß das, was sie hier sahen, nur ein verschwindend kleiner Teil von ihm war.

Als es die Höhe von ungefähr zehn Fuß erreicht hatte, stieg es nicht weiter hoch. Die obere Hälfte der Säule verbreitete sich zu einem Schirm, so daß es nun dem Kopf einer Kobra ähnelte. Dann aber wurde der Schirm immer breiter, bis es kein Schirm mehr war, sondern zwei riesige, membranartige Flügel wie von einer Fledermaus, die aus der noch immer gestaltslosen Säule wuchsen. Dann aber nahm auch sie eine Form an — große, überlappende Schuppen —, und kleine Hinterfüße bildeten sich. Es wurde zu einer geflügelten Schlange.

Die Flügel flatterten und verursachten ein Geräusch wie eine knallende Peitsche.

Tal drückte sich an die Wand.

Die Flügel flatterten.

Lisa klammerte sich fester an Jenny fest. Die Ärztin hielt ihre Schwester fest im Arm, aber ihre Aufmerksamkeit war auf die Monstrosität gerichtet, die aus dem Kanalschacht aufgestiegen war, in der Dämmerung zuckte und sich wendete.

Wieder flatterten die Flügel. Jenny spürte einen kühlen Wind, der von ihnen ausging.

Dieses neue Phantom sah aus, als wolle es sich gleich von dem noch unterirdischen Protoplasma lösen und sich in den Abendhimmel erheben — oder sich auf sie stürzen.

Sie wußte, daß eine Flucht unmöglich wäre. Mit jeder Bewegung würde sie nur seine Aufmerksamkeit auf sich lenken. Es war sinnlos, seine Energie mit Fluchtversuchen verschwenden zu wollen. Flucht vor dem Ding da war unmöglich.

Jenny sah wie gebannt zu, wie sich am oberen Ende der zehn Fuß hohen Säule aus fleckigem, amorphem Gewebe ein Schlangenkopf bildete. Haßerfüllte grüne Augen wuchsen aus dem formlosen Fleisch. Sie waren milchig, trübe, offensichtlich blind, aber nun wurden sie klar, und die waagrechten schwarzen Pupillen wurden sichtbar. Die Augen starrten bösartig auf Jenny und die anderen herab. Ein riesiges Maul wurde aufgerissen, und zwei nadelspitze, riesige Fangzähne wurden sichtbar, die aus schwarzem Zahnfleisch wuchsen.

Jenny dachte an die Dämonen-Namen auf dem Video-Schirm, die höllischen Namen, die das Wesen sich selbst verliehen hatte. Die Masse aus formlosem Fleisch, die da gerade eine geflügelte Schlange bildete, war tatsächlich wie ein Dämon, der aus der Hölle hergerufen worden war.

Das Wolfsphantom, das die Substanz Gordy Brogans aufgenommen hatte, kam auf den Fuß der aufgerichteten Schlange zu. Es berührte die Säule aus pulsierendem Fleisch — und verschmolz mit ihr. In weniger als einer Sekunde hatten sich die beiden Kreaturen vereinigt.

Offensichtlich war der erste Verwandler kein selbständiges Wesen. Es war vielmehr ein Teil jener riesenhaften Kreatur in der Kanalisation unter den Straßen. Sie konnte offensichtlich Teile von sich lösen und zu besonderen Aufgaben ausschicken — wie der Angriff auf Gordy Brogan —, um sie dann beliebig wieder zurückzuholen.

Die Flügel flatterten, und das Geräusch hallte durch die ganze Stadt. Dann begannen sie wieder in die Säule zurückzuschmelzen, und auch das Gesicht der Schlange löste sich auf. Offensichtlich war *es* der Vorführung müde. Bald waren auch die Füße verschwunden, und nachdem es noch einige Sekunden als brodelnde, formlose Masse über dem Einstieg gestanden hatte, eine Vision des Bösen, begann es sich wieder durch das Loch in die Kanalisation zurückzuziehen.

Bald war es verschwunden.

Lisa hatte aufgehört zu schreien. Sie schnappte nach Luft und weinte laut. Die anderen waren fast ebenso erschüttert und sahen sich wortlos an.

Bryce sah aus, als habe ihn ein Keulenschlag getroffen. Schließlich sagte er: »Los, gehen wir ins Hotel zurück, bevor es noch dunkler wird.«

Vor dem Hoteleingang stand keine Wache.

»Hier ist was passiert«, sagte Tal. Bryce nickte und ging vorsichtig durch die Doppeltür. Fast wäre er dabei auf eine Pistole getreten, die auf dem Boden lag. Die Eingangshalle war leer.

»Verdammt«, sagte Frank Autry. Sie durchsuchten alles. In der Cafeteria war niemand, und in dem Schlafsaal auch nicht. Auch die Küche war verlassen. Kein Schuß war abgegeben worden. Niemand hatte gerufen.

Niemand war entkommen. Die zehn Deputies waren verschwunden.

Draußen war es wieder Nacht geworden.

34
Abschied

Die sechs Überlebenden — Bryce, Tal, Frank, Jenny, Lisa und Sara — standen in der Eingangshalle des Hilltop Inn am Fenster. Draußen lag die Skyline Road still und ruhig vor ihnen. Die Nacht schien leise zu ticken, wie eine Zeitbombe.

Jenny erinnerte sich an den überdachten Gang neben der Bäckerei der Liebermanns. Sie hatte gedacht, sie hätte etwas oben zwischen den Balken gesehen, und Lisa unten an der Mauer. Wahrscheinlich hatten sie beide recht gehabt. Auch Bryce hatte später in dem Abfluß sicher ein dunkles Stück Protoplasma gesehen, das sie belauerte oder sonst einer düsteren und unergründlichen Tätigkeit nachging.

Jenny dachte auch an die Oxleys in ihrem verbarrikadierten Raum und sagte: »Das Geheimnis der verschlossenen Räume ist plötzlich kein Geheimnis mehr. Dieses Wesen konnte unter eine Tür oder durch einen Heizungsschacht fließen. Das kleinste Loch, die kleinste Ritze würden ausreichen. Harold Ordnay hat es wahrscheinlich durch die Abflüsse erwischt.«

»Das gleiche gilt für die von innen verschlossenen Autos«, sagte Frank. »Es konnte ein Auto völlig umgeben und durch die Belüftung fließen.«

»Es kann sich völlig lautlos bewegen, wenn es will«, sagte Tal. »Deshalb sind auch so viele Leute überrascht worden. Sie haben es erst in dem Augenblick bemerkt, als es sie angriff.«

Draußen stieg ein leichter Nebel aus dem Tal hoch. Die Straßenlaternen bekamen weiße Höfe.

»Wie groß es wohl ist?« fragte Lisa.

Einen Moment antwortete niemand. Dann sagte Bryce: »Riesig.«

»Vielleicht so groß wie ein Haus«, sagte Frank.

»Oder so groß wie das ganze Hotel«, sagte Sara.

»Oder vielleicht sogar noch größer«, sagte Tal. »Es hat schließlich die gesamte Stadt zugleich angegriffen. Es könnte so groß sein wie ... ein unterirdischer See, ein See aus lebendem Gewebe, der sich unter dem größten Teil von Snowfield erstreckt.«

»Wie Gott«, sagte Lisa.

»Was?«

»Es ist überall«, sagte Lisa. »Es weiß alles und sieht alles. Genau wie Gott.«

»Wir haben fünf Polizeiwagen«, sagte Frank. »Wenn wir uns aufteilen würden und jeder in einem anderen Auto genau zur gleichen Zeit aus Snowfield herausfahren —«

»Es würde uns aufhalten«, sagte Bryce.

»Vielleicht würde es uns nicht alle erwischen. Vielleicht würde ein Wagen durchkommen.«

»Es hat eine ganze Stadt aufgehalten.«

»Stimmt. Da haben Sie auch wieder recht«, gab Frank widerwillig zu.

Jenny sagte: »Außerdem hört es uns wahrscheinlich sowieso gerade zu und würde uns aufhalten, noch bevor wir die Autos erreicht haben.«

Sie sahen alle zu den Heizungsschächten an der Decke hoch. Hinter dem Metallgitter war nichts zu sehen. Nichts als Finsternis.

Sie versammelten sich in dem Speiseraum der Festung, die keine mehr war. Sie redeten sich selbst ein, sie hätten Lust auf Kaffee, weil ein gemeinsamer Kaffee ihnen ein Gefühl von Gemeinschaftlichkeit und Normalität gab.

Bryce machte sich nicht mehr die Mühe, Wachen aufzustellen. Das war doch sinnlos. Wenn *es* wollte, würde es sie holen.

Draußen wurde der Nebel immer dichter und drückte gegen das Glas. Wie unter einem Zwang mußten sie über das sprechen, was sie gesehen hatten. Sie alle wußten, daß ihr Tod bevorstand, und so wollten sie verstehen, wie und warum sie sterben sollten. Tod war immer schrecklich, sicher, aber ein sinnloser Tod war noch viel schlimmer als alles andere.

Bryce kannte sich aus mit sinnlosem Tod. Vor einem Jahr

hatte ihm ein Lastwagen alles beigebracht, was es zu diesem Thema zu wissen gab.

»Die Motte«, sagte Lisa. »War die wie der Airedale, wie das ... das Ding, das Gordy geholt hat?«

»Ja«, sagte Jenny. »Die Motte war nur ein Phantom, ein kleines Stück des Verwandlers. Das war gestern nacht und auch nicht wirklich Stu Wargle in der Toilette. Es hat sich Wargles Leiche aus der Gerätekammer geholt und dann ihre Form angenommen, um dich zu ängstigen. Es kann offensichtlich jede Person oder jedes Tier darstellen, das es absorbiert hat.«

Lisa runzelte die Stirn. »Die Motte kann es aber nicht vorher gefressen haben, weil es so etwas gar nicht gibt.«

»Na ja«, sagte Bryce, »vielleicht hat es solche Insekten vor Millionen von Jahren im Zeitalter der Dinosaurier ja einmal gegeben, und damals hat es sie gefressen.«

Lisa sah ihn mit großen Augen an. »Meinen Sie damit, daß das Ding, was aus dem Kanal gekommen ist, vielleicht Millionen von Jahre alt ist?«

»Mit den biologischen Gesetzen, wie wir sie kennen, scheint es auf jeden Fall nichts zu tun zu haben«, sagte Bryce. »Habe ich nicht recht, Dr. Yamaguchi?«

»Doch, allerdings.«

»Warum sollte es dann nicht unsterblich sein?«

Jenny sah ihn skeptisch an.

Bryce sagte: »Hast du dagegen einen Einwand?«

»Gegen die Möglichkeit, daß es unsterblich ist? Oder praktisch unsterblich? Nein, das will ich akzeptieren. Es könnte tatsächlich aus dem Mesozoikum stammen und sich ständig selbst erneuern, so daß es praktisch unsterblich ist. Was ist aber mit der geflügelten Schlange? Es fällt mir verdammt schwer, zu glauben, daß *so* etwas schon irgendwann einmal wirklich existiert hat. Wenn der Verwandler nur die Form von solchen Organismen annehmen kann, die er vorher aufgenommen hat, wie kann er dann so etwas wie die geflügelte Schlange werden?«

»So ähnliche Tiere hat es doch schon gegeben«, sagte Frank. »Der Pterodactylus war ein geflügeltes Reptil.«

»Ein Reptil wohl«, sagte Jenny. »Aber keine Schlange.

Der Pterodactylus war der Vorfahre der Vögel, aber das Ding da war ganz deutlich eine Schlange, und das ist etwas ganz anderes. Es hat ausgesehen, als sei es direkt aus einem Märchenbuch oder einem Buch über Schwarze Magie.«

Lisa sagte: »Ist es wirklich der Teufel? Ein Dämon aus der Hölle?«

»Nein«, sagte Jenny. »Das ist bloß eine Pose.«

»Aber warum nimmt es dann die Form des Teufels an?« fragte Lisa. »Und warum gibt es sich selbst Dämonen-Namen.«

»Ich habe die Vermutung, daß es nicht auf die Formen seiner Opfer beschränkt ist. Es kann sich deren Form geben, aber auch irgendeine andere, die es sich vorstellt. Wenn nun eines der Opfer einmal ein Bild von dieser geflügelten Schlange gesehen hat, kann *es* sie auch darstellen.«

Dieser Gedanke erschreckte Bryce. »Wollen Sie damit sagen, es nimmt nicht nur das *Fleisch* seiner Opfer in sich auf, sondern auch ihre *Kenntnisse und Erinnerungen*?«

»Es sieht auf jeden Fall danach aus«, sagte Jenny.

»Rein biologisch gesehen ist so etwas nicht unbekannt.« Sara Yamaguchi schob sich ihr Haar mit beiden Händen hinter ihre Ohren. »Wenn man eine bestimmte Plattwurmart lange genug durch ein Labyrinth schickt, das Futter auf der anderen Seite hat, wird der Wurm auf die Dauer dieses Labyrinth schneller überwinden lernen. Wenn man diesen Wurm nun zermahlt und an einen anderen Wurm verfüttert, wird der zweite Wurm auch schneller durch das Labyrinth kommen, obwohl er vorher nicht an der Testreihe teilgenommen hat. Er hat irgendwie mit dem Fleisch seines Artgenossen auch sein Wissen und seine Erfahrungen mitgegessen.«

»So hat der Verwandler auch von Timothy Flyte erfahren«, sagte Jenny. »Harold Ordnay wußte von Flyte, und damit *es* auch.«

»Warum hat es Lisa gestern nacht in der Toilette nicht geholt? Warum hat es uns nicht alle schon geholt?«

»Es spielt mit uns und braucht uns als Opfer für seine sadistischen Späße.«

»Das auch. Ich glaube aber, es hat uns leben lassen, damit wir Flyte sagen können, wir hätten es hier gesehen, um ihn herzulocken und ihm das freie Geleit zuzusichern.«

»Und wenn wir unseren Zweck erst einmal erfüllt haben ...«

»Ja.«

Etwas stieß von außen heftig an die Mauer des Hotels. Die Scheiben klirrten, und das ganze Haus schien zu beben.

Bryce stand so schnell auf, daß er den Stuhl umwarf, und lauschte angespannt, um festzustellen, woher das Geräusch kam. Es begann in Bodenhöhe, stieg aber schnell höher.

Jetzt klapperte und klickte etwas.

»Da zieht sich etwas Großes außen an dem Gebäude hoch«, sagte Frank.

»Das ist *es* wieder«, sagte Lisa.

»Aber nicht in seiner gallertartigen Form«, sagte Sara. »Dann brauchte es doch bloß lautlos an den Wänden hochzufließen.«

Sie lauschten alle eine Weile, und dann gingen sie zum Fenster, um hinauszusehen. Durch den Nebel war fast einen Block weit entfernt im Schein der Straßenlaterne schemenhaft etwas auszumachen. Ein ungeheuerlicher Krebs, groß wie ein Auto, kletterte an einem Haus hoch. Bryce erkannte die riesige Klaue mit den gezackten Schneiden, die sofort wieder in der Dunkelheit verschwand. Dann war noch kurz ein fiebrig zitternder Fühler zu sehen, und die Kreatur verschwand wieder in der Nacht.

»Was das wohl soll?« fragte Lisa ängstlich. »Warum gibt es vor, etwas zu sein, was es in Wirklichkeit nicht ist?«

»Vielleicht macht ihm das ganz einfach Spaß«, sagte Bryce. »Es gibt ja auch tropische Vögel, die Geräusche nachahmen, weil ihnen das Spaß macht und sie sich selbst hören wollen.«

Die Geräusche auf dem Dach hörten abrupt auf.

Die sechs warteten. Die Nacht schien sie wie ein wildes Tier zu belauern und nur auf den richtigen Zeitpunkt für den Angriff zu warten.

Sie waren zu unruhig, um sich wieder hinzusetzen, und standen weiter am Fenster und starrten hinaus.

Draußen bewegte sich nur der Nebel.

»Jetzt ist auch das Rätsel der ununterbrochenen Prellungen geklärt«, sagte Sara Yamaguchi. »Dieses Wesen hat seine Opfer vollständig eingeschlossen und dann gedrückt. Die Prellungen sind das Ergebnis eines ungeheuren, überall angewandten und länger aufrechterhaltenen Drucks. Auch der Sauerstoffentzug erklärt sich so.«

»Wahrscheinlich wird dabei auch das Konservierungsmittel in die Blutbahn gebracht.«

»Das denke ich auch«, sagte Sara. »Deshalb haben wir auch keinen Einstich von einer Injektionsnadel gefunden. Das Konservierungsmittel wird in jede Pore hineingepreßt. Eine Art von osmotischer Anwendung.«

»Ich habe jetzt auch eine Idee, wie das Wasser zu erklären wäre«, sagte Jenny. »Der Verwandler hat es ausgestoßen.«

»Wie kommen Sie darauf?«

»Der menschliche Körper besteht zum größten Teil aus Wasser. Nachdem also dieses Ding seine Opfer absorbiert und jedes Milligramm Mineralien, Vitamine und alle Kalorien aufgenommen hat, hat es das abgestoßen, was es nicht brauchte: überschüssige Mengen von absolut reinem Wasser. Diese Pfützen und getränkten Teppiche sind die gesamten Überreste Hunderter von Vermißten. Keine Leichen. Keine Gebeine. Nur Wasser …, und das ist auch schon verdunstet.«

»Meinen Sie, das verdammte Ding könnte getötet werden?« fragte Frank.

»Mit Kugeln auf jeden Fall nicht, das haben wir ja gesehen«, sagte Tal.

»Mit Feuer vielleicht?« fragte Lisa.

»Die Soldaten hatten schon Molotow-Cocktails vorbereitet«, erinnerte sie Sara. »Der Verwandler hat sie aber offensichtlich so schnell angegriffen, daß niemand Zeit gehabt hat, sich eine Flasche zu holen und den Docht anzuzünden.«

»Außerdem ist mit Feuer höchstwahrscheinlich auch nicht viel zu machen«, sagte Bryce. »Wenn das Ding anfangen würde zu brennen, würde es sich einfach von dem brennenden Teil lösen und den Hauptteil des Organismus in Sicherheit bringen.«

»Sprengstoff ist wahrscheinlich auch sinnlos«, sagte Jenny. »Ich habe das Gefühl, daß wir nach einer Sprengung nicht mehr hätten als tausend kleinere Verwandler, die dann wieder zusammenfließen würden.«

»Kann das Ding also getötet werden oder nicht?« fragte Frank noch einmal.

»Nein. Soweit ich das beurteilen kann, nicht«, sagte Bryce.

Frank Autry rief seine Frau Ruth an und sprach fast eine halbe Stunde lang mit ihr. Tal rief mit dem anderen Telefon verschiedene neue Freunde an. Später besetzte Sara Yamaguchi eine Leitung fast eine Stunde lang. Jenny rief verschiedene Leute an, darunter auch ihre Tante in Newport Beach, mit der auch Lisa sprach. Bryce hatte ein längeres Gespräch mit verschiedenen Leuten in dem Hauptquartier in Santa Mira, mit Deputies, mit denen er schon seit Jahren zusammenarbeitete und mit denen ihn ein Band von Freundschaft verband; danach sprach er noch mit seinen Eltern in Glendale und mit Ellens Vater in Spokane.

Alle sechs Überlebenden zeigten sich optimistisch am Telefon und sprachen davon, daß sie mit der Sache hier bald fertigwerden würden und Snowfield dann wieder verlassen könnten.

Bryce wußte jedoch genau, daß sie alle aus einer hoffnungslosen Lage noch das Beste herauszuholen versuchten, und daß das keine gewöhnlichen Telefongespräche waren. Trotz des optimistischen Tonfalls hatten diese Anrufe nur einen einzigen düsteren Zweck: Die sechs Überlebenden nahmen Abschied.

35
Pandämonium

Sal Corello, der Presse-Agent, der angestellt worden war, um Timothy Flyte vom Flughafen in San Francisco abzuholen, wurde unter normalen Umständen mit jeder Ansammlung von Reportern fertig, aber heute nicht. Dazu war die Sensation zu groß. Corello hatte so etwas noch nie gesehen. Hunderte von Reportern und Neugierigen stürzten sich auf Flyte, sobald sie ihn sahen, zerrten an ihm, schoben ihm Mikrofone vor das Gesicht, blendeten ihn mit einem Blitzlichtgewitter und brüllten hektisch Fragen: »Dr. Flyte ...« »Professor Flyte ...« »... Flyte!« *Flyte, Flyte, Flyte-Flyte-Flyte, FlyteFlyteFlyteFlyte* ... Die einzelnen Fragen waren in dem chaotischen Stimmengewirr nicht mehr zu verstehen. Bis sie die kleine Plattform am hinteren Ende der Halle erreicht hatten, sah Professor Flyte aus, als würde er gleich vor Angst sterben.

Corello nahm das Mikrofon an sich und brachte die Menge schnell zum Schweigen. Er bat sie, Professor Flyte Gelegenheit für ein kurzes Statement zu geben, und dann würde er ihnen auch einige Fragen beantworten.

Als sie alle Flyte genauer sehen konnten, machte sich plötzlich überall Skepsis breit. Corello sah ihnen genau an, daß sie befürchteten, der Professor wolle sie alle auf den Arm nehmen. Er sah tatsächlich etwas verrückt aus. Sein weißes Haar stand von seinem Kopf weg, als habe er gerade einen Finger in eine Steckdose gesteckt, seine Augen waren aus Angst und in der Bemühung, gegen die Müdigkeit anzukämpfen, weit aufgerissen, und sein unrasiertes Gesicht sah heruntergekommen aus wie das eines alten Penners. Seine Kleider hingen zerknittert und formlos wie ein Sack an ihm herab, und er machte insgesamt den Eindruck, als sei er einer jener religiösen Spinner, die an der Straßenecke vor dem baldigen Weltuntergang warnen.

Er räusperte sich einige Male laut in das Mikrofon, und die Reporter wurden schon unruhig, aber als er dann endlich zu sprechen begann, waren sie innerhalb einer Minute gefesselt. Er erzählte ihnen von der Kolonie von Roanoke, über die verschwundene Kultur der Mayas, von der Armee, die 1711 verschwunden war. Die Menge hörte ihm in atemloser Spannung zu.

Flyte erzählte ihnen von dem Eskimo-Dorf Anjikuni, fünfhundert Meilen nordwestlich von der kanadischen Polizei-Außenstation Churchill. An einem Nachmittag im November 1930 war ein Pelzjäger namens Joe LaBelle in diesem Dorf angekommen und hatte entdeckt, daß alle seine Bewohner verschwunden waren. Alle Besitztümer, darunter auch die kostbaren Jagdgewehre, waren zurückgelassen worden. Mahlzeiten standen halb gegessen herum. Auch die Hundeschlitten waren noch da — allerdings ohne die Hunde —, und das bedeutete, daß das gesamte Dorf unmöglich umgezogen sein konnte. Eine eingehende Untersuchung der Angelegenheit wurde später von der Polizei eingeleitet, aber von den Eskimos wurde nie wieder eine Spur gefunden.

Die Reporter schrieben mit und nahmen seine Worte mit ihren Tonbandgeräten auf, und dann legte ihnen Flyte seine vielverspottete Theorie über den Alten Feind dar. Es waren erstaunte Ausrufe und ungläubige Zwischenfragen zu hören, aber zu dem befürchteten Aufruhr kam es nicht.

Sobald Flyte seine vorbereitete Ansprache verlesen hatte, brach Sal Corello sein Versprechen, nachher würden noch Fragen beantwortet werden, nahm Flyte am Arm und zerrte ihn durch eine Tür hinter der Plattform hinaus.

Die Reporter heulten empört auf und versuchten, Flyte zu folgen, aber inzwischen war ihnen bereits der Weg von der Flughafenpolizei versperrt worden.

Flyte und Corello hasteten durch ein Labyrinth von Gängen und Hallen, bis sie auf einem anderen Teil des Flughafens vor einem großen, gut ausgestatteten, blauen Hubschrauber standen.

»Das ist der Hubschrauber des Gouverneurs«, eröffnete Corello Flyte.

»Der Gouverneur?« sagte Flyte. »Ist der auch hier?«

»Nein. Er hat Ihnen aber seinen Hubschrauber zur Verfügung gestellt.«

Als sie in den bequemen Passagierraum stiegen, begannen die Rotoren sich zu drehen.

Zwei Stunden später saß er in dem Sheriffs-Büro in Santa Mira und wurde mit Sheriff Bryce Hammond am Telefon verbunden. Es war eine Konferenzschaltung hergestellt worden, so daß er den Hörer nicht in der Hand zu halten brauchte und die anderen in dem Raum der Unterhaltung folgen konnten. Vorher war er von dem Flug noch mitgenommen und träge gewesen, aber nun war er aufgeregt und hellwach. Er wollte endlich genau wissen, was in Snowfield passiert war.

Hammond lieferte die erste Sensation, sobald er und Timothy sich begrüßt hatten. »Dr. Flyte, wir haben den Alten Feind gesehen, oder zumindest glauben wir, daß Sie das gemeint haben. Ein riesiges, amöbenartiges Wesen. Ein Verwandler, der jede beliebige Form annehmen kann.«

Timothys Hände zitterten; er packte die Lehnen seines Stuhls. »Mein Gott.«

»Ist das Ihr Alter Feind?« fragte Hammond.

»Ja. Ein Überbleibsel aus einem anderen Zeitalter. Millionen von Jahre alt.«

»Sie können uns mehr darüber erzählen, wenn Sie herkommen«, sagte Hammond. »Falls ich Sie zum Kommen überreden kann.«

Flyte hörte nur halb hin. Er dachte an den Alten Feind. Er hatte darüber geschrieben, und er hatte wirklich an seine Existenz geglaubt. Trotzdem war er nicht darauf vorbereitet gewesen, seine Theorie so spektakulär zu bekommen. Das erschütterte ihn.

Hammond berichtete ihm von dem schrecklichen Tod eines Deputy namens Gordy Brogan.

»Sie haben es gesehen und *leben noch*?« fragte Timothy verblüfft.

»Es mußte ein paar von uns am Leben lassen«, sagte Hammond. »Wir sollten doch versuchen, Sie dazu zu überreden, daß Sie herkommen. Es hat Ihnen freies Geleit zugesichert.«

Flyte kaute nachdenklich auf seiner Unterlippe.

Hammond sagte: »Dr. Flyte? Sind Sie noch da?«

»Was? Ach … ja. Ja, ich bin noch da. Was wollen Sie damit sagen, es hat mir freies Geleit *zugesichert*?«

Hammond erzählte ihm eine erstaunliche Geschichte über eine Kommunikation mit dem Alten Feind über einen Computer.

Bei dem Bericht des Sheriffs brach Flyte der Schweiß aus. Er sah vor sich eine Schachtel Kleenex-Tücher auf dem Schreibtisch stehen, holte sich eine Handvoll davon und wischte sich das Gesicht ab.

Als der Sheriff zu Ende gekommen war, holte der Professor tief Luft und sagte mit angespannter Stimme: »Ich hätte nie damit gerechnet …, ich hätte nie gedacht, daß der Alte Feind eine menschenähnliche Intelligenz haben könnte.«

»Ich habe den Verdacht, daß es sogar eine überlegene Intelligenz sein könnte«, sagte Hammond.

»Aber ich habe immer gedacht, das sei nicht mehr als ein Tier, dem das Eigenbewußtsein fehlt.«

»Dann haben Sie sich geirrt.«

»Das macht es ja noch gefährlicher. *Viel* gefährlicher.«

»Werden Sie herkommen?« fragte Hammond.

»Ich habe eigentlich nicht vorgehabt, näherzukommen, als ich jetzt bin«, sagte Timothy. »Wenn es aber *intelligent* ist … und mir freies Geleit garantiert …«

Plötzlich meldete sich am Telefon die klare Stimme eines fünf- oder sechsjährigen Jungen: »Bitte, bitte, Dr. Flyte, kommen Sie her und spielen Sie mit mir! Bitte! Wir werden so viel Spaß zusammen haben. Bitte!«

Und dann, bevor Timothy antworten konnte, meldete sich eine weiche, musikalische Frauenstimme: »Ja, mein lieber Dr. Flyte, statten Sie uns doch einen Besuch ab. Sie sind hier mehr als willkommen. Niemand wird Ihnen etwas tun.«

Schließlich kam noch die warme, herzliche Stimme eines alten Mannes aus der Leitung: »Es gibt so viel, was Sie über mich und von mir erfahren könnten, Dr. Flyte. Es gibt hier so viel Weisheit, die Sie sich aneignen könnten. Bitte kommen Sie her und beginnen Sie Ihre Untersuchungen. Die Garantie des freien Geleits ist ernstgemeint.«

Stille.

Verwirrt fragte Timothy: »Hallo? Hallo? Wer ist denn da?«

»Ich bin noch dran«, sagte Hammond. »Nur noch ich.«

»Aber wer waren die Leute eben?« fragte Flyte.

»Das waren nicht wirklich Leute, sondern nur Phantome. Verstehen Sie denn nicht? *Es* hat Ihnen eben in drei verschiedenen Stimmen die Garantie des freien Geleits wiederholt. Der Alte Feind, Professor.«

Timothy wischte sich mit den bereits durchtränkten Kleenex-Tüchern noch einmal das Gesicht ab, sah die anderen vier Männer in dem Raum an und sagte: »Ich komme.«

Sheriff Hammond meldete sich wieder: »Es besteht allerdings nicht viel Grund zu der Annahme, daß es sein Versprechen auch halten wird. Es ist gut möglich, daß Sie auch sterben müssen, wenn Sie erst einmal hier sind.«

»Wenn es aber doch intelligent ist —«

»Das bedeutet noch nicht, daß es sich auch an Vereinbarungen hält«, sagte Hammond. »Ich kann Ihnen nur sagen: Das einzige, was bis jetzt sicher ist, ist, daß diese Kreatur die Verkörperung des Bösen ist. Des Bösen, Dr. Flyte. Würden Sie dem Versprechen des Teufels glauben?«

Wieder mischte sich die süße Kinderstimme ein: »Wenn Sie kommen, Dr. Flyte, werde ich nicht nur Sie selbst verschonen, sondern die sechs Menschen auch, die ich hier gefangenhalte. Ich werde sie laufenlassen. Wenn Sie aber nicht kommen, dann hole ich mir diese Schweine und zerquetsche sie. Ich zerdrücke sie, daß das Blut und die Scheiße aus ihnen herausläuft, ich quetsche sie zu Brei, und dann fresse ich sie.«

All das wurde mit der gleichen unschuldigen Kinderstimme gesagt, und gerade dadurch wirkte es bedrohlicher, als wäre es in einem tiefen Baß gebrüllt worden.

Timothy klopfte das Herz bis zum Hals.

»Damit ist die Sache entschieden«, sagte er. »Ich komme. Mir bleibt keine andere Wahl.«

»Kommen Sie bitte nicht wegen uns«, sagte Hammond. »Sie wird es vielleicht wirklich verschonen, weil es Sie seinen Matthäus, Markus, Lukas und Johannes nennt, aber uns wird es keinesfalls laufenlassen, ganz egal, was es jetzt sagt.«

»Ich komme«, beharrte Flyte.

Hammond zögerte. Dann: »Also gut. Lassen Sie sich von einem meiner Männer bis zu der Straßensperre fahren. Von da an müssen Sie allein weiter. Ich kann nicht noch einen Mann aufs Spiel setzen. Können Sie fahren?«

»Ja, Sir«, sagte Timothy. »Geben Sie mir einen Wagen, und dann komme ich allein dorthin.«

Plötzlich war die Leitung tot.

»Hallo?« fragte Timothy. »Sind Sie da, Sheriff?«

Nichts. *Es* hatte sie unterbrochen.

Timothy sah zu den anderen hoch. Sie starrten ihn alle an, als sei er bereits tot und läge in einem Sarg.

Wenn ich aber in Snowfield sterbe, dachte er, wenn der Verwandler mich holt, dann gibt es für mich keinen Sarg. Kein Grab. Keinen ewigen Frieden.

»Ich fahre Sie bis zu der Straßensperre«, sagte Charlie Mercer.

Timothy nickte.

Es war Zeit zu gehen.

36

Von Angesicht zu Angesicht

Um 3:12 h in der Frühe begannen in Snowfield die Kirchenglocken zu läuten und die Feuersirene zu heulen.

In der Eingangshalle des Hilltop Inn Hotel stand Bryce von seinem Stuhl auf. Auch die anderen erhoben sich.

Jenny sagte: »Das ist sicher Flyte.« Die sechs gingen hinaus.

Die Straßenlaternen gingen an und aus und ließen die Schatten über den Bürgersteig zucken.

Als am Fuß der Skyline Road ein Auto um die Kurve kam und mit seinen Scheinwerfern wie mit Speeren den Nebel durchbohrte, hörten die Laternen auf zu flackern. Bryce stellte sich unter eine von ihnen und hoffte, Flyte würde ihn in dem Nebel bemerken.

Unter Glockengeläut und Sirenengeheul kroch das Auto den Berg hinauf. Es war ein grün- und weißgespritzter Polizeiwagen. Er hielt zehn Fuß weit von Bryce entfernt an, und der Fahrer schaltete die Scheinwerfer aus.

Die Tür ging auf, und Flyte stieg aus. Er sah nicht so aus, wie Bryce ihn sich vorgestellt hatte. Er trug eine dicke Brille, die seine Augen unnatürlich groß erscheinen ließ. Sein dünnes, verwirrtes, weißes Haar stand wie ein Heiligenschein von seinem Kopf weg. Irgend jemand in Santa Mira hatte ihm eine isolierte Polizeijacke mit dem County-Wappen auf der Brust geliehen.

Die Glocke hörte auf zu läuten, und auch die Sirene stellte ihr Geheul ein. Eine tiefe Stille senkte sich über die Stadt.

Flyte sah sich in der nebelverhangenen Straße um, lauschte und wartete ab.

Schließlich sagte Bryce: »Es will sich offensichtlich noch nicht zeigen.«

Flyte drehte sich zu ihm um: »Sheriff Hammond?«

»Ja. Kommen Sie, gehen wir hinein. Wir können es uns beim Warten genausogut bequem machen.«

Sie saßen in dem Speiseraum des Hotels bei heißem Kaffee und lauschten Timothy Flyte wie gebannt.

Er erzählte ihnen von den verschwundenen Armeen in Spanien und China, von den verlassenen Maya-Städten und von der Kolonie von Roanoke.

Er erzählte ihnen von der südamerikanischen Urwaldsiedlung Joya Verde, die offensichtlich ein ähnliches Schicksal wie Snowfield erlitten hatte. 1923 verschwanden irgendwann zwischen den regelmäßigen Stops des Flußschiffs am Morgen und am Abend 604 Männer, Frauen und Kinder spurlos. Man hatte zunächst angenommen, daß die sonst friedlichen Indianer in der Nachbarschaft plötzlich einen Überraschungsangriff gestartet hätten, aber es wurden keine Leichen und keinerlei Anzeichen von Gewaltanwendung oder Plünderei gefunden. Auf der Tafel der Missionsschule wurde eine Nachricht gefunden: *Es hat keine Form, und doch hat es jede Form.* Damals hatte niemand diese hastig hingekritzelten Worte mit dem Rätsel der ausgestorbenen Siedlung in Verbindung gebracht, aber Flyte war anderer Meinung, und Jenny inzwischen auch.

»Auch in den verlasssenen Maya-Städten ist eine Art Nachricht gefunden worden«, sagte Flyte. »Archäologen haben Bruchstücke eines in Hieroglyhen geschriebenen Gebets gefunden und entziffert, das ungefähr aus der Zeit der Massenauswanderung stammt. Es lautete ungefähr so: ›Böse Geister schlafen unter der Erde, und ihre Macht schlummert im Fels. Wenn sie erwachen, steigen sie auf wie Lava, aber kalte Lava, und sie fließen und nehmen viele Gestalten an. Dann wissen stolze Männer, daß sie nicht mehr sind als Stimmen im Donner, Gesichter im Wind, die weggeblasen werden, als hätte es sie nie gegeben.‹ Manche vertreten die Meinung, damit seien Vulkanausbrüche und Erdbeben gemeint, aber ich glaube, es geht darin um den Alten Feind.«

»Wir haben hier auch eine Nachricht gefunden«, sagte Bryce, »den Teil eines Wortes.«

Jenny erzählte Flyte von den beiden Buchstaben P und R, die Nick Papandrakis mit Jod in seinem Bad an die Wand geschrieben hatte. »Von einem dritten Buchstaben war noch ein Stück da. Es könnte ein Teil eines U oder eines O sein.«

»Papandrakis«, sagte Flyte und nickte heftig. »Ein Grieche. War der Mann stolz auf sein Erbe, seine Kultur?«

»Ja, sehr«, sagte Jenny. »Warum?«

»Weil er sich dann bestimmt gut in der griechischen Mythologie ausgekannt hat«, sagte Flyte. »Da gibt es nämlich einen Gott namens Proteus, und ich vermute, daß Papandrakis das hinschreiben wollte. Proteus war ein Gott, der in der Erde lebte, keine eigene Gestalt besaß, jede beliebige Form annehmen konnte — und sich von allem ernährte, was er wollte.«

Tal Whitman meldete sich etwas gereizt zu Wort. »Was soll das denn dauernd mit diesem abergläubischen Kram? In dem Computer hat es sich selbst Dämonen-Namen gegeben.«

Flyte sagte: »Dämonen und böse Geister, die jede beliebige Form annehmen können, sind in den meisten antiken Mythen und Sagen und in den meisten, wenn nicht allen Weltreligionen relativ häufig. Auch im Christentum übrigens. Denken Sie nur an die vielen verschiedenen Formen und Namen des Teufels. Die Bibel sagt uns, Satan sei ›veränderlich wie Schatten‹ und so ›geschickt wie Wasser‹, denn so, wie Wasser zu Dampf oder Eis werden kann, kann Satan zu dem werden, was er will.«

Lisa sagte: »Wollen Sie damit sagen, daß der Verwandler hier in Snowfield tatsächlich der Teufel ist.«

»Nun, in gewisser Beziehung, ja.«

Frank Autry schüttelte den Kopf. »Nein, Dr. Flyte, an solche Spukgeschichten glaube ich nicht.«

»Ich auch nicht«, beruhigte ihn Flyte hastig. »Ich will doch damit nicht sagen, daß dieses Ding da draußen ein übernatürliches Wesen ist. Das ist es nicht. Es ist real, eine Kreatur aus Fleisch — allerdings nicht Fleisch wie unseres. Das ist kein Geist oder Teufel. Trotzdem halte ich es in gewisser Beziehung für den Teufel, denn diese Kreatur — oder ein anderes entsetzliches Überbleibsel aus dem Mesozoikum — hat den Mythus von Satan entstehen lassen. Die Menschen in prähistorischer Zeit müssen einer dieser Kreaturen begegnet sein, und das hat sich dann in der Mythologie und der Religion niedergeschlagen. Meiner Ansicht nach handelt es sich bei den meisten dämonischen Figuren in den Religionen der Welt um verzerrte Bilder dieser Verwandler, die über zahllose Generationen mündlich weitergegeben wurden, bis sie endlich in Hieroglyhen und Keilschrift festgehalten wurden. Das sind Berichte über ein sehr seltenes, sehr reales und sehr gefährliches Tier ..., das aber in der Sprache religiöser Mythen beschrieben wird.«

Jenny fand diesen Teil von Flytes Theorie zugleich verrückt und brillant, unwahrscheinlich, aber überzeugend. »Dieses Wesen absorbiert irgendwie das Wissen und die Erinnerungen seiner Opfer«, sagte sie. »Es weiß daher, daß viele Menschen es als den Teufel betrachten, und es macht ihm eine gewisse sadistische Freude, diese Rolle zu spielen.«

Bryce sagte: »Anscheinend hat es Spaß daran, uns zu verspotten.«

Sara Yamaguchi strich sich ihr langes Haar hinter die Ohren. »Dr. Flyte, können Sie uns eine wissenschaftliche Erklärung liefern? Wie kann ein solches Wesen existieren, wie funktioniert es biologisch? Wie sieht Ihre Theorie darüber aus?«

Bevor Flyte antworten konnte, kam *es.*

Ganz oben an einer Wand brach plötzlich der Metallrost eines Heizungsschachts aus seinen Halterungsschrauben und knallte auf den Boden.

Alle sprangen von den Stühlen auf, und Lisa schrie auf und deutete nach oben.

Der Verwandler quoll aus dem Schacht und blieb dunkel und naß und pulsierend an der Wand hängen. Bryce und Tal griffen automatisch nach ihren Pistolen, zögerten aber dann. Sie konnten doch nichts damit ausrichten.

Das Ding quoll weiter aus dem Schacht heraus und floß nun an der Wand herab auf den Boden, wo es sich zu einem gallertartigen, sich ständig bewegenden Klumpen sammelte. Er hatte inzwischen bereits die Größe von drei bis vier Menschen erreicht, und noch immer floß die ekelhafte Masse weiter aus dem Heizungsschacht.

Lisa würgte und wendete ihren Blick ab. Jenny aber konnte sich nicht davon losreißen. Zu groß war die groteske Faszination, die von ihm ausging.

In dem riesigen, formlosen Protoplasma-Haufen begannen sich nun Gliedmaßen zu bilden, die aber nie länger als einige Sekunden ihre Form hielten. Männliche und weibliche Arme wurden ausgestreckt, als suchten sie Hilfe. Auch dünne, wild in der Luft wedelnde Kinderärmchen wuchsen hoch, und manche von ihnen breiteten wie in einer stummen, verzweifelten Bitte ihre Hände aus. Es war schwer, dabei nicht zu vergessen, daß das nicht die Arme von Kindern waren, die der Verwandler in sich gefangen hielt, sondern Imitationen, Phantom-Arme, ein Teil von ihm und nicht von einem Kind. Nun kamen auch Klauen, Vogelkrallen und eine verblüffende Vielfalt von Tiergliedmaßen aus der Protoplasma-Suppe heraus, verschwanden aber ebensoschnell wieder, wie sie sich gebildet hatten.

Der Verwandler nahm nun die gesamte Breite des Raums ein und war so groß wie ein Elefant. Jenny und die anderen zogen sich bis zu den Fenstern zurück.

Flyte redete mit plötzlicher Eindringlichkeit los und beantwortete Dr. Yamaguchis Fragen, als habe er das Gefühl, es bliebe ihm dazu nicht mehr viel Zeit. »Vor ungefähr zwanzig Jahren ist mir die Idee gekommen, daß es vielleicht eine Verbindung zwischen dem rätselhaften massenhaften Verschwinden von Menschen und dem unerklärten Aussterben von besonderen Arten in vormenschlichen geologischen Zeitabschnitten gibt. Ich denke da zum Beispiel an die Dinosaurier.«

Die zuckende, pulsierende Masse des Verwandlers reichte nun fast bis zur Decke und füllte den gesamten hinteren Teil des Raums aus. Ein leichter, aber widerlicher Geruch verbreitete sich. Leicht schweflig, wie ein Zug aus der Hölle.

»Es gibt eine Menge von Theorien, die angeblich alle das Aussterben der Dinosaurier erklären«, sagte Flyte. »Keine Einzeltheorie vermag aber alle Fragen zu beantworten. Ich habe mir deshalb überlegt, ob die Dinosaurier vielleicht einem anderen Tier zum Opfer gefallen sind, einem natürlichen Feind, der ihnen als Jäger und Kämpfer überlegen war. Wenn das tatsächlich der Fall war, mußte das ein großes Tier mit einem sehr leichten oder gar keinem Skelett gewesen sein, denn es sind nie irgendwelche Fossilien von Tieren gefunden worden, die den großen Sauriern auch nur entfernt ebenbürtig gewesen wären.«

Ein Zittern durchlief den unruhigen Schleim, und Dutzende von Gesichtern begannen in der Masse zu erscheinen.

»Es wäre doch nun möglich, so meine Theorie, daß einige dieser amöbenartigen Wesen Millionen von Jahre überlebt haben, in unterirdischen Flüssen, Seen oder in den tiefen, ozeanischen Gräben, Tausende von Metern unter der Oberfläche, die sich von Meerestieren ernähren, nur selten an die Oberfläche kommen und noch seltener auf Menschen treffen.«

Die Tier- und Menschengesichter hatten keine Augen, und andere hatten keinen Mund. Dann aber erschienen Augen, gingen auf, erschreckend echt aussehende, durchdringende Augen, in denen Schmerz und Angst und Not stand. Dann erschienen auch Münder in den Gesichtern, die schrien, aber keinen Laut dabei von sich gaben. Katzengesichter. Hundegesichter. Gesichter prähistorischer Reptilien.

Dann hörten die Gesichter auf, sich zu bilden.

Der Schleimberg blieb einen Moment lang unbeweglich; er pulsierte nur noch langsam und fast unmerklich.

Sara Yamaguchi stöhnte leise.

Jenny drückte Lisa an sich.

Niemand sprach. Einige Sekunden lang wagte es niemand, auch nur zu atmen.

Dann lieferte der Alte Feind eine neue Demonstration seiner Formbarkeit und ließ sich abrupt Mengen von Tentakeln wachsen. Manche waren dick und trugen die Saugnäpfe eines Tintenfisches, andere wieder waren dünn wie ein Seil, glatt oder in Segmente aufgeteilt. Ein Teil der Tentakel glitt auf dem Boden hin und her und warf dabei Stühle um oder schob Tische zur Seite, während andere in der Luft schwankten wie Kobras zur Musik des Schlangenbeschwörers.

Dann schlug es blitzschnell zu.

Jenny stolperte nach hinten und hatte nach einem Schritt die Wand erreicht.

Die Tentakeln schnellten wie Peitschenschnüre auf sie zu und fuhren zischend durch die Luft.

Lisa brachte es nicht mehr fertig, ihren Blick abzuwenden; sie war wie gelähmt.

Ein Seil aus kaltem, glattem, total fremdartigem Fleisch fiel auf Jennys Handrücken und legte sich sofort um ihr Handgelenk. Mit einem raschen Schütteln riß sie sich davon los. Erleichterung überkam sie. Sie hatte nicht viel Anstrengung dafür gebraucht; offensichtlich war das Ding an ihr nicht interessiert — im Augenblick noch nicht.

Sie duckte sich, als über ihr die Tentakeln durch die Luft zuckten, Lisa folgte ihrem Beispiel.

In seiner Hast, dem Wesen auszuweichen, stolperte Flyte und fiel hin. Ein Tentakel bewegte sich auf ihn zu. Flyte kroch zurück bis an die Wand und drückte sich daran. Der Tentakel folgte ihm, schwebte über ihm in der Luft, als wolle er ihn zerschmettern, bewegte sich dann aber wieder weg. Das Wesen war auch an Flyte nicht interessiert.

Obwohl es eine sinnlose Geste war, feuerte Bryce seinen Revolver ab. Tal brüllte etwas, das Jenny nicht verstehen konnte, und stellte sich vor sie und Lisa, so daß er zwischen ihnen und dem Verwandler stand.

Zwei dicke Tentakel glitten an Sara vorbei, legten sich pfeilschnell um Frank Autrys Körper und zerrten ihn von den anderen weg. Er war es, den das Wesen haben wollte.

Frank trat wild um sich und schlug nach dem Ding, das ihn festhielt. Sein Gesicht war vor Entsetzen verzerrt, und er stieß einen wortlosen Schrei aus.

Alle schrien nun, selbst Bryce und Tal.

Bryce rannte hinter Frank her, packte ihn am rechten Arm und versuchte, ihn dem Wesen zu entreißen, das ihn unaufhaltsam an sich heranzog.

»Schafft das Ding weg! Schafft es weg von mir!« brüllte Frank.

Bryce versuchte, einen Tentakel von dem Deputy zu lösen, aber ein anderer schleimiger Strang fuhr vom Boden hoch und versetzte Bryce einen ungeheuren Schlag, so daß er zu Boden stürzte.

Frank wurde in die Luft gehoben. Seine Augen traten hervor, als er auf die glitzernde, fließende Masse des Alten Feinds herabsah. Seine verzweifelten Versuche, sich zu befreien, brachten ihm nichts ein.

Wieder brach ein Pseudopod aus der Hauptmasse des Verwandlers hervor. An seiner Seite schien sich die grau und rotbraun gescheckte Haut aufzulösen, und rohes, nasses Gewebe trat darunter hervor.

Lisa würgte und wollte sich übergeben. Nicht nur der ekelhafte Anblick ließ die Übelkeit in ihr hochsteigen. Auch der widerliche Geruch war stärker geworden.

Eine gelbliche Flüssigkeit begann aus der offenen Wunde in dem Tentakel zu tropfen. Wo die Tropfen auf den Boden fielen, brodelten sie, schäumten und fraßen sich in die Kacheln hinein.

»Säure!« hörte Jenny jemanden sagen.

Franks Schreie wurden noch greller und verrieten deutlich sein Entsetzen und seine Verzweiflung.

Der säuretriefende Tentakel legte sich geschmeidig um

den Hals des Deputies und zog sich fest wie eine Garotte zu.

»O Gott, nein!«

»Nicht hinsehen«, sagte Jenny zu Lisa.

Wie ein prahlerisches Kind zeigte der Verwandler, wie er Jakob und Aida Liebermann enthauptet hatte.

Frank Autrys Schreie erstarben mit einem blubbernden, gurgelnden Röcheln. Die Säure fraß sich mit erschreckender Schnelligkeit durch seinen Hals, und nur eine oder zwei Sekunden später löste sich der Kopf und fiel mit einem lauten Krachen auf die Kacheln.

Jenny kam die Galle hoch, aber sie schluckte sie wieder herunter. Sara Yamaguchi schluchzte.

Das Ding hielt Franks kopflosen Körper noch immer in der Luft. Nun öffnete sich in dem Schleimklumpen auf dem Boden ein riesiger zahnloser Rachen, der groß genug für ihn war, und die Tentakeln warfen den Körper hinein. Das dunkle Fleisch floß um ihn herum, und dann schloß sich der Mund und existierte nicht mehr.

Auch Frank Autry existierte nicht mehr.

Bryce starrte den abgetrennten Kopf ungläubig an. Die blicklosen Augen sahen ihn an, sahen durch ihn durch.

Frank war tot. Frank, der verschiedene Kriege und eine jahrelange gefährliche Arbeit bei der Polizei überlebt hatte, hatte das hier nicht überlebt. Bryce dachte an Ruth Autry, und seine Trauer um seinen Deputy wurde noch tiefer. Die beiden waren sich sehr nahegewesen, und es würde eine schmerzhafte Pflicht werden, ihr den Tod ihres Mannes zu unterbreiten.

Die Tentakeln zogen sich wieder in die schleimige Masse zurück, die ein Drittel des Raums füllte, und waren innerhalb von ein bis zwei Sekunden spurlos verschwunden.

Bryce konnte sich vorstellen, wie es lautlos durch die prähistorischen Sümpfe floß, mit dem Schlamm verschmolz und sich an sein Opfer anschlich. Ja, den Dinosauriern wäre es mehr als ebenbürtig gewesen.

Er hatte bisher geglaubt, der Verwandler hätte ihn und die anderen nur deshalb am Leben gelassen, damit sie Flyte nach Snowfield locken könnten. Nun aber überlegte er sich, daß das nicht stimmen konnte. Der Verwandler hätte ebensogut ihre Stimmen am Telefon nachahmen können, und Flyte hätte sich davon auch nach Snowfield locken lassen. Sie waren also aus einem anderen Grund verschont worden. Vielleicht wollte diese unheimliche Kreatur sie vor Flytes Augen töten, um ihm vorzuführen, wie sie funktionierte.

Großer Gott.

Der Verwandler ragte bedrohlich vor ihnen auf und pulsierte, als schlügen in ihm ein Dutzend nichtsynchronisierter Herzen.

»Ich wünschte nur, ich könnte eine Gewebeprobe davon bekommen«, sagte Sara mit einer Stimme, die noch unsicherer klang, als Bryce sich fühlte. »Ich würde es mir zu gern einmal unter dem Mikroskop ansehen ... seine Zellenstruktur untersuchen. Vielleicht würden wir ja eine Schwäche finden ... einen möglichen Angriffspunkt, der uns vielleicht sogar einen Sieg über es ermöglichen würde.«

Flyte sagte: »Ich möchte es auch genauer untersuchen ... nur um es zu *wissen.*«

Ein Auswuchs wucherte aus der formlosen Masse heraus und begann, eine menschliche Form anzunehmen. Bald erkannten sie entsetzt, daß da Gordy Brogan nachgebildet wurde. Bevor das Gesicht jedoch ganz fertig war, öffnete sich der halb gebildete Mund und sprach, aber nicht mit Gordys Stimme, sondern, und das brachte die Zuhörer ganz besonders aus der Fassung, mit der Stu Wargles.

»Gehen Sie ins Labor«, sagte die Stimme aus dem halb ausgebildeten Mund mit völliger Klarheit. »Dort werde ich Ihnen alles zeigen, was Sie sehen wollen, Dr. Flyte. Sie sind mein Matthäus, mein Lukas. Gehen Sie ins Labor. Gehen Sie ins Labor.«

Die unfertige Nachbildung Gordy Brogans löste sich auf wie Rauch und verschwand wieder in der Hauptmasse Protoplasma. Dann begann die gesamte pulsierende Masse wieder die Wand hochzufließen und in dem Heizungsschacht zu verschwinden, und bald verriet nur noch Franks Kopf und das herausgedrückte Gitter, daß eben noch eine Kreatur der Hölle hiergewesen war.

Nach der elektrischen Wanduhr war es 3:44. Die Nacht war fast um. Wie lange es wohl noch dauert, bis es dämmert, fragte sich Bryce. Noch anderthalb Stunden? Wahrscheinlich spielte es keine Rolle.

Den Sonnenaufgang würde er sicher nicht mehr erleben.

37
Arroganz

Die Tür des zweiten Laborwagens stand weit offen. Die Lichter brannten. Die Video-Schirme glühten. Alles war für sie bereit.

Jenny hatte versucht, sich an dem Glauben festzuklammern, daß sie sich trotz allem noch irgendwie wehren könnten und vielleicht eine, wenn auch verschwindend kleine, Chance hätten, den Verlauf der Ereignisse zu beeinflussen. Nun war auch diese geringe Hoffnung verschwunden. Sie waren machtlos. Sie konnten nur das tun, was *es* wollte, nur dorthin gehen, wohin *es* wollte.

Die sechs drängten sich in das Labor hinein.

»Was jetzt?« fragte Lisa.

»Wir warten«, sagte Jenny.

Sie standen eine längere Zeit wortlos herum und fragten sich im Stillen, wer wohl als nächster würde sterben müssen. Schließlich sagte Bryce: »Dr. Flyte, wenn diese prähistorischen Wesen Millionen von Jahren überlebt haben und nur dann und wann an die Oberfläche kommen, um Nahrung aufzunehmen, warum sind dann solche Vorfälle wie hier nicht viel häufiger?«

Flyte zupfte sich mit einer schmalen, langfingrigen Hand am Kinn und sagte: »Weil sie nur selten auf Menschen treffen.«

»Warum denn das?«

»Ich bezweifle es, daß mehr als eine Handvoll dieser Kreaturen überlebt hat. Wahrscheinlich sind die meisten einer klimatischen Veränderung zum Opfer gefallen.«

»Trotzdem, selbst wenn es nur wenige sind —«

»Sehr wenige«, betonte Flyte. »Und die sind über die ganze Erde verteilt. Vielleicht müssen sie nur selten Nahrung zu sich nehmen. Nehmen Sie doch zum Beispiel eine Boa Constrictor; die kommt wochenlang ohne Nahrung aus. Vielleicht braucht der Alte Feind nur alle zwei Jahre Nahrung zu sich nehmen. Sein Stoffwechsel ist von unserem so völlig verschieden, daß praktisch alles möglich ist.«

»Vielleicht gibt es für sie auch eine Art Winterschlaf«, sagte Sara. »Nur daß der nicht eine Jahreszeit lang dauert, sondern möglicherweise Jahre.«

»Gut möglich«, sagte Flyte und nickte. »Das würde es auch erklären, daß es so selten zu Begegnungen mit Menschen kommt. Ich darf Sie außerdem daran erinnern, daß die Menschen weniger als ein Prozent der Oberfläche unseres Planeten bewohnen. Selbst wenn der Alte Feind regelmäßig an die Oberfläche kommen würde, ständen die Chancen schlecht, daß er dabei gesehen wird.«

»Und wenn doch, wird das höchstwahrscheinlich auf dem Meer passieren«, sagte Bryce. »Schließlich ist der größte Teil der Erdoberfläche mit Wasser bedeckt.«

»Genau«, sagte Flyte. »Und wenn alle lebenden Organismen auf dem betreffenden Schiff getötet und gefressen werden, erfährt davon niemand etwas. Die Geschichte der Seefahrt ist voll von Berichten über verschwundene Schiffe und Geisterschiffe, von denen die Mannschaft spurlos verschwunden ist.«

»Die *Mary Celeste*«, sagte Lisa mit einem Seitenblick auf Jenny.

Jenny erinnerte sich daran, wann ihre Schwester die *Mary Celeste* zum erstenmal erwähnt hatte. Es war früh am Sonntag abend gewesen, als sie bei den Santinis den gedeckten Tisch vorgefunden hatten.

»Das ist ein berühmter Fall«, stimmte ihr Flyte zu, »aber einzigartig ist er nicht. Buchstäblich Hunderte von Schiffen sind unter geheimnisvollen Umständen verschwunden, und zwar bei gutem Wetter, in Friedenszeiten ohne eine ›logische‹ Erklärung.«

Tal sagte: »Da gibt es doch dieses Gebiet in der Karibik, in dem so viele Schiffe verschwunden sind ...«

»Das Bermuda-Dreieck«, warf Lisa schnell ein.

»Genau«, sagte Tal. »Ob es vielleicht auch ein Verwandler ...?«

»Durchaus möglich«, sagt Flyte.

In diesem Augenblick erschien eine Nachricht auf den Video-Schirmen: ICH SCHICKE EUCH EINE SPINNE.

»Was soll das denn bedeuten?« fragte Flyte.

Sara tippte ihre Frage: UNKLAR. DEUTLICHER.

Die gleiche Nachricht wurde wiederholt: ICH SCHICKE EUCH EINE SPINNE.

UNKLAR. DEUTLICHER.

SCHAUT EUCH UM.

Jenny sah sie zuerst. Sie hockte links von Sara auf einer Arbeitsfläche. Eine schwarze Spinne. So groß wie Tarantula war sie nicht, aber wesentlich größer als eine gewöhnliche Spinne.

Sie zog ihre langen Beine ein und rollte sich zu einer Kugel zusammen. Sie verwandelte sich. Zuerst wurde ihre schwarze Farbe von der grau-roten Färbung des Verwandlers ersetzt, und dann wurde aus der Spinne eine Kakerlake, eine abstoßend häßliche, übernatürlich große Kakerlake, und dann eine kleine Maus mit zuckender Nase.

Neue Worte erschienen auf dem Videoschirm.

HIER IST DIE GEWEBEPROBE, DIE SIE VERLANGT HABEN, DR. FLYTE.

»Warum ist es denn plötzlich so entgegenkommend?« fragte Tal.

»Weil es weiß, daß wir ihm mit nichts, was wir herausbekommen, etwas tun können«, sagte Bryce düster.

»Irgendwie muß ihm beizukommen sein«, sagte Lisa. »Wir dürfen einfach die Hoffnung nicht aufgeben.«

Die Maus löste sich nun zu einem formlosen Klumpen auf.

DAS IST MEIN LEIB, DER FÜR EUCH GEGEBEN WIRD, teilte es ihnen mit und verspottete sie wieder mit einem Bibelzitat.

Der Klumpen war wie der größere, der Frank Autry getötet hatte, ständig in Bewegung und formte kleine Vertiefungen oder Auswüchse. Es war allem Anschein nach nicht in der Lage oder nicht bereit, auch nur eine Sekunde lang ruhigzubleiben.

SEHET DAS WUNDER MEINES FLEISCHES, DENN NUR IN MIR KÖNNT IHR UNSTERBLICHKEIT ERLANGEN. NICHT MIT GOTT ODER MIT CHRISTUS. NUR MIT MIR.

Der Schirm flackerte auf, und eine neue Nachricht erschien: IHR DÜRFT ES BERÜHREN. IHR WERDET NICHT VERLETZT WERDEN, WENN IHR ES BERÜHRT.

ICH MÖCHTE, DASS IHR MICH VERSTEHT UND MEINE WUNDER SEHT.

»Das Ding hat nicht nur ein Bewußtsein«, sagte Bryce. »Es zeigt sogar eine ausgesprochene Arroganz.«

Schließlich streckte Sara Yamaguchi zögernd eine Hand aus und berührte den kleinen Protoplasma-Klumpen mit einer Fingerspitze.

»Es ist nicht warm, so wie unser Fleisch. Kühl. Kühl und ein wenig … fettig.«

Das kleine Stück des Verwandlers zitterte aufgeregt.

Sara zog hastig ihre Hand zurück. »Ich muß einen Schnitt davon anfertigen.«

»Ja«, sagte Jenny. »Wir brauchen einen oder zwei dünne Schnitte für das Licht-Mikroskop.«

»Und noch einen für das Elektronen-Mikroskop«, sagte Sara. »Und ein etwas größeres Stück für die Analyse.«

Der Alte Feind ermutigte sie durch den Computer.

VORWÄRTS. VORWÄRTS. VORWÄRTS. VORWÄRTS.
VORWÄRTS.
VORWÄRTS.

38

Eine kleine Chance

Nebelfetzen wehten durch die offene Tür in das Labor hinein.

Sara hockte gebückt über einem Mikroskop. »Unglaublich«, sagte sie leise.

Jenny saß neben ihr vor einem zweiten Mikroskop und untersuchte eine weitere Gewebeprobe des Verwandlers. »So eine Zellstruktur habe ich noch nie gesehen.«

»Es ist einfach unmöglich … und doch ist es wahr«, sagte Sara.

Bryce stand hinter Jenny. Er hätte nur zu gern auch einen Blick durch das Mikroskop geworfen, obwohl ihm das nicht viel eingebracht hätte, weil er den Unterschied zwischen einer normalen und einer nicht normalen Zellstruktur nicht kannte. Trotzdem wollte er es sich unbedingt ansehen.

Dr. Flyte war zwar Wissenschaftler, aber kein Biologe, und über Zellenstruktur wußte er kaum mehr als Bryce. Trotzdem wollte auch er sich den Zellenaufbau des Alten Feinds gern einmal ansehen und stand lauernd hinter Sara. Auch Tal und Lisa standen in der Nähe und warteten interessiert auf die Möglichkeit, sich den Teufel unter einem Mikroskop anzusehen.

Sara schaute weiter angestrengt durch das Mikroskop und sagte: »Der größte Teil des Gewebes hat *keine* Zellenstruktur.«

»Bei der Probe hier ist es genauso«, sagte Jenny.

»Aber jede organische Materie muß doch eine Zellenstruktur haben«, sagte Sara. »Eine Zellenstruktur ist praktisch die Definition von organischer Materie. Jegliches lebendes Gewebe, sei es nun pflanzlich oder tierisch, besitzt eine Zellenstruktur.«

»Wenn ich es nicht besser wüßte«, sagte Jenny, »würde ich den größten Teil davon als anorganisch bezeichnen, aber das ist ja nicht möglich.«

Bryce sagte: »Allerdings. Wir wissen schließlich alle, wie lebendig es ist.«

»Hier und dort sehe ich auch Zellen«, sagte Jenny. »Nicht viele, aber einige sind doch da.«

»In der Probe hier auch«, sagte Sara. »Die Zellen scheinen aber unabhängig voneinander zu existieren.«

»Sie sind auf jeden Fall sehr weit auseinander«, sagte Jenny. »Sie scheinen einfach in einem Meer aus undifferenzierter Materie zu schwimmen.«

»Sehr flexible Zellwände«, sagte Sara. »Ein dreifach gegabelter Zellkern. Eigenartig. Und er beansprucht mehr als die Hälfte des Zell-Innenraums.«

»Was bedeutet das?« fragte Bryce. »Ist das wichtig?«

»Ich weiß noch nicht, ob es wichtig ist oder nicht«, sagte Sara und lehnte sich mit finsterem Gesicht von dem Mikroskop zurück. »Ich habe keine Ahnung, was das bedeutet.«

Auf allen drei Video-Schirmen leuchtete eine Frage auf: HATTET IHR DENN NICHT ERWARTET, DASS DES SATANS FLEISCH GEHEIMNISVOLL IST?

Der Verwandler hatte ihnen eine mausgroße Probe seines Fleisches geschickt, aber bis jetzt war erst ungefähr die Hälfte davon für die verschiedenen Tests verwendet worden. Die andere Hälfte lag weiterhin in einer Schale auf dem Tisch.

Der kleine Klumpen zitterte wie Gelatine.

Er verwandelte sich in eine Spinne, die unruhig um die Schale herumkrabbelte.

Die Spinne wurde zu einer Kakerlake, dann zu einer Schnecke, zu einer Grille, und schließlich zu einem grünen Käfer mit einem roten Muster auf dem Panzer.

Bryce und Dr. Flyte saßen nun vor den Mikroskopen, während hinter ihnen Lisa und Tal warteten, bis sie an der Reihe waren.

Jenny und Sara saßen vor dem Schirm des Elektronenmikroskops und waren mit der Untersuchung eines Zellkerns beschäftigt.

»Haben Sie irgendwelche Ideen?« fragte Jenny.

Sara antwortete ihr, ohne von dem Schirm wegzusehen. »Zum gegenwärtigen Zeitpunkt kann ich nur Vermutungen anstellen. Ich würde aber sagen, daß die undifferenzierte Materie, die offensichtlich die Hauptmasse dieses Wesens ausmacht, jede beliebige Zellstruktur nachahmen kann. Das Gewebe selbst ahmt also nach. Im Ruhezustand hat es keine eigene Zellstruktur. Die vereinzelten Zellen müssen den Verwandlungsprozeß irgendwie steuern; sie produzieren Enzyme oder teilen dem unstrukturierten Gewebe mit chemischen Signalen mit, was es werden soll.«

»Das heißt also, daß diese vereinzelten Zellen unverändert bleiben, welche Form das Wesen auch einnimmt, oder?«

»Ganz richtig. Allem Anschein nach trifft das zu. Wenn der Verwandler zu einem Hund wird, und wir würden davon eine Probe nehmen, würden wir Hundezellen sehen, aber hier und da würden wir auf vereinzelte flexible Zellen treffen, die einen dreifach gegabelten Kern besitzen, und das würde uns verraten, daß es doch kein Hund ist.«

»Sagt uns das aber irgend etwas darüber, wie wir uns retten könnten?« fragte Jenny.

»Soweit ich das beurteilen kann, nicht.«

Der formlose Klumpen in der Schale hatte wieder die Gestalt einer Spinne angenommen. Dann löste sich die Spinne auf, und Dutzende von winzigen Ameisen blieben übrig, die in der Schale umherkrochen. Sie fügten sich zusammen zu einem Wurm, der sich wieder in einen Käfer verwandelte. Die Verwandlungen schienen sich in ihrem Tempo zu beschleunigen.

»Wie das Gehirn wohl aussieht?« überlegte sich Jenny laut.

Sara sagte: »Wie meinen Sie das?«

»Das Ding da muß doch irgendwo ein Zentrum seiner Intelligenz haben. Sein Erinnerungsvermögen, sein Wissen und sein logisches Potential sind doch sicherlich nicht in diesen vereinzelten Zellen gespeichert.«

»Wahrscheinlich haben Sie recht«, sagte Sara. »Irgendwo in diesem Wesen ist höchstwahrscheinlich ein Organ, das dem menschlichen Gehirn entspricht. Es sieht natürlich nicht so aus wie unser Gehirn, aber seine Funktionen müßten ähnlich sein. Wahrscheinlich kontrolliert es die Zellen, die wir gesehen haben, und die wiederum kontrollieren das formlose Protoplasma.«

Mit wachsender Erregung sagte Jenny: »Die Gehirnzellen hätten zumindest eine wichtige Gemeinsamkeit mit den vereinzelten Zellen in dem amorphen Gewebe: sie würden selbst *nie* die Form wechseln!«

»Höchstwahrscheinlich haben Sie recht. Erinnerung, Logik und Intelligenz können sicherlich nur in einem Gewebe mit einer permanenten, festen Zellstruktur gespeichert werden.«

»Und das heißt, daß ein Loch, was man dort hineinschlägt, auch ein Loch *bleibt*. Wenn man dieses Gewebe also schwer genug beschädigen könnte, wäre es nicht mehr in der Lage, das amorphe Gewebe zu kontrollieren, und damit würde das gesamte Wesen sterben.«

Bryce sagte: »Das mag ja alles sein, aber wie sollen wir dieses Gehirn denn finden? Der Verwandler wird es doch ganz sicher so vor uns schützen, daß wir es auf keinen Fall erreichen können.«

Jennys Aufregung legte sich abrupt wieder. Bryce hatte recht. Vielleicht war das Gehirn tatsächlich der schwache Punkt des Verwandlers, aber sie würden keine Gelegenheit bekommen, diese Theorie zu prüfen.

Sara brütete über dem Ergebnis der chemischen Analyse.

»Eine extrem breite Vielfalt von Kohlenwasserstoffen«, sagte sie.

»Kohle ist aber auch ein Grundelement von allem lebenden Gewebe«, sagte Jenny. »Was ist daran also so besonders?«

»Hier haben wir aber so eine breite Vielfalt von Kohle in den verschiedensten Formen ...«

»Bringt uns das irgendwie weiter?«

»Ich weiß es nicht«, erwiderte Sara nachdenklich.

Kellerassel. Heuschrecke. Raupe. Käfer. Ameisen. Raupe. Kellerassel. Spinne. Ohrwurm. Kakerlake. Tausendfüßler. Spinne.

Käfer-Wurm-Spinne-Schnecke-Ohrwurm.

Lisa starrte auf den Gewebeklumpen in der Schale herab. Es veränderte sich ständig, und die Wechsel wurden von Minute zu Minute schneller.

Irgend etwas stimmte nicht.

»Petrolatum«, sagte Sara.

»Was ist das?« fragte Bryce.

»Vaseline«, sagte Jenny.

Flyte sagte zu Sara: »Sie wollen doch nicht etwa sagen, daß das amorphe Gewebe so etwas Einfaches wie Vaseline ist?«

»Nein, nein, nein«, sagte Sara hastig. »Natürlich nicht. Das ist schließlich lebendes Gewebe, und es ist weit komplexer als Petrolatum. Ich habe nicht den leisesten Schimmer, wie es seine Nahrung verarbeitet, wie das ganze Wesen ohne ein Kreislaufsystem oder ein Nervensystem funktionieren kann, wie es atmet. Aber diese extrem hohen Kohlenwasserstoff-Werte ...«

Ihre Stimme erstarb, und sie sah nachdenklich ins Leere. Tal hatte das Gefühl, daß sie aus irgendeinem Grund plötzlich sehr aufgeregt war. Das zeigte sich zwar an ihrem Gesichtsausdruck oder ihrer Körperhaltung nicht, aber sie hatte irgend etwas an sich, was ihm verriet, daß sie einer wichtigen neuen Erkenntnis auf der Spur war.

Tal sah zu Bryce hinüber, und ihre Blicke trafen sich. Offensichtlich war auch Bryce die Veränderung in Sara aufgefallen.

Fast unbewußt drückte Tal sich beide Daumen.

»Schaut euch das hier an«, sagte Lisa eindringlich.

Sie stand bei der Schale mit dem Rest der Gewebeprobe des Verwandlers. Als die anderen nicht sofort reagierten, sagte sie noch einmal: »Los, beeilt euch, schaut euch das an.«

Jenny und die anderen versammelten sich um sie und starrten auf den Protoplasma-Klumpen in der Schale.

Heuschrecke-Wurm-Tausendfüßler-Spinne-Schnecke-Spinne-Wurm ...

»Es geht immer schneller«, sagte Lisa.

Spinne-Wurm-Spinne-Wurm-Spinnewurmspinnewurmspinnewurm ...

»Es hat sich kaum halb in einen Wurm verwandelt, wenn es schon wieder anfängt, sich wieder in eine Spinne zurückzuverwandeln«, sagte Lisa. »Irgendwie wahnsinnig hektisch. Seht ihr das? Da tut sich was mit dem Ding.«

»Es sieht aus, als hätte es völlig die Kontrolle über sich verloren«, sagte Tal.

»Sieht fast aus wie eine Art Zusammenbruch«, sagte Flyte.

Abrupt veränderte sich die Beschaffenheit des kleinen Gewebe-Klumpens. Eine milchige Flüssigkeit floß aus ihm, und dann brach der Klumpen zu einem nassen Häufchen aus leblosem Brei zusammen.

Es rührte sich nicht und nahm auch keine andere Form mehr an.

Sara nahm einen kleinen Laborlöffel und stieß damit an den Haufen in der Schale. Er rührte sich nicht.

Sie rührte ihn um. Das Gewebe wurde noch flüssiger, reagierte aber sonst nicht.

»Es ist tot«, sagte Flyte leise.

Bryce schien von dieser Entwicklung wie elektrisiert. »Was war in der Schale, bevor die Probe hineingekommen ist? *Das* ist unsere Waffe gegen den Verwandler.«

»Es tut mir leid, Ihre Hoffnungen enttäuschen zu müssen, aber die Schale war steril«, sagte Jenny. »Wahrscheinlich ist es eher so, daß ein vom Hauptteil des Verwandlers getrennter kleinerer Teil nur verhältnismäßig kurze Zeit überlebensfähig ist. Es wäre doch zum Beispiel möglich, daß das amorphe Gewebe eine stetige Zufuhr eines bestimmten Enzyms braucht, um seinen Zusammenhalt zu bewahren, und daß dieses Enzym im Gehirn produziert wird.«

»Das ist keineswegs unwahrscheinlich«, sagte Sara. »Das menschliche Gehirn produziert schließlich auch Enzyme und Hormone, ohne die unser Körper nicht überleben kann. Warum sollte der Verwandler nicht ähnlich funktionieren?«

Bryce sank enttäuscht in sich zusammen. »Damit sind wir doch genausoweit wie vorher. Wir müssen dieses Gehirn erst finden, bevor wir einen tödlichen Schlag gegen diesen Organismus führen können, und das wird der natürlich niemals zulassen.«

»Wir sind *nicht* genausoweit wie vorher«, sagte Sara und deutete auf den leblosen Schleim in der Schale. »Wir wissen jetzt, daß das amorphe Gewebe in einem empfindlichen Gleichgewicht lebt, *das gestört werden kann.*«

Die tiefen Kummerfalten in Bryces Gesicht wurden etwas weicher.

Sara sagte weiter: »Das Fleisch des Verwandlers kann beschädigt werden, sogar abgetötet. Der Beweis liegt in der Schale hier.«

»Wie sollen wir diese Erkenntnis für uns verwenden?« fragte Tal. »Wie können wir das chemische Gleichgewicht in ihm stören?«

»Das müssen wir herausbekommen«, sagte Sara.

»Haben Sie denn keine Idee?« fragte Lisa die Genetikerin.

»Nein«, sagte Sara. »Keine.«

Jenny hatte plötzlich das Gefühl, daß Sara Yamaguchi log.

Sara wollte ihnen von dem Plan erzählen, der ihr eingefallen war, aber sie konnte kein Wort sagen. Erstens bot ihre geplante Strategie nur eine sehr dürftige Hoffnung, und sie wollte ihren Leidensgefährten nicht sinnlos Mut machen, nur um sie dann später wieder grausam enttäuschen zu müssen. Wenn sie außerdem wie durch ein Wunder eine Methode gefunden hatte, wie der Verwandler zu vernichten wäre, würde auch er es erfahren, wenn sie den anderen davon berichtete, und er würde sie an der Durchführung ihres Plans hindern. Sie konnte ihren Plan hier nirgends mit den anderen in Sicherheit diskutieren. Ihre beste Chance sah sie darin, den Verwandler in seiner überheblichen Arroganz zu bestätigen.

Für die Durchführung ihres Plans brauchte sie jedoch Zeit. Der Verwandler war Millionen Jahre alt und praktisch unsterblich. Was waren für ein solches Wesen schon ein paar Stunden? Es würde ihre Bitte bestimmt erfüllen. Ganz bestimmt.

Sie setzte sich an einen der Computerausgänge, wischte sich mit einer Hand über die vor Müdigkeit brennenden Augen und tippte:

BIST DU DA?

JA.

WIR HABEN EINIGE TESTS DURCHGEFÜHRT, tippte sie, während sich die anderen um sie drängten.

ICH WEISS.

WIR SIND FASZINIERT VON DIR! WIR MÖCHTEN NOCH MEHR ÜBER DICH ERFAHREN.

SELBSTVERSTÄNDLICH.

WIR MÖCHTEN NOCH ANDERE TESTS DURCHFÜHREN.

WARUM?

DAMIT WIR MEHR ÜBER DICH ERFAHREN.

UNKLAR. DEUTLICHER, lautete die spöttische Anwort.

Sara überlegte einen Augenblick und tippte dann: DR. FLYTE BRAUCHT NOCH ZUSÄTZLICHE ANGABEN, UM RICHTIG ÜBER DICH BERICHTEN ZU KÖNNEN.

ER IST MEIN MATTHÄUS.

ER BRAUCHT WEITERE ANGABEN, WENN ER DEINE GESCHICHTE SO ERZÄHLEN SOLL, WIE SICH DAS GEHÖRT.

MACHT WEITER MIT EUREN TESTS.

WIR MÜSSEN DAZU MEHR LABORAUSRÜSTUNGEN KOMMEN LASSEN.

WARUM? IHR HABT DOCH EIN VOLLAUSGERÜSTETES LABOR.

Saras Hände waren feucht. Sie wischte sie an ihren Jeans ab, bevor sie weitermachte.

DAS LABOR IST NUR FÜR DIE ANALYSE BIOLOGISCHER UND CHEMISCHER KAMPFSTOFFE AUSGERÜSTET. AUF EIN WESEN WIE DICH WAREN WIR NICHT VORBEREITET. WIR BRAUCHEN DAHER ZUSÄTZLICHE LABOREINRICHTUNGEN, UM UNSERE SACHE RICHTIG MACHEN ZU KÖNNEN.

VORWÄRTS.

Sie starrte auf die grün auf grün gedruckten Worte und konnte es kaum glauben, daß es so leicht war, mehr Zeit herauszuschlagen.

Sie gab wieder etwas in den Computer ein: WIR MÜSSEN IN DAS HOTEL ZURÜCK UND DORT DAS TELEFON BENUTZEN.

VORWÄRTS, DU SCHLAMPE. DU LANGWEILST MICH. VORWÄRTS. VORWÄRTS!

Ihre Hände waren wieder feucht geworden. Sie wischte sie ab und stand auf. An den Blicken der anderen erkannte sie, daß sie genau wußten, daß sie etwas versteckte, und daß sie auch den Grund dafür kannten. Woher wußten sie das aber? War sie so leicht zu durchschauen? Bedeutete das, daß *es* auch Bescheid wußte?

Sie räusperte sich und sagte mit unsicherer Stimme: »Also los.«

»Also los«, sagte Sara Yamaguchi unsicher, aber Timothy sagte: »Augenblick, bitte. Nur eine Minute oder zwei. Ich möchte etwas versuchen.«

Er setzte sich an den Terminal, holte tief Luft und tippte:

HIER SPRICHT TIMOTHY FLYTE.

ICH WEISS.

WIR MÜSSEN UNS UNTERHALTEN.

VORWÄRTS.

MUSS ES DENN UNBEDINGT DURCH DEN COMPUTER SEIN?

DAS IST BESSER ALS DURCH EINEN BRENNENDEN BUSCH.

Eine oder zwei Sekunden lang wußte Timothy nicht, was damit gemeint war. Als er den Witz endlich verstand, hätte er beinahe laut gelacht. Das Ding da hatte tatsächlich einen gewissen perversen Sinn für Humor. Er tippte: DEINE SPEZIES UND MEINE SOLLTEN IN FRIEDEN LEBEN.

WARUM?

WEIL WIR DIE ERDE TEILEN.

WIE DER BAUER DIE ERDE MIT SEINEM VIEH TEILT! IHR SEID MEIN VIEH.

WIR SIND DIE BEIDEN EINZIGEN INTELLIGENTEN ARTEN AUF DER ERDE.

IHR GLAUBT, IHR WÜSSTET SO VIEL! IN WIRKLICHKEIT WISST IHR SO WENIG.

WIR SOLLTEN ZUSAMMENARBEITEN, forderte Flyte beharrlich.

IHR SEID MIR UNTERLEGEN.

WIR HABEN VIEL VONEINANDER ZU LERNEN.

ICH HABE VON EURER ART NICHTS ZU LERNEN.

VIELLEICHT SIND WIR KLÜGER, ALS DU MEINST.

IHR SEID UNSTERBLICH. IST DAS NICHT DIE WAHRHEIT?

JA.

FÜR MICH SIND EURE LEBEN SO KURZ UND UNWICHTIG, WIE DAS LEBEN EINER EINTAGSFLIEGE FÜR EUCH.

WENN DU SO ÜBER UNS DENKST, WARUM SOLL ICH DANN ÜBER DICH SCHREIBEN?

ES AMÜSIERT MICH, DASS EINER VON EUCH DURCH THEORETISCHE ÜBERLEGUNGEN AUF MEINE EXISTENZ GEKOMMEN IST. DAS IST SO, WIE WENN EIN LIEBLINGSÄFFCHEN EIN SCHWIERIGES KUNSTSTÜCK LERNT.

ICH HALTE UNS NICHT FÜR UNTERLEGEN, tippte Flyte beharrlich.

VIEH.

ICH GLAUBE, DU WILLST NUR DESHALB, DASS ÜBER DICH GESCHRIEBEN WIRD, WEIL DU EINE GANZ MENSCHLICHE EITELKEIT ENTWICKELT HAST.

IRRTUM.

ICH GLAUBE, DU BIST ERST DANN ZUM INTELLIGENTEN WESEN GEWORDEN, ALS DU ANGEFANGEN HAST, ANDERE INTELLIGENTE WESEN ZU FRESSEN, NÄMLICH DIE MENSCHEN.

DEINE IGNORANZ ENTTÄUSCHT MICH.

Timothy forderte es weiter heraus: ICH MEINE, DU HAST ERST DURCH DEINE MENSCHLICHEN OPFER WISSEN UND ERINNERUNG UND DAMIT AUCH INTELLIGENZ AUFGENOMMEN. DEINE ENTWICKLUNG VERDANKST DU UNS.

Keine Antwort.

Timothy löschte seine beiden vorherigen Sätze und schrieb weiter: DEIN BEWUSSTSEIN SCHEINT EINE SEHR MENSCHLICHE STRUKTUR ZU HABEN — ICH, ÜBER-ICH UND SO WEITER.

VIEH, lautete die Antwort. SCHWEINE, ERBÄRMLCIHE TIERE. IHR LANGWEILT MICH.

Und dann erloschen alle Schirme.

Timothy lehnte sich in seinem Stuhl zurück und seufzte. »So eine Arroganz«, sagte er.

»Wie es sich für einen Gott gehört«, sagte Dr. Paige. »Und dafür scheint es sich ja wohl zu halten.«

»In gewisser Beziehung«, sagte Lisa, »ist er das ja auch.«

»So ist es«, sagte Tal Whitman. »Was uns betrifft, könnte es ebensogut ein Gott sein. Es hat schließlich Macht wie ein Gott, oder?«

»Oder wie ein Teufel«, sagte Lisa.

Hinter den Straßenlaternen war der Horizont jetzt grau. Die ersten Anzeichen der Dämmerung kündigten sich an.

Sara wünschte, Dr. Flyte hätte den Verwandler nicht so kühn herausgefordert, weil sie befürchtete, er hätte davon Wut bekommen und würde sein vorher gegebenes Versprechen nicht halten.

Auf ihrem kurzen Weg von dem Labor zum Hotel wurden sie von merkwürdigen Tierstimmen begleitet, von einem seltsamen Geheul, wie es Sara noch nie vorher gehört hatte. *Es* führte ihnen weiter seine Künste vor. Einmal brachte ein höllischer Schrei, der ganz aus der Nähe kam, die Überlebenden dazu, sich eng aneinander zu drängen.

Sie wurden jedoch nicht angegriffen, und auch im Hotel erwartete sie keine neue Überraschung.

Sara setzte sich an den Schreibtisch und wählte die Nummer des Standorts in Dugway, Utah. Die anderen versammelten sich um sie, um zuzuhören.

Wegen der Krise in Snowfield war das Telefon in Utah nicht nur wie normal besetzt; Captain Daniel Tersch, Armee-Arzt und Spezialist für ansteckende Krankheiten, meldete sich sofort.

Sara berichtete ihm über ihre letzten Entdeckungen, und Tersch war fasziniert, obwohl das nicht zu seinem Sachgebiet gehörte.

»Petrolatum?« unterbrach er sie an einem Punkt überrascht.

»Das amorphe Gewebe ähnelt Petrolatum nur insofern, als es eine ähnliche Mischung von sehr hochwertigen Kohlenwasserstoffen ist. Es ist natürlich weit komplexer aufgebaut.«

Sie betonte das besonders, denn sie wollte, daß er es an die übrigen Wissenschaftler in Dugway weitergab. Wenn sich ein anderer Biochemiker oder Genetiker die Liste der

Bestellungen ansah, wußte er ganz bestimmt, was sie vorhatte, und dann könnte die Waffe schon vorher zusammengesetzt werden, und sie brauchten sich nicht hier damit aufzuhalten, während der Verwandler ihnen über die Schulter sah. Sie konnte Tersch nicht einfach sagen, was sie vorhatte, weil der Verwandler ganz sicher zuhörte.

Zum Schluß sprach sie die zusätzlichen Labor-Geräte an, die sie noch brauchte. »Den größten Teil davon können Sie sich von Universitäts- und Industrie-Labors hier in Nordkalifornien ausleihen. Ich brauche es nur so schnell wie möglich.«

»Was brauchen Sie denn genau?« fragte Tersch. »Sagen Sie es mir einfach, und in vier oder fünf Stunden haben Sie es.«

Sie las ihm eine Liste von Geräten vor, die sie in Wirklichkeit gar nicht brauchte, und erst ganz zum Schluß sagte sie: »Ich brauche außerdem soviel wie möglich von der vierten Generation von Dr. Chakrabartys kleinem Wunder. Verpacken Sie es und schicken Sie es mir so schnell wie möglich.«

»Wer ist denn Chakrabarty?« fragte Tersch verwirrt.

»Den kennen Sie sicher nicht. Ich brauche außerdem noch zwei oder drei Druckluft-Sprühgeräte.«

»Was ist das denn für ein kleines Wunder? Was meinen Sie damit?«

»Notieren Sie nur Chakrabarty, vierte Generation.« Sie buchstabierte ihm den Namen.

»Ich habe keine Ahnung, worum es geht«, sagte er.

Gut, dachte Sara erleichtert. Ausgezeichnet.

Wenn Tesch gewußt hätte, was Dr. Chakrabartys kleines Wunder war, hätte er es vielleicht ausgeplaudert, bevor sie ihn daran hindern konnte, und damit wäre der Alte Feind gewarnt gewesen.

»Das liegt außerhalb Ihres Sachgebiets«, sagte sie. »Warum sollten Sie auch darüber informiert sein.« Sie versuchte jetzt hastig, von dem Thema so schnell und so weit wie möglich wegzukommen. »Ich habe im Augenblick keine Zeit für Erklärungen, Dr. Tersch. Andere werden Ihnen das erklären können. Vier oder fünf Stunden, sagten Sie?«

»Damit müßten wir hinkommen«, sagte Tersch. »Wie sollen wir das Zeug denn liefern?«

»Wäre es vielleicht möglich, es mit einem Hubschrauber einfliegen zu lassen?« fragte Sara.

»Aber sicher.«

»Sagen Sie dem Piloten, er soll nicht zu landen versuchen. Der Verwandler würde dann denken, wir wollten zu fliehen versuchen. Er würde uns und die Hubschraubermannschaft bestimmt in dem Augenblick töten, in dem der Hubschrauber aufsetzt. Sie sollen die Geräte im Schwebeflug mit einer Winde ablassen.«

»Das wird alles zusammen ein ziemlich großes Paket werden, aber sie werden es schon schaffen. Ihnen wünsche ich viel Glück.«

»Vielen Dank«, sagte Sara. »Wir werden es brauchen können.«

Sie legte auf.

»Plötzlich kommen einem fünf oder sechs Stunden wie eine Ewigkeit vor«, sagte Jenny.

Sie warteten offensichtlich ungeduldig auf eine Möglichkeit, etwas über Saras Plan zu erfahren, wußten aber zugleich, daß sie nicht darüber sprechen konnten. Selbst in ihrem Schweigen aber entdeckte Sara einen neuen Optimismus.

Erhofft euch nicht zuviel, dachte sie sorgenvoll. Es war durchaus möglich, daß ihr Plan nichts taugte. Das war sogar die wahrscheinlichere Möglichkeit. Und wenn der Plan scheiterte und der Verwandler herausbekam, was sie vorgehabt hatten, würde er sie alle auf eine ganz besonders brutale Art töten.

Draußen dämmerte es.

Der Nebel leuchtete nicht mehr fahl wie vorher, sondern reflektierte blendend weiß die Morgensonne.

39
Die Erscheinung

Fletcher Kale wachte um die Morgendämmerung auf.

Im Wald herrschte noch Halbdunkel. Nur hier und da fielen vereinzelte Sonnenstrahlen wie weiße Speere durch Lükken in der Decke aus Blättern. Das Sonnenlicht war in dem Morgennebel diffus und undeutlich.

Er hatte die Nacht in dem großen Jeep verbracht, den er aus Jake Johnsons Garage geholt hatte. Nun stieg er aus, stellte sich neben den Jeep und lauschte angestrengt, ob ihn jemand verfolgte.

Gestern nacht war er um kurz nach elf auf dem Weg zu Johnsons geheimem Zufluchtsort auf eine Straßensperre gestoßen, die dafür sorgen sollte, daß niemand das Quarantäne-Gebiet um Snowfield betrat. Die Fahndung nach ihm lief schon seit Stunden, und die Polizisten hatten bestimmt sein Foto bekommen. Wenn sie ihn erkannten, war er in einer Stunde wieder im Gefängnis.

Nun erinnerte er sich daran, daß er im Radio gehört hatte, um Snowfield sei eine Quarantäne-Zone eingerichtet worden, aber er hatte gedacht, nur auf der anderen Seite des Bergs.

Zwei Deputies stiegen aus dem schräggestellten Polizeiwagen aus, und er wünschte sich, er hätte zur Abwechslung einmal genauer zugehört, als die Nachrichten kamen.

Überraschung war seine einzige Hoffnung. Die Polizisten erwarteten bestimmt keine Schwierigkeiten an dieser langweiligen Straßensperre. Das HK 91-Sturmgewehr lag auf dem Sitz neben ihm unter einer Decke. Er zog es hervor, stieg aus dem Jeep aus und eröffnete das Feuer. Die automatische Waffe ratterte, und die beiden Deputies tanzten einen kurzen Totentanz.

Er rollte die Leichen in den Straßengraben, kurvte den Polizeiwagen zur Seite und fuhr den Jeep daran vorbei. Dann hielt er an und brachte den Polizeiwagen wieder an die gleiche Stelle wie vorher, damit es so aussah, als sei der oder die Mörder nicht daran vorbeigefahren. Er fuhr auf dem Waldweg weiter, bis der Weg nach ungefähr sechs Kilometern auch mit dem Jeep nicht mehr befahrbar war. Er versteckte ihn im Gebüsch, so gut es ging, und stieg aus.

Außer dem HK 91 trug er noch die anderen Waffen aus Johnsons Speisekammer in einem Sack, und die $ 63440 hatte er in den Taschen seiner Jacke verteilt. Sonst hatte er nur noch eine Taschenlampe dabei, und mehr brauchte er auch nicht, weil er alles andere in der Höhle finden würde.

Er hatte zwar ursprünglich vorgehabt, den letzten halben Kilometer, der nur zu Fuß zu schaffen war, sofort hinter sich zu bringen, aber er mußte bald feststellen, daß ein Marsch durch einen nächtlichen Wald auch mit einer Taschenlampe keine Kleinigkeit ist, und so war er zu dem Jeep zurückgegangen und hatte in ihm geschlafen. Selbst wenn die beiden toten Deputies noch vor dem Morgen entdeckt wurden, würde sicher erst dann ein Suchtrupp ausgeschickt werden, wenn es hell war, und bis sie hierherkamen und den Jeep fanden, war er in seinem Höhlenversteck in Sicherheit.

Nun stand er im Licht des frühen Morgens neben dem Jeep und lauschte, ob jemand kam. Er hörte nichts. Eigentlich hätte ihn das auch überrascht, denn es war ihm nicht vom Schicksal bestimmt, in einem Gefängnis zu verfaulen. Vor ihm lag eine goldene Zukunft. Das wußte er sicher.

Er streckte sich, gähnte herzhaft und machte sich auf den Weg. Das war ihm in der Nacht zwar noch nicht aufgefallen, aber der Fußweg war voller frischer Spuren. Es war noch nicht lange her, seitdem er von verschiedenen Leuten benützt worden war.

Er entsicherte das Sturmgewehr und ging vorsichtig weiter. Er hielt dabei das Gewehr im Anschlag, um jeden, der auftauchten sollte, sofort niedermähen zu können.

Weniger als eine halbe Stunde später erreichte er die Lichtung um die Hütte — und sah, wer den Weg benutzt hatte. Vor der Hütte waren acht Harleys mit dem Namen Chrom-Dämonen auf dem Tank aufgestellt.

Das war Gene Terrs Bande. Nicht alle. Wahrscheinlich ungefähr die Hälfte. Kale drückte sich an einen Kalkfelsen am Rand der Lichtung und musterte die Blockhütte. Es war niemand zu sehen. Er holte sich leise ein Ersatzmagazin für das Gewehr aus seinem Wäschesack und setzte es ein.

Wie war Terr mit seiner Schlägerbande hierher gekommen? Es war doch sicher unheimlich gefährlich, mit den schweren Motorrädern in die Berge zu fahren, aber diese Typen liebten ja die Gefahr.

Was wollten sie aber bloß hier? Wie hatten sie die Hütte gefunden, und warum waren sie hergekommen?

Kale lauschte angestrengt, und nach einer Weile wurde ihm bewußt, daß nicht einmal das Geräusch von Tieren oder Insekten zu hören war. Keine Vögel. Absolut nichts. Unheimlich.

Dann aber raschelte es hinter ihm in dem Gebüsch. Ein leises Geräusch, aber in der unnatürlichen Stille laut wie ein Kanonenschuß.

Kale hatte auf dem Boden gekniet. Mit katzenhafter Schnelligkeit rollte er sich seitlich ab und hob das Sturmgewehr.

Er war bereit zu töten, aber auf diesen Anblick war er nicht vorbereitet gewesen. Es war Jake Johnson, der in knapp zehn Metern Entfernung grinsend und nackt aus den Bäumen und dem Nebel kam. Splitterfasernackt.

Wieder eine Bewegung links von Johnson.

Ein zweiter Mann kam durch den Nebel aus dem Wald, und das hohe Gras wogte um seine nackten Beine. Auch er war nackt und grinste breit.

Das war aber nicht das Schlimmste. Das Schlimmste war, daß dieser zweite Mann auch Jake Johnson war.

Kale sah erschreckt und verwirrt von einem zum anderen. Die beiden Männer waren sich so ähnlich wie eineiige Zwillinge. Aber Jake war doch ein Einzelkind gewesen — oder? Von einem Zwillingsbruder hatte Kale noch nie etwas gehört.

Nun trat eine dritte Gestalt aus dem Schatten unter einer riesigen Tanne hervor. Noch einmal Jake Johnson.

Kale bekam keine Luft. Es war vielleicht entfernt möglich, daß Johnson einen Zwillingsbruder hatte, aber er war auf gar keinen Fall einer von Drillingen.

Irgend etwas stimmte hier nicht. Plötzlich waren es nicht

mehr die unmöglichen Drillinge, die Kale Angst einjagten. Mit einem Mal schien alles bedrohlich: der Wald, der Nebel, die steinerne Silhouette der Berge ...

Die drei Gestalten kamen langsam von verschiedenen Seiten den Hang hinauf auf Kale zu. Ihre Augen hatten einen seltsamen Ausdruck, und ihre Münder waren grausam.

Kale stand hastig auf. »Keinen Schritt weiter!«

Sie blieben jedoch nicht stehen, obwohl er bedrohlich sein Sturmgewehr schwenkte.

»Wer bist du? Was *soll* das denn?« fragte Kale.

Sie antworteten ihm nicht, sondern kamen wie Zombies weiter auf ihn zu.

Er riß den Wäschesack mit den Waffen an sich und zog sich hastig und ungeschickt von dem alptraumhaften Trio zurück.

Nein. Inzwischen war es kein Trio mehr, sondern ein Quartett. Unten am Hang kam ein vierter Jake Johnson zwischen den Bäumen hervor, völlig nackt wie die anderen.

Kales Angst drohte in Panik umzukippen.

Die vier Johnsons kamen fast geräuschlos auf Kale zu. Nur die trockenen Blätter unter ihren Füßen raschelten. Sie beschwerten sich nicht über die Steine und die Dornen und die spitzen Holzstücke unter ihren nackten Fußsohlen, die ihnen weh getan haben mußten. Einer von ihnen begann, sich die Lippen abzulecken, und die anderen drei folgten sofort seinem Beispiel.

Kale durchzuckte das eiskalte Entsetzen, und er fragte sich, ob er den Verstand verloren hatte. Der Gedanke hielt sich jedoch nicht lange. Kritische Betrachtungen seiner eigenen Person waren Kale fremd, und er hielt sich auch diesmal nicht lange damit auf.

Er ließ den Wäschesack fallen, packte die HK 91 mit beiden Händen und eröffnete das Feuer. Während des Feuerstoßes ließ er die Mündung herumwandern und sah, wie alle vier Männer von den Kugeln getroffen wurden und die Wunden aufbrachen. Kaum waren sie jedoch sichtbar, schlossen sie sich bereits wieder, verheilten und waren innerhalb von Sekunden verschwunden.

Die Männer kamen weiter auf ihn zu.

Nein, nicht Männer, das war etwas anderes.

Halluzinationen? Vor Jahren während seiner Schulzeit hatte Kale oft LSD eingeworfen. Nun fiel es ihm wieder ein, daß man noch Monate oder gar Jahre, nachdem man das LSD genommen hatte, von Flashbacks geplagt werden konnte. Ihm selbst war so etwas zwar noch nie passiert, aber er hatte davon gehört. War das hier ein Flashback? Halluzinationen?

Vielleicht. Auf der anderen Seite glänzten die Männer hier, als würde sich der Morgentau auf ihrer Haut niederschlagen, und solche Details registrierte man normalerweise bei Halluzinationen nicht. Außerdem war dieses Erlebnis hier völlig anders als alles, was er bisher unter Drogen erlebt hatte.

Noch immer grinsend hob der eine Doppelgänger einen Arm und deutete auf Kale. Es war unglaublich, aber das Fleisch hatte sich von dieser Hand völlig gelöst und war anscheinend in den Arm zurückgeflossen, als sei es Wachs, das von einer Kerze herunterläuft. Das Handgelenk wurde dadurch etwas dicker, aber von der Hand blieb nichts als weiße Knochen. Ein Knochenfinger deutete voller Verachtung, Zorn und Anschuldigung auf Kale.

Kale wollte seinen Augen nicht mehr trauen.

Die anderen drei Exemplare Jake Johnsons hatten sich noch makabrer verändert. Bei einem war aus einem Teil des Gesichts das Fleisch verschwunden; ein Backenknochen war zu sehen, eine Reihe Zähne, und vom rechten Auge war nur noch der Augapfel übrig, der feucht in der fleischlosen Höhle glänzte. Dem dritten Mann fehlte ein Stück Fleisch von seinem Rumpf; man konnte seine spitzen Rippen und dunkle, pulsierende innere Organe sehen. Der vierte ging auf einem normalen Bein, aber von dem anderen waren nur noch Knochen und Sehnen übrig.

Als sie näher kamen, sagte einer von ihnen: »Kindermörder.«

Kale schrie, ließ sein Gewehr fallen und rannte los. Er blieb jedoch sofort wieder stehen, als er zwei weitere Johnsons von der Hütte her kommen sah. Sie hatten ihn eingekreist, und jetzt blieb ihm nur noch die Höhle. Er rannte zu ihrem Eingang, schob keuchend das Gebüsch davor zur Seite und hastete in die dunkle Höhle hinein. Er tastete sich an der Wand weiter, versuchte, sich daran zu erinnern, wie der Gang verlief und wünschte sich, er hätte die Taschenlampe behalten. Plötzlich kam ihm die Idee, daß das hier vielleicht keineswegs so sicher war, wie er angenommen hatte. Je mehr er darüber nachdachte, desto sicherer wurde er sich, daß sie ihn in der Höhle haben *wollten* — und als er sich umsah, standen zwei von den verwesenden Männern im Eingang. Er heulte auf und rannte weiter, stieß gegen die Felswand, schürfte sich eine Hand auf, und dann sah er vor sich plötzlich Licht durch die offene Tür der Felsenkammer. Er rannte durch und warf sie hinter sich zu, obwohl er wußte, daß sie sich davon nicht würden aufhalten lassen. Er hastete wie im Traum an aufgestapelten Lebensmitteln auf die Lichtquelle zu, die in der zweiten Kammer war.

Das Licht stammte von einer Camping-Leuchte.

Kale trat in die dritte Kammer.

Was er da in dem blassen, weißlichen Licht der Gaslampe sah, ließ ihm das Blut in den Adern gefrieren. Es war aus dem unterirdischen Fluß durch die Öffnung im Boden der Höhle aufgestiegen, in der Jake Johnson seine Wasserpumpe angebracht hatte. Es wand sich, zuckte und pulsierte. Dunkles, fleckiges Fleisch. Formlos.

Flügel begannen sich zu bilden, schmolzen aber dann wieder.

Ein schwefeliger Geruch hing in der Luft, nicht stark, aber ekelerregend.

Auf der ganzen sieben Fuß hohen Säule aus Schleim öffneten sich Augen und richteten sich auf Kale. Er wich vor ihnen zurück bis an die Wand der Kammer und klammerte sich an dem Gestein fest, als könne er sich nur noch mit dieser letzten Berührung mit der Realität vor dem Abgrund des Wahnsinns retten.

Manche der Augen waren menschlich, manche aber auch nicht. Sie schauten ihn durchbohrend an, und dann schlossen sie sich wieder und verschwanden.

Münder öffneten sich, wo vorher keine Münder gewesen waren. Zähne. Fänge. Gespaltene Zungen über schwarzen

Lippen. Aus anderen Mündern schlängelten sich wurmähnliche Auswüchse und verschwanden wieder wie die Augen.

Ein Mann saß einige Fuß weit von dem pulsierenden Ding auf dem Boden. Sein Gesicht lag im Schatten.

Als er sah, daß Kale ihn bemerkt hatte, lehnte er sich leicht vor und ließ das Licht auf sein Gesicht fallen. Er war einen Meter neunzig oder noch größer; er hatte einen Bart, und sein langes, blondes, lockiges Haar hielt er mit einem zusammengerollten Stirnband zusammen. Ein goldener Ohrring baumelte herab. Er lächelte Kale eigenartig an, hob eine Hand zur Begrüßung, und auf ihre Handfläche war in Rot und Gelb ein Auge tätowiert.

Es war Gene Terr.

40

Biologische Kriegsführung

Der Armee-Hubschrauber kam dreieinhalb Stunden nach Saras Gespräch mit Daniel Tersch in Dugway an, also früher als versprochen. Offensichtlich war er von einer Base in Kalifornien ausgeschickt worden, und offensichtlich hatten ihre Kollegen verstanden, wie ihr Plan aussah. Es war ihnen klargeworden, daß sie den größten Teil der Geräte gar nicht wirklich brauchte, und hatten ihr nur das geschickt, was sie für den Angriff auf den Verwandler brauchte. Sonst hätte der Hubschrauber nicht so schnell dasein können.

Der große, mit Tarnfarbe gestrichene Hubschrauber mit seinen zwei großen Rotoren schwebte zwar ungefähr zwanzig Meter über der Skyline Road, wirbelte aber trotzdem Nebel und trockene Blätter auf. Seitlich an dem Hubschrauber ging eine Tür auf, ein Mann lehnte sich heraus und erkundigte sich durch Handzeichen, ob hier die mitgebrachten Geräte abgelassen werden sollten. Sara wies die anderen an, sich in einem großen Kreis aufzustellen.

Daraufhin wurde ein in Leinen gewickeltes Bündel aus dem Hubschrauber gestoßen, mit einer elektrischen Winde äußerst vorsichtig abgelassen und landete mitten in ihrem Kreis sanft auf dem Boden.

Bryce war der erste, der das Paket erreichte. Er löste den Schnappverschluß des Windenkabels, und als Sara und die anderen zu ihm kamen, wurde es bereits wieder nach oben gezogen, und der Hubschrauber flog hoch und verschwand aus der Gefahrenzone.

Sara kauerte sich neben das Bündel und begann, in fieberhafter Eile die Nylon-Verschnürung zu lösen, und innerhalb von wenigen Sekunden hatte sie den Inhalt ausgepackt.

Da waren zwei blaue Kanister mit handgeschriebenen weißen Worten und Zahlen darauf. Sie seufzte erleichtert auf, als sie sie sah. Ihre Nachricht war richtig verstanden worden. Außerdem waren da noch drei Sprüh-Tanks, wie sie für die Schädlingsbekämpfung benutzt werden, die jedoch nicht mit einer Handpumpe bedient wurden, sondern mit Druckluft arbeiteten. Jeder Tank hatte einen Rückentragegurt. Ein Gummischlauch mit einer Hochdruckdüse aus Metall von einem Meter Länge ermöglichte es, ein Ziel aus einer Entfernung von vier bis fünf Metern anzusprühen.

Während der Hubschrauber im Westen am Himmel verschwand, fragte Lisa: »Sara, das ist doch alles, was Sie brauchen — oder?«

»Alles, was ich angefordert habe«, war die ausweichende Antwort.

Sie sah sich nervös um und erwartete jeden Augenblick den Angriff des Verwandlers. Als aber keine Spur von ihm zu entdecken war, sagte sie: »Tal, wenn Sie vielleicht zwei von den Tanks tragen könnten ...«

Der Sheriff und der Deputy legten sich die Tanks an den Tragegurten an und zogen die Gurte fest. Sie wußten beide offensichtlich, daß die Tanks eine Waffe enthielten, mit der sie den Verwandler vielleicht zerstören könnten, auch ohne daß ihnen das jemand gesagt hatte. Sara wußte, daß sie vor Neugier fast zersprangen und war beeindruckt davon, daß sie keine Fragen stellten.

Eigentlich hatte sie das dritte Sprüh-Gerät selbst bedienen wollen, aber es war viel schwerer, als sie angenommen hatte. Wenn sie sich anstrengte, würde sie es wohl tragen können, aber dann könnte sie sich nicht mehr schnell bewegen, und auf Schnelligkeit und Beweglichkeit kam es in den nächsten beiden Stunden vor allem an. Auch Lisa oder Flyte waren für das Gerät zu schwach, und damit blieb nur noch Jenny übrig. Sie war allem Anschein nach in bester körperlicher Verfassung und würde das Gewicht des Sprühgeräts relativ mühelos bewältigen können.

Auch Jenny selbst war dieser Meinung. Sara half ihr, den Tank anzulegen, und sie waren kampfbereit.

Noch immer war von dem Verwandler nichts zu sehen.

Sara wischte sich den Schweiß von der Stirn. »Also gut. Sobald es sich zeigt, sofort einsprühen. Verschwendet keine Sekunde. Sprüht es ein, versucht vielleicht, mehr davon herauszulocken, aber vor allem sprühen, sprühen, sprühen.«

»Ist das eine Säure — oder was?« fragte Bryce.

»Nein, Säure ist das nicht«, sagte Sara. »Es wird allerdings ungefähr so wirken — wenn es überhaupt wirkt.«

»Wenn es keine Säure ist, was ist es dann?« fragte Tal.

»Ein einziger, hochspezialisierter Mikro-Organismus«, sagte Sara.

»Viren?« fragte Jenny überrascht.

»Ja. Sie schwimmen in einer Nährlösung.«

»Wollen wir den Verwandler etwa *krank* machen?« fragte Lisa skeptisch.

»Das hoffe ich auf jeden Fall inständig«, sagte Sara.

Nichts rührte sich. Nichts. Trotzdem war da draußen etwas und hörte ihnen mit feinem Gehör zu.

»Sehr, sehr krank, wenn wir Glück haben«, sagte Sara weiter. »Weil Krankheit scheinbar die einzige Möglichkeit ist, es zu töten.«

Nun waren ihre Leben bedroht, denn *es* wußte, daß sie es betrogen hatten.

Flyte schüttelte den Kopf. »Aber der Alte Feind ist doch so völlig anders als Menschen oder Tiere ... Krankheiten, die für andere Organismen schädlich wären, würden ihm wahrscheinlich nicht das geringste ausmachen.«

»Ganz richtig«, sagte Sara. »Aber diese Mikrobe ist keine gewöhnliche Krankheit. Eigentlich ist es überhaupt kein Krankheitserreger.« Sara sah sich unruhig um und erzählte ihnen von Ananda Chakrabarty und seiner Entdeckung.

1972 hatte General Electrics für seinen Angestellten Dr. Chakrabarty zum ersten Mal eine von Menschenhand hergestellte Bakterie patentieren lassen. Mit Zellfusion hatte Chakrabarty einen Mikro-Organismus hergestellt, der die Kohlenwasserstoff-Teile von Erdöl verzehren und verdauen konnte, was sich bei Katastrophen mit Öltankern sehr nützlich erweisen könnte. Die Bakterien fraßen das Öl buchstäblich auf und machte es für die Umwelt harmlos.

Nach einer Reihe von Rechtsstreitigkeiten sprach der Oberste Gerichtshof in einer bahnbrechenden Entscheidung General Electrics das Recht zu, Dr. Chakrabartys Erfindung patentieren zu lassen. Mit dieser Entscheidung vom Juni 1980 war zum ersten Mal ein von Menschenhand hergestellter Organismus patentiert worden.

»Und das ist in den Tanks?« fragte Bryce.

»In einer weiterentwickelten Form, Biosan 4. Der ursprüngliche Organismus war zu empfindlich und konnte nur im Labor überleben.«

In der Stadt herrschte Grabesstille, aber trotzdem hatte Jenny das untrügliche Gefühl, daß *es* kam, daß es zugehört hatte und schon ganz nahe war. Auch die anderen spürten es und sahen sich unruhig um.

Sara sagte: »Erinnern Sie sich noch, daß ich gesagt habe, das Gewebe des Verwandlers wäre wie Petrolatum? Nicht genauso, aber vielleicht wie ein organischer, metabolisch aktiver Verwandter von Petrolatum. Ich hoffe daher, daß das Biosan ...«

Es kommt etwas.

»Sie hoffen, daß es sich in den Verwandler genauso hineinfrißt wie in Erdöl, oder daß es zumindest sein empfindliches chemisches Gleichgewicht so durcheinanderbringt, daß der gesamte Organismus destabilisiert wird.«

Es kommt, es kommt, aber woher? Wo ist es?

»Das kommt mir aber wie eine sehr dürftige Hoffnung vor«, sagte Flyte.

»Sie ist auch sehr dünn, aber sie ist alles, was wir haben.«

Ein Geräusch. Ein Zwitschern, ein Zischen, das ihnen die Haare zu Berge stehen ließ. Sie erstarrten und sahen sich um.

Nichts. Stille senkte sich wieder über die Stadt. Das Geräusch kam nicht wieder.

Bryce Hammonds Gesicht war zutiefst beunruhigt. »Dieses Biosan ist doch wohl nicht schädlich für uns?«

»Völlig harmlos«, sagte Sara.

Wieder ein Geräusch. Ein kurzer Ausbruch, und dann Ruhe.

»Jetzt kommt etwas«, sagte Lisa leise.

Gott sei uns gnädig, dachte Sara.

»Jetzt kommt etwas«, sagte Lisa, und Bryce spürte es auch. Ein Gefühl einer nahenden, entsetzlichen Gefahr. Die Luft wurde dicker und kühler. Wirklichkeit? Einbildung? Er war nicht sicher. Er wußte nur, daß er es fühlte.

Das Geräusch setzte wieder ein, aber nun anhaltend. Es klang ähnlich wie eine elektrische Bohrmaschine, aber so etwas Harmloses und Alltägliches verursachte es sicher nicht. Nein, es klang eher nach Insekten. Bienen. Nein, das verstärkte Summen von Hornissen.

Er sagte: »Ihr drei ohne Sprühgerät, stellt euch in die Mitte.«

Sara, Lisa und Dr. Flyte stellten sich zusammen, während Bryce, Jenny und Tal einen Ring um sie bildeten.

Dann plötzlich erschien in der Nähe der Bäckerei ein Monster am Himmel, schwebte über die Häuser und flog wieder über die Skyline Road. Eine Wespe. Ein Phantom von der Größe eines Schäferhundes. Ein solches Insekt hatte es während der Jahrmillionen, die der Verwandler schon existierte, mit Sicherheit noch nie gegeben. Nein, das war wieder ein Produkt seiner bösartigen Fantasie. Sechs Fuß große Flügel schimmerten in der Sonne. Die schwarzen Facetten-Augen saßen schräg in dem spitzen, bösartigen Kopf. Der segmentierte, schimmelfarbig weiße Körper endete mit einem dreißig Zentimeter langen, nadelspitzen Stachel.

Bryce hatte ein Gefühl, als würden sich seine Eingeweide in Eiswasser verwandeln.

Die Wespe schwebte nicht mehr. Sie griff an.

Jenny schrie, als die Wespe auf sie zuraste, rannte aber nicht weg, sondern zielte mit ihrer Sprüh-Dose auf den Kopf. Ein milchiger Dunst sprühte knapp zwei Meter weit.

Die Wespe war noch sieben Meter weit weg und kam immer näher.

Jenny drückte den Knopf ganz herunter. Aus dem Dunst wurde ein Strahl, der fünf oder sechs Meter weit reichte.

Auch Bryce fing an zu sprühen. Die beiden Biosan-Strahlen trafen sich in der Luft.

Die Wespe kam in Reichweite. Die beiden Strahlen trafen sie, ließen das Schimmern der Flügel verlöschen und tränkten den geteilten Körper. Das Insekt stockte abrupt, zögerte, sank etwas herab, als könne es die Höhe nicht mehr halten, schwebte. Sein Angriff war aufgehalten worden, obwohl es sie noch aus haßerfüllten Augen anstarrte.

Jenny spürte, wie Erleichterung und Hoffnung sie durchzuckte.

»Es funktioniert!« rief Lisa.

Dann griff die Wespe sie wieder an.

Gerade, als Tal gedacht hatte, sie seien sicher, griff die Wespe sie wieder an. Sie flog durch einen Nebel von Biosan, aber sie flog noch.

»Herunter!« brüllte Bryce.

Sie duckten sich, und die Wespe flog über ihre Köpfe weg. Von ihren grotesken Beinen und von der Spitze ihres Stachels tropfte dabei eine milchige Flüssigkeit herab.

Tal erhob sich wieder, um sie bei ihrem nächsten Anflug voll mit dem Biosan-Strahl zu erwischen. Sie schwang zu ihm herum, aber bevor er sie mit seinem Sprühgerät erreichen konnte, schwankte die Wespe in der Luft, flatterte wild mit den Flügeln und stürzte auf den Boden. Sie flatterte und summte wütend, schaffte es aber nicht, wieder aufzusteigen. Dann verwandelte sie sich.

Sie verwandelte sich.

Timothy Flyte wagte sich mit den anderen näher an sie heran und beobachtete fasziniert, wie sie zu einem formlosen Protoplasma zusammenschmolz. Das Hinterbein eines

Hundes begann sich zu bilden, dann die Schnauze. Es würde ein Dobermann werden. Ein Auge öffnete sich. Der Verwandler schaffte es aber nicht mehr, die Transformation ganz durchzuführen, und der Hund verschwand wieder. Das amorphe Gewebe zitterte und pulsierte wie im Fieber, und so hatten sie es noch nie gesehen.

»Es stirbt«, sagte Lisa.

Timothy starrte die Zuckungen des unmenschlichen Fleisches mit atemlosem Staunen an. Dieses bisher unsterbliche Wesen lernte die Bedeutung des Todes und die Angst davor kennen.

Überall auf der Masse brachen nun offene Schwären aus, die eine dünne, gelbe Flüssigkeit absonderten. Bald war die gesamte Oberfläche damit bedeckt, die nun aussah wie eine riesige eitrige Wunde. Dann degenerierte dieses Phantom wie die kleine Gewebeprobe in der Schale zu einer leblosen Pfütze aus stinkendem, wäßrigem Brei.

»Mein Gott, Sie haben es tatsächlich geschafft«, sagte Timothy und drehte sich zu Sara um.

Drei dicke Tentakeln stiegen aus einem Abfluß drei Meter hinter ihr hoch und kamen auf sie zu. Jeder davon war so dick wie Timothys Handgelenk. Die Spitze der ersten war kaum einen Meter weit von Sara entfernt.

Timothy stieß einen Warnschrei aus, aber er kam zu spät.

Flyte rief ihr etwas zu, und Jenny fuhr herum. *Es* war da.

Drei Tentakeln zuckten mit tödlicher Schnelligkeit vom Bürgersteig hoch und fielen auf Sara. In einem Bruchteil einer Sekunde hatte sich einer um ein Bein der Genetikerin gelegt, einer um ihre Hüfte, und einer um ihren schlanken Hals.

Großer Gott, es ist zu schnell, einfach zu schnell für uns, dachte Jenny. Noch in der Drehung zielte sie mit der Düse ihres Sprühgeräts und lenkte fluchend einen Strahl Biosan auf Sara und die Tentakeln. Auch Bryce und Tal kamen ihr mit ihren Geräten zu Hilfe, aber sie waren alle zu langsam und kamen zu spät.

Saras Augen weiteten sich, sie riß ihren Mund zu einem lautlosen Schrei auf. Sie wurde in die Luft gehoben und —

Nein! betete Jenny.

— wie eine Puppe hin und her geschleudert —

Nein!

— und dann fiel ihr Kopf von ihren Schultern und schlug mit einem lauten, entsetzlichen Krachen auf die Straße auf.

Jenny konnte nur mit Mühe ihren Brechreiz unterdrücken und stolperte zurück.

Die Tentakeln hoben sich vier Meter in die Luft. Sie zuckten und wanden sich, als das Biosan die bindende Struktur des amorphen Gewebes zerstörte. Wie Sara gehofft hatte, wirkte der Mikro-Organismus auf den Verwandler fast so wie Schwefelsäure auf menschliches Gewebe.

Tal rannte an Jenny vorbei direkt auf die drei Tentakeln zu, und sie rief ihn entsetzt zurück.

Was hatte er denn vor, um Gottes willen?

Tal rannte durch die beweglichen Schatten der Tentakel über ihm und betete, daß keiner auf ihn herabfallen würde. Als er den Abfluß erreichte, aus dem sie aufgestiegen waren, sah er, daß die drei Auswüchse von der Hauptmasse aus dunklem, zuckendem Protoplasma getrennt wurden. Der Verwandler stieß infiziertes Gewebe ab, bevor die Bakterien die Hauptmasse des Organismus erreichen konnten. Tal steckte die Düse seines Sprühgeräts durch den Rost des Abflusses und sprühte Biosan hinein.

Die Tentakeln rissen sich von dem Rest des Wesens los und zuckten und wanden sich auf der Straße. Unten in der Kanalisation zog sich der feuchte Schleim vor dem Spray zurück und stieß ständig Stücke von sich ab, die zu zucken und aufzuschäumen begannen, um dann zu sterben.

Selbst der Teufel war verwundbar. Selbst Satan war nicht unverletzlich.

Nun siegessicher sprühte Tal weiter Biosan in die Kanalisation.

Das amorphe Gewebe zog sich weiter zurück und verschwand außer Sicht.

Tal drehte sich um und sah, daß die Tentakeln inzwischen ihren Zusammenhalt verloren hatten und nicht mehr waren als Stränge aus nässendem Gewebe. Sie peitschten, scheinbar in Höllenqualen, wild um sich und degenerierten schnell zu einem leblosen, stinkenden Brei.

Er sah sich nach einem anderen Abfluß um, betrachtete die leblosen Häuser und die Straße und fragte sich, woher der nächste Angriff kommen würde.

Plötzlich rumpelte es unter seinen Füßen und der Boden bäumte sich auf. Flyte vor ihm wurde zu Boden geworfen, und seine Brille zerbrach. Tal taumelte zur Seite und hätte fast Bryce niedergetreten.

Wieder bewegte sich der Bürgersteig und bäumte sich noch heftiger als beim ersten Mal auf, als liefen die Wellen eines Erdbebens darunter. Das war jedoch kein Erdbeben. *Es* griff nun an — nicht nur ein Teil von ihm, ein weiteres Phantom, sondern sein größter Teil, vielleicht sogar seine gesamte Riesenmasse drängte sich mit unglaublicher Zerstörungskraft an die Oberfläche wie ein verratener Gott, um sich in seinem furchtbaren Zorn an den Frauen und Männern zu rächen, die es gewagt hatten, sich gegen es zu stellen, und deshalb formte es sich zu einer ungeheuren Masse von Muskeln und Sehnen und drückte nach oben, daß die Straße sich hochwölbte und aufsprang.

Tal wurde zu Boden geworfen und schlug mit seiner Kinnspitze auf, so daß er beinahe das Bewußtsein verloren hätte. Er versuchte aufzustehen, um die Kreatur mit seinem Sprühgerät angreifen zu können, wenn sie erschien, aber der Boden schwankte noch zu sehr, und er legte sich wieder flach hin, um abzuwarten, bis er sich etwas beruhigt hatte.

Wir werden alle sterben, dachte er.

Bryce lag flach auf dem Bauch und klammerte sich am Boden fest. Lisa lag neben ihm. Sie schrie oder weinte laut, aber wegen des ohrenbetäubenden Lärms konnte er sie nicht hören.

In dem ganzen Block erreichte eine atonale Symphonie der Zerstörung ein ohrenbetäubendes Crescendo, als risse die Welt selbst auseinander. Die Luft war voller Staub, der aus den immer breiter werdenden Rissen im Boden aufstieg.

Die Straße neigte sich mit ungeheurer Gewalt zur Seite. Stücke davon flogen in die Luft. Die meisten davon waren nur so groß wie Kieselsteine, aber einzelne waren auch so groß wie eine Faust. Vereinzelte Brocken waren sogar noch größer, und fünfzig, hundert oder sogar zweihundert Pfund schwere Betonstücke flogen zwei oder drei Meter hoch in die Luft, als die Kreatur darunter mit unheimlicher Wucht von unten dagegenrammte.

Bryce zog Lisa an sich und versuchte, sie zu schützen. Er fühlte wie stark sie zitterte.

Die Erde unter ihnen hob sich und fiel mit einem lauten Krachen wieder zurück, und hob und senkte sich sofort noch einmal. Geröllbrocken regneten auf das Gerät auf Bryces Rücken und auf seinen Kopf. Er zuckte zusammen und sah sich verzweifelt um.

Wo war Jenny?

Die Straße hatte sich hochgeschoben, und in der Mitte der Skyline Road hatte sich ein Kamm gebildet. Offensichtlich war Jenny auf seiner anderen Seite und klammerte sich dort an der Straße fest.

Sie lebt, dachte er. Sie lebt. Verdammt noch mal, sie *muß* einfach noch leben!

Ein riesiger Betonbrocken wurde links von ihnen aus der Straße herausgerissen und flog zwei oder drei Meter hoch in die Luft. Er war sicher, der Brocken würde auf sie stürzen und hielt Lisa fest, so eng er konnte, obwohl ihnen das nichts nützen würde, wenn er sie wirklich treffen sollte. Er traf jedoch Timothy Flyte. Der Brocken fiel dem Wissenschaftler auf beide Beine, brach sie und klemmte ihn ein. Flyte heulte in seinem Schmerz so laut auf, daß Bryce ihn trotz des ungeheuren Lärms noch sehr deutlich hören konnte.

Es konnte nur noch Sekunden dauern, bis *es* durchbrach und sich auf sie stürzte, bevor sie es geschafft hatten, aufzustehen, um sich gegen es zu wehren.

Ein Beton-Geschoß von der Größe eines Baseballs schlug fünf oder zehn Zentimeter von Jennys Kopf entfernt auf den Boden auf. Ein Splitter traf sie an der Wange, und ein dünner Blutfaden lief herab.

Dann hörte der Druck von unten, der den Kamm gebildet

hatte, plötzlich auf. Die Straße hörte auf zu beben und stieg nicht mehr weiter hoch.

Die Geräusche der Zerstörung ließen nach und verstummten ganz. Jenny konnte ihren eigenen rasselnden, keuchenden Atem hören.

Einen Meter weit von ihr entfernt begann Tal Whitman mühsam, sich zu erheben. Auch sie versuchte, aufzustehen, aber die Straße bebte noch einmal kurz, und sie wurde flach auf den Boden geworfen. Auch Tal fiel unter lauten Flüchen wieder hin.

Abrupt begann die Straße einzustürzen. Sie gab ein gequältes Geräusch von sich, und von den aufgebrochenen Spalten brachen Stücke ab und fielen ins Leere. Zuviel Leere war da: Es klang so, als würden die großen Betonstücke in einen Abgrund fallen, und nicht nur in die Kanalisation. Dann brach die ganze hochgeschobene Sektion mit einem donnernden Krachen zusammen, und Jenny fand sich am Rand dieses Abgrunds.

Sie lag mit erhobenem Kopf auf dem Bauch und wartete darauf, daß etwas aus der Tiefe aufsteigen würde.

Es kam jedoch nichts. Nichts stieg aus dem Loch auf.

Der Einbruch war drei Meter breit und mindestens zwanzig Meter lang. Auf seiner anderen Seite versuchten Bryce und Lisa, aufzustehen. Bei ihrem Anblick hätte Jenny fast einen lauten Freudenschrei ausgestoßen. Sie lebten!

Dann sah sie Timothy. Seine Beine waren unter einem riesigen Beton-Klotz eingeklemmt. Schlimmer noch — er war auf einem Stück Straße gefangen, das ohne Untergrund über den Rand des Loches hinausragte. Es konnte jeden Augenblick abbrechen und ihn mit sich reißen.

Jenny rutschte vorsichtig einige Zentimeter vor und starrte in das Loch hinab. Es war mindestens zehn Meter tief, und zweifellos stellenweise noch tiefer; das war nicht genau abzuschätzen, weil sie zum Teil nicht bis auf den Boden sehen konnte. Der Alte Feind war offensichtlich nicht nur aus der Kanalisation aufgestiegen, sondern aus den einstmals stabilen Kalksteinhöhlen unter dem Boden, auf dem die Straße gebaut war.

Welche ungeheure Stärke und unvorstellbare Größe mußte es besitzen, wenn es nicht nur die Straße, sondern auch noch den gewachsenen Fels darunter bewegen konnte! Wohin war es jetzt verschwunden?

Das Loch schien leer, aber Jenny wußte, daß *es* da unten irgendwo sein mußte, in den tieferen Regionen. Es versteckte sich in den unterirdischen Kammern vor dem Biosan, wartete ab und lauschte.

Sie sah hoch und erkannte, das Bryce Flyte zu retten versuchte.

Ein kurzer, trockener Knall hallte durch die Luft. Flytes Kanzel aus Beton neigte sich leicht. Sie würde gleich abbrechen und in den Abgrund stürzen.

Bryce erkannte die Gefahr. Er kletterte hastig über ein schräges Betonstück und versuchte, Flyte noch rechtzeitig zu erreichen.

Jenny glaubte nicht, daß er es schaffen würde.

Dann aber knarrte und zitterte auch der Boden unter ihren Füßen, und es wurde ihr klar, daß auch sie sich in Gefahr befand. Sie stand vorsichtig auf. Der Beton unter ihren Füßen brach mit einem Donnerschlag durch.

41
Luzifer

Die Schatten an den Höhlenwänden änderten sich ständig, und auch das Wesen, das die Schatten warf, blieb niemals ruhig. In dem merkwürdigen, kalkweißen Licht der Gaslampe sah das Wesen aus wie eine Säule aus dichtem Rauch, sich windend, formlos, dunkel wie Blut.

Obwohl Kale gern geglaubt hätte, daß es nur Rauch war, wußte er es besser. Ektoplasma. Das mußte es sein. Dieses komische Zeug, aus dem Dämonen, Geister und andere Wesen aus dem Jenseits bestanden.

Kale hatte nie an Geister geglaubt. Der Glaube an ein Leben nach dem Tode war eine Krücke für Schwächlinge. Fletcher Kale brauchte so etwas nicht. Aber jetzt …

Gene Terr saß auf dem Boden und starrte die Erscheinung an. Sein einzelner Gold-Ohrring glitzerte.

Kale stand mit seinem Rücken an die kühle Kalksteinwand gedrückt. Er hatte das Gefühl, er sei mit dem Fels verschmolzen.

Noch immer hing der abstoßende, schweflige Geruch in der feuchten Luft.

Links von Kale kam ein Mann aus dem ersten Raum des Höhlenverstecks. Nein, nicht ein Mann. Es war einer der Johnson-Doppelgänger. Derjenige, der ihn Kindermörder genannt hatte.

Kale gab ein leises, verzweifeltes Geräusch von sich.

Es war die dämonische Version von Johnson, bei der die Hälfte des Fleisches vom Schädel fehlte. Ein nasser Augapfel sah Kale aus einer leeren Augenhöhle bösartig an. Dann drehte sich der Dämon zu der Monstrosität in der Mitte des Raums um. Er ging auf die Säule aus beweglichem Schleim zu, breitete seine Arme aus, legte sie um die Gelatine-ähnliche Masse — und verschmolz einfach damit.

Kale starrte verständnislos darauf.

Wieder kam ein Jake Johnson herein. Ihm fehlte das Fleisch am Rumpf. Unter den freiliegenden Rippen pochte blutig das Herz, und die Lungen arbeiteten. Trotzdem fielen die Organe nicht durch die Lücken heraus. Es war einfach unmöglich. Das war aber eine Erscheinung, eine Kreatur der Hölle — da war er doch, der Geruch nach Schwefel, der Geruch des Teufels! —, und deshalb war *alles* möglich.

Kale *glaubte* jetzt.

Die einzige Alternative dazu war Wahnsinn.

Die restlichen Johnsons kamen nacheinander herein, sahen kurz zu Kale hinüber und verschmolzen mit der pulsierenden Schleim-Säule.

Die Camping-Lampe zischte leise.

Das schleimige Fleisch des Besuchers aus der Unterwelt begann, schreckliche, schwarze Flügel zu bilden, die aber gleich wieder in die Säule hineinschmolzen. Insektenartige Gliedmaßen nahmen allmählich Form an.

Endlich sagte Gene Terr etwas. Er sah aus, als sei er in Trance — aber seine Augen blitzten lebhaft. »Ich komme so zwei- oder dreimal im Jahr mit ein paar von meinen Leuten hier hoch, verstehst du? Das ist hier nämlich der ideale Platz für einen Todesfick. Kein Mensch sieht was, kein Mensch hört was. Verstehst du?«

Nun gelang es Jeeter, seinen Blick von der Kreatur loszureißen und Kale direkt anzusehen.

Kale sagte: »Was zum Teufel ist ein … ein Todesfick?«

»Na ja, so alle zwei Monate, oder manchmal auch öfter, kreuzt irgendeine Alte bei den Dämonen auf und will mitmachen, weißt du. Meistens wollen solche Weiber irgendeinen von uns zum Freund, oder sie wollen einfach nur mitfahren.« Jeeter saß mit eingeschlagenen Beinen da, und seine Hände ruhten unbeweglich auf seinem Schoß. Er sah aus wie ein bösartiger Buddha. »Manchmal will ja einer von uns tatsächlich einmal was Neues, oder die Alte sieht echt gut aus, und dann darf sie mitmachen, wenn sie sich von uns allen flachlegen läßt. Sowas kommt aber nicht allzu oft vor, und wir sagen ihr einfach, sie soll abhauen.«

In der Mitte der Höhle schmolzen die Insektenbeine wieder in die Schleimsäule zurück. Dutzende von Händen begannen sich zu formen, und die Finger öffneten sich wie seltsame Blütenblätter.

Jeeter sagte: »Dann und wann meldet sich aber auch einmal eine verdammt gut aussehende Alte, aber wir brauchen sie nicht oder wollen sie nicht bei uns haben. Statt dessen nehmen wir sie mit und haben unseren Spaß mit ihr. Oder wir sehen einen Tecnic, der von zu Hause weggelaufen ist und Anhalter macht. Die nehmen wir manchmal mit, ob sie es wollen oder nicht. Zuerst geben wir ihr dann etwas Koks oder Hasch, damit es ihr richtig gut geht, und dann schaffen wir sie hoch, vögeln sie alle ein, zwei Tage lang, bis keiner mehr einen hochkriegt, und dann machen wir sie auf irgendeine richtig interessante Art alle.«

Das dämonische Wesen in der Mitte des Raums veränderte sich wieder. Die Hände schmolzen, und Rachen mit rasiermesserscharfen Zähnen öffneten sich. Gene Terr warf einen kurzen Blick auf diese letzte Manifestation, schien aber keine Angst davor zu haben. Er lächelte sogar leicht darüber.

»Wie, ihr macht sie alle?« fragte Kale. »Bringt ihr sie um?«

»Klar, Mann«, sagte Jeeter. »Aber auf eine echt interessante Art. Die Leichen begraben wir dann auch gleich hier. Wer soll sie denn hier in der gottverdammten Wildnis jemals finden? Das hat immer Spaß gemacht, bis letzten Sonntag. Sonntag nachmittag war es, wir waren alle da draußen auf der Wiese vor der Hütte und hatten unseren Spaß mit einer Frau, die wir mitgebracht hatten, bis plötzlich Jake Johnson total nackt aus dem Wald herausgekommen ist. Zuerst dachten wir ja, der will auch mal ran bei der Alten, und wir dachten, mit dem haben wir auch unseren Spaß. Wir würden ihn später zusammen mit der Frau umlegen, damit keine Zeugen übrigbleiben, aber bevor wir ihn uns greifen können, kommt wieder ein Jake aus dem Wald, und dann noch einer —«

»Genau wie bei mir«, sagte Kale.

»— und noch einer und noch einer. Wir haben auf sie geschossen und sie mitten in die Brust getroffen, aber sie sind nicht umgefallen und weiter auf uns zugekommen. Also hat sie Little Willie, das war einer meiner besten Männer, mit dem Messer angegriffen, aber das hat auch nichts genützt, weil die Johnsons sich Willie gegriffen haben. Er ist einfach nicht von ihnen losgekommen, und auf einmal ist Johnson nicht mehr Johnson, sondern ... sondern ein komischer Klumpen ohne irgendeine Form, und der hat Willie aufgefressen, ich sage es dir, Mann einfach aufgelöst. Danach wurde das Ding größer und verwandelte sich in einen riesigen Wolf —«

»Mein Gott«, sagte Kale.

»— aber in einen Wolf, wie du noch nie einen gesehen hast, und dann haben sich die anderen Johnsons auch verwandelt, in eine Art Eidechse oder sowas, und noch mehr verrückte Tiere. Einen Teil von uns haben sie gleich erwischt, und die anderen haben sie in die Höhle gejagt.«

»Genau wie mich«, sagte Kale.

»Wir wußten von dieser Höhle bis dahin noch gar nichts, und dann im Dunkeln hat es angefangen, uns umzubringen, Mann, alle nacheinander, das war echt hart, das kann ich dir sagen, all die Schreie, und ich konnte meine Hand nicht vor Augen sehen. Ich bin dann weggekrochen und habe gehofft, es würde mich nicht wittern, aber viel Hoffnung hatte ich nicht.«

Die Rachen mit den Zähnen verschwanden, und nur das blutfarbene Gewebe pulsierte.

»Nach einer Weile waren die Schreie vorbei und alle waren tot. Es war unheimlich still …, und dann habe ich Bewegungen gehört.«

Kale hörte Terr zu, starrte dabei aber die Schleimsäule an. Eine andere Art von Maul bildete sich, wie man es vielleicht bei einem exotischen Fisch erwarten würde. Das Maul öffnete sich gierig, als erwarte es Fleisch.

Kale schüttelte sich. Terr lächelte.

Auf der ganzen Säule bildeten sich weitere Fischmäuler.

Jeeter lächelte noch immer und erzählte weiter: »Ich sitze also da in der Dunkelheit und höre Bewegungen, aber nichts greift mich an. Plötzlich wird es hell. Ein Johnson hockt vor mir und macht die Gaslampe da an. Er sagt mir, ich soll mitkommen. Er packt mich am Arm, und seine Hand ist eiskalt, Mann, aber verdammt stark. Er packt mich also am Arm und zerrt mich hierher, wo das Ding da aus dem Boden kommt, und so etwas hatte ich noch nie gesehen. Ich hätte mir fast in die Hose geschissen, Mann! Er sagt mir, ich soll mich hierhinsetzen, und dann geht er einfach zu dem Schleimding dort und verschmilzt damit. Seitdem sitze ich hier, und das Ding verwandelt sich ständig.«

Es verwandelte sich weiter, wie Kale sah. Die Fischmäuler verschwanden, und Dutzende von Hörnern aller Arten wuchsen aus der Gelatine-Masse.

»So geht das seit ungefähr anderthalb Tagen«, sagte Terr. »Ich sitze hier und beobachte es, wenn ich nicht gerade einmal eingenickt bin oder mir nebenan etwas zu essen hole. Dann und wann spricht es auch mit mir, weißt du. Es weiß anscheinend praktisch alles von mir, auch Dinge, die nur meine engsten Vertrauten bei den Dämonen wußten. Es weiß sogar über die dreckigen Mexikaner Bescheid, die wir umgelegt haben, als wir von ihnen den Drogenring übernahmen, und es weiß auch von dem einen Bullen, den wir vor zwei Jahren in Stücke gehackt haben, und noch nicht einmal die anderen Bullen haben einen Verdacht, daß wir damit etwas zu tun hatten. Das Ding da, dieses wunderbare, seltsame Ding kennt alle meine Geheimnisse. Und was es noch nicht weiß, will es von mir hören, und es hört mir echt gut zu. Es findet mich in Ordnung. Mann, ich hätte nie gedacht, daß ich das Ding endlich einmal kennenlernen würde. Seit Jahren schon bete ich es an, und meine ganze Gang hat früher einmal, einmal in der Woche eine schwarze Messe gefeiert, aber ich dachte nie, daß es mir wirklich einmal erscheinen würde. Alles haben wir versucht, die richtigen Beschwörungsformeln haben wir gesagt, Opfer haben wir ihm gebracht, sogar Menschenopfer, aber nie hat sich etwas getan. Ein richtiges Wunder ist das hier.« Jeeter lachte. »Mein ganzes Leben lang tue ich schon sein Werk, Mann, und bete es an. Jetzt ist es gekommen, das Tier. Es ist echt ein Wunder.«

Kale verstand ihn nicht. »Ich kapiere gar nichts.«

Terr starrte ihn an. »Doch, doch, du kapierst mich ganz genau. Du weißt, wovon ich rede. Du *weißt* es.«

Kale sagte nichts.

»Du hast gedacht, das ist ein Dämon aus der Hölle. Aus der Hölle kommt es tatsächlich, aber ein Dämon ist es nicht. Er selbst ist es. *Er*. Luzifer.«

Zwischen den Dutzenden von spitzen Hörnern öffneten sich zahlreiche, kleine, rote Augen und starrten sie haßerfüllt und voll bösem Wissen an.

Terr winkte Kale näher zu sich her. »Er erlaubt es mir, weiterzuleben, weil Er weiß, daß ich Sein wahrer Jünger bin.«

Kale rührte sich nicht. Sein Herz schlug donnernd. Es war nicht Angst, die ihm das Adrenalin in das Blut schickte. Nicht allein Angst. Da war noch eine Emotion, die ihn erschütterte, ihn überwältigte, eine Emotion, die er noch nicht richtig identifizieren konnte ...

»Es hat mich leben lassen«, sprach Jeeter weiter, »weil Er weiß, daß ich immer Sein Werk tue. Die anderen ... vielleicht waren sie Ihm nicht so völlig ergeben wie ich, und deshalb hat Er sie getötet. Ich aber ... ich bin anders. Er läßt mich leben, damit ich weiter Sein Werk tue. Vielleicht läßt Er mich ewig leben, Mann.«

Kale blinzelte.

»Und dich läßt Er aus dem gleichen Grund leben, weißt du«, sagte Jeeter. »Klar. Genauso ist es. Weil du Sein Werk tust.«

Kale schüttelte den Kopf. »Ich war nie ein ... ein Teufelsanbeter. Ich habe nie daran geglaubt.«

»Egal. Du tust trotzdem Sein Werk, und das gefällt dir.«

Die roten Augen beobachteten Kale.

»Du hast deine Frau umgebracht«, sagte Jeeter.

Kale nickte stumm.

»Mann, sogar deinen kleinen Jungen hast du umgebracht. Wenn das nicht *Sein* Werk ist, was denn sonst?«

Keines von den leuchtenden roten Augen blinzelte, und Kale begann die Emotion zu identifizieren, die ihn beherrschte. Begeisterung, Staunen ... religiöse Verzückung.

»Wer weiß, was du im Lauf der Jahre sonst noch getan hast«, sagte Jeeter. »Auf jeden Fall war vieles davon sein Werk. Vielleicht war praktisch alles, was du getan hast, sein Werk. Du bist genau wie ich, Mann. Du bist ein geborener Gefolgsmann Luzifers. Du und ich ... das steckt in unseren Genen, Mann. In unseren *Genen.*«

Endlich löste sich Kale von der Wand.

»So ist es richtig«, sagte Jeeter. »Komm her, komm nahe zu ihm.«

Die Emotion hatte Kale überwältigt. Er hatte schon immer gewußt, daß er anders war als andere Menschen. Besser. Etwas Besonderes. Gewußt hatte er es schon immer, aber so etwas hätte er trotzdem nicht erwartet. Nun war er da, der unbestreitbare Beweis, daß er auserwählt war. Eine wilde, alles überwältigende Freude erfüllte ihn.

Er kniete sich neben Jeeter vor die wunderbare Erscheinung.

Endlich war er am Ziel. Sein großer Augenblick war gekommen.

Hier, dachte Kale, erfüllt sich mein Schicksal.

42
Die andere Seite der Hölle

Der Boden unter Jennys Füßen brach mit einem Donnerschlag durch. Sie kroch hastig zurück, war aber nicht schnell genug. Der Boden neigte sich und brach ihr unter den Füßen weg.

Sie fiel in das Loch. Großer Gott, nur das nicht! Wenn der Sturz sie nicht das Leben kostete, würde *es* aus seinem Versteck kommen und sie wegschleifen; es würde sie verschlingen, bevor die anderen auch nur einen Versuch unternehmen konnten, sie zu retten —

Tal Whitman packte sie an den Knöcheln und hielt fest. Sie hing kopfüber in den Abgrund hinein. Der Betonboden, auf dem sie eben noch gelegen hatte, fiel in das Loch und landete mit einem Krachen. Der Boden unter Tals Füßen zitterte und wollte nachgeben, und fast hätte er Jenny losgelassen. Dann aber trat er zurück und hob sie von dem abbröckelnden Rand weg. Als er wieder festen Boden erreicht hatte, half er ihr auf die Füße.

Obwohl sie wußte, daß es biologisch unmöglich war, daß ihr Herz wie ein Kloß in ihrem Hals saß, schluckte sie es trotzdem herunter.

»Mein Gott«, sagte sie atemlos. »Vielen Dank, Tal! Wenn Sie nicht —«

»Gehört alles zum Service«, sagte er, obwohl er ihr beinahe selbst in die Grube gefolgt wäre.

Nur eine Lappalie, dachte Jenny und erinnerte sich an die Geschichte, die ihr Bryce über Tal erzählt hatte.

Sie sah, daß Timothy Flyte auf der anderen Seite des Einbruchs nicht so viel Glück hatte wie sie. Bryce würde ihn nicht mehr rechtzeitig erreichen.

Der Boden unter Flyte gab nach. Ein drei Meter langes und einen Meter breites Stück Beton trug den Wissenschaftler mit sich in die Tiefe wie auf einem Schlitten. Als Flyte unten ankam, war er noch am Leben. Er schrie vor Schmerzen.

»Wir müssen ihn schnellstens herausholen«, sagte Jenny.

»Es hat keinen Sinn, es auch nur zu versuchen«, sagte Tal.

»Aber —«

»Sehen Sie doch!«

Es stürzte sich auf Flyte. Es explodierte aus einem der Tunnels in der Wand des Loches, die offensichtlich in tiefere Höhlen führten. Ein riesiger Pseudopod aus amorphem Protoplasma stieg zitternd auf, löste sich von der Hauptmasse, die sich in der Tiefe verborgen hielt, und verwandelte sich in eine obszön fette, schwarze Spinne von der Größe eines Pferdes. Sie war nur drei oder vier Meter weit von Flyte entfernt und kroch mit offensichtlich mörderischer Absicht auf ihn zu.

Timothy lag hilflos auf dem Beton-Brocken, der ihn in die Grube getragen hatte, und beobachtete die Spinne. Seine Schmerzen wurden von einer Welle von namenlosem Entsetzen verdrängt.

Die dünnen schwarzen Beine mit den Tausenden von borstigen, drahtähnlichen, schwarzen Haaren darauf kamen schneller voran als ein Mensch. Der aufgeblähte Körper war glatt und glänzte wie Leder.

Drei Meter weit weg, zwei. Es gab ein Geräusch von sich, das halb Schrei, halb Zischen war und das Blut in den Adern gefrieren ließ.

Anderthalb Meter, einen Meter.

Es blieb vor Timothy stehen, und er sah in einen Rachen mit riesigen Greifklauen davor.

Die Tür zwischen Wahnsinn und Vernunft begann sich für ihn zu öffnen.

Plötzlich fiel ein milchiger Regen auf Timothy. Einen Moment dachte er, die Spinne würde ihn mit Gift bespritzen, aber dann wurde ihm klar, daß es sich um Biosan handelte. Sie standen über ihm am Rand des Einbruchs und sprühten auf ihn herunter.

Auch die Spinne wurde von der Flüssigkeit getroffen. Weiße Flecken begannen auf ihrem schwarzen Körper zu erscheinen.

Bryces Sprühgerät war durch umherfliegendes Geröll beschädigt worden. Er bekam keinen Tropfen heraus.

Fluchend legte er das Gerät ab und ließ es auf die Straße fallen. Während Tal und Jenny von der anderen Seite des Loches Biosan herabsprühten, holte sich Bryce hastig zwei Ersatzkanister der mit Bakterien angereicherten Flüssigkeit und trug die schweren Behälter zum Rand der Grube. Dort zögerte er kurz, und dann kletterte er mit den beiden Kanister hinein und ganz bis zum Boden herunter. Irgendwie gelang es ihm, sie dabei alle beide in der Hand zu behalten.

Er ging nicht zu Flyte. Jenny und Tal machten schon alles, was möglich war, um die Spinne zu vernichten. Statt dessen kletterte er auf das Loch zu, durch das der Verwandler sein letztes Phantom herausgeschickt hatte.

Timothy Flyte beobachtete entsetzt, wie die Spinne über ihm sich in einen riesigen Hund verwandelte. Es war nicht einfach nur ein Hund, sondern eine Kreatur der Hölle, und sein Gesicht war zum Teil menschlich. Sein Fell war noch schwärzer als die Spinne, wo es nicht mit Biosan bespritzt war, die Krallen an seinen Riesenpranken hatten Widerhaken, und seine Zähne waren so groß wie Timothys Finger. Er stank nach Schwefel und etwas noch Schlimmerem aus seinem Rachen.

Wunden begannen auf dem Hund zu erscheinen, als die Bakterien sich in sein Fleisch hineinfraßen, und ein leiser Hoffnungsschimmer keimte in Timothy auf.

Der Hund sah auf ihn herab und sagte mit einer schrecklichen, metallischen Stimme: »Ich dachte, du wärst mein Matthäus, aber du warst mein Judas.«

Der riesige Rachen öffnete sich.

Timothy schrie.

Obwohl die Kreatur bereits von den Bakterien zerfressen wurde, schnappte sie zu und biß ihm brutal in sein Gesicht.

Tal Whitman stand am Rand des Einbruchs und beobachtete wie gebannt gleichzeitig das schreckliche Schauspiel von Flytes Mord und Bryce bei seinem selbstmörderischen Unternehmen.

Flyte. Der Phantom-Hund löste sich zwar unter dem Einfluß der Bakterien auf, aber er starb nicht schnell genug. Er biß Flyte in das Gesicht und dann in den Hals.

Bryce. Sieben Meter von dem Höllenhund entfernt hatte Bryce das Loch erreicht, aus dem vor zwei Minuten das Protoplasma gekommen war. Er begann, einen der Behälter aufzuschrauben.

Flyte. Der Hund zerfleischte Flytes Gesicht. Der hintere Teil der Kreatur hatte ihre Form verloren und löste sich schäumend auf, aber das Phantom bemühte sich, so lange wie möglich seine Gestalt zu behalten, um sich an Flyte zu rächen.

Bryce. Er hatte von dem ersten Behälter nun den Deckel abgeschraubt. Tal hörte ihn klappern, als Bryce ihn wegwarf. Er war sicher, jetzt würde gleich etwas aus den Höhlen aufsteigen und Bryce mit seiner tödlichen Umarmung umschlingen.

Flyte. Er hatte aufgehört zu schreien.

Bryce. Er hob den Behälter und goß die Bakterien-Lösung in die unterirdische Höhle unter dem Boden des Loches.

Flyte war tot.

Von dem Hund war nun nur noch sein großer Kopf übrig. Obwohl ihm der Körper fehlte und er voller nässender Wunden war, schnappte er noch immer nach dem toten Archäologen.

In dem Augenblick, in dem Bryce begann, Biosan aus dem blauen Kanister in das Loch im Boden zu schütten, meinte er dort unten eine Bewegung zu sehen. Er erwartete jeden Augenblick einen Angriff des Phantoms, goß aber trotzdem den gesamten Inhalt seines Behälters in die Höhle hinab. Nichts rührte sich.

Schweißtriefend schleifte er den zweiten Kanister durch die Trümmer und die gebrochenen Rohrleitungen. Er ging vorsichtig um eine gerissene und funkensprühende, elektrische Leitung herum, sprang über eine kleine Pfütze, die sich neben einem gebrochenen Wasserrohr gebildet hatte, kam an Flytes zerfleischter Leiche vorbei und sah die stinkenden Überreste des Hundes, der den alten Mann getötet hatte.

Als Bryce das nächste Loch erreichte, das zu der Höhle darunter führte, schraubte er den zweiten Kanister auf und goß seinen Inhalt hinunter. Als er leer war, warf er ihn zur Seite und rannte los. Er wollte versuchen, aus der Grube herauszukommen, bevor ihn das Phantom erwischte wie Flyte.

Er hatte ein Drittel des Aufstiegs zur Oberfläche, der schwieriger war, als er angenommen hatte, geschafft, als er hinter sich etwas Schreckliches hörte.

Jenny sah zu, wie Bryce hastig zur Straße hochkletterte. Sie hielt den Atem an und befürchtete, er würde es nicht schaffen.

Plötzlich wurde ihr Blick zu dem ersten Loch gezogen, in das er Biosan geschüttet hatte. Der Verwandler stieg aus seinem unterirdischen Reich auf und floß auf den Boden des Loches. Es sah aus wie eine Flut von halb erstarrtem Abwasser. Bis auf die Stellen, die von der Bakterien-Lösung erfaßt waren, sah das Fleisch des Wesens dunkler als vorher aus. Es pulsierte und brodelte unruhiger als je zuvor; vielleicht war das ein Anzeichen für Verfall. Die milchigen Flekken der Infektion breiteten sich nun deutlich auf das ganze Wesen aus. Blasen bildeten sich, schwollen an und platzten; häßliche Schwären brachen auf, und eine wäßrige, gelbe Flüssigkeit lief heraus. Innerhalb weniger Sekunden hatte das Loch mindestens eine Tonne von dem gallert-artigen Fleisch ausgespuckt. Es war allem Anschein nach durchwegs von der Krankheit infiziert, und immer mehr kam nach, sprudelte wie ein Lava-Strom aus lebendem Gewebe aus dem Felsen. Nun kam noch mehr aus einem anderen Loch heraus. Die Masse floß über das Geröll und bildete Pseudopodien — formlose, wild rudernde Arme —, die in die Luft aufstiegen, aber dann schnell schäumend wieder zurücksanken. Und dann kam wieder aus einem anderen Loch ein grauenhaftes Geräusch: die Stimmen von tausend Männern, Frauen, Kindern und Tieren, die alle in Schmerzen, vor Entsetzen und trostloser Verzweiflung schrien. Es war ein Heulen von so herzzerreißender Not, daß Jenny es nicht ertragen konnte und sich die Ohren zuhielt. Das nutzte ihr jedoch nichts, den der Schrei war zu laut. Es war natürlich der Todesschrei von nur einer Kreatur, des Verwandlers, dieses geheimnisvollen Wesens, aber da *es* selbst keine Stimme hatte, war es gezwungen, die Stimmen seiner Opfer zu benutzen, um nichtmenschliche Emotionen und nichtmenschliches Entsetzen auf eine sehr menschliche Art auszudrücken.

Es floß über das Geröll auf Bryce zu.

Bryce war halb hochgeklettert, als sich das Geräusch hinter ihm vom Geheul von tausend Stimmen zu einem Wutschrei veränderte.

Er wagte es, sich umzusehen. Drei oder vier Tonnen Gewebe waren inzwischen in die Grube geflossen, und ständig sprudelte noch mehr nach, als wolle sich die Erde selbst entleeren. Das Fleisch des Alten Feinds zuckte und brodelte, und überall platzten nässende Blasen auf. Das Wesen versuchte, geflügelte Phantome zu bilden, aber es war entweder zu schwach oder zu instabil dafür. Die halb herausgebildeten Vögel oder Insekten lösten sich entweder zu Brei auf oder sanken kraftlos in die Hauptmasse zurück. Trotzdem kam *es* in brodelnder Raserei auf Bryce zu. Es hatte fast den Fuß des Hangs erreicht, an dem er gerade hochkletterte, und nun schickte es sich auflösende, aber noch immer starke Tentakeln auf seine Beine zu.

Er wandte sich wieder von ihm ab und verdoppelte seine Anstrengungen, doch noch den Rand des Einbruchs zu erreichen.

Die beiden großen Fenster des Restaurants, vor dem Lisa stand, explodierten nach außen. Eine Scherbe verletzte sie leicht an der Stirn, aber sonst blieb sie unverletzt, denn die meisten Scherben fielen zwischen ihr und dem Haus auf den Bürgersteig.

Eine obszöne, schattenhafte Masse schob sich durch die zerbrochenen Fenster.

Lisa stolperte zurück und wäre beinahe hingefallen.

Das übelriechende, fast flüssige Fleisch schien das ganze Haus auszufüllen, aus dem es herausquoll.

Etwas legte sich um Lisas Knöchel. Aus dem Kanalgitter

hinter ihr hatten sich Tentakeln geschoben, die sie nun packten.

Schreiend versuchte sie, sich von ihnen loszureißen — und stellte fest, daß ihr das überraschend leicht gelang. Die dünnen, wurmähnlichen Tentakeln fielen von ihr ab, brachen auf und waren innerhalb von Sekunden zu leblosem Schleim degeneriert.

Auch die widerliche Masse, die aus dem Restaurant quoll, fiel den Bakterien zum Opfer. Schäumende Fetzen lösten sich davon und klatschten auf die Straße. Trotzdem quoll es weiter heraus, bildete Tentakeln, und die wedelten durch die Luft und suchten Lisa, aber nur zögernd und halbherzig, als seien sie blind.

Tal sah von der anderen Straßenseite aus, wie die Fenster explodierten, aber bevor er auch nur einen Schritt machen konnte, um Lisa zu helfen, zerbrachen auch hinter ihm die Fenster der Eingangshalle und des Speiseraums des Hilltop Inn, und aus beiden Türen und aus den Fenstern quollen Tonnen von pulsierendem Protoplasma — Herrgott im Himmel, wie groß war das verdammte Ding eigentlich? So groß wie die ganze Stadt? So groß wie der Berg, aus dem es gekommen war? Unendlich? — und bildete Mengen von Tentakeln, die zwar von der Krankheit gezeichnet waren, aber deutlich aktiver als diejenigen waren, die Bryce verfolgten. Bevor Tal die Düse seines Sprühgeräts heben und auf den Auslöseknopf drücken konnte, hatten ihn die kalten Tentakeln mit bestürzender Kraft gepackt und zerrten ihn auf das Hotel zu, zu der Mauer aus Schleim, die noch immer aus den zerbrochenen Fenstern herausquoll. Die Tentakeln begannen, durch seine Kleidung durchzubrennen, er spürte, wie seine Haut brannte und Blasen schlug; er heulte auf, als sich die Säure in sein Fleisch hineinfraß, und auf seiner Brust und an seinen Armen brannte es wie Feuer. An seinem linken Oberschenkel zuckte ein Schmerz auf, als sei er mit einem glühenden Messer geschnitten worden, und er dachte daran, wie ein Tentakel Frank Autry enthauptet hatte, er dachte an seine Tante Becky, er —

Jenny wich einem Tentakel aus, der sie packen wollte.

Sie sprühte Tal und die drei schlangenhaften Gebilde an, die ihn ergriffen hatten. Zerfallendes Gewebe tropfte von ihnen herunter, aber sie lösten sich nicht völlig auf.

Selbst dort, wo sie das Fleisch mit der Flüssigkeit nicht getroffen hatte, brachen nässende Wunden in ihm auf. Das ganze Wesen war verseucht und wurde von innen her zerfressen. Lange konnte es nicht mehr aushalten, aber vielleicht noch lange genug, um Tal Whitman zu töten.

Er schrie und schlug wild um sich.

Verzweifelt ließ Jenny die Düse los und ging näher an Tal heran. Sie packte einen der Tentakel, die ihn quälten, und versuchte, ihn zu lösen. Ein anderer Tentakel packte sie.

Sie befreite sich aus seinem unsicheren Griff und überlegte sich, daß ihr Feind den Kampf mit den Bakterien wohl verloren hatte, wenn ihr das so leicht gelang.

Unter ihrem Zugriff lösten sich Stücke aus dem Tentakel, totes Gewebe, das entsetzlich stank. Obwohl sie nur mit Mühe ihren Brechreiz unterdrücken konnte, zerrte sie heftiger denn je an dem Tentakel, bis er sich endlich von Tal löste. Dann fielen auch die anderen beiden von ihm ab, und Tal brach japsend und blutend zusammen.

Die blinden, tastenden Tentakel berührten Lisa nicht, sondern zogen sich in die ekelerregende Masse zurück, die aus dem Restaurant gequollen war, die krampfhaft zuckte und schäumende, infizierte Stücke von sich abstieß.

»Es stirbt«, sagte Lisa laut, obwohl niemand nahe genug war, um sie hören zu können. »Der Teufel stirbt.«

Bryce kroch die letzten Meter aus dem Einbruch heraus, erreichte den Rand und zog sich heraus.

Er warf einen Blick zurück. Der Verwandler war nicht einmal in seine Nähe gekommen. Ein unglaublich großer Gelatine-See bedeckte den Boden der Grube, der aber praktisch inaktiv war. Hier und da wollten sich noch menschliche oder tierische Formen bilden, aber der Alte Feind verlor seine Nachahmungsfähigkeit. Die Phantome waren fehlerhaft und verschwanden gleich wieder. Der Verwandler verschwand langsam unter einer Schicht aus seinem eigenen toten und sich auflösenden Gewebe.

Jenny kniete sich neben Tal nieder.

Er hatte häßliche Wunden an den Armen und auf der Brust, und auch am linken Oberschenkel war er verletzt.

»Haben Sie Schmerzen?« fragte sie.

»Während es mich gepackt hatte, unheimliche Schmerzen. Jetzt ist es aber nicht mehr so schlimm«, sagte er, obwohl an seinem Gesichtsausdruck deutlich zu erkennen war, daß er noch immer zu leiden hatte.

Der riesige Berg aus Schleim, der aus dem Hilltop herausgebrochen war, zog sich nun wieder in die Kanalisation zurück, aus der er aufgestiegen war, und ließ nur die stinkenden Überreste seines verwesenden Fleisches zurück.

Ein mephistophelischer Rückzug. Zurück in die Unterwelt. Zurück zur anderen Seite der Hölle.

Jenny war überzeugt, daß ihnen zunächst keine Gefahr mehr drohte, und sah sich Tals Wunden etwas genauer an.

»Ist es schlimm?« fragte er.

»Nicht so schlimm, wie ich angenommen hatte.« Sie drückte ihn zurück und legte ihn auf seinen Rücken. »Stellenweise ist die Haut weggefressen. Und etwas von dem Fettgewebe darunter.«

»Hat es Venen oder Arterien erwischt?«

»Nein. Es war schon zu schwach, um noch tief brennen zu können. In dem Oberflächengewebe sind eine Menge Kapillar-Gefäße zerstört, und daher kommt auch die Blutung, aber selbst das ist nicht so schlimm, wie ich angenommen hätte. Ich hole meine Tasche, sobald es sicher ist, hineinzugehen, und dann werde ich Sie besser versorgen, damit es zu keiner Infektion kommt. Ich denke, sie sollten sich vielleicht zwei Tage ins Krankenhaus legen, damit Sie beobachtet werden können, ob nicht noch eine verzögerte allergische Reaktion auf die Säure oder andere Toxine kommt. Ich glaube aber, es geht Ihnen schon bald wieder gut.«

»Wissen Sie was?« sagte er.

»Was?«

»Sie reden so, als wäre alles vorbei.«

Jenny blinzelte und sah zum Hotel hinauf. Sie konnte durch die zerschmetterten Fenster in den Speiseraum sehen. Von dem Alten Feind war keine Spur zu entdecken.

Sie drehte sich um und sah über die Straße. Lisa und Bryce kamen zu der anderen Seite des Einbruchs hinüber.

»Ich denke, so ist es auch«, sagte sie zu Tal. »Ich glaube, es ist alles vorbei.«

43
Apostel

Fletcher Kale hatte keine Angst mehr. Er saß neben Jeeter und sah zu, wie das satanische Fleisch immer bizarrere Formen annahm.

Allmählich drang es in sein Bewußtsein ein, daß die Wade seines linken Beines juckte. Er kratzte sich geistesabwesend ständig, während er die wahrhaft wunderbare Verwandlung ihres dämonischen Besuchers beobachtete.

Da Jeeter sich seit Sonntag in den Höhlen aufgehalten hatte, wußte er nichts von den Ereignissen in Snowfield. Kale gab ihm die spärlichen Informationen weiter, die er behalten hatte, und Jeeter war fasziniert. »Weißt du, was das ist? Das ist ein *Zeichen*. Was Er da in Snowfield gemacht hat, war ein Zeichen, mit dem Er der Welt sagte, daß Seine Zeit kommt. Seine Herrschaft wird jetzt bald beginnen. Er wird tausend Jahre lang die Erde beherrschen. Das steht sogar in der Bibel, Mann — tausend Jahre lang die Hölle auf Erden! Alle werden leiden — bis auf dich und mich und noch ein paar andere Leute, die auch so sind wie wir. Weil wir nämlich die Erwählten sind, Mann. Wir sind Seine Apostel. Wir werden die Welt zusammen mit Luzifer beherrschen, und wir können mit allen Leuten die allerletzten Sachen anstellen, wenn wir es wollen. Mit *allen* Leuten. Und niemand wird uns jemals etwas anhaben können. Kapierst du das?« fragte Terr und packte Kale am Arm. Seine Stimme war vor Erregung angestiegen, und er zitterte vor religiösem Eifer, einem Eifer, den er mit Leichtigkeit auch auf Kale übertragen konnte, der dadurch in eine neue Verzückung geriet.

Kale spürte Jeeters Hand auf seinem Arm und meinte den

heißen Blick des rot und gelb tätowierten Auges zu fühlen. Es war ein magisches Auge, das ihm in die Seele sah und eine gewisse düstere Verwandtschaft erkannte.

Kale räusperte sich, kratzte sich am Knöchel, kratzte sich an der Wade und sagte: »Klar kapiere ich das. Ganz ehrlich.«

Die Säule aus Schleim in der Mitte des Raums begann einen peitschenähnlichen Schwanz zu formen. Flügel bildeten sich, breiteten sich aus und flatterten einmal. Große, muskulöse Arme wuchsen. Die Hände waren riesig, und die starken Finger endeten mit Krallen. An der Spitze der Säule begann sich ein Gesicht zu bilden: Kinn und Backenknochen wie gemeißelter Granit; ein Mund wie ein Messerschnitt mit dünnen Lippen, schiefen, gelben Zähnen und Eckzähnen, die an eine Schlange erinnerten; eine Nase wie die Schnauze eines Schweins; verrückte rote Augen, die nicht einmal entfernt menschenähnlich waren, sondern eher wie die Facettenaugen einer Fliege aussahen. Als Konzession an den christlichen Mythos wuchsen Hörner aus der Stirn. Die Haare schienen aus Würmern zu bestehen; sie glänzten fettig und grünschwarz und ringelten sich ständig zu verworrenen Knoten zusammen.

Der grausame Mund öffnete sich. Der Teufel sagte: »Glaubt ihr?«

»Ja«, sagte Terr ehrfürchtig. »Du bist mein Herr.«

»Ja«, sagte Kale mit unsicherer Stimme. »Ich glaube.« Er kratzte sich an der rechten Wade. »Ich glaube wirklich.«

»Seid ihr mein?« fragte die Erscheinung.

»Ja, für immer«, sagte Terr, und Kale stimmte ihm zu.

»Werdet ihr mich jemals verlassen?« fragte sie.

»Nein.«

»Niemals.«

»Wollt ihr mich erfreuen?«

»Ja«, sagte Terr, und Kale sagte: »Was du willst.«

»Bald werde ich euch verlassen«, sagte die Erscheinung. »Die Zeit meiner Herrschaft ist noch nicht bekommen. Sie wird kommen. Bald. Es gibt jedoch Bedingungen, die eingehalten werden müssen, Prophezeiungen müssen sich erfüllen. Dann aber werde ich wiederkommen, und dann werde ich nicht nur ein Zeichen für die ganze Menschheit geben, sondern ich werde für tausend Jahre herrschen. Bis dahin werde ich euch mit meiner ungeheuren Macht schützen; niemand wird euch verletzen oder in euren Weg treten können. Ich schenke euch die Unsterblichkeit. Ich verspreche euch, daß die Hölle für euch ein Ort großer Freuden und ungeheurer Belohnungen sein wird. Ihr müßt als Gegenleistung dafür fünf Aufgaben erfüllen.«

Er sagte ihnen, was sie tun sollten, um sich zu beweisen und um Ihm zu gefallen. Während Er zu ihnen sprach, brachen überall an Ihm Blasen und Schwären aus, aus denen eine dünne gelbe Flüssigkeit lief.

Kale fragte sich, was das wohl zu bedeuten hätte, aber dann fiel ihm wieder ein, daß Luzifer der Vater aller Krankheiten war. Vielleicht war das eine gar nicht sanfte Erinnerung daran, welche schreckliche Seuchen Er ihnen schicken könnte, wenn sie nicht bereit waren, die fünf Aufgaben zu übernehmen.

Das Fleisch schäumte und löste sich auf. Große Stücke davon fielen auf den Boden und zersetzten sich; einige wurden durch die krampfhaften Windungen und Verrenkungen der Gestalt sogar an die Wand geschleudert. Der Schwanz des Teufels brach von seinem Körper ab und fiel zuckend auf den Boden. Innerhalb von Sekunden war nicht mehr als ein lebloser Brei übrig, der nach Tod stank.

Als Er ihnen gesagt hatte, was sie für Ihn tun sollten, fragte Er sie: »Gilt unser Pakt?«

»Ja«, sagte Terr, und Kale sagte: »Unser Pakt gilt.«

Das Gesicht Luzifers, das mit offenen Wunden bedeckt war, zerschmolz ebenso wie die Hörner und die Flügel. Unter Windungen sank das Ding in den Boden und verschwand in dem unterirdischen Fluß. Es ließ nichts als eine eitrige Flüssigkeit zurück.

Es war eigenartig, aber das stinkende tote Gewebe verschwand nicht. Ektoplasma sollte eigentlich zusammen mit dem übernatürlichen Wesen spurlos verschwinden, aber dieses Zeug blieb ekelerregend stinkend und im Gaslicht leicht glitzernd liegen.

Allmählich legte sich Kales Verzückung. Er begann, die

Kälte, die der Steinboden ausstrahlte, durch seine Hosen zu spüren.

Gene Terr hustete: »Na ... war das ... vielleicht nichts?«

Kale kratzte seine juckende Wade. Unter dem Juckreiz hatte sich inzwischen ein leichter Schmerz gebildet, der dumpf klopfte.

Es hatte das Ende seiner Periode der Nahrungsaufnahme erreicht. Es hatte sogar zuviel Nahrung aufgenommen. Es hatte vorgehabt, sich heute später am Tag durch eine Reihe von Höhlen, unterirdische Kanäle und Flüsse zum Meer hinzubewegen. Es hatte geplant, über das Kontinentalschelf hinauszuschwimmen und in einem der tiefen ozeanischen Gräben zu verschwinden. Zahllose Male hatte es seine lethargische Periode — die manchmal viele Jahre dauerte — in der kühlen, dunklen Tiefe des Meeres verbracht. Dort unten, wo der Druck so hoch war, daß nur noch wenige Lebensformen ihn aushalten konnten, und wo die absolute Dunkelheit und Stille so gut wie keine Eindrücke von außen brachte, konnte der Alte Feind seinen Stoffwechsel verlangsamen und in einen sehr erwünschten traumartigen Zustand versinken, in dem er ungestört nachdenken konnte.

Aber das Meer würde er nicht mehr erreichen. Nie mehr. Er starb.

Die Vorstellung, das Wesen könne sterben, war noch so neu, daß es sich noch nicht mit dieser düsteren Realität abgefunden hatte. Immer wieder stieß es kranke Teile ab und kroch in stygischer Finsternis tiefer, immer tiefer in die Erde, in ihre infernalischen Regionen, in die Wohnungen von Orcus, Hades, Osiris, Erebus, Minos, Loki, Satan. Jedesmal, wenn es sich schon frei von den gefräßigen Mikro-Organismen gefühlt hatte, stellte sich irgendwo in seinem amorphen Gewebe ein Kribbeln ein, das sich zu einem Schmerz entwickelte, der völlig anders als menschlicher Schmerz war, und wieder war er gezwungen, sich von infiziertem Fleisch zu trennen. Noch tiefer stieg es hinab, in die Gehenna, nach Sheol, nach Abbadon, in die Grube. Im Verlauf der Jahrhunderte hatte es gern die Rolle des Satans und anderer Repräsentanten des Bösen übernommen, für die die Menschen es gehalten hatten, und es hatte sich durch die Ausnutzung ihres Aberglaubens amüsiert. Nun aber war er selbst zu einem Schicksal verurteilt, das genau zu der

Mythologie paßte, die zu schaffen es selbst geholfen hatte. Es dachte voll Bitterkeit über diese Ironie nach. Es war in den Abgrund gestoßen worden. Es war verdammt. Es mußte für den Rest seines Lebens in Finsternis und Verzweiflung existieren — und diese Zeit konnte in Stunden gemessen werden.

Zumindest hatte es zwei Apostel zurückgelassen. Kale und Terr. Sie würden weiter sein Werk tun, auch wenn es selbst nicht mehr existierte. Sie würden Furcht und Schrecken verbreiten und es rächen. Für diese Aufgaben waren sie ausgezeichnet geeignet.

Nun war von dem Verwandler nur noch sein Gehirn und ein minimaler Rest von Stützgewebe übrig. Er zog sich in eine Nische der Unterwelt und wartete auf sein Ende. Seine letzten Minuten verbrachte er rasend vor Haß und Wut auf die gesamte Menschheit.

Kale rollte sein Hosenbein hoch und sah sich seine rechte Wade an. Im Licht der Lampe sah er zwei kleine, rote Flekken; sie waren geschwollen, juckten und waren sehr empfindlich.

»Insektenstiche«, sagte er.

Gene Terr sah sie sich an. »Zecken. Sie bohren sich unter die Haut. Das Jucken hört erst auf, wenn man sie mit einer Zigarette ausgebrannt hat.«

»Hast du mal eine?«

Kale grinste. »Ich habe noch Gras. Damit funktioniert es genauso gut, und außerdem sterben die Zecken sehr fröhlich.«

Sie rauchten einen Joint, und Kale brannte damit die Zekken aus. Es tat nicht sehr weh.

»Im Wald muß man immer die Hosen in die Stiefel stekken«, sagte Terr.

»Sie *waren* in meine Stiefel gesteckt.«

»So? Und wie kommen dann die Zecken an dein Bein?«

»Keine Ahnung.«

Nachdem sie noch eine Weile an dem Joint geraucht hatten, runzelte Kale die Stirn und sagte: »Er hat uns doch versprochen, niemand könnte uns verletzen, weil wir unter Seinem Schutz stehen.«

»So ist es, Mann. Unbesiegbar.«

»Und warum habe ich dann die Scheiß-Zecken im Bein?« fragte Kale.

»Mensch, das ist doch bloß eine Kleinigkeit.«

»Aber wenn wir doch unter Seinem Schutz stehen —«

Jeeter zuckte die Achseln. »Das ist doch unwichtig, Mann. Außerdem haben dich die Scheiß-Zecken schon gebissen, *bevor* wir den Pakt geschlossen haben, oder nicht?«

»Ach ja.« Kale konnte wegen dem Gras nicht mehr allzu klar denken und nickte. »Tatsächlich, da hast du recht.«

Sie blieben eine Weile still, und dann sagte Kale: »Was meinst du wohl, wann wir von hier verschwinden können?«

»Wahrscheinlich suchen sie dich noch überall.«

»Aber sie können mir doch nichts tun —«

»Es hat doch keinen Sinn, sich das Leben schwerzumachen«, sagte Terr.

»Wahrscheinlich hast du recht.«

»Wir halten uns noch ein paar Tage versteckt. Bis dahin ist es mit der Fahndung nicht mehr so schlimm.«

»Und dann legen wir die fünf um, wie er es uns gesagt hat.«

Sie blieben eine Weile still. Dann sagte Terr: »Erzähl mir, wie du deine Frau und dein Kind umgebracht hast.«

»Was willst du denn wissen?«

»Alles, Mann. Was war das für ein Gefühl, besonders bei dem Kind? Ich habe noch nie ein Kind umgebracht. Ist das irgendwie anders? Was genau hast du gemacht?«

»Nur das, was ich machen mußte. Sie waren mir im Weg.«

»Ein Klotz am Bein, was?«

»Alle beide.«

»Klar, das verstehe ich. Aber was hast du *gemacht*?«

»Ich habe sie erschossen.«

»Das Kind auch?«

»Nein, den habe ich mit einem Hackmesser zerstückelt.«

»Echt, ohne Scheiß?«

Sie rauchten weiter Gras, und die Gaslampe zischte, und durch das Loch im Boden stieg das Flüstern und Lachen des unterirdischen Flusses hoch, und Kale erzählte, wie er Joanna und Danny und den Deputy umgebracht hatte.

Dann und wann kicherte Jeeter bekifft und sagte: »Hey, Mann, was werden wir Spaß haben, was? Meinst du nicht auch, wir beide werden zusammen einen irren Spaß haben? Erzähl weiter. Mann, werden wir einen Spaß haben!«

44
Sieg?

Bryce stand auf dem Bürgersteig, sah sich um und lauschte angestrengt. Von dem Verwandler war keine Spur zu entdecken, aber er konnte es noch nicht richtig glauben, daß er tatsächlich tot war. Er befürchtete, er würde ihn sofort anfallen, wenn er nicht mehr auf der Hut war.

Tal Whitman lag auf dem Boden. Jenny und Lisa säuberten seine Säure-Verbrennungen, puderten sie mit einem Antibiotikum ein und legten ihm einen Verband an.

In Snowfield war es weiter so still wie auf dem Meeresgrund.

Als Jenny mit der Versorgung Tals fertig war, sagte sie: »Wir sollten ihn sofort ins Krankenhaus bringen. Die Wunden sind zwar nicht tief, aber vielleicht kommt es noch zu einer verzögerten Reaktion auf die Toxine des Verwandlers. Das Krankenhaus ist auf die schlimmsten Möglichkeiten vorbereitet. Ich nicht.«

Bryce sah sich um und sagte: »Was ist denn, wenn wir alle in einem fahrenden Auto gefangen sind, wenn *es* zurückkommt?«

»Es ist tot«, sagte Lisa.

»Sicher wissen wir das nicht«, sagte Bryce.

»Fühlen Sie das nicht? Den Unterschied?« beharrte Lisa. »Es ist weg! Es ist tot. Das *fühlt* man doch an der Luft.«

Bryce machte sich klar, daß das Mädchen recht hatte. Der Verwandler war nicht nur physisch, sondern auch geistig präsent gewesen; Bryce selbst hatte seine fast greifbare Bösartigkeit gefühlt. Der Alte Feind hatte subtil etwas ausgestrahlt, das mit den Sinnen nicht erfaßt werden konnte, wohl aber mit dem Unterbewußtsein, dem Instinkt. Davon war jetzt nichts mehr zu spüren. Es lag keine Drohung in der Luft.

Tal sagte: »Wenn Sie sich noch nicht in ein Auto setzen wollen, macht das auch nichts. Wir können noch eine Weile warten. Mir geht es gut.«

»Ich habe meine Meinung geändert«, sagte Bryce. »Wir können fahren, und nichts wird uns aufhalten. Es ist tot.«

Als Bryce in dem Streifenwagen den Motor anließ, sagte Jenny: »Wissen Sie noch, was Flyte über die Intelligenz dieses Wesens gesagt hat? Bei seinem Dialog über den Computer hat er ihm gesagt, es hätte seine Intelligenz und sein Bewußtsein wahrscheinlich erst dann erworben, als es anfing, intelligente Wesen zu verzehren.«

»Ich weiß es noch«, sagte Tal vom Rücksitz, wo er mit Lisa saß. »Das hat ihm gar nicht gefallen.«

»Und?« fragte Bryce. »Worauf wollen Sie hinaus?«

»Nun, wenn es seine Intelligenz dadurch erworben hat, daß es unsere Intelligenz und kognitiven Fähigkeiten mit seiner Nahrung aufgenommen hat ..., hat es dann auch seine Grausamkeit und Brutalität von uns, von der Menschheit bekommen?« Sie erkannte, daß diese Frage Bryce unangenehm war, aber sie ließ trotzdem nicht nach. »Wenn man es richtig bedenkt, sind die einzigen wirklichen Teufel vielleicht Menschen. Nicht die Menschen als Ganzes, sondern nur die Kranken, Verdrehten, die niemals Güte oder Mitleid empfinden. Wenn der Verwandler wirklich der Teufel war, wie wir ihn aus der Mythologie kennen, dann ist das Böse in den Menschen nicht eine Reflexion des Teufels, sondern der Teufel selbst ist eine Reflexion unserer eigenen Brutalität und Grausamkeit. Vielleicht ist es das, was dahintersteckt ... wir haben uns den Teufel nach unserem eigenen Bild geschaffen.«

Bryce blieb lange still. Schließlich sagte er: »Vielleicht haben Sie recht. Wahrscheinlich sogar. Es hat keinen Sinn, seine Energie dafür zu verschwenden, sich vor Teufeln, Dämonen und Geistern zu fürchten ... weil wir letzlich niemals etwas Entsetzlicheres finden werden als die Ungeheuer unter uns. Die Hölle ist immer da, wo man sie sich macht.«

Sie fuhren die Skyline Road hinunter.

Snowfield sah heiter und schön aus. Nichts versuchte, sie aufzuhalten.

45

Gut und Böse

Am Sonntag abend, eine Woche, nachdem Jenny und Lisa Snowfield in Grabesstille vorgefunden hatten, und fünf Tage nach dem Tod des Verwandlers besuchten sie alle Tal Whitman im Krankenhaus in Santa Mira. Es hatte sich nämlich doch eine leichte toxische Reaktion auf die von dem Verwandler abgesonderten Flüssigkeiten eingestellt, und außerdem hatte er eine leichte Infektion entwickelt. Ernsthaft gefährdet war er aber nie gewesen, und jetzt war er fast so gut wie gesund und wartete ungeduldig darauf, endlich heimgeschickt zu werden.

Als Lisa und Jenny in Tals Zimmer kamen, saß er in seiner Uniform in einem Sessel beim Fenster und las ein Magazin. Seine Dienstpistole und sein Halfter lagen auf dem kleinen Tisch neben ihm.

Lisa legte ihre Arme um ihn, bevor er aufstehen konnte, und Tal drückte sie auch an sich.

»Gut sehen Sie aus«, sagte sie zu ihm.

»Und du siehst Spitze aus«, antwortete er.

»Sie werden allen Frauen den Kopf verdrehen.«

»Und wegen dir werden sich die Jungen rückwärts überschlagen.«

Dieses Ritual spielten sie jeden Tag durch, eine kleine Zeremonie der Zuneigung, die Lisa immer leicht zum Lächeln brachte. Jenny sah das gern; in den letzten Tagen hatte sie nicht oft gelächelt, und richtig gelacht hatte sie kein einziges Mal.

Tal stand auf, und Jenny nahm ihn auch in die Arme. Sie sagte: »Bryce ist bei Timmy. Er kommt auch gleich hoch.«

»Ich habe den Eindruck, daß er damit jetzt viel besser fertig wird«, sagte Tal. »Im ganzen letzten Jahr konnte man deutlich sehen, daß Jimmys Zustand ihn fertiggemacht hat, aber jetzt scheint er damit auszukommen.«

Jenny nickte. »Er war zu der Überzeugung gekommen, daß Timmy besser tot wäre. Dort oben in Snowfield hat er aber seine Meinung geändert. Ich glaube, er ist für sich zu dem Ergebnis gekommen, daß es nichts Schlimmeres als den Tod gibt. Solange noch Leben da ist, kann man auch noch hoffen. Vielleicht ändert er seine Meinung wieder, wenn Timmy in einem Jahr immer noch im Koma liegt, aber im Augenblick ist er schon dankbar dafür, wenn er sich jeden Tag ein wenig zu ihm setzen und seine Hand halten kann.« Sie sah zu Tal hinüber und fragte streng: »Was soll das denn, daß Sie hier in Straßenkleidern herumsitzen?«

»Ich werden entlassen.«

»Fantastisch!« sagte Lisa.

Timmys Zimmergenosse war zur Zeit ein achtzigjähriger alter Mann, der an ein Infusionsgerät, einen piepsenden Herz-Monitor und ein keuchendes Beatmungsgerät angeschlossen war.

Obwohl Timmy nur an dem Infusionsgerät hing, war seine Bewußtlosigkeit ebenso tief wie das Koma des alten Mannes. Ein oder zweimal in der Stunde, nie öfter und nie länger als jeweils eine Minute, flatterten die Augenlider des Jungen, oder seine Lippen bewegten sich leicht, oder ein Muskel an seiner Wange zuckte. Das war alles.

Bryce saß neben dem Bett, hatte eine Hand durch das Gestell geschoben und hielt die Hand seines Sohnes. Seit Snowfield reichte dieser bescheidene Kontakt aus, um ihn zufrieden zu machen. Jeden Tag ging es ihm besser, wenn er aus dem Zimmer ging.

Nun, da der Abend gekommen war, war es nicht sehr hell in dem Zimmer. Am Kopf des Betts hing eine kleine Lampe an der Wand, die mit ihrem sanften Schein jedoch nur bis Timmys Schultern reichte und seinen zugedeckten Körper im Schatten ließ. In dem Halbdunkel sah Bryce, wie dünn und verkümmert der Junge geworden war. Er hatte trotz der Nährlösung an Gewicht verloren, und er sah dünn und zerbrechlich aus. Sein Sohn war schon immer klein für sein Alter gewesen, aber nun schien die Hand, die Bryce da hielt, einem Kleinkind zu gehören.

Sie war aber warm. Sie war warm.

Nach einer Weile ließ Bryce sie widerwillig los. Er fuhr dem Jungen durch das Haar, zog sein Leintuch glatt und schüttelte das Kissen auf.

Es war Zeit zu gehen, aber das konnte er im Augenblick noch nicht. Er weinte und wollte nicht mit Tränen im Gesicht in den Gang hinausgehen.

Er zog sich einige Kleenex-Tücher aus der Schachtel auf dem Nachttisch, stand auf, ging zum Fenster hinüber und sah auf Santa Mira hinaus.

Er weinte jeden Tag, wenn er hierherkam, aber das waren andere Tränen als früher. Sie brannten heiß, wuschen das Elend weg und heilten ihn. Stückchen für Stückchen heilten sie ihn langsam.

»Entlassen?« fragte Jenny mit finsterem Gesicht. »Wer sagt das?«

Tal grinste. »Ich sage das.«

»Seit wann sind Sie denn Ihr eigener Arzt?«

»Ich dachte eben, ich sollte doch sichergehen, und deshalb habe ich mich selbst konsultiert, und meine Empfehlung lautete: Entlassung.«

»Tal —«

»Doch, doch, mir geht es ausgezeichnet. Die Schwellung ist weg, ich habe seit zwei Tagen kein Fieber mehr, und deshalb bin ich überreif für eine Entlassung. Wenn Sie versuchen, mich hier noch länger einsperren zu wollen, haben Sie meinen Tod auf Ihrem Gewissen.«

»Tod?«

»Das Essen hier bringt mich um.«

»Er sieht doch aus, als könnte er tanzen gehen«, sagte Lisa.

»Und wann hast *du* deinen Doktor gemacht?« fragte Jenny. Sie richtete sich wieder an Tal: »Na ja ... lassen Sie sich einmal ansehen. Ziehen Sie Ihr Hemd aus.«

Er schlüpfte schnell und mühelos aus ihm und schien tatsächlich keine Schwierigkeiten mehr zu haben. Jenny nahm ihm vorsichtig den Verband ab und stellte fest, daß er nicht geschwindelt hatte: keinerlei Schwellung, und die Wunden heilten gut ab.

»Gewöhnlich entlassen wir abends keine Patienten. Die Anweisungen werden morgens ausgeschrieben, und Entlassungen finden zwischen zehn und zwölf Uhr statt.«

»Bestimmungen sind dafür da, daß man sie bricht.«

»Das ist vielleicht eine Aussage für einen Polizisten«, sagte sie spöttisch. »Nein, im Ernst, Tal, ich würde es lieber sehen, wenn Sie noch eine Nacht bleiben würden, nur für den Fall, daß —«

»Und ich würde es lieber sehen, wenn ich sofort verschwinden könnte, weil ich sonst einen Koller bekomme.«

»Sie sind wirklich fest entschlossen?«

»Er ist wirklich fest entschlossen«, sagte Lisa.

Tal sagte: »Sie hatten meine Pistole zusammen mit ihren Drogen im Safe eingeschlossen, und ich mußte bei einer süßen Schwester namens Paula meine ganze Überredungskunst aufbringen, damit sie sie mir rausholt. Ich habe mir gesagt, Sie würden mich ganz sicher heute abend rauslassen. Sie müssen wissen, daß diese Paula sehr attraktiv ist, jung, alleinstehend, einfach zum Anbeißen —«

»Es reicht, es reicht«, sagte Lisa. »Ich bin schließlich noch minderjährig.«

»Ich möchte mich mit Paula zu einem Rendezvous verabreden«, sagte Tal. »Wenn Sie mir aber jetzt die Entlassung verweigern, dann bekommt Paulas Oberschwester heraus, daß sie mir ohne Entlassungsanweisung meinen Revolver gegeben hat, und dann bekommt sie Schwierigkeiten wegen mir und geht nicht mit mir aus, und dann wird es auch nichts mit den kleinen Tal Whitmans, die ich sonst bekommen hätte, weil ich Paula natürlich heiraten werde, und damit würden Sie der Welt einen kleinen schwarzen Einstein oder einen kleinen schwarzen Beethoven nehmen.«

Jenny lachte und schüttelte den Kopf. »Na gut, wenn das so ist, schreibe ich Ihnen die Entlassungsanweisung aus, und Sie können noch heute verschwinden.«

Er nahm sie kurz in die Arme und begann, sein Hemd anzuziehen.

»Paula sollte sich vorsehen«, sagte Lisa. »Eigentlich sollten Sie nicht auf Frauen losgelassen werden.«

»Ich? Wieso denn nicht?« Er schnallte sich sein Halfter an. »Ich bin doch ein schüchterner Mensch.«

»Gewiß doch«, sagte Lisa.

Jenny sagte: »Wenn Sie —«

Und plötzlich wurde Tal zum Berserker. Er stieß Jenny zur Seite, so daß sie mit der Schulter gegen das Bett prallte und schwer auf dem Fußboden aufschlug. Sie hörte Schüsse, sah Lisa fallen und wußte nicht, ob sie getroffen war oder sich nur in Sicherheit brachte; einen Moment lang dachte sie, Tal würde auf sie schießen, aber dann sah sie, daß er noch damit beschäftigt war, seinen Revolver aus dem Halfter zu ziehen.

Noch während der Schuß durch das Zimmer hallte, klirrte Glas. Es war das Fenster hinter Tal.

»Fallenlassen!« brüllte Tal.

Jenny drehte ihren Kopf um, und da stand in dem helleren Licht, das aus dem Gang draußen hereinfiel, Gene Terr in der Tür.

Bryce stand in den tiefen Schatten am Fenster und trocknete sich die Tränen. Er hörte ein leises Geräusch aus dem Zimmer hinter sich und nahm an, es sei die Schwester. Er drehte sich um — und sah Fletcher Kale. Einen Moment starrte er ungläubig.

Kale stand am Fuß von Timmys Bett; er war in dem dürftigen Licht kaum zu erkennen. Er hatte Bryce nicht bemerkt. Er beobachtete den Jungen — und er grinste. Wahnsinn stand in seinem Gesicht geschrieben. Er hielt eine Pistole in der Hand.

Bryce trat vom Fenster weg und griff nach seinem eigenen Revolver. Zu spät fiel es ihm ein, daß er nicht in Uniform war und deshalb keinen Revolvergurt trug, sondern nur eine private .38er mit einem kurzen Lauf, die in einem Knöchel-Halfter steckte. Er beugte sich herab, sie zu ziehen.

Aber Kale hatte ihn gesehen. Die Pistole in seiner Hand zuckte hoch und bellte einmal, zweimal, dreimal kurz hintereinander auf.

Bryce spürte an seiner linken Seite einen Schlag wie von einem Vorschlaghammer, und der Schmerz durchzuckte seine gesamte Brust. Als er zu Boden sank, hörte er die Waffe des Mörders noch dreimal röhren.

»Fallenlassen!« brüllte Tal, und Jenny sah Jeeter. Ein zweiter Schuß prallte von dem Bettgestell ab und knallte gegen die Decke. Zwei Platten fielen herunter.

Tal duckte sich und schoß zweimal. Der erste Schuß traf Jeeter am linken Oberschenkel. Der zweite traf ihn in den Bauch und warf ihn nach hinten in eine Ecke, wo er blutüberströmt landete. Er rührte sich nicht mehr.

»Was war *das* denn, zum Teufel?« fragte Tal.

Jenny rief nach Lisa und kroch auf allen vieren um das Bett herum, um festzustellen, ob sie noch am Leben war.

Kale ging es schon seit zwei Stunden schlecht. Er hatte Fieber, seine Augen brannten, und er hatte ein Gefühl, als sei Sand darin. Es war ganz plötzlich gekommen. Er hatte auch Kopfweh, und als er am Bett des Jungen stand, war ihm plötzlich übel geworden, und seine Knie hatten nachgegeben. Er konnte das einfach nicht verstehen; angeblich war er doch unverletzlich, unbesiegbar. Na ja, vielleicht war Luzifer ungeduldig geworden, weil sie fünf Tage lang abgewartet hatten, bis sie aus der Höhle herausgegangen waren, und die Krankheit war eine eindringliche Ermahnung, sich jetzt endlich an die Arbeit zu machen. Wahrscheinlich würden die Symptome in dem Augenblick verschwinden, in dem der Junge starb. Genau. So würde es kommen. Kale grinste das komatose Kind an, hob langsam seinen Revolver und zuckte zusammen, als ihm ein Krampf die Gedärme zusammenzog.

Dann sah er in den Schatten eine Bewegung und fuhr herum. Ein Mann. Er kam auf ihn zu. Hammond. Kale eröffnete sofort das Feuer und schoß die ganze Trommel leer, um sicherzugehen. Ihm war schwindlig, er sah nicht sehr scharf, seine Arme waren schwach, und er konnte kaum die Pistole festhalten; selbst aus so großer Nähe konnte er sich nicht darauf verlassen, daß er treffen würde.

Hammond stürzte schwer zu Boden und blieb bewegungslos liegen.

Obwohl das Licht düster war und Kale nicht genau sehen konnte, erkannte er die Blutflecken an der Wand und auf dem Boden.

Kale lachte fröhlich und fragte sich, wann die Krankheit ihn wohl wieder verlassen würde, nachdem er doch jetzt die erste der Aufgaben erfüllt hatte, die ihnen von Luzifer aufgetragen worden waren. Er schwankte auf den Körper zu, um ihm den Gnadenschuß zu geben. Selbst wenn Hammond schon tot war, wollte Kale ihm in sein selbstzufriedenes Gesicht schießen und es zerstören.

Dann würde er sich um den Jungen kümmern.

Das war es, was Luzifer gewollt hatte. Fünf Morde. Hammond, sein Junge, Whitman, Dr. Paige und das Mädchen.

Er erreichte Hammond, beugte sich zu ihm herab —

— und dann schlug der Sheriff zu. Seine Hand war blitzschnell. Er riß eine Pistole aus einem Knöchel-Halfter, und bevor Kale reagieren konnte, sah er das Mündungsfeuer.

Kale war getroffen. Er stolperte und fiel hin. Seine Pistole flog aus seiner Hand. Er hörte, wie sie klappernd gegen ein Bein des Betts prallte.

Das kann doch nicht sein, sagte er sich selbst. Ich bin beschützt. Niemand kann mir etwas anhaben.

Lisa lebte. Als sie hinter das Bett gefallen war, war sie nicht getroffen gewesen, sie hatte sich nur in Sicherheit bringen wollen. Jenny hielt sie fest in ihren Armen.

Tal hockte vor Gene Terr. Der Rocker-Chef hatte ein riesiges Loch im Bauch und war tot.

Eine Menge hatte sich versammelt: Schwestern, zwei Ärzte, ein oder zwei Patienten in Bademänteln.

Ein rothaariger Pfleger kam hergerannt. Er sah aus, als würde er noch unter Schock stehen. »Im ersten Stock hat es auch eine Schießerei gegeben!«

»Bryce«, sagte Jenny, und die Angst durchzuckte sie wie eine Klinge aus Eis.

»Was ist hier eigentlich los?« fragte Tal.

Jenny rannte auf den Gang hinaus und die Treppe hinunter. Bis sie den ersten Stock erreicht hatte, hatte Tal sie eingeholt und hielt ihr die Tür auf. Sie rannten beide zusammen durch den Gang zu Timmys Zimmer.

Auch davor hatte sich eine Menge von Neugierigen versammelt. Jennys Herz schlug ihr bis zum Hals, während sie sich durch sie durchdrängte.

Jemand lag am Boden, und eine Schwester kauerte daneben.

Zuerst dachte Jenny, das sei Bryce, aber dann sah sie ihn in einem Sessel sitzen. Eine Schwester schnitt ihm das Hemd von der Schulter. Er war nur verwundet.

Bryce zwang sich ein Lächeln ab. »Sehen Sie sich vor, Doc. Wenn sie immer so schnell da sind, nennt man sie bestimmt bald eine übereifrige Patientenjägerin.«

Sie brach in Tränen aus. Sie konnte einfach nichts dagegen tun. Sie hatte sich in ihrem ganzen Leben noch nie über etwas so gefreut wie über den Klang seiner Stimme.

»Nur ein Kratzer«, sagte er.

»Sie sind genau wie Tal«, sagte sie und lachte durch ihre Tränen. »Ist Timmy etwas passiert?«

»Kale wollte ihn umbringen. Wenn ich nicht dagewesen wäre ...«

»Ist das Kale?«

»Ja.«

Jenny wischte sich mit einem Ärmel die Tränen ab und untersuchte Bryces Schulter. Die Kugel war glatt durchgegangen. Es gab zwar keinen Grund für die Annahme, daß sie aufgesplittert war, aber sie würde die Schulter trotzdem röntgen lassen. Die Wunde blutete stark, aber das Blut spritzte nicht, und sie ließ die Blutung von der Schwester durch Borsäure-getränkte Wattebäusche stillen.

Er würde wieder gesund werden.

Nun wendete sich Jenny dem Mann auf dem Boden zu. Sein Zustand war ernster. Die Schwester hatte ihm Jacke und Hemd aufgerissen und seine Schußwunde in der Brust freigelegt. Dann bemerkte Jenny, daß Kale Fieber hatte. Seine Stirn war heiß, und sein Gesicht gerötet. Als sie sein Handgelenk nahm, um seinen Puls zu fühlen, sah sie, daß es voller roter Flecken war. Sie schob seinen Ärmel hoch und stellte fest, daß sie sich auch am Arm fanden. Sein Gesicht und sein Hals aber waren frei davon. Auf seiner Brust waren ihr blaßrote Flecken aufgefallen, aber die hatte sie für Blut gehalten. Als sie sie sich jetzt noch einmal näher ansah, stellte sie fest, daß sie wie die Flecken an seinen Armen aussahen.

Masern? Nein. Etwas anderes, das ernster als Masern war.

Die Schwester kam mit zwei Pflegern und einer fahrbaren Liege zurück, und Jenny sagte zu ihr: »Wir werden das Stockwerk hier unter Quarantäne stellen müssen. Das darüber auch. Wir haben hier eine Krankheit, und ich bin nicht ganz sicher, was das ist.«

Nachdem Bryces Verwundung geröntgt und verbunden worden war, wurde er in ein Zimmer auf dem gleichen Stock wie Timmy gelegt. Die Schmerzen in seiner Schulter wurden immer stärker, denn die Auswirkungen des Schocks begannen nun nachzulassen. Schmerzstillende Mittel lehnte er ab, weil er einen klaren Kopf behalten wollte, bis er genau wußte, was hier passiert war, und warum.

Jenny besuchte ihn für eine halbe Stunde, nachdem er ins Bett gebracht worden war. Sie sah erschöpft aus, aber ihrer Schönheit tat das keinen Abbruch. Ihr Anblick war die beste Medizin für ihn.

»Wie geht es Kale?« fragte er.

»Die Kugel hat sein Herz nicht beschädigt. Ein Lungenflügel ist zusammengebrochen, und eine Arterie ist verletzt. Normalerweise würden seine Chancen gut stehen, aber er muß sich nicht nur von seiner Verwundung erholen. Er hat außerdem noch Rocky Mountain-Fleckfieber.«

Bryce blinzelte überrascht. »Fleckfieber?«

»An seiner rechten Wade hat er zwei Verbrennungen von Zigaretten, wo er sich zwei Zecken ausgebrannt hat, und von denen wird diese Krankheit übertragen. Nach den Verbrennungen zu urteilen, ist er vor fünf oder sechs Tagen von ihnen gebissen worden, und das ist ungefähr die Inkubationszeit von Fleckfieber. Die Symptome müssen innerhalb der letzten Stunde eingesetzt haben. Schwindelgefühl, Kältegefühl, Gliederschmerzen …«

»Deshalb hat er so schlecht gezielt!« sagte Bryce. »Er hat dreimal aus nächster Nähe auf mich geschossen, und ich habe nur einen ungefährlichen Durchschuß.«

»Dann sollten Sie Gott dafür danken, daß er Kale die Zecke das Hosenbein hochgeschickt hat.«

Er dachte darüber nach und sagte: »Es scheint tatsächlich wie Gottes Hand, nicht wahr? Was hatten er und Terr aber vor? Warum haben sie das Risiko nicht gescheut, mit Pistolen hierherzukommen? Ich kann ja noch verstehen, daß Kale mich umbringen will, oder sogar Timmy, aber warum Tal und Sie und Lisa?«

»Sie werden das jetzt wahrscheinlich nicht glauben«, sagte sie. »Seit Dienstag morgen hat Kale schriftlich darüber Bericht geführt, was seit dem ›Tag Seiner Ankunft‹, wie er es nennt, passiert ist. Wie es aussieht, haben Kale und Terr einen Pakt mit dem Teufel abgeschlossen.«

Montag früh um vier Uhr, nur sechs Tage nach der Ankunft, von der Kale geschrieben hatte, starb er im Krankenhaus. Bevor er dieses Leben verließ, öffnete er die Augen, starrte die Schwester mit wildem Blick an, sah an ihr vorbei und richtete seinen Blick auf etwas Schreckliches hinter ihr, das sie nicht sehen konnte. Irgendwie fand er die Kraft, die Arme zu heben, als wolle er sich schützen, und dann stieß er einen dünnen Schrei aus. Als die Schwester ihn beruhigen wollte, sagte er: »Aber *das* ist doch nicht mein Schicksal.« Und dann war er tot.

Am 31. Oktober, mehr als sechs Wochen nach den Ereignissen in Snowfield, feierten Tal Whitman und seine neue Freundin aus dem Krankenhaus, Paula Thorne, in Tals Haus in Santa Mira eine Halloween-Party. Bryce ging als Cowboy, Jenny als Cowgirl. Lisa war als Hexe verkleidet und trug einen schwarzen spitzen Hut und viel Schminke.

Tal öffnete die Tür und sagte: »Putt! Putt!« Er trug das Kostüm eines Huhns.

Jenny hatte noch nie so ein albernes Kostüm gesehen. Sie lachte so laut, daß sie eine Zeitlang nicht bemerkte, daß auch Lisa lachte.

Es war das erste Mal seit sechs Wochen, daß sie laut gelacht hatte. Bisher hatte sie sich nur ein Lächeln abringen können, aber nun lachte sie Tränen.

»Hey, was soll das?« fragte Tal mit gespielter Empörung. »Du siehst in deinem Hexenkostüm auch ganz schön doof aus.«

Er zwinkerte Jenny zu, und es wurde ihr klar, daß er sein Kostüm wegen seiner Wirkung auf Lisa ausgesucht hatte.

»Verschwinden Sie um Gottes willen von der Tür und gehen Sie hinein«, sagte Bryce. »Wenn die Leute Sie so sehen, verlieren sie auch noch den letzten Rest von Respekt für das Sheriffs-Büro, den sie bis jetzt noch hatten.«

An diesem Abend beteiligte sich Lisa an der Unterhaltung und den Spielen, und sie lachte viel dabei. Es war ein neuer Anfang.

Im August des folgenden Jahres, es war der erste Tag ihrer Flitterwochen, fand Jenny Bryce auf dem Balkon ihres Hotelzimmers, wie er nachdenklich auf den Strand von Waikiki herabsah.

»Machst du dir Gedanken, weil du so weit weg von Timmy bist?« fragte sie.

»Nein. Ich habe aber tatsächlich an Timmy gedacht. Ich habe in der letzten Zeit das Gefühl, das alles wieder in Ordnung kommen wird. Fast wie eine Vorahnung. Gestern nacht habe ich geträumt, daß Timmy aus seinem Koma aufgewacht ist, hallo zu mir gesagt hat und einen Big Mac haben wollte. Es war ganz anders als irgendein anderer Traum ... Es war so *wirklich.*«

»Na ja, die Hoffnung hast du ja nie aufgegeben.«

»Doch, eine Zeitlang hatte ich sie aufgegeben, aber ich habe sie wieder zurückgewonnen.«

Sie blieben noch eine Weile schweigend stehen, ließen sich von dem warmen Meerwind umspielen und lauschten dem Rauschen der Wellen.

Dann liebten sie sich wieder.

An diesem Abend saßen sie in einem guten chinesischen Restaurant in Honolulu. Sie tranken den ganzen Abend nichts anderes als Sekt, obwohl der Kellner schüchtern andeutete, zu manchen Gerichten würde vielleicht ein anderes Getränk besser passen.

Beim Dessert sagte Bryce: »Timmy hat in dem Traum noch etwas zu mir gesagt. Als ich überrascht war, daß er aufgewacht ist, sagte er: ›Aber Daddy, wenn es einen Teufel gibt, muß es doch auch einen Gott geben. Hast du dir das nicht auch überlegt, als du den Teufel getroffen hast? Gott würde es nicht zulassen, daß ich mein ganzes Leben verschlafe.‹«

Jenny starrte ihn unsicher an.

Er lächelte. »Keine Angst, ich drehe jetzt nicht durch und schicke Geld an all die Scharlatane im Fernsehen und sage ihnen, sie sollen für Timmy beten. Ich fange nicht einmal an, in die Kirche zu gehen. Sonntag ist schließlich der einzige Tag, an dem ich ausschlafen kann! Ich rede hier nicht von der gewöhnlichen Feld-, Wald- und Wiesen-Religion —«

»Ja, aber es war doch nicht *wirklich* der Teufel«, sagte sie.

»Wirklich nicht?«

»Es war ein prähistorisches Wesen, das —«

»Wäre es denn nicht möglich, daß es *beides* war?«

»Was soll das denn jetzt? Eine philosophische Diskussion während unserer Flitterwochen?«

»Ich habe dich zum Teil auch geheiratet, weil du so ein kluges Köpfchen bist.«

Später im Bett sagte er noch kurz vor dem Einschlafen: »Auf jeden Fall hat der Verwandler mir deutlichgemacht, daß es auf dieser Welt noch weit mehr Geheimnisse gibt, als ich angenommen hatte. Ich werde in Zukunft nichts mehr einfach als unmöglich abtun. Und wenn man bedenkt, was wir in Snowfield ausgehalten haben, und daß Tal gerade seine Pistole umgeschnallt hatte, als Jeeter hereinkam, und daß Kale wegen seinem Fleckfieber nicht richtig zielen konnte ... na ja, ich habe den Eindruck, es war uns bestimmt, daß wir überlebt haben.«

Am Morgen sagte sie: »Eines weiß ich sicher.«

»Was?«

»Es war uns bestimmt, daß wir heiraten.«

»Auf jeden Fall.«

»Was auch immer passiert wäre, irgendwann hätte uns das Schicksal einander in die Arme getrieben.«

Als sie am Nachmittag am Strand spazierengingen, dachte Jenny, daß die Wellen fast wie riesige, rumpelnde Räder klangen. Dadurch fiel ihr der Spruch wieder ein, daß Gottes Mühlen langsam mahlen. Das Donnern der Wogen ließ in ihren Gedanken ein Bild von zwei riesigen Mühlsteinen entstehen, die sich polternd gegeneinander drehten.

Sie sagte: »Meinst du also, es hat einen Sinn gehabt?«

Er brauchte sie nicht zu fragen, was sie meinte. »Ja. Im Leben hat alles einen Sinn.«

Das Meer schäumte am Strand.

Jenny lauschte den Mühlrädern und fragte sich, welche Geheimnisse und Wunder, welche Schrecken und Freuden wohl in diesem Augenblick gemahlen wurden, um in der Zukunft Wirklichkeit zu werden.

EINE BEMERKUNG FÜR DEN LESER

Wie alle anderen Charaktere dieses Romans ist auch Timothy Flyte eine fiktive Person, aber die Massenverschwindungen, von denen er spricht, sind nicht Produkte der Fantasie des Autors, sondern sind wirklich passiert. Die verwaiste Kolonie von Roanoke, das Geheimnis des leerstehenden Eskimo-Dorfs Anjikuni, die Auswanderung der Mayas, das unerklärliche Verschwinden von Tausenden von spanischen Soldaten im Jahr 1771, der ebenso rätselhafte Verlust des chinesischen Bataillons von 1939 und bestimmte andere, in *Phantome* erwähnte Fälle sind historisch verbürgt.

Es gibt auch einen *echten* Dr. Ananda Chakrabarty. Die in *Phantome* genannten Einzelheiten seiner Entwicklung treffen zu, und der Mikro-Organismus war tatsächlich nur unter Labor-Bedingungen lebensfähig. Biosan-4 aber, die widerstandsfähigere Weiterentwicklung, existiert nur in diesem Roman. Soweit ich weiß, ist kein Versuch unternommen worden, Dr. Chakrabartys Erfindung weiterzuentwickeln und zu verbessern, und sie bleibt vor allem wegen der für zukünftige Fälle äußerst wichtigen Entscheidung des Obersten Gerichtshofs eine unserer bekannteren Labor-Entwicklungen.

Auch der Alte Feind ist natürlich das Produkt der Fantasie des Autors. Was wäre aber, wenn …

HEYNE
BÜCHER

Dean R. Koontz

»Er bringt den Leser dazu, die ganze Nacht lang weiterzulesen ... das Zimmer hell erleuchtet und sämtliche Türen verriegelt.« Newsweek

Unheil über der Stadt 01/6667
Wenn die Dunkelheit kommt 01/6833
Das Haus der Angst 01/6913
Die Maske 01/6951
Die Augen der Dunkelheit 01/7707
Schattenfeuer 01/7810
Schwarzer Mond 01/7903
Tür ins Dunkel 01/7992
Todesdämmerung 01/8041
Brandzeichen 01/8063
In der Kälte der Nacht 01/8251
Schutzengel 01/8340
Mitternacht 01/8444
Das Haus der Angst/ Wenn die Dunkelheit kommt 01/8519

Heyne Jumbos
Mitternacht 41/21
Zwielicht 41/29
Die Kälte des Feuers 41/32
Schlüssel der Dunkelheit 41/40

Wilhelm Heyne Verlag
München

HEYNE
BÜCHER

Thomas Harris

Beklemmende Charakterstudien von unheimlicher Spannung und erschreckender Abgründigkeit halten den Leser von der ersten bis zur letzten Seite gefangen. Ein neuer Kultautor!

Seine Romane im Heyne-Taschenbuch:

Roter Drache
01/7684

Schwarzer Sonntag
01/7779

Das Schweigen der Lämmer
01/8294

Wilhelm Heyne Verlag
München

HEYNE BÜCHER

Stephen King

»Stephen King kultiviert den Schrecken ... ein pures, blankes, ein atemloses Entsetzen.« SÜDDEUTSCHE ZEITUNG

Brennen muß Salem
01/6478

Im Morgengrauen
01/6553

Der Gesang der Toten
01/6705

Die Augen des Drachens
01/6824

Der Fornit
01/6888

Dead Zone – das Attentat
01/6953

Friedhof der Kuscheltiere
01/7627

Das Monstrum. Tommyknockers
01/7995

Stark – »The Dark Half«
01/8269

Christinc
01/8325

Frühling, Sommer, Herbst und Tod
Vier Kurzromane
01/8403

In einer kleinen Stadt »Needful Things«
01/8653

Richard Bachmann
(Pseudonym von Stephen King)

Sprengstoff
01/6762

Todesmarsch
01/6848

Amok
01/7695

Wilhelm Heyne Verlag
München

HEYNE BÜCHER

John Grisham

Der neue Roman vom Autor des Weltbestsellers »Die Firma«. Ein schonungsloser Blick hinter die Kulissen der Justiz, verpackt in eine hochexplosive Story.

»Ein äußerst packender Thriller« NEWSWEEK

01/8615

Wilhelm Heyne Verlag
München